Mi vida con los chicos Walter

ALI NOVAK

Mi vida con los chicos Walter

Traducción de Victoria Simó

ALFAGUARA

Papel certificado por el Forest Stewardship Council®

Título original: *My Life with the Walter Boys*

Primera edición: octubre de 2022

© 2014, 2019, Ali Novak
© 2020, Penguin Random House Grupo Editorial, S. A. U.
Travessera de Gràcia, 47-49. 08021 Barcelona
© 2022, Victoria Simó, por la traducción

Printed in Spain – Impreso en España

ISBN: 978-84-18915-87-1
Depósito legal: B-13.784-2022

Compuesto en Punktokomo S. L.
Impreso en Romanyà Valls, S. A.
Capellades (Barcelona)

AL 1 5 8 7 1

*Dedicado a la memoria de mi querido padre,
cuya increíble fuerza interior todavía me inspira.
Papá, la última Navidad que pasamos juntos te prometí
que nunca renunciaría a mi sueño. Aquí lo tienes*

Prólogo

Nunca he sentido lástima por Romeo y Julieta.

A ver si me explico. La obra es un clásico y Shakespeare era un genio literario de los pies a la cabeza, pero no entiendo que dos personas que apenas se conocían fueran capaces de renunciar a sus vidas sin más.

Fue por amor, dice la gente, por un amor eterno y verdadero. Pero, en mi opinión, todo eso son tonterías. El amor requiere algo más que un par de días y un matrimonio relámpago a escondidas para llegar a convertirse en algo por lo que merezca la pena morir.

Reconozco que Romeo y Julieta eran apasionados. Pero la pasión que los embargaba era tan intensa, tan destructiva, que acabó con sus vidas. O sea, la obra entera se basa en sus decisiones precipitadas. ¿No me creéis? Analicemos a Julieta, por ejemplo. ¿A qué chica se le ocurriría, de buenas a primeras, casarse con el hijo del enemigo mortal de su padre después de pillarlo espiando en la ventana de su dormitorio? A mí no, seguro. Por eso nunca he podido solidarizarme con ellos. No planificaron nada; ni siquiera se pararon a pensar, de hecho. Hicieron lo que les vino en gana, sin importarles las consecuencias. Cuando no planeas las cosas, todo se complica.

Y después de lo que pasó hace tres meses, cuando mi vida perdió el rumbo por completo, una vida amorosa complicada era lo último que necesitaba.

Uno

Yo no tenía ni un solo pantalón vaquero. Es raro, ya lo sé, porque ¿qué chica de dieciséis años no tiene aunque sea un vaquero, quizá con la rodilla desgarrada o un corazón pintarrajeado en el muslo con rotulador?

No digo que no me gustara cómo quedaban puestos y tampoco tenía nada que ver con el hecho de que mi madre hubiera sido diseñadora de moda, sobre todo si tenemos en cuenta que sus colecciones casi siempre incluían vaqueros. Pero yo creía firmemente en la frase «la primera impresión es la que cuenta» y, en cualquier caso, aquel día estaba decidida a causar una impresión inmejorable.

—¿Jackie? —Katherine me llamó desde alguna parte del piso—. El taxi ya está aquí.

—¡Voy enseguida! —Cogí una hoja de papel de mi escritorio a toda prisa—. Portátil, cargador, ratón —musité mientras leía los últimos artículos de la lista de comprobación. Abrí la cartera y palpé el interior para asegurarme de que estaban allí—. Sí, sí, sí —susurré cuando rocé con los dedos los tres objetos. Con un rotulador rojo chillón, marqué una X junto al nombre de cada artículo.

Llamaron con los nudillos a la puerta de mi habitación.

—¿Estás lista, cielo? —preguntó Katherine asomando la cabeza. Era una mujer alta de cuarenta y pico años de edad, con el cabello dorado ya surcado de hebras grises y cortado a media melena como lo llevan las mamás.

—Me parece que sí —le dije, pero mi voz rota reveló lo contrario.

Me miré los pies a toda prisa porque no quería ver la expresión de sus ojos; la mirada compasiva que todo el mundo me lanzaba desde el funeral.

—Esperaré un momento —dijo.

Cuando la puerta se cerró, me ajusté la falda y eché un vistazo al espejo. Me había alisado los rizos, largos y oscuros, y me los había recogido con una cinta azul, como siempre, para que ni un solo mechón estuviera fuera de lugar. Tenía el cuello de la blusa torcido y lo estuve toqueteando hasta que el reflejo me devolvió una imagen impecable. Hice un mohín de irritación al descubrir que tenía ojeras, pero no podía hacer nada para reparar la falta de sueño que las provocaba.

Con un suspiro, eché una última ojeada a mi habitación. Aunque ya había marcado todos los artículos de la lista, no sabía cuándo volvería y no quería olvidar nada importante. Reinaba un vacío extraño allí dentro, pues casi todas mis pertenencias estaban en un camión de mudanzas de camino a Colorado. Había tardado una semana en guardarlo todo en cajas, aunque Katherine me había ayudado con el trabajo más pesado.

Las prendas de ropa ocupaban casi todas las cajas, pero también llevaba mi colección de obras de Shakespeare y las tazas de té que mi hermana, Lucy, y yo coleccionábamos de todos los países que visitábamos. Mientras hacía el último repaso, ya sabía que me estaba entreteniendo; teniendo en cuenta lo organizada que soy, no había ninguna posibilidad de que olvidase nada. El verdadero problema era que no quería marcharme de Nueva York, para nada.

Por desgracia, mi opinión al respecto no contaba, así que cogí mi equipaje de mano a regañadientes. Katherine me estaba esperando en el pasillo con una maleta pequeña a los pies.

—¿Lo tienes todo? —me preguntó, y yo asentí con un movimiento de la cabeza—. Muy bien, en marcha pues.

Echó a andar por el salón hacia la puerta principal y yo la seguí despacio, deslizando las manos por los muebles para tratar de memorizar hasta el último detalle de mi hogar. Me resultaba difícil, lo que es curioso si tenemos en cuenta que había vivido allí toda la vida. Las sábanas blancas que cubrían los muebles para evitar que el polvo impregnara los tejidos parecían murallas capaces de mantener a raya mis recuerdos.

Salimos del piso en silencio y Katherine se detuvo para cerrar la puerta con llave.

—¿Te la quieres quedar tú? —me preguntó.

Yo tenía mi propio juego guardado en la maleta, pero tendí la mano y acepté la pequeña pieza de metal plateado. Abrí el cierre del colgante de mi madre y dejé que la llave se deslizara por la delicada cadena para que descansara contra mi pecho, junto a mi corazón.

Viajábamos en silencio, sentadas en el avión. Yo hacía esfuerzos por no pensar que me estaba alejando cada vez más de mi hogar y me negaba a concederme el lujo de llorar. Durante el primer mes después del accidente, no me levanté de la cama. Hasta que un día, milagrosamente, salí de debajo del edredón y me vestí. Me prometí que a partir de entonces sería fuerte y mantendría la compostura. No quería volver a ser la persona débil y demacrada en la que me había convertido y no lo sería en ese momento. En vez de eso, me dediqué a mirar cómo Katherine aferraba el apoyabrazos hasta que sus nudillos palidecían y luego lo soltaba.

Sabía muy poco de la mujer que se encontraba sentada a mi lado. En primer lugar, estaba al tanto de que mi madre y ella fueron amigas de infancia. Se criaron en Nueva York y asistieron juntas al internado Hawks, el mismo colegio en el que habíamos estudiado hasta hacía poco mi hermana y yo. En aquel entonces se llamaba Katherine Green, un detalle que me recordó el segundo dato que tenía de ella. Conoció a George Walter en la universidad. Se casaron y se mudaron a Colorado para poner en marcha un rancho de caballos, que era el sueño de toda la vida de George. Para terminar, el tercer dato y también el más importante: era mi nueva tutora. Por lo visto la conocí cuando era niña, pero hacía tanto tiempo que no lo recordaba. Por lo que a mí respectaba, Katherine Walter era una completa desconocida.

—¿Te da miedo volar? —le pregunté, y ella suspiró con sentimiento. A decir verdad, la mujer parecía mareada.

—No, pero, si te soy sincera, me pone nerviosa la idea de…, bueno, llevarte a casa —dijo. La tensión se apoderó de mis hombros. ¿Le daba miedo que se me fuera la olla? Yo tenía muy claro que eso no iba a pasar, no si quería entrar en Princeton. El tío Richard debía de haberle dicho algo, que yo no lo estaba llevando bien, quizá, aunque a mí no me pasaba nada. Katherine captó mi expresión y añadió apurada—: No, no, no lo digo por ti, cariño. Ya sé que eres buena chica.

—Entonces ¿por qué?

Esbozó una sonrisa compasiva.

—Jackie, cielo, ¿te he dicho alguna vez que tengo doce hijos?

No, pensé mientras la miraba boquiabierta; no lo había mencionado, ni de coña. Cuando el tío Richard decidió que me mudaría a Colorado, comentó algo de que Katherine tenía hijos, pero ¿doce? Había obviado el dato muy oportunamente. Una docena. La familia de Katherine debía de vivir en un estado de caos permanente. ¿Por qué alguien querría tener doce hijos? Noté las pequeñas alas del pánico agitarse en mi pecho.

«No exageres», me dije. Después de inspirar hondo varias veces por la nariz y soltar el aire por la boca, saqué una libreta y un boli. Tenía que averiguar todo lo que pudiera sobre la familia con la que iba a vivir, para estar preparada. Me erguí en el asiento, le pedí a Katherine que me hablara de sus hijos y ella accedió con entusiasmo.

—El mayor se llama Will —empezó, y yo procedí a escribir.

Los chicos Walter

Will tiene veintiún años. Está terminando un ciclo en el centro de estudios superiores de la zona y se ha prometido con su novia del instituto.

Cole tiene diecisiete. Está en el último curso del instituto y es un mecánico de coches de gran talento.

Danny es de la misma edad que Cole. Van al mismo curso y son mellizos. Danny es el presidente del club de teatro.

Isaac tiene dieciséis años. Estudia el penúltimo curso de secundaria y su gran obsesión son las chicas. Es el sobrino de Katherine.

Alex también tiene dieciséis. Está en segundo de secundaria y pasa demasiadas horas con los videojuegos.

Lee tiene quince. Estudia segundo, igual que Alex, y es skater. También es sobrino de Katherine.

Nathan es un chico de catorce. Acaba de entrar en el instituto y es músico.

Jack y Jordan tienen doce años. Estudian séptimo de primaria y son gemelos. Están convencidos de que van a ser el próximo Spielberg y siempre llevan una cámara a cuestas.

Parker tiene nueve. Está en cuarto. Parece un angelito pero le encanta el fútbol americano.

Zack y Benny son dos niños de cinco años y asisten a la escuela infantil. Son gemelos y dos pequeños monstruos que dicen muchas palabrotas.

Eché un vistazo a mis notas y me dio un vuelco el estómago. Tenía que estar de coña, ¿verdad? Katherine no solo tenía doce hijos, ¡sino doce chicos! Yo no sabía absolutamente nada del género masculino. Siempre había estudiado en un internado femenino. ¿Cómo iba a sobrevivir en una casa llena de chavales? Seguro que se comunicaban mediante un lenguaje secreto o algo así.

En cuanto el avión aterrizara, el tío Richard me iba a oír. Conociéndolo, seguro que estaba ocupado con alguna reunión de altos directivos y no podría responder a mi llamada, pero ya le valía. No solo me había despachado con una mujer que no conocía, sino que también me dejaba tirada con un montón de chicos. Decía que estaba haciendo lo mejor para mí, en particular porque él nunca estaba en casa, pero en esos últimos tres meses yo había acabado intuyendo que no se sentía cómodo haciendo de padre.

Richard no era mi tío en realidad, aunque lo conocía desde la infancia. Mi padre y él compartieron cuarto en la universidad y, después de graduarse, se hicieron socios. Cada año, por mi cumpleaños, me traía una bolsa de mis gominolas favoritas y una tarjeta de felicitación con cincuenta dólares en el interior.

En enero, Richard se convirtió en mi tutor y, para que la situación fuera más llevadera para mí, se mudó al ático del Upper East Side en el que yo había vivido siempre con mi familia. Al principio fue raro tenerlo en casa, pero se quedó en la habitación de invitados y pronto nos instalamos en una rutina cómoda. Por lo general solo lo veía a la hora de desayunar, porque trabajaba hasta bien entrada la noche, pero la semana anterior todo había cambiado. Cuando llegué a casa del colegio, me recibió con la mesa puesta y lo más parecido a una comida casera que debía de haber preparado en su vida. Fue entonces cuando me informó de que tendría que mudarme a Colorado.

—No entiendo por qué me obligas a marcharme —le dije después de diez minutos de discusión.

—Ya te lo he explicado, Jackie —insistió con una expresión atormentada, como si su decisión lo arrancara a él del único hogar que había conocido y no a mí—. La psicóloga del colegio está preocupada por ti. Hoy me ha llamado porque no cree que lo estés llevando bien.

—En primer lugar, yo no quería hablar con esa estúpida psicóloga —repliqué a la vez que plantaba el tenedor en la mesa, con fuerza—. Y en segundo, ¿cómo se atreve a sugerir siquiera que no lo estoy llevando bien? Mis notas son excelentes, aún mejores que las del semestre pasado.

—Has trabajado mucho en el cole, Jackie —empezó. Oí el «pero» que venía a continuación—. Sin embargo, piensa que te refugias en los estudios para no afrontar tus problemas.

—¡Mi único problema es que esa mujer no tiene ni idea de quién soy! Venga, tío Richard. Me conoces. Siempre he sido estudiosa y trabajadora. Por algo soy una Howard.

—Jackie, te has apuntado a tres extraescolares nuevas desde que empezó el semestre. ¿No te parece que intentas abarcar demasiado?

—¿Sabías que a Sarah Yolden le han concedido una beca para viajar este verano a Brasil, donde estudiará las especies de plantas en peligro de extinción? —fue mi respuesta.

—No, pero…

—Publicará un artículo con sus descubrimientos en una revista científica. También es la violinista principal de la orquesta y actuó en el Carnegie Hall. ¿Cómo pretendes que compita con eso? No puedo limitarme a sacar buenas notas si quiero entrar en Princeton —proseguí con un tono sereno—. Mi solicitud tiene que impresionarlos. Me lo estoy currando.

—Y lo entiendo, pero también pienso que un cambio de escenario te podría beneficiar. Los Walter son unas personas maravillosas y están encantados de acogerte.

—¡Un cambio de escenario es pasar unas vacaciones en la playa! —exclamé a la vez que echaba la silla hacia atrás para levantarme. Inclinada sobre la mesa, miré al tío Richard echando chispas—. Esto es una crueldad. Me envías a la otra punta del país.

Suspiró.

—Ya sé que ahora no lo entiendes, Jackie, pero te prometo que todo será para bien. Ya lo verás.

De momento, seguía sin entenderlo. Cuanto más nos acercábamos a Colorado, más nerviosa estaba yo y, por más que me dijera y me repitiera que todo iría bien, no me lo creía. Me mordí el labio hasta que casi sangró, de tanto que me preocupaba no encajar en la vida de los Walter.

Cuando el avión aterrizó, Katherine y yo nos abrimos paso por el aeropuerto para reunirnos con su marido.

—En fin, la semana pasada les contamos a los chicos que ibas a vivir en casa, conque ya saben que vienes —dijo mientras caminábamos entre la multitud—. Tengo una habitación para ti, pero no he podido arreglarla todavía, así que… ¡Ah, George! ¡George, aquí!

Katherine saltó arriba y abajo para llamar la atención de un hombre alto de cincuenta y pocos años. Noté que el señor Walter era un poco mayor que su esposa porque tenía casi todo el pelo gris en la cabeza y la barba, así como unas arrugas de expresión muy marcadas en la frente. Llevaba una camisa de franela roja y negra con pantalones vaqueros, unas botazas de seguridad y un sombrero también vaquero.

Cuando llegamos a su altura, abrazó a Katherine y le acarició el pelo. Al verlos juntos me acordé de mis padres. La escena me produjo dentera y me aparté.

—Te he echado de menos —le dijo el señor Walter a su esposa.

Ella le plantó un beso en la mejilla.

—Yo también a ti. —Despegándose, se volvió hacia mí—. George, cariño —dijo a la vez que le tomaba la mano—. Esta es Jackie Howard. Jackie, este es mi marido.

George parecía incómodo cuando me estudió. Al fin y al cabo, ¿cómo le das la bienvenida a una persona que acaba de perder a toda su familia? ¿Encantado de conocerte? ¿Nos alegramos mucho de tenerte aquí? En vez de eso, George me tendió la mano libre para estrechar la mía y musitó un saludo rápido.

A continuación se volvió hacia Katherine.

—Recojamos el equipaje y volvamos a casa.

Una vez que todas mis maletas estuvieron aseguradas en la caja de la camioneta, me subí al asiento trasero y saqué el teléfono del bolsillo de la chaqueta. George y Katherine charlaban con voz queda sobre el vuelo, así que me puse los auriculares para no seguir oyendo su conversación. A medida que nos alejábamos de la ciudad y nos internábamos en el campo, yo estaba cada vez más agobiada. Las llanuras que nos rodeaban se extendían a lo largo de kilómetros y kilómetros. Sin los altos e imponentes edificios de Nueva York, me sentía desprotegida. Colorado era un sitio precioso, pero ¿cómo iba a vivir allí?

Por fin, después de lo que me parecieron horas, la camioneta se desvió por un camino de grava. En lo alto de la colina asomaba una casa, pero estaba tan lejos que apenas la veía. ¿De verdad todas esas tierras eran suyas? Cuando llegamos arriba, comprendí que no era una sola casa; más bien parecían tres viviendas unidas. Supongo que hace falta mucho espacio cuando tienes doce hijos.

El césped pedía a gritos que lo cortaran y al porche de madera no le habría venido mal una capa de pintura. El jardín estaba atestado de juguetes, seguramente gentileza de los niños pequeños. George pulsó el mando que la camioneta llevaba prendido en el espejo retrovisor y la puerta del garaje empezó a desplazarse. Una bicicleta cayó, seguida de varios juguetes más que nos bloquearon el paso.

—¿Cuántas veces tengo que decirles que recojan sus cosas? —gruñó George para sí.

—No te preocupes, cariño. Ya voy yo —se ofreció Katherine, que se desabrochó el cinturón y bajó del vehículo. La vi retirar los trastos para que su marido pudiera aparcar. Una vez estacionada la camioneta, George apagó el motor y nos quedamos sentados en la silenciosa penumbra. A continuación se giró en el asiento y me miró.

—¿Estás lista, Jackie? —me preguntó. Frunció el ceño al ver mi semblante—. Te veo un poco pálida.

¡Pues claro que estaba pálida! Acababa de cruzar medio país con una desconocida porque había perdido a toda mi familia. Por si fuera poco, tendría que vivir con sus doce hijos, todos los cuales eran chicos. No era el mejor día de mi vida, que digamos.

—Estoy bien —lo tranquilicé, recurriendo a mi respuesta automática—. Solo un poco nerviosa, supongo.

—Bueno, el mejor consejo que te puedo dar con relación a mis hijos —empezó mientras se desabrochaba el cinturón— es que ladran mucho, pero no muerden. No dejes que te asusten.

¿Y se suponía que eso debía tranquilizarme? George todavía me observaba, de manera que asentí con la cabeza.

—Esto…, gracias.

Él asintió a su vez y bajó del coche. Me dejó un momento a solas para que tuviera tiempo de mentalizarme. Mientras miraba el parabrisas, una serie de imágenes desfiló ante mis ojos como las páginas de un folioscopio: mis padres bromeando en el asiento delantero del coche, mi hermana en la parte trasera cantando el tema que sonaba en la radio, la aparición de otro coche y el volante girando sin control. Luego metal retorcido, rojo. Era la pesadilla que me impedía dormir desde que murió mi familia. En ese momento, al parecer, estaba ahí para atormentarme también a la luz del día.

¡Basta! Grité para mis adentros y cerré los ojos con fuerza. Deja de pensar en eso. Apretando los dientes, abrí la portezuela y bajé del coche.

—¡Jackie! —me llamó Katherine. La voz me llegó a través de una puerta abierta al fondo del garaje, que daba a lo que debía de ser el jardín trasero. Me colgué el equipaje de mano al hombro y salí a la luz del día. Al principio, deslumbrada por el sol, solamente la vi a ella plantada en el recinto de una piscina. Pero entonces los distinguí en el agua, chapoteando y haciendo el tonto; un montón de chicos guapísimos, desnudos de cintura para arriba.

—¡Ven aquí, cielo! —dijo Katherine, así que no tuve más remedio que reunirme con ella.

Subí las escaleras de madera cruzando los dedos para que la ropa no se me hubiera arrugado durante el vuelo y levanté la mano automáticamente para atusarme el pelo. Katherine me sonreía con dos niños pequeños aferrados a sus pantalones. Debían de ser los gemelos más jóvenes, deduje antes de volver la vista hacia el resto del grupo. Me sentí sumamente incómoda cuando descubrí que todos me miraban fijamente.

—Chicos —empezó Katherine, rompiendo el silencio—, esta es Jackie Howard, la amiga de la familia de la que os habló vuestro padre. Se quedará un tiempo con nosotros y, mientras esté aquí, quiero que os esforcéis muchísimo para que se sienta como en casa.

A juzgar por sus expresiones, era lo que menos les apetecía del mundo. Los hermanos me observaban como si fuera una extranjera que hubiera invadido su país particular.

Lo mejor que puedo hacer es mostrarme conciliadora, me dije para mis adentros. Levanté la mano despacio y saludé.

—Hola, chicos. Soy Jackie.

Uno de los mayores nadó al borde de la piscina y salió a pulso, exhibiendo los músculos de sus brazos bronceados. El agua salpicó en todas direcciones cuando sacudió la cabeza para apartarse las greñas de los ojos, igual que haría un perro mojado pero mucho más sensual. Luego, para terminar, se peinó con los dedos el cabello rubio, aclarado por el sol, echándose hacia atrás las mechas doradas, casi blancas. El bañador rojo del chico le colgaba de la cadera peligrosamente bajo, al borde de lo inapropiado pero dejando suficiente espacio a la imaginación.

Le eché un vistazo y noté un aleteo en el corazón. Ahuyenté a toda prisa la perturbadora sensación. «¿A ti qué te pasa, Jackie?».

Su mirada se deslizó sobre mí con indiferencia y las gotitas de agua que tenía atrapadas en las pestañas destellaron a la luz del sol. Se volvió a mirar a su padre.

—¿Dónde va a dormir? —le preguntó como si yo no estuviera presente.

—Cole —lo reconvino George con un tono de reproche—. No seas maleducado. Jackie es nuestra invitada.

Cole se encogió de hombros.

—¿Y qué? Esto no es un hotel. Yo, por mi parte, no pienso compartir habitación.

—Yo tampoco quiero compartir —se quejó otro chico.

—Ni yo —añadió alguien más.

Antes de que estallara un coro de protestas, George levantó las manos.

—Nadie tendrá que compartir habitación ni ceder la suya —dijo—. Jackie tendrá una habitación completamente nueva.

—¿Nueva? —preguntó Cole al tiempo que cruzaba los brazos sobre el pecho desnudo—. ¿Qué habitación?

Katherine le lanzó una advertencia con la mirada.

—El estudio.

—Pero, tía Kathy… —empezó a decir otro de los chicos.

—Has instalado la cama mientras yo no estaba, ¿no, George? —preguntó ella, cortando a su sobrino.

—Claro. Aún no he quitado todos los trastos, pero servirá mientras tanto —respondió él a su mujer. A continuación se volvió hacia Cole con una mirada que implicaba: «Para ya»—. Haz el favor de ayudar a Jackie a llevar sus cosas —añadió—. Sin rechistar.

Cole se giró a observarme con expresión imperturbable. Me ardió la cara como si hubiera tomado demasiado sol cuando su mirada resbaló por mi cuerpo y, al ver que se detenía demasiado rato en mi pecho, me crucé de brazos incómoda.

Tras un momento tenso, se encogió de hombros.

—Claro, papá.

Cole movió la cabeza y me obsequió con una sonrisa que insinuaba: «Ya sé que estoy buenísimo». Aunque yo no entendía gran cosa de chicos, sí adiviné por el vuelco de mi estómago que ese en particular me iba a causar problemas. Tal vez si aprendía a manejarlo, los demás no me complicaran la vida. Me aventuré a lanzar una mirada rápida al resto de la familia y se me cayó el alma a los pies. Los ceños grabados en casi todas las caras no eran un buen augurio. Por lo que parecía, tenían tan pocas ganas de tenerme allí como yo de vivir en su casa.

Katherine y George desaparecieron en el interior y me dejaron a merced de los lobos. Esperé tensa en la plataforma a que Cole me ayudara con el equipaje. Él se lo tomaba con calma, secándose despacio con una toalla que antes estaba tirada en una de las muchas tumbonas. Yo notaba que todos me observaban, así que clavé los ojos en un nudo del piso de madera. Cuanto más tardaba Cole, más intimidada me sentía ante aquel escrutinio y decidí esperarlo en el garaje.

—Eh, espera —gritó alguien cuando me di media vuelta para marcharme. La puerta corredera se abrió y otro chico salió de la casa. Era el más alto de todos y seguramente el mayor. Llevaba el pelo dorado recogido en una coleta corta y los pocos mechones sueltos se le rizaban en torno a las orejas. Con esa mandíbula tan marcada, la barbilla prominente y una nariz larga y recta, sus gafas parecían demasiado pequeñas para el resto de su cara. Tenía los brazos fuertes y las manos toscas, seguramente de años trabajando en el rancho.

—Mi madre me ha pedido que te saludara. —Cruzó el recinto en tres largas zancadas y me tendió la mano—. Hola, soy Will.

—Jackie —respondí a la vez que se la estrechaba. Will me sonrió y su fuerte apretón me estrujó los dedos, igual que el de su padre.

—Así que te vas a quedar un tiempo, me han dicho —comentó señalando la casa con el pulgar, por encima del hombro.

—Sí, eso parece.

—Guay. En realidad yo ya no vivo aquí, porque estoy estudiando, conque no nos veremos mucho, pero si alguna vez necesitas algo, dímelo, ¿vale?

A esas alturas todos los chicos habían salido de la piscina y se secaban en la plataforma de madera de alrededor. Alguien soltó un bufido al oír el comentario de Will.

Yo procuré hacer oídos sordos.

—Lo tendré en cuenta.

Will, en cambio, decidió intervenir.

—¿La estáis tratando bien? —preguntó, volviéndose hacia su familia. Como nadie respondía, negó con la cabeza—. ¿Os habéis presentado al menos, idiotas? —les espetó.

—Ya sabe quién soy —dijo Cole. Se había tirado en una de las tumbonas de plástico con las manos detrás de la cabeza en postura indolente. Tenía los ojos cerrados y tomaba el sol con una sonrisilla de suficiencia bailándole en los labios.

—No le hagas caso. Es un capullo —dijo Will—. Ese de ahí es Danny, el mellizo del capullo. Aunque saltaba a la vista que eran hermanos, Cole y Danny no se parecían demasiado. Danny recordaba más a Will, sobre todo por la altura, pero era mucho más delgado y una barbita incipiente le cubría la barbilla. Parecía más rudo que Cole, no tan mono.

—Y ese de ahí es Isaac, mi primo —continuó Will, señalando a un chico que destacaba del resto por su pelo negro como la noche. Poseía los mismos rasgos faciales que los demás, pero se notaba que no compartía padres con ellos—. Ese es Alex.

Una versión más joven de Cole con un bronceado cutre de granjero se abrió paso a la primera fila. Se había encasquetado una gorra de béisbol al salir de la piscina y el pelo rubio se le rizaba por los bordes. Lo saludé con un asentimiento nervioso y él hizo lo propio.

—Mi otro primo, Lee. Es el hermano pequeño de Isaac.

Will señaló a otro chaval moreno que pedía a gritos un corte de pelo. Su rostro permaneció inexpresivo, pero me fulminó con la mirada cuando le dediqué un saludo, así que aparté la vista a toda prisa.

A continuación Will me presentó a Nathan. Era un adolescente escuálido, pero comprendí que cuando creciera sería tan atractivo como sus hermanos mayores. Tenía el pelo rubio ceniza, que parecía castaño porque estaba mojado, y llevaba una púa de guitarra colgada del cuello con una cadenita de plata. Luego les tocó a Jack y Jordan, el primer par de gemelos. Ambos llevaban el mismo bañador verde, que habría hecho imposible distinguirlos de no ser por las gafas de Jack.

Cuando Will me presentó a Parker, comprendí que no estaba sola. La niña dio un paso adelante y entendí por qué no había reparado hasta ese momento en que había otra chica. Parker vestía una camiseta naranja y bañador de chico, las dos prendas empapadas de agua y pegadas a la piel. Llevaba el pelo por la barbilla, casi tan corto como algunos de sus hermanos. Pensé en la lista que había redactado en el avión y recordé que a Parker le gustaba el fútbol americano. Tal vez por eso había dado por supuesto que era un chico.

—Hola, Parker —le dije, dirigiéndole una gran sonrisa. Me hacía ilusión saber que no sería la única chica en la casa.

—Hola, Jackie.

Parker pronunció mi nombre como si le hiciera gracia y la sonrisa se borró de mi cara. Se inclinó hacia delante para susurrarles algo a los dos niños que aún no me habían presentado: los gemelos más jóvenes. Una mueca malvada asomó a sus caras.

—Y para terminar, estos son…

Pero antes de que Will pudiera terminar la frase, la pareja abandonó la fila de hermanos y primos Walter y se abalanzó sobre mí como si yo fuera un futbolista. Pensé que podría mantener el equilibrio, pero me fallaron las rodillas y caí hacia atrás… directa a la piscina. Chapoteé hacia la superficie, escupiendo agua y respirando con ansia. Casi todos los chicos se estaban riendo.

—¡Te pillé! —gritó uno de los gemelos desde el borde de la piscina. Era un niño muy mono que todavía conservaba ese aire regordete de la infancia. Tenía la cara cubierta de pecas y el pelo, rubio pollito, ensortijado—. ¡Soy Zack y este es mi hermano gemelo, Benny!

Su dedo apuntó en mi dirección y una copia exacta del niño sonriente emergió de la superficie del agua a mi lado.

—¡Zack, Benny! ¿De qué vais? —los regañó Will—. ¡Que alguien le traiga una toalla a Jackie!

Me tendió la mano para ayudarme a salir y al cabo de nada yo estaba chorreando agua junto a la piscina. La primavera todavía no estaba tan avanzada como para bañarse. ¿Cómo era posible que los chicos Walter no se congelaran? Alguien me tendió una toalla de los Power Rangers y me envolví con ella a toda prisa para taparme la blusa blanca, que al estar mojada transparentaba.

—Lo siento mucho —dijo Will antes de mirar a los gemelos con expresión tormentosa.

—Yo solo siento que le hayan dado una toalla —soltó alguien. Me volví rápidamente para saber quién había hablado, pero todos estaban allí juntos, aguantándose la risa en silencio. Inspirando hondo, me volví hacia Will.

—No-no pasa nada —dije tiritando—, pero me gustaría cambiarme de ropa.

—Yo te puedo echar una mano —bromeó otra voz. Esta vez los chicos no pudieron contener las carcajadas.

—¡Isaac! —lo regañó Will. Fulminó a su primo con la mirada por encima de mi hombro hasta que todos se callaron. A continuación se volvió hacia mí—. ¿Tu equipaje está en el coche? —me preguntó. Temblando por la brisa fresca de primavera, solo fui capaz de asentir—. Muy bien, iré a buscarlo y que alguien te acompañe a tu habitación.

Mientras Will se alejaba del recinto, noté que me hacía pequeñita. Mi único aliado hasta el momento acababa de dejarme a solas con el enemigo. Inspirando hondo, tragué saliva y di media vuelta. Los Walter me miraron con expresiones vacuas. Al momento, todo el mundo empezó a recoger las toallas y prendas de ropa que habían dejado desparramadas por el recinto antes de encaminarse a la casa sin dirigirme la palabra.

Solo Cole seguía allí. Pasaron treinta incómodos segundos antes de que asomara a su cara una sonrisa de medio lado.

—¿Te vas a quedar ahí mirándome o quieres entrar? —preguntó. Cole estaba como un queso (su cabello mojado se había secado al estilo «acabo de montármelo con alguien»), pero su actitud prepotente hizo que me cerrara en banda.

—Quiero entrar —murmuré bajito.

—Tú primero.

Me cedió el paso con una reverencia.

Inspirando hondo, levanté la vista hacia mi nueva casa. Con sus contraventanas amarillas y sus toscos anexos, que debían de haber añadido a la vivienda con la llegada de cada nuevo chico Walter, no se parecía en nada a mi ático de Nueva York. Echando un último vistazo a Cole, respiré hondo y entré. Puede que tuviera que vivir allí e intentaría que fuera una buena experiencia, pero nunca sería mi hogar.

Dos

—Sobre lo que ha pasado ahí fuera... —dijo Cole mientras me guiaba por la atestada vivienda—. Todo eso de que te mudaras aquí ha sido como muy repentino. Nos ha pillado desprevenidos.

—Lo entiendo —le contesté. No era exactamente una disculpa por haber sido tan antipático, pero con un poco de suerte sería el motivo del escaso entusiasmo con que me habían acogido los chicos—. No tienes que darme explicaciones.

—Mi madre nos ha dicho que eres de Nueva York.

Se detuvo al principio de las escaleras y me miró.

—Sí —respondí, y de repente se me revolvió el estómago. ¿Qué más sabía de mí? ¿Estaba al tanto de... lo del accidente? Si alguna ventaja tenía vivir en Colorado, era que nadie sabía quién era yo. Podía volver a ser solo Jackie, no la chica que había perdido a su familia. No quería que los chicos lo supieran. ¿Y si empezaban a comportarse de manera rara en mi presencia?—. ¿Os ha contado algo más? —añadí, intentando aparentar indiferencia.

Se detuvo, y en ese momento lo tuve claro. Un titubeo casi imperceptible y comprendí que estaba al corriente de lo sucedido a mi familia.

—Poca cosa. —Reaccionó al vuelo y esbozó una sonrisa tan natural que casi parecía genuina—. Solo que la hija de una amiga suya se iba a mudar a nuestra casa. Eres algo así como una chica misteriosa.

—Ya veo. —La idea de que todos los Walter estuvieran al corriente de lo sucedido me dejaba la boca seca, pero al menos Cole hacía esfuerzos por comportarse con normalidad.

—Ahora que lo pienso, ni siquiera sé cuántos años tienes.

—Dieciséis.

—¿Siempre eres tan tímida?

—¿Tímida? —repetí desconcertada. ¿Qué esperaba? No se había comportado como el presidente de mi comité de bienvenida, que digamos. Además, el hecho de que tuviera abdominales prácticamente hasta los dedos de los pies tampoco contribuía a tranquilizarme.

—Da igual —dijo entre risas, y sus ojos brillaron traviesos cuando negó con la cabeza—. Vamos. Te acompañaré a tu habitación.

Empezamos a subir, que fue un asunto más complicado de lo que pudiera parecer. Tener que sortear montones de libros y juegos de mesa, ropa sucia, una pelota de baloncesto deshinchada y un montón de películas sin pisar ni patear nada hacía que el ascenso a la primera planta fuera peor que una carrera de obstáculos. Luego llegamos a un laberinto de pasillos por el que estaba destinada a perderme. Había vueltas y revueltas en lugares inesperados, como si hubieran diseñado la casa al tuntún y no a partir de un plano. Cuando llegamos al rincón más alejado, Cole se detuvo por fin.

—Tú dormirás aquí —anunció a la vez que abría una puerta. Con la mano apoyada en la pared, busqué el interruptor. Lo encontramos los dos al mismo tiempo y nuestros dedos se palparon en la oscuridad. El contacto me provocó una corriente eléctrica en el brazo y retiré la mano sobresaltada. Cole rio por lo bajo, pero al menos se hizo la luz. Cuando el resplandor cálido iluminó la habitación, se me pasó el sofoco de golpe.

—Hala.

Cada centímetro de las cuatro paredes estaba pintado de colores vivos. Era un mural que empezaba representando un bosque inundado y, para cuando había dado la vuelta completa a la sala, se había transformado en un océano repleto de seres marinos. La mitad del techo imitaba un firmamento nocturno y la otra mitad sugería el día. Incluso las aspas del ventilador de techo estaban decoradas. Me quedé allí plantada con la boca abierta y observé asombrada mi nuevo dormitorio.

—Era el estudio de mi madre —aclaró Cole.

Había un gran escritorio pintado de colores tan brillantes como el resto de la sala. Sobre la superficie se desplegaba una gran colección de tarros de cristal y tazas de café llenos de pinceles, carboncillos y rotuladores. Vi una libreta de dibujo abierta por el boceto del cuadro que descansaba en el caballete, en el centro de la habitación. Las suaves pinceladas que cubrían el lienzo representaban un paisaje que yo había visto mientras veníamos del aeropuerto: las montañas de Colorado.

—Es alucinante —dije a la vez que deslizaba la mano por el borde del lienzo.

—Sí, mi madre es una pasada con los pinceles.

Había retintín en su voz.

En ese momento advertí que algunos artículos de arte estaban guardados en cajas para hacer sitio a mi cama y comprendí por qué los chicos se habían disgustado cuando Katherine comentó dónde dormiría yo.

—Le he quitado su estudio.

—Ya no tiene mucho tiempo para pintar —fue la respuesta de Cole, que hundió las manos en los bolsillos traseros del bañador—. Con doce hijos y todo eso…

En otras palabras, sí, le había quitado el estudio.

Antes de que yo pudiera responder, Will plantó una de mis maletas en el suelo y el golpe nos sobresaltó a los dos.

—Venga, Cole —dijo, y enderezó la espalda—. Jackie tiene mogollón de maletas que hay que subir.

—En cuanto me cambie, bajo a echaros una mano —prometí, porque no quería cargarlos a ellos con todo el trabajo.

Will desdeñó mi oferta con un gesto de la mano.

—Tú instálate.

Cuando se marcharon, cerré la puerta para cambiarme y dejé caer al suelo la toalla con la que me había envuelto los hombros. Por la mañana me había asegurado de guardar una muda en el equipaje de mano por lo que pudiera pasar; unos pantalones tipo sastre y una blusa rosa de cuello sencillo. Después de cambiarme, le tocó el turno a mi pelo. Me pasé casi diez minutos peleándome con el peine para desenredarlo.

—Eh, ¿sigues viva? —oí preguntar a Cole, que llamó a la puerta con los nudillos.

—Voy enseguida —grité, y me aplasté el pelo por última vez. Con las planchas guardadas en la maleta, los rizos no tenían solución, así que me resigné a dejar que las ondas oscuras fluyeran a su antojo por debajo de la cinta azul—. ¿Sí? —pregunté, abriendo la puerta. Mi equipaje estaba amontonado al otro lado.

—Solo quería saber si todo iba bien —dijo Cole, recostándose contra la jamba—. Estabas tardando mucho.

—Me estaba cambiando.

—¿Durante quince minutos? —preguntó, y al momento frunció el ceño—. ¿Y qué cojones te has puesto?

—¿Qué tiene de malo mi conjunto? —me extrañé. Sí que era un poco informal, pero no tenía previsto que me tiraran a una piscina.

—Parece que te hayas vestido para una entrevista de trabajo —respondió Cole, ahora aguantándose la risa.

—Si tuviera una entrevista de trabajo, me vestiría de traje.

—¿Y por qué te ibas a poner ropa de chico?

Resoplé.

—Los trajes no son solo para hombres.

¿Acaso su madre no le había enseñado nada de moda?

36

—Vale, da igual, pero yo no me pondría esa camisa tan bonita. Vamos a cenar espaguetis.

¿Y eso qué narices significaba? Yo no comía como una cavernícola.

—Si ya vamos a cenar, ¿no deberías vestirte de forma más… apropiada? —contraataqué. Cole todavía no se había puesto una camisa y yo me aseguré de mantener la mirada pegada a su cara para que no se me fueran los ojos. Con los bucles aclarados por el sol y esos abdominales tan marcados, parecía un dios griego. ¿Cómo iba a vivir con ese chico? Su misma presencia me cohibía y me ponía de los nervios.

—No sé qué hace la gente en Nueva York, pero aquí no nos arreglamos para cenar. Así voy bien. —Esbozó una sonrisa indolente que me hizo revolverme en el sitio—. Da igual. Te dejaré un rato a solas para que deshagas el equipaje —añadió antes de que yo pudiera responder.

Cole se despegó de la jamba y yo lo miré marcharse, porque era incapaz de apartar los ojos de él. Por fin desapareció en un recodo, rompiendo así mi estado de trance. Me desplomé en mi nueva cama. Había sobrevivido a mi primer encuentro con los chicos Walter.

Nunca había visto una cocina como la de Katherine. Reinaba el jaleo y el mogollón, pero al mismo tiempo era cálida y acogedora. Su toque artístico se percibía en la decoración. Había un mural pintado en todas las paredes que representaba un viñedo y cada una de las sillas colocadas alrededor de la mesa era de un color distinto. No se parecía en nada a la aséptica cocina de mi madre, embaldosada y decorada con reluciente acero. En casa tenía la sensación de que era una estancia que solo estaba ahí para lucirla y si hacía un estropicio me la cargaba. Esta cocina transmitía vida y, por alguna razón extraña, me gustaba.

Cuando entré, Katherine estaba de pie junto a los fogones, removiendo una olla y gritándole órdenes a Isaac, que la estaba ayudando. Dos perros se perseguían interponiéndose en el camino de los que intentaban poner la mesa para cenar. A George por poco se le cae el cuenco de ensalada cuando tropezó con uno de ellos que corría entre sus piernas.

Zack y Benny, los gemelos pequeños, estaban sentados en el suelo, a un metro de distancia el uno del otro, jugando con una especie de videoconsola portátil que constaba de dos aparatos conectados por un cable. Por poco me atraganto cuando Zack le arrancó a Benny su dispositivo y gritó:

—¡Has perdido, caraculo!

Una inmensa ovación estalló en una sala que daba a la cocina. Cuando me di la vuelta, vi al resto de los chicos mirando un partido de baloncesto por la tele. Mis ojos buscaron automáticamente a Cole, que se levantó de un salto al tiempo que hacía un gesto triunfal con el puño. Después de nuestra última conversación, se había puesto una camisa negra ajustada que le marcaba los anchos hombros y destacaba su pelo rubio hasta tal punto que parecía platino.

—¿Qué miras? —preguntó Lee de malos modos cuando entró en la cocina por mi espalda montado en su monopatín. Me acordaba de Lee porque los dos éramos alumnos de segundo en el instituto y me había lanzado una mirada glacial cuando Will me lo había presentado. Muerta de vergüenza de que me hubiera pillado observando a su primo, aparté la vista de la sala de estar.

—¡Lee! ¿Cuántas veces te tengo que decir que no uses el monopatín dentro de casa? —lo regañó Katherine cuando él se estampó contra una silla y la derribó. El mueble cayó sobre la cabeza de Benny, que de inmediato se puso a gritar como si lo estuvieran matando.

—Solo mil veces más, tía Kathy —replicó antes de arrodillarse al lado de su primo para comprobar que no hubiera sido nada.

Yo me froté las sienes tratando de mitigar el dolor de cabeza que me estaba entrando. Ese sitio era para volverse loco. Y entonces, en medio del caos, vi a otro de los hermanos. No recordaba su nombre. Estaba sentado en una de las sillas de la cocina con la guitarra en el regazo y una partitura desplegada sobre la mesa. Recordé mi lista y supuse que se trataba de Nathan, el músico de catorce años. Lo vi rasguear unos acordes, pero no oía la música. Negando con la cabeza, cogió el lápiz que tenía entre los dientes y tachó algo. Yo no podía entender cómo era capaz de concentrarse con tanto jaleo.

—Jackie, cielo —dijo Katherine, que por fin había reparado en mi presencia. Estaba escurriendo el agua de una olla enorme de espaguetis. A su lado, en la encimera, había un bote de salsa de tamaño familiar—. Menos mal que no te has perdido de camino a la cocina. Esta casa es enorme y tu habitación está en el último rincón. Le he pedido a Cole que te fuera a buscar hace diez minutos, pero parece ser que se ha despistado con el partido.

Me sonrió, y yo me acerqué a ayudarla.

—No pasa nada. No ha sido tan difícil encontrar el camino —respondí abriendo la tapa del bote—. Solo he tenido que seguir el ruido.

Katherine se rio, me cogió el bote de salsa y lo vació sobre la pasta.

—En esta casa siempre hay jaleo. Es lo que pasa cuando tienes doce hijos. —Guardó silencio un momento y me dedicó una pequeña sonrisa—. Ahora trece.

Me miré los pies y susurré:

—Gracias, señora Walter.

—Es un placer, cariño. Y, por favor, no me llames así. Soy Katherine —dijo a la vez que me abrazaba.

—¡Chicos! —aulló George—. El papeo está en la mesa. Apagad ese estúpido cacharro.

Katherine me soltó, cogió el cuenco de espaguetis y lo dejó junto a las demás fuentes de comida caliente. La seguí a la mesa y me senté en la primera silla que encontré.

—No te puedes sentar ahí —me espetó uno de los gemelos medianos. Una vez más, era incapaz de recordar su nombre.

—Lo siento —me disculpé, cambiándome de silla.

—Ahí tampoco. Esa es mi silla —protestó el otro gemelo.

—Chicos, ¿por qué no trae alguien una silla del comedor para que se siente Jackie? —pidió George. Uno de los gemelos abrió la boca para protestar, pero el otro le propinó un codazo en las costillas.

—Vale, papá. Ya voy —accedió el primero con una sonrisa de niño bueno.

Pasado un ratito apareció arrastrando una silla. Después de que la acercara a la mesa, me senté y George procedió a bendecir la cena. En mitad de la oración noté que algo me rozaba la pierna. Alargué la mano por debajo de la mesa y palpé algo liso y alargado. Cuando lo levanté para averiguar qué era, pegué un chillido a la vez que lanzaba lejos el reptil que tenía en la mano. La conmoción se apoderó de la cocina.

—¡Una serpiente! —vociferó Benny al tiempo que se levantaba del asiento. Al hacerlo tropezó con uno de los perros. El pobrecito aulló y salió corriendo en dirección opuesta. Alex, que se había puesto de pie asustado, tropezó con él y cayó encima de Isaac, que estaba sentado a su lado. George intentaba tranquilizar a Benny, pero se las ingenió para resbalar con un charco de leche que alguien había derramado en medio de la histeria colectiva.

Mientras se precipitaba al suelo, George se agarró del mantel para recuperar el equilibrio, pero en vez de eso arrastró todos los platos al suelo con él. Cuando el cuenco de espaguetis cayó, el contenido voló por los aires y todos acabamos cubiertos de salsa de tomate.

—¡Jordan! —gritó George a su hijo—. ¡Estás castigado! ¡O algo peor!

La cena había sido un desastre, y todo por mi culpa. Después de aplacar los ánimos, George y Katherine asignaron a cada cual una tarea en la limpieza del estropicio. O sea, a todos menos a mí. Katherine se deshizo en disculpas por la conducta de sus hijos y me envió a que me aseara, aunque yo le supliqué que me dejara echar una mano.

Cerré el agua y salí de la ducha. Me sentó bien librarme del cloro de la piscina y de los espaguetis de la cena, pero por más rato que me pasara debajo del agua caliente, nada me iba a librar del desasosiego que se arremolinaba en mi barriga. Por si no bastara con eso, noté aguijonazos de rabia cuando vi mi camisa en el suelo cubierta de salsa. Cole tenía razón; ya podía tirarla. Había empezado con mal pie mi vida con los chicos Walter, a juzgar por las miradas torvas que me lanzaron casi todos cuando abandoné la cocina.

Mientras me envolvía en una toalla, lamenté no haber llevado chanclas al baño. El suelo era un campo de minas sembrado de calzoncillos sucios y pañuelos de papel usados que no habían caído en la papelera, por no hablar de las baldosas, que tenían aspecto de no haber sido fregadas desde que los Walter se mudaron a la casa.

También tenía que ser supercuidadosa para no apoyarme en el lavamanos mientras me limpiaba la cara. Había pegotes de pasta de dientes por todas partes como si fueran cacas de pájaro, junto con pelos y gotas secas de crema de afeitar azul. Casi todos los chicos dejaban los cepillos de dientes junto a la pila, como si la encimera húmeda no fuera un hervidero de misteriosas toxinas. Ni en sueños pensaba dejar el mío allí.

Abrí la puerta y asomé la cabeza al pasillo para asegurarme de que no había nadie cerca. No quería que ninguno de los chicos me viera medio desnuda. La próxima vez que me duchara, me acordaría de llevar la ropa al baño. Mientras regresaba sigilosamente a mi habitación, imaginé que así se sentían los adolescentes cuando salían de casa a hurtadillas en mitad de la noche. Yo nunca había hecho nada tan temerario.

Llegué a mi nuevo dormitorio sin cruzarme con ninguno de los hermanos y me deslicé al interior suspirando de alivio.

—Bonita toalla, Jackie.

—¡Ah! —chillé, y casi se me cae el esponjoso tejido cuando vi a Cole sentado en mi cama. Todavía estaba cubierto de salsa de tomate, pero comía algo de un envase de comida china para llevar. Había dos más humeando sobre el escritorio, sin empezar. Una sonrisa se extendió por su cara cuando me miró de arriba abajo.

Me puse tan colorada como las manchas de su camisa y me ceñí con fuerza la toalla alrededor del cuerpo.

—¿Qué narices haces en mi habitación?

—Cenando. ¿Quieres? —preguntó, ofreciéndome la cajita.

—Sí, pero ¿podrías marcharte, por favor? —repliqué, horrorizada de que algo así estuviera pasando—. Tengo que cambiarme.

—No te preocupes. Cerraré los ojos.

—No me voy a cambiar delante de ti.

—Tú misma. Puedes comer tapada con la toalla. A mí me da igual.

—¡Cole, lárgate! —le espeté por fin.

—Hostia, tía, no te cabrees conmigo porque te haya pillado en bragas. —Se levantó de la cama entre el crujido de los muelles y dejó la comida junto a las otras cajas—. O más bien sin ellas…

Cole salió riendo por lo bajo. Yo cerré de un portazo y puse el seguro a la puerta por si las moscas.

Después de enfundarme un pijama deprisa y corriendo, abrí la puerta y dejé pasar a Cole. Él entró sin esquivarme y se desplomó en la cama antes de echar mano de su comida. Me encogí al ver que se acercaba un bocado a los labios. Yo nunca comía en el dormitorio. Me parecía antihigiénico.

Cuando por fin cayó en la cuenta de que lo estaba mirando, Cole dejó de masticar.

—¿Qué pasa? —preguntó con la boca llena.

—¿Tienes que comer en la cama?

—¿Por qué lo dices? ¿Prefieres hacer alguna otra cosa en la cama?

—No, Cole —repliqué, haciendo esfuerzos por obviar el comentario—. Es que no quiero que me la ensucies de comida. Tengo que dormir ahí.

—¿Unos cuantos granos de arroz te impedirán dormir, princesa? —Cole echó un vistazo a la habitación—. Además, ¿dónde vamos a sentarnos si no?

Tenía razón, cómo no. Mis maletas ocupaban el espacio libre del suelo y los utensilios de pintura de Katherine llenaban todo lo demás. Y ni en sueños pensaba volver a la cocina para cenar. Me senté en el borde de la cama con cuidado y él me tendió unos palillos. Durante los minutos siguientes comimos en silencio el pollo agridulce y, por sorprendente que fuera, me sentí a gusto allí sentada con Cole. Sin embargo, cuando la comida desapareció, estropeó el único momento de paz y tranquilidad que había disfrutado desde mi llegada a Colorado.

—Ha sido divertido el numerito de esta noche —dijo, dejando en la mesa el envase vacío. Me aparté y atrapé un trozo de brócoli sin ningún entusiasmo. Cole se rio—. Venga, Jackie. Era una broma. Si te digo la verdad, esas cosas pasan constantemente en esta casa.

Dejé la comida a un lado y miré a Cole.

—¿De verdad? —quise saber.

—Bueno, no siempre es tan espectacular, pero al menos esta noche ha sido divertido. Deberías haberte visto la cara cuando has lanzado a Rumple por los aires.

Volvió a reír a carcajadas.

—¿Rumple? —pregunté sin entender.

Cole se desperezó y se sentó más cerca de mí.

—Rumplesnakeskin. Es la serpiente de Jordan.

—¿Hay alguna otra mascota peligrosa en la casa cuya existencia debería conocer? —gruñí.

—No —dijo él, de nuevo entre risas—. Solo la de Isaac.

—No me gustan mucho los animales —reconocí. La tarima del suelo crujió al otro lado de la puerta—. En particular las serpientes.

La puerta se abrió de golpe.

—Las serpientes del maíz no son peligrosas —aclaró Jordan al entrar. Su doble, Jack, lo seguía con una cámara de vídeo en la mano, y supe por la lucecita verde que estaba grabando. Jack asintió con la cabeza.

—Queríamos una pitón, pero mamá no nos deja tenerla.

—Sí, el hermano mayor de un amigo mío, Nick, tiene una pitón —dijo Jordan con emoción—. Me contó que una vez el terrario se estropeó. Las serpientes son ectotermas y tenía que mantenerla caliente, así que Nick se metió la serpiente en la cama por la noche para darle calor. En lugar de enroscarse como hacía normalmente, la serpiente bajó de la cama y se estiró. Tampoco comía y Nick pensó que estaba enferma. Llevó a la pitón al veterinario y le dijeron que había estirado el cuerpo porque se estaba preparando para devorarlo. ¿No te parece genial?

Miré a los gemelos boquiabierta. Por lo visto, mi definición de «terrorífico» equivalía a «genial» para Jordan.

—Si yo tuviera una serpiente —empezó Cole—, seguramente dejaría que te devorase, Jo. Es obvio que no sabes lo que significa llamar a la puerta.

—Papá nos ha enviado para deciros que si alguno de nosotros se queda a solas con Jackie en la habitación, hay que dejar la puerta abierta. Así que no hace falta llamar, gilipollas —replicó Jordan, que cruzó los brazos con actitud desafiante.

—Muy bien. Eso no aclara qué hacéis aquí todavía. Ya nos habéis comunicado la estúpida regla de papá. Ahora largo.

—No he terminado. También hemos venido para informar a Jackie de que a partir de ahora será el tema de nuestra película.

—¿Tema? —pregunté.

Cole puso los ojos en blanco.

—Este par de idiotas piensa que algún día serán directores de cine. Siempre están buscando temas interesantes para rodar lo que por lo visto será el documental del siglo.

—Ganaremos premios —añadió Jack, volviéndose hacia mí—. Jordan y yo nos hemos dado cuenta esta noche de que serías perfecta. Lástima que no lleváramos la cámara en ese momento. Hemos pensado que estaría bien repetir la escena.

—Lo tienes claro. ¿Qué le diréis a mamá? Oye, ¿te importa si volvemos a destrozar la cocina? Prometemos limpiar toda la salsa de tomate.

Haciendo caso omiso de Cole, respondí a los gemelos:

—Preferiría que no me grabaseis. No me apetece demasiado ser el tema de un documental.

—Es que no lo entiendes —insistió Jordan—. Eres la primera persona del sexo femenino que hemos tenido nunca en esta casa. Es todo un acontecimiento.

—Te acuerdas de que tienes madre y una hermana, ¿no? —señaló Cole.

—Mamá no cuenta porque es, bueno, nuestra madre. Y Parker ni siquiera tiene tetas todavía.

Unos golpecitos en la puerta interrumpieron la conversación. Uno de los chicos mayores estaba de pie en el pasillo, como si no se atreviera a entrar.

—Esto… ¿Cole? —dijo casi sin mirarme.

—Sí, ¿qué pasa, Danny?

Cuando Cole pronunció el nombre de su hermano, recordé que esos dos eran mellizos.

—Erin ha venido a buscarte —murmuró—. Te está esperando en la puerta.

Tan pronto como transmitió su mensaje, Danny dio media vuelta sobre los talones y se marchó.

—Tengo que dejaros. —Cole se levantó de la cama—. Venga, vosotros dos —dijo al tiempo que empujaba a sus hermanos menores hacia la puerta—. Dejad en paz a Jackie un rato. Ha tenido un día muy largo.

—Vale —accedió Jack a regañadientes—. Ya hablaremos de tu contrato por la mañana, Jackie. Jordan y yo llevamos un tiempo ahorrando el dinero de la paga. Te haremos una buena oferta.

Con eso, la pareja se largó corriendo y yo me quedé a solas con Cole.

—No me apetece nada salir en su película, si te digo la verdad —repetí con un suspiro.

—Si pasas de ellos el tiempo suficiente, encontrarán otra distracción.

—Ya me imagino, pero es que tu familia me abruma y yo solo quiero que todo el mundo olvide lo de esta noche.

—Mañana todo irá mejor, ¿vale? Nos vemos antes de clase.

—Oh, genial —gemí al mismo tiempo que me desplomaba sobre las almohadas—. Clase.

Estaba tan agobiada por el desastre de la cena que casi me había olvidado de que tendría que asistir a un instituto público por primera vez en mi vida.

—No te preocupes —me dijo con un bostezo. Sujetándose el codo, Cole alargó el brazo por encima de la cabeza y yo aparté la vista a toda prisa para no mirar embobada el desplazamiento de sus músculos por debajo de la piel—. Será pan comido.

—Para ti es fácil decirlo —observé mientras desplazaba el medallón de mi madre de un lado a otro por la cadena—. Llevo estudiando en el mismo colegio desde que tenía once años. Solo de pensar en asistir a un instituto público, me entran todos los males.

—Te prometo que todo irá bien. Buenas noches, Jackie.

—Buenas noches, Cole —respondí. De repente, una pregunta asaltó mi mente.

—Espera —le grité cuando él estaba a punto de salir al pasillo—. ¿Quién es Erin?

Cole se lo pensó un momento antes de responder:

—Solo una amiga.

Cuando cerró la puerta, contuve el aliento y lo escuché marcharse. Pasados unos segundos, oí los golpes de sus pies contra los peldaños.

Al cabo de un rato:

—Hola, Erin.

Me sorprendió tanto volver a oír la voz de Cole que por poco me caigo de la cama.

—Cole —respondió una chica de voz ronca—. Dijiste que me llamarías.

Eché un vistazo a la habitación, buscando de dónde procedían las voces. Había tres ventanas y comprendí por qué Katherine había escogido este cuarto como estudio. Le proporcionaba distintas perspectivas para pintar. La ventana que daba a la fachada delantera estaba abierta de par en par.

—Sí —dijo Cole—. He estado liado. Lo siento.

Retirando la cortina, miré abajo y vi a Cole parado en el porche. La puerta principal estaba abierta y la luz del interior se derramaba en la noche dibujando un contorno amarillento en torno a su cuerpo.

—¿Sigue en pie lo de esta noche? —preguntó Erin. Estaba de pie unos peldaños más abajo y yo solo alcanzaba a ver unas piernas largas y una coleta alta.

Cole guardó silencio un momento antes de responder.

—Es tarde.

Erin se cruzó de brazos.

—Vale, pero mañana no me pongas excusas. Ya me has dado plantón varias veces. Te echo de menos.

—Vale.

—¿Me lo prometes? —preguntó ella. Cole asintió con la cabeza—. Bien. Nos vemos mañana.

El chico se quedó en el porche mirando a Erin ir hacia su coche. Cuando las luces traseras se perdieron en la oscuridad, supuse que Cole volvería a entrar. Pero no lo hizo. En vez de eso, bajó los peldaños y recorrió el camino principal hacia una especie de cobertizo.

Cole descorrió el cerrojo y abrió las puertas correderas. Entonces me di cuenta de que era un segundo garaje.

Tras accionar el interruptor de la luz, volvió a cerrar. Esperé unos minutos, pero no salió. Por fin me di por vencida y me acosté. Sin embargo, mi cabeza no paraba de darle vueltas al misterio. ¿Qué narices hacía Cole ahí dentro?

Tres

Viajaba en coche con mi familia. Mi madre y mi padre iban en el asiento delantero, y Lucy estaba sentada a mi lado, en el trasero. Mi hermana y yo compartíamos auriculares y cantábamos a voz en grito una de nuestras canciones favoritas. Cuando terminó, sonreí y miré por la ventanilla. Hacía uno de esos días de primavera, secos y soleados, que salen de tanto en tanto cuando el invierno está a punto de terminar. Una leve neblina verde que era casi invisible envolvía las ramas de los árboles, indicio de los nuevos brotes que empezaban a abrirse paso.

Baje la vista sorprendida cuando mi cinturón de seguridad se abrió de repente.

—Pero ¿qué...? —murmuré y volví a abrochármelo. Una sensación de desasosiego se apoderó de mi estómago cuando el cierre del cinturón volvió a soltarse. Antes de que pudiera abrocharlo de nuevo, una fuerza invisible me arrancó del coche.

Estaba de pie en el asfalto, los árboles se estremecieron a ambos lados de la carretera y el cielo se tiñó de un gris amenazador. Nuestro coche pasó zumbando por mi lado y yo apenas pude atisbar a Lucy mirándome desde la ventanilla.

—¡Parad! ¡Esperadme! —grité, y eché a correr carretera abajo.

Pero el coche no se detuvo. Yo observaba horrorizada el asfalto, que empezaba a desmenuzarse a cosa de un kilómetro y medio de distancia. Entonces la carretera se dividió en dos, nuestro coche cayó por la grieta y la tierra se tragó a toda mi familia.

Resollando, me senté en la cama con el cuerpo envuelto en una capa de sudor. Cuando mis ojos se acostumbraron a la oscuridad, el terror se apoderó de mí, porque no reconocía la habitación. Aparté el edredón a patadas y me planté en un suelo frío y duro. Durante un momento no entendí nada; el suelo de mi dormitorio no era de madera. ¿Dónde estaba la moqueta?

Palpé la pared en la oscuridad buscando el interruptor y, cuando lo encontré, el mural se iluminó a mi alrededor. El golpe de la realidad fue tan intenso que se me doblaron las rodillas y acabé hecha un guiñapo en el suelo. No estaba en mi casa, en Nueva York. Estaba en Colorado.

Lo había soñado. El accidente de coche solo había sido un sueño.

Cuando sucedió, yo no viajaba con ellos. Estaba en el sofá, enferma de gripe. Recuerdo que me había acurrucado debajo de un montón de mantas para tratar de dormir hasta que se me pasaran los escalofríos. Mientras discurría la mañana y yo iba dormitando a ratos, mi familia ya debía de haber abandonado este mundo.

En algún momento el teléfono empezó a sonar, pero yo me encontraba demasiado mal para responder. Siguió sonando durante la tarde, hasta que por fin llamaron a la puerta y tuve que levantarme. Cuando el agente de policía me dijo lo que les había pasado a mis padres y a mi hermana, mi estómago reaccionó antes de que yo pudiera procesar la información. Me doblé sobre mí misma, con las manos en las rodillas, y vomité en el suelo el poco chocolate caliente que había conseguido tragar por la mañana.

No entendía que Lucy ya no estuviera. Siempre había sido algo más que una hermana mayor. La noche antes, cuando yo había caído enferma, ella me había sujetado el pelo y masajeado la espalda mientras yo lloraba delante de la taza. Y mi madre…, era la mujer más fuerte que había conocido. No me cabía en la cabeza que estuviera muerta.

Pero lo estaba. Todos lo estaban.

Desde entonces —noventa y cuatro días, para ser exactos— no paraba de soñar con ellos. Mi padre era un famoso CEO de Howard Investment Corporation, así que el accidente salía una y otra vez en las noticias, un recordatorio constante de que me habían dejado. Todavía no me podía quitar de la cabeza la imagen del coche, que acabó aplastado igual que una bola de papel de aluminio. Era como llevar cada detalle grabado a fuego en el cerebro, igual que apartar la vista del sol después de haberlo mirado demasiado rato y verlo multiplicarse en el cielo en colores vívidos.

Me quedé allí un rato mientras mi pecho ascendía y descendía con violencia, hasta que por fin recuperé el control de la respiración. Me recompuse y eché un vistazo al reloj: las 5.31 de la madrugada.

No podría volver a dormirme, de modo que me acerqué a la cómoda. Busqué mi ropa de deporte, me puse unos pantalones cortos, cogí las zapatillas de correr y desconecté el teléfono del cargador. Era muy temprano y estaba agotada después de la pesadilla, pero necesitaba alguna distracción.

Normalmente entrenaba en una de las cintas de correr del gimnasio que teníamos en casa, pero los Walter no disponían de uno; ni tampoco de cinta de correr, de hecho. Tendría que apañarme ejercitándome fuera. El sol empezaba a asomar en el cielo y una brisa fresca me acarició el cuello cuando salí al destartalado porche de madera. Al sentarme para atarme las zapatillas antes de hacer los estiramientos, me fijé en el brillo del rocío de la mañana sobre la hierba.

Mientras calentaba los músculos, las mariposas me revoloteaban en la barriga. No sabía si eran restos de la pesadilla o si estaba nerviosa por el día que se avecinaba. La idea de asistir a un instituto me angustiaba. Solamente llevaba un día en el hogar de los Walter y había sido horrible. No podía ni imaginar cómo me sentiría en un centro público con cientos de chicos; once más Parker ya eran excesivos.

El curso escolar entraba en la recta final y estaba segura de que no haría ni un solo amigo. Me sorprendí deseando que fueran ya las tres de la tarde, para poder encerrarme en mi habitación y acurrucarme en la cama.

Cuando estaba a punto de ponerme en marcha, la mosquitera de la puerta crujió y vi salir a George. Will y Cole aparecieron a continuación y los tres iban vestidos con ropa de trabajo: vaqueros, viejas camisetas desvaídas, botas y gorros para protegerse del sol.

—Buenos días, Jackie —dijo George, que se levantó una pizca el sombrero. Will me saludó con la mano y me obsequió con una sonrisa amistosa.

—Buenos días, señor Walter, Will —respondí.

—Te has levantado temprano —gruñó Cole mientras se quitaba las telarañas de los ojos.

—Lo mismo digo.

Cole frunció el ceño.

—Las tareas —fue toda su explicación.

—Los chicos tienen que trabajar un rato en el rancho antes de ir a clase —me explicó George—. Si vas a correr, tal vez quieras esperar a Nathan. Saldrá en un momento.

—Vale, gracias —le dije cuando ya se alejaban del porche.

Mientras esperaba a Nathan, los vi encaminarse hacia un granero apenas visible a la luz del amanecer. En cierto momento Will empujó en plan de broma a Cole, que tropezó y cayó a la hierba. Disimulé una sonrisa con la mano.

La mosquitera chirrió otra vez y Nathan salió de la casa. Cuando me vio, sonrió de oreja a oreja. Yo intentaba recordar cuál de todos ellos era, pero entonces vi el collar con la púa de guitarra. El músico.

—¿Te gusta correr? —me preguntó emocionado, sin desearme buenos días.

—Me gusta estar en forma —le dije—. No diría tanto como que me gusta correr.

—Vale —asintió entre risas—. ¿Quieres ponerte en forma conmigo?

Parecía que de verdad le hiciera ilusión.

—Claro, podemos entrenar juntos —le dije—. La verdad, me sorprende que quieras que te acompañe. Todo el mundo parecía enfadado conmigo anoche.

Me ardieron las mejillas al recordar los espaguetis volando por los aires, pero Nathan se limitó a sonreír. Se iba a parecer mucho a Cole cuando fuera mayor, pero no resultaba ni de lejos tan intimidante.

—¡Pues claro que quiero! Además, lo de ayer fue divertido. No te tomes en serio a Jordan. Es un bromista.

—Intentaré tenerlo presente —respondí mientras echábamos a andar.

—¿Quieres que sigamos mi ruta habitual? —me preguntó Nathan.

—Tú primero.

Después de la carrera, me encaminé a la cocina en busca de algo para desayunar antes de que nadie más se levantase. Me parecía la manera perfecta para evitar otra catástrofe. Como era de esperar, me salió el tiro por la culata. Katherine estaba sentada a la mesa envuelta en un albornoz rosa, bebiendo una taza de café y leyendo un libro. Para acabar de empeorar las cosas, su sobrino mayor también estaba allí. Recostado contra la encimera, comía un bagel en calzoncillos. ¡Buenos días, tableta de chocolate! No pude hacer nada más que quedarme allí parada flipando como una idiota.

—¡Buenos días, Jackie! —exclamó con la boca llena. Otra vez noté un calorcillo en las mejillas. ¿Por qué todos los chicos de esa familia tenían unos abdominales perfectos?

—Hum, hola —lo saludé como una tonta. Katherine levantó la vista al oír mi voz.

—¡Isaac! —regañó al chico, refrescando así mi memoria. Isaac tenía la misma edad que yo, dieciséis, pero iba a un curso más alto—. ¡Vístete, por el amor de Dios! Ahora hay una chica en la casa.

—Pero tú eres chica y nunca te ha importado —objetó él—. Además, a Jackie le da igual. ¿Verdad, Jackie?

Se giró para mirarme.

¿Qué narices tenía que responder a eso? «Claro, Isaac. Me encanta contemplar tu cuerpo medio desnudo». En vez de eso, opté por la respuesta que habría dado cualquier chica lista en mi situación.

—Hum… —dije sin comprometerme, y dejé revolotear la mirada de uno a otro.

—¿Lo ves, tía Kathy? Jackie dice que no le importa —le soltó Isaac a su tía.

Qué raro, yo no recordaba haber dicho nada parecido.

—No, jovencito, no ha dicho nada —replicó Katherine poniendo los brazos en jarras—. ¡Así que vístete ahora mismo antes de que te lleve arriba de la oreja!

En ese momento entró Alex en la cocina, todavía frotándose los ojos. Tampoco llevaba nada encima aparte de los calzoncillos. A diferencia de Isaac, se detuvo en seco cuando me vio. Se quedó paralizado un momento, con los ojos como platos, antes de dar media vuelta y salir disparado por el pasillo.

—¿Lo ves? —continuó Katherine cuando su hijo desapareció—. Así deberías sentirte en presencia de una chica guapa… ¡cohibido!

—Tía Kathy, vale que Jackie está buena si te gustan las pijas, pero a mí eso no me cohíbe —dijo Isaac, y se señaló el cuerpo.

—¡Isaac Walter! —lo amenazó ella con un dedo en alto, al mismo tiempo que avanzaba un paso hacia él. Riendo, el chico abandonó la cocina, pero no antes de hacerme un guiño. No tuve claro por qué me había sonrojado. Quizá tuviera que ver con el halago de Katherine o tal vez porque Isaac le había dado la razón.

—¿Qué estás haciendo aquí? —me espetó Lee cuando me vio esperando en la puerta del baño envuelta en el albornoz. Todavía estaba sudorosa después de la carrera con Nathan y necesitaba ducharme antes de ir a clase. Esa vez me había acordado de llevar las chanclas y la ropa, y me había mentalizado para enfrentarme a la asquerosa zona de guerra que me esperaba dentro.

—Esperando para entrar —fue mi respuesta—. Me parece que Cole está dentro.

—Ya sé que Cole está dentro. Es su hora —dijo Lee a la vez que señalaba una hoja de papel pegada junto a la puerta del baño. Sacudió la cabeza para apartarse el pelo de los ojos y me fulminó con la mirada—. Luego me toca a mí, así que largo.

—¿Hay un horario para usar la ducha?

—Solo por las mañanas —aclaró Nathan, que salió de su habitación ya duchado y vestido—. Como todos tenemos que prepararnos al mismo tiempo, es un follón.

Cole abrió la puerta del baño y una ola de vapor inundó el pasillo. Solamente llevaba encima una toalla blanca atada a la cintura y las gotitas de agua que todavía se le adherían a los esculturales hombros y abdominales le hacían resplandecer la piel.

—Si no estableciéramos turnos —explicó a la vez que intentaba extraerse agua del oído—, Danny se pasaría horas ahí dentro intentando parecer guapo. —Abriéndose paso entre los tres, gritó por encima del hombro—: Yo no necesito mucho tiempo porque estoy bueno de nacimiento.

—¿Y no me podéis hacer un hueco? —pregunté echando un vistazo al horario. Todos los periodos de veinte minutos estaban ocupados hasta la hora a la que teníamos que salir hacia el instituto.

La cabeza de Isaac asomó de la habitación que compartía con Lee.

—¿Alguien ha visto mi cazadora de cuero?

—Está en tu armario, idiota —le soltó Lee a su hermano mayor.

—¿En una percha? ¿Y cómo cojones ha ido a parar ahí?

—¡Chicos! —los interrumpí.

—Tus cosas estaban por todas partes y no encontraba mi monopatín.

—Pues la próxima vez que se te ocurra hacer limpieza de primavera, hazme un favor: no toques mi cazadora.

—¿Hola? ¿Alguien me puede contestar, por favor? —rogué con una mano en la cadera—. Yo también necesito ducharme.

—Haberlo dicho antes, guapa —me contestó Isaac—. Habría compartido mi rato de ducha contigo.

Me sonrió antes de desaparecer de nuevo en su habitación.

Riendo de la salida de su hermano, Lee se metió en el baño y me cerró la puerta en las narices.

—Prueba en el de abajo, el que usan los pequeños —me sugirió Nathan—. Se bañan por la noche, así que debería estar libre. Pero ten cuidado con los juguetes de baño. A mí me han hecho caer más de una vez.

Una vez que todo el mundo terminó de ducharse, desayunar y hacer deberes de última hora, Katherine nos empujó hacia la puerta.

—Lee, deja el monopatín en casa. Si vuelves a patinar por los pasillos del colegio, te expulsarán varios días.

—Pero, tía Kathy…

—No hay «peros» que valgan. Alex, has suspendido el trabajo de Historia. *Star Wars* no es un tema válido para hablar de la guerra más relevante de la historia. Discúlpate con el profesor y dile que volverás a escribirlo. Isaac, la entrenadora del equipo de voleibol femenino ha llamado y ha dicho que como te vuelva a pillar espiando en el vestuario de las chicas se asegurará de que suspendas Educación Física. Ahora en marcha. —Katherine gritó desde el porche—: ¡Será mejor que Jackie no llegue tarde el primer día de clase o me vais a oír!

Los chicos tiraron las mochilas a la caja de la camioneta y empezaron a amontonarse en el interior. Yo los observaba desde el borde del acceso para los vehículos como quien mira a una familia pintoresca en una película. Todos irradiaban personalidad por los cuatro costados y yo tenía la sensación de que no encajaba allí. Hasta la camioneta tenía carácter. Debía de haber exhibido un bonito rojo grana cuando era nueva, pero la edad y las inclemencias del tiempo le habían quitado el brillo al color. Le faltaba un retrovisor lateral y tenía un faro hundido. Me pregunté cómo era posible que la dejaran circular.

Danny, que había tardado más que nadie en prepararse, cruzó la puerta principal a la carrera, huyendo del sermón de su madre. Le lanzó las llaves del vehículo a Cole, que se sentó en el asiento del conductor. No hacía falta ser un genio para deducir que le tocaba conducir a él. Pronto, todos los demás se habían instalado en sus sitios habituales y yo caí en la cuenta de que la camioneta estaba llena a rebosar. Danny, Isaac y Alex ocupaban el asiento trasero, mientras que Cole, Lee y Nathan viajaban el delantero.

—Hum —empecé a decir apurada, todavía plantada en el césped—. ¿Dónde me siento yo?

—Siempre puedes ir andando —replicó Lee con sarcasmo.

Contuve el impulso de sacarle la lengua. Por suerte, Nathan acudió a mi rescate.

—No te preocupes, Jackie. Puedes sentarte delante. Te haremos sitio.

Me dedicó una sonrisa cálida a través de la ventanilla.

—Y si no cabes, ataremos a Alex al techo. A nadie le importará —propuso Cole al tiempo que arrancaba el vehículo.

—Si alguien tiene que viajar en el techo —replicó Alex—, deberías ser tú, Cole. Eres el que más sitio ocupa.

—Nadie te ha pedido tu opinión —dijo Cole, que fulminó a su hermano pequeño con la mirada a través del espejo retrovisor—. Venga, vamos.

Lee se arrimó a Cole con un gruñido de fastidio. No parecía encantado de compartir el asiento delantero conmigo, pero igualmente abrí la puerta del pasajero y me senté tan pronto como Nathan me dejó sitio.

Los veinte minutos de trayecto al colegio fueron un cursillo intensivo de «Introducción al mundo de los chicos» y acabé pensando que la especie masculina quizá no era tan distinta de la femenina al fin y al cabo. Resumiendo, los Walter eran más chismosos que las chicas de mi antiguo internado. Al principio viajábamos en silencio, seguramente a causa de mi presencia, pero pronto se relajaron y se comportaron como si yo no estuviera. Hablaron de quién entraría en el equipo de atletismo en primavera y quién no. Comentaron lo que se pondrían para asistir a una fiesta el sábado por la noche y quién estaría presente. Pero por encima de todo hablaron de chicas: cuál era mona, qué chica usaba el perfume perfecto, cuál tenía el pelo más bonito.

Cuando empezaron a hablar de una chica llamada Kate, que, en palabras de Isaac, tenía «las tetas más tiesas del mundo», empecé a sentirme incómoda. Intentando desconectar de la conversación, me hundí en el asiento y miré por la ventanilla. «Por favor, que lleguemos pronto. Por favor, que lleguemos pronto». Pero a medida que la camioneta se internaba en el aparcamiento del instituto, y mientras Cole reía como un crío por el chirrido de las ruedas, me arrepentí al instante de mi oración silenciosa.

El instituto Valley View era el triple de grande que mi antiguo colegio. En lugar de las extensiones de césped y los ladrillos cubiertos de hiedra a los que estaba acostumbrada, vi un edificio de cemento muy feo que parecía sacado directamente de la década de 1970. Una pancarta colgada sobre la entrada anunciaba: «¡La guarida de los tigres!».

Mirando mi nuevo centro, comprendí que era la cantidad de alumnos lo que me ponía de los nervios. Montones de estudiantes se acercaban a la escalinata con las mochilas colgadas del hombro. Otros se entretenían en el aparcamiento; había un grupo de chavales pasándose un balón de fútbol, parejas montándoselo contra los coches y amigos charlando en grandes grupos.

—Fuera —ordenó Lee, aunque Cole todavía estaba aparcando en una plaza libre. Tan pronto como Nathan y yo salimos, Lee saltó al asfalto y se encaminó hacia la multitud. Intenté seguirlo con la mirada, pero desapareció en cuestión de segundos. ¿Cómo iba a orientarme en un sitio tan grande?

Las portezuelas traseras se cerraron y los chicos recogieron las mochilas de la caja de la camioneta. Yo me entretuve con la esperanza de que alguien se ofreciera a hacerme de guía.

—Larguémonos de aquí antes de que llegue el club de fans —oí que Alex le susurraba a Danny cuando pasaron por mi lado sin mirarme.

Isaac se ajustó la cazadora de cuero y sacó un encendedor del bolsillo.

—Disfruta de tu primer día como novata —gritó por encima del hombro, ya con un cigarrillo entre los labios.

Noté un retortijón en las tripas. Sus palabras me habían puesto aún más nerviosa si cabe. Yo no quería ser la chica nueva; no sabía cómo se hacía. Llevaba asistiendo a Hawks desde sexto, donde compartía cuarto con mi mejor amiga, Sammy, cada año y me relacionaba con un grupo de chicas que conocía desde preescolar. Se me saltaron las lágrimas al pensar en mi hogar.

—¿Va todo bien? —me preguntó Nathan. Debió de notar la expresión de agobio que yo exhibía.

—Muy bien —musité, parpadeando para contener las lágrimas.

—¿Seguro?

—Estoy bien, de verdad.

—Vale. Bueno, ¿y si te enseño dónde está la secretaría? —preguntó a la vez que se colgaba la guitarra a la espalda.

—¿Lo harías? —Mi voz sonó chillona por la esperanza.

—Claro que sí —respondió, y sonrió—. No voy a dejar que te pierdas el primer día.

Solté el aliento que estaba conteniendo con un soplido.

—Te lo agradezco mucho, Nathan. Espera un momento, voy a buscar mis cosas.

Cole estaba sentado en la parte de atrás de la camioneta como esperando algo.

—Y qué, Nueva York —dijo, tendiéndome mi cartera—. ¿Qué te parece?

—¿El instituto? —pregunté—. Pues… es grande.

Cole se rio con ganas.

—¿Llevas escondida en un internado toda la secundaria y lo único que dices del mundo real es que te parece grande? ¿Esa es tu primera impresión?

Lo aborrezco, pensé. Pero esa respuesta no procedía.

—Es muy distinto de mi colegio —dije despacio—. Por ejemplo, aquí no tengo que llevar uniforme.

—¿Llevabais uniforme?

—Sí —contesté—. Era un colegio privado y el uniforme era obligatorio.

Suspiré al pensar en mi viejo jersey, lleno de pelotillas, la corbata y la falda plisada a juego. Sí, el uniforme era feo, pero de algún modo me reconfortaba vestirme con él cada mañana. Ese día me había costado un montón elegir modelito. Después de que Cole se riera de mi conjunto el día anterior, comprendí que no sabía cómo se vestían los alumnos y las alumnas de instituto.

—¿Y el colegio era solo para chicas? Tío, qué pasada. Los uniformes de tía molan.

Miré a Cole con paciencia infinita.

—Nuestras faldas llegaban hasta la rodilla.

—Qué pena —dijo, y se encogió de hombros—. Pero seguro que a ti te quedaba bien.

El cumplido me pilló desprevenida.

—Pues… bueno… —balbuceé.

—¡Coley! —chilló alguien, sacándome del apuro. Una chica menuda de pelo castaño y ojos de un verde intenso le echó los brazos al cuello y le plantó los labios en la boca. Yo desvié la vista cuando asomó una lengua.

—Olivia —dijo Cole cuando por fin se separó de ella—, ya te he dicho que no me llames así.

Se libró del abrazo de Olivia, pero permaneció a su lado y le pasó un brazo por los hombros.

—Perdón —se disculpó ella sin mostrarse en absoluto abrumada—, pero ya sabes la ilusión que me hace verte. A veces no puedo contener la emoción.

—Ya lo sé, guapa —respondió él, y la arrastró hacia la entrada principal. Cuando llevaba recorrido medio aparcamiento, se dio la vuelta—: ¡Buena suerte hoy, Nueva York! —gritó.

—Típico de Cole —dijo Nathan, negando con la cabeza.

—¿Es su novia? —pregunté mientras los seguía con la vista, incapaz de despegar los ojos de Olivia. No me sorprendía que la chica de Cole tuviera aspecto de supermodelo. Juntos eran la viva imagen de la pareja perfecta.

Nathan resopló.

—Ya le gustaría a ella.

—¿Eh?

—Cole no sale con nadie —me explicó cuando echamos a andar—. Tiene muchos rollos, pero nada más.

—¿Y qué dicen ellas? ¿Les parece bien?

—Supongo —contestó Nathan, encogiéndose de hombros.

Torcí el gesto mientras subíamos las escaleras de la entrada.

—Es asqueroso.

—Hay una cosa que debes saber de Cole —empezó Nathan cuando me cedió el paso en la entrada principal—. Es el amo del instituto. Todas las chicas le van detrás y todos los chicos quieren parecerse a él.

—Pero si todas las chicas están coladas por él, ¿por qué no escoge una y en paz?

Volvió a encogerse de hombros.

—¿Por qué escoger una si te dejan probar todos los sabores?

—¿Probar todos los sabores? —me horroricé—. ¡No me puedo creer que hayas dicho eso!

—Mira, Jackie —dijo Nathan entre risas—. Yo no digo que me parezca bien lo que hace Cole. Solo intento que entiendas su mentalidad.

Mientras entrábamos, medité hasta qué punto sería distinto asistir a un instituto público. Solo de pensarlo me estallaba la cabeza. ¿De verdad los tíos pensaban así? Puede que mi «Introducción al mundo de los chicos» no hubiera sido tan didáctica como pensaba.

—Vale —me rendí. Sacudí la cabeza con incredulidad—. Pero sigo sin entender que una chica esté conforme con que la traten así.

—Te lo aseguro —respondió Nathan mientras sonaba un timbre—. Me hago esa misma pregunta constantemente. Eso ha sido el primer timbre. Mejor vamos a secretaría o llegarás tarde.

Después de ayudarme a encontrar la secretaría para que pudiera coger mi horario, Nathan me acompañó al aula de mi primera clase, que casualmente era Anatomía.

—Aquí la tienes: aula 207 —comentó entrando conmigo—. ¡Eh! Vas a clase con Alex. —Nathan señaló a su hermano, que se escondía en un rincón del fondo con la nariz enterrada en un libro—. Vamos a preguntarle si te puedes sentar con él.

—Espera, no —empecé a decir, pero Nathan ya cruzaba el aula con andares decididos. Suspirando, lo seguí.

—Hola, Alex —dijo Nathan cuando llegamos al fondo de la clase.

—¿Qué pasa, Nate? —preguntó Alex sin despegar los ojos del libro.

—Estaba acompañando a Jackie, que casualmente va a Anatomía contigo. ¿Te importa compartir el pupitre con ella?

Alex levantó la vista de golpe al oír mi nombre.

—Pues… —empezó. Se interrumpió cuando algo captó su atención más allá de mi hombro.

Una risita aguda resonó en el aula. Cuando me volví a mirar, vi a una chica muy guapa con tirabuzones rubios. Tenía una nariz chata y perfecta que fruncía de pura alegría cuando reía y sus ojos azules irradiaban luz. Entraba en clase del brazo de alguna amiga, compartiendo bromas.

Me volví a mirar a Alex y me fijé en que no apartaba los ojos de la chica de los tirabuzones. Apretó los labios y por un momento pensé que iba a responderle a Nathan con una negativa, pero en vez de eso despejó el sitio libre.

—¡Genial! Gracias, Al —dijo Nathan.

—De nada —respondió Alex, y reanudó la lectura.

—Bueno, mejor me voy a clase. Que te vaya bien el primer día, Jackie.

—Adiós, Nathan. Muchas gracias por ayudarme tanto esta mañana.

—Encantado —contestó—. Os veo luego.

Cuando Nathan se marchó, yo me quedé parada junto al pupitre.

—Puedo buscar otro sitio, si prefieres sentarte con alguno de tus amigos —sugerí con voz queda, y por amigos me refería a la chica rubia—. No me importa estar sola.

—¿Eh? —Volvió a levantar la vista del libro—. Ah, no, tranquila. Siéntate —me invitó a la vez que retiraba la silla para que yo la ocupase.

El alivio me inundó.

—Vale, gracias.

Los ojos de Alex regresaron un momento a la página, pero luego cogió un rotulador, lo encajó entre las hojas y cerró el libro.

—No lo dejes por mí —le pedí. Abrí la cartera y saqué una libreta.

—No, he sido un maleducado —se disculpó Alex, y me sonrió—. Me has pillado en mi parte favorita.

—Entonces ¿ya lo has leído? —le pregunté inclinando la cabeza para ver el título—. ¿Qué libro es?

—*La comunidad del anillo.*

Miré a Alex sin reaccionar.

—¿Tolkien? —preguntó, sacudiendo la cabeza con incredulidad—. Te estás quedando conmigo, ¿no? ¿No has oído hablar de *El señor de los anillos*?

—Ah, ¿como la película?

Alex gimió y estampó la cabeza contra la mesa como si no se pudiera creer lo que oía.

—¿Por qué las chicas nunca leen buena literatura fantástica?

—Pero ¿qué dices? Me encanta la literatura fantástica. ¿Qué me dices de *El sueño de una noche de verano*?

—¿Es alguna basura cursi como *Crepúsculo*? Eso no se considera literatura fantástica.

—Shakespeare no escribe sobre vampiros relucientes —me burlé.

—¿Hablas de ese tío superantiguo que escribía teatro? Me parece que he leído algo en clase de Literatura.

Ya sabía que estaba bromeando, pero resoplé y le solté:

—¿No sabes quién es Shakespeare y te ríes de mí por no conocer a Tonkin o como se llame?

—Tolkien —me corrigió Alex— y escribió la mejor saga fantástica de todos los tiempos.

—Sí, vale, pero Shakespeare podría considerarse la figura literaria más grande de todos los tiempos.

Antes de que Alex pudiera responder, apareció un hombre joven que se situó de cara a la clase.

—Buenos días —empezó—. Hoy tenemos a una alumna nueva con nosotros. Jackie, ¿verdad?

Cuando oí mi nombre, me quedé helada. La clase al completo se giró para mirarme.

—Hum… Sí.

—Muy bien —prosiguió el profesor con entusiasmo—. Bienvenida a Valley View. Soy el señor Piper y me encargo de casi todas las asignaturas de ciencias. ¿Por qué no te pones de pie y te presentas?

¿Me estaba pidiendo que me levantara delante de todo el mundo? Ya tenía la cara ardiendo.

—¿Jackie? —me animó el señor Piper.

Oí el roce de la silla contra el suelo y al momento estaba de pie. Me temblaban las manos y me apresuré a esconderlas detrás de la espalda.

—Vale, pues… Hola, soy Jackie Howard y acabo de llegar de Nueva York.

Formulé mi breve saludo a toda prisa y volví a sentarme. Como tuviera que hacer eso en todas las clases, el día iba a ser una pesadilla.

—Gracias, Jackie —dijo el señor Piper frotándose las manos—. A otra cosa. Por favor, sacad los libros. Hoy vamos a empezar el tema del esqueleto.

—No te gusta hablar en público, ¿eh? —susurró Alex. Esbozó una sonrisa despreocupada y por un momento aluciné con lo mucho que se parecía a Cole. Tenían la misma mandíbula prominente, idéntica piel bronceada y los mismos ojos azules rodeados de pestañas tan espesas que cualquier chica mataría por ellas. Sin embargo, al fijarme mejor

72

en su cara, empecé a percibir pequeñas diferencias: una nube de pecas casi invisible le salpicaba la nariz y el tono de sus ojos era una pizca más oscuro, con motitas doradas que yo solo distinguía porque estábamos muy cerca.

Cuando me percaté de que lo miraba con demasiada atención, negué con la cabeza y aparté la vista.

—No, nada de nada.

—A mí tampoco —me confesó Alex—. Solo de pensarlo me entran picores.

Empujó el libro de texto hacia el centro de la mesa.

—Aún no tienes libro, ¿verdad? Podemos compartir el mío.

Sonreí para mis adentros. Por lo visto, ya tenía otro amigo en casa de los Walter.

El señor Piper dio comienzo a su explicación y yo dirigí mi atención al frente. Solo entonces reparé en la rubia de antes. Estaba sentada en la otra punta del aula, asesinándome con la mirada.

Después de Anatomía, tenía clase de Artes Plásticas. Me perdí buscando el aula y, cuando entré demasiado tarde, todo el mundo estaba trabajando ya en sus proyectos. La señora Hanks, la profesora, era una mujer bajita con gafas de montura roja y un pelo rizado y cobrizo que salía disparado de su cabeza en todas direcciones. Me dijo que la clase estaba terminando un proyecto y que empezaríamos otro al día siguiente, así que podía tomarme la hora libre.

Echando un vistazo al aula, no avisté a la rubia ni a ninguno de los Walter, así que ocupé una mesa vacía cerca del fondo. Cuando me senté, una chica pelirroja me sonrió antes de seguir con su proyecto. Puede que la gente del instituto no estuviera tan mal, pensé mientras sacaba *El señor de los anillos*. Alex me lo había prestado al final de la clase y yo le había prometido leerlo con la condición de que él desempolvara las obras de Shakespeare. El grosor del libro me abrumaba, pero al cabo de pocas páginas estaba tan absorta que di un respingo cuando sonó el timbre.

El resto de la mañana pasó volando, hasta que ya solo me quedaba una clase antes de la comida. Cuando entré en el aula de mates, advertí que muchos estudiantes parecían mayores que yo. Viniendo de un colegio privado, iba más adelantada que la mayoría de los alumnos del instituto, de modo que me habían ubicado en cálculo avanzado, que era una asignatura de los últimos cursos.

Llevábamos diez minutos de clase cuando Cole entró tranquilamente con una sonrisa en la cara.

—Hola, profe, perdón por llegar tarde —dijo como si nada. Entonces me vio—. ¡Eh, Jackie! ¡No sabía que teníamos una clase juntos!

Todo el mundo se volvió a mirarme. Bajando la vista, pegué los ojos a mis apuntes y me escondí tras una cortina de pelo.

—¡Señor Walter! ¿Me hace el favor de sentarse y dejar de interrumpir mi clase? —le pidió el profesor.

Cole le dedicó un saludo militar antes de ocupar el único sitio que quedaba libre, en la primera fila.

Cuando la clase concluyó, empecé a recoger mis cosas. Mientras guardaba mi nuevo libro de texto en la cartera, Cole se acercó y se sentó en el pupitre.

—Qué pasa, Jackie —me saludó. Cogió una de mis libretas y la hojeó—. ¡Hala! ¿De verdad usas esto? —me preguntó al ver los apuntes que había tomado.

—Hum, sí, son para eso ¿no? —le respondí como si fuera bobo.

—¿Quién toma apuntes hoy día? —se burló. Le arrebaté la libreta, la guardé y cerré la cremallera de la cartera.

—Yo.

Me colgué la bolsa del hombro ya camino de la puerta.

—Claro —me chinchó mientras me seguía al exterior—. Las pringadas como tú.

—No soy una pringada.

Me paré en mitad del pasillo echando chispas por los ojos.

—Sí que lo eres —se burló.

—No lo soy —insistí—. Hay una gran diferencia entre ser una pringada y una buena estudiante.

No tenía claro por qué me molestaba tanto que me tomara el pelo. Quizá porque seguía asqueada por lo que Nathan me había contado de él por la mañana.

—Tranqui, Jackie. Era broma —dijo Cole con una carcajada.

—Pues yo no le veo la gracia —repliqué, todavía enfurruñada.

—Te pones como un tomate cuando te enfadas —observó hundiéndome un dedo en la mejilla.

—¿Dónde está el comedor? —le espeté, propinándole un manotazo. Estaba hasta las narices de Cole.

Él se rio con ganas a la vez que tiraba de mí.

—Relájate, Jackie. —Inspiré por la nariz bruscamente cuando me tocó el brazo. Cole siguió hablando como si no lo hubiera notado—. Te acompañaré abajo e incluso te enseñaré cuál es la mejor mesa.

Como no sabía adónde ir, no tuve más remedio que dejarme guiar. Tenía pensado pasar de él en cuanto llegásemos, pero al entrar en esa cafetería tan animada se me cayó el alma a los pies. Había muchísima gente allí y yo no conocía a nadie. La idea de sentarme sola me aterraba, así que lo seguí sin protestar. Él me arrastró entre el mogollón hacia el bufet y, según avanzábamos, notaba las miradas de curiosidad de los estudiantes. En vez de observarlos yo también, pegué la vista al cogote de Cole.

Cogió una bandeja y después dos bolsas de lacitos salados.

—¿Te gusta el pavo? —me preguntó. Asentí y dejó dos sándwiches en la bandeja—. Una manzana para seguir así de sana —murmuró para sí mientras escogía dos piezas de fruta—. Y leche, para tener los huesos fuertes. Ya está, el menú ideal según Cole Walter. Sujeta la bandeja mientras pago.

—Llevo dinero —le dije cuando me puso la bandeja en las manos. Sin hacerme ni caso, Cole extrajo la cartera y le tendió un billete a la encargada del bufet. Se guardó el cambio y me cogió por la cintura.

—Por aquí —indicó mientras me guiaba a una mesa situada en el centro del comedor.

La mesa estaba prácticamente llena —de chicos con chaquetas de mangas blancas y chicas con uniformes de animadora— y al instante me sentí desplazada. Cole se sentó junto a una chica alta de cabello largo y castaño. Llevaba los labios pintados de rosa, y sonrió en cuanto vio a Cole.

—¿Dónde te has metido todo el día, Walter? —le preguntó a la vez que le hundía las uñas pintadas en el pelo—. No habrás estado comiéndote la boca con Olivia, ¿verdad?

—Yo también me alegro de verte, Erin —respondió Cole—. Para tu información, estaba comprando el almuerzo con Jackie.

—¿Jackie? ¿Quién es?

—Una amiga mía —dijo Cole al tiempo que me señalaba con un gesto—. Échate a un lado y déjale sitio.

—Esta mesa ya está muy llena como para que se apunte una más, ¿no crees?

—Pues cámbiate —propuso Cole.

Erin lo miró boquiabierta.

—¿Hablas en serio? —se horrorizó. Cole le devolvió una mirada fría, así que ella apretó los labios y se desplazó sin protestar.

Cuando dejé la bandeja en la mesa, la mirada de odio que me lanzó Erin por poco me indujo a marcharme. Pero Cole me pidió con un gesto que me sentara a su lado.

—¿A qué esperas? —me preguntó, de nuevo con una sonrisa radiante.

Tragándome la ansiedad, me obligué a tomar asiento.

Cuatro

El resto del día fue un torbellino de clases y caras nuevas, tan vertiginoso que, cuando la camioneta aparcó a la vuelta del instituto, sentí alivio al ver la destartalada casa de los Walter.

—¡Ya estamos en casa, tía Kathy! —gritó Lee tan pronto como cruzó la puerta—. ¿Qué hay para cenar?

Danny, Lee y yo tuvimos que saltar el montón de cajas que había en el recibidor. Éramos los únicos que nos habíamos marchado del instituto a las tres. Alex tenía entrenamiento de béisbol; Cole cogía el autobús para desplazarse a su trabajo en un taller mecánico de la zona; Nathan se había quedado en el aula de música e Isaac no apareció, algo que debía de ser normal, porque solamente lo esperamos cinco minutos. Yo tenía pensado apuntarme a unas cuantas actividades extraescolares, pero decidí dejarlo para la semana siguiente, cuando, con un poco de suerte, estuviera menos agotada.

—Hola a vosotros también —oí gritar a Katherine desde la cocina. El aroma de algo delicioso flotó hasta el recibidor.

La encontramos delante de la encimera, cortando por la mitad una inmensa cantidad de bollos.

—Brutal —dijo Lee cuando levantó la tapa de la olla—. Me apetecen unos *sloppy Joe*.

—¿Qué son los *sloppy Joe*? —pregunté. Fuera lo que fuese, sonaba asqueroso.

Katherine, Lee y Danny me miraron como si acabara de llegar de otro planeta.

—¿Nunca has comido *sloppy Joe*? ¿De dónde sales? —preguntó Lee.

—Lee, sé amable —lo regañó Katherine a la vez que lo apuntaba con el cuchillo de sierra que estaba usando—. Es un bocadillo de ternera desmenuzada —me explicó—. Los tomaremos para cenar y entonces podrás probarlo. Ha llegado el resto de tus cosas así que, mientras tanto, ¿por qué no las llevas a tu habitación? He retirado mis artículos de pintura y Danny te puede ayudar a subir las cajas y a deshacerlas.

—¿Por qué no la puede ayudar Lee? —preguntó Danny.

—Porque va a ayudar a Parker con los deberes de mates.

—¿Ah, sí?

—¿Prefieres llevar cajas a la habitación de Jackie?

—Vale. Dos más dos. Ya me ocupo yo de eso —decidió Lee, y abandonó la cocina antes de que Katherine cambiara de idea.

—Bien, vosotros dos —continuó Katherine, que ya estaba echando mano de otro bollo—. ¿Por qué no empezáis ya? Quiero esas cajas fuera del recibidor antes de que los demás vuelvan a casa.

Transcurrieron veinte minutos de tenso silencio mientras trasladábamos mis cosas al estudio. Cargamos los bultos entre los dos, subiendo a toda prisa e intentando no chocar mutuamente ni establecer un incómodo contacto visual. Por fin me desplomé en la cama, sudorosa y dolorida, mientras Danny dejaba la última caja en el suelo.

—Muchísimas gracias por ayudarme. Habría tardado siglos de no ser por ti.

Danny asintió con la cabeza y dio media vuelta para marcharse sin pronunciar palabra, pero mi habitación se había convertido en un laberinto de torres de cartón. Sin querer rozó con el pie uno de los montones y la caja que lo coronaba perdió su precario equilibrio y acabó en el suelo. Mi colección de Shakespeare se desperdigó y Danny se agachó para recogerla.

—Perdón —musitó mientras devolvía los libros a la caja.

—No te preocupes —le dije a la vez que me levantaba de la cama—. Yo los recojo.

Vi *El sueño de una noche de verano* tirado por ahí y pensé en separarlo para dárselo a Alex. Al volcar los libros, Danny me había hecho un favor en realidad. Así ya no tendría que revisar todas las cajas para encontrarlos. Recogí el ejemplar del suelo y Danny se detuvo para echar un vistazo al volumen que tenía en las manos.

—¿*Romeo y Julieta*? —leyó en voz alta. El tono de voz elevado reveló que lo había sorprendido para bien—. ¿Te gusta el teatro?

—Pues claro, soy neoyorquina. Llevo asistiendo a toda clase de espectáculos desde la infancia. Shakespeare es mi debilidad, pero también admiro la obra de Shaw y de Miller.

Cuando respondí, Danny se mordió la lengua como si acabara de caer en la cuenta de que me había dirigido la palabra.

—Ah, qué guay. —Guardó un último libro en la caja y se incorporó—. Luego nos vemos.

Cuando quise musitar una despedida, ya había cruzado la puerta para marcharse.

Acariciando la portada de mi obra favorita, sonreí en secreto. Mi encuentro con Danny podría haber ido un poco mejor, pero al menos había descubierto que teníamos intereses comunes. Puede que hiciera más amigos en casa de los Walter de lo que había pensado al principio. Por lo que parecía, solo tenía que abordarlos de uno en uno.

A la hora de la cena, probé el primer *sloppy Joe* de mi vida y de inmediato entendí el nombre, «Joe el chapucero». La carne se negaba a permanecer dentro del bollo. Escapaba por los bordes cada vez que lo mordías y siempre acababa en el plato. Mis dedos y mi cara daban asco cuando terminé. Pensé que sería más sensato volcar la mezcla en un cuenco y mojar pan, pero, al parecer, a los Walter les divertía más hundir la nariz en la salsa.

Cuando nadie pudo comer ni un bocado más, tuvimos que ayudar a recoger la mesa, pero después nos dieron permiso para hacer lo que quisiéramos. Parker y los gemelos pequeños corrieron a la sala a pelearse por el mando a distancia. Jack y Jordan se retiraron a editar su material más reciente, que era yo dando cuenta de mi primer *sloppy Joe*. Isaac desafió a Alex a una pachanga, mientras que Lee y Nathan se encerraron en sus dormitorios. La libertad se me antojó extraña. En el internado me había acostumbrado a unos horarios estrictos, que consistían en cenar, hacer los deberes y apagar las luces a las nueve.

Con la intención de introducir cierta normalidad en mi vida, subí a mi habitación a hacer los deberes. Aunque no tenía ninguna tarea en particular, iba atrasada en Lengua y Literatura. Mis compañeros ya habían leído la mitad de *Moby Dick*, un libro más grueso que cualquiera de los manuales que me habían entregado a lo largo del día. Finalizada la quinta página, cerré el libro con impaciencia y abrí el ejemplar de Alex de *La comunidad del anillo*.

Alguien llamó a la puerta.

—¿Jackie? —preguntó Cole asomando la cabeza. No había cenado en casa y, a juzgar por el mono del «Taller de Tony» que llevaba puesto, con su nombre bordado en el pecho, acababa de salir de trabajar.

—¿Mmm…?

Me incorporé en la cama. Eché un vistazo al reloj y descubrí que dos horas habían volado desde que me había enfrascado en el libro.

—Todo el mundo está en el jardín. Vamos a organizar juegos nocturnos. ¿Te apuntas?

Se había encasquetado una gorra de béisbol del revés para disimular que llevaba el flequillo pegado a la frente, y un pegote de grasa le recorría la nariz, pero igualmente se me aceleró el pulso solo con verlo.

—¿Qué es un juego nocturno? —pregunté, haciendo lo posible por adoptar un tono tranquilo.

—Los que se juegan a oscuras. Ya sabes, patea la lata, polis y cacos, el fantasma del cementerio…

Cole dejó la lista en suspenso mientras esperaba mi reacción.

—Perdona, pero nunca he jugado a nada de eso.

—¿Y qué cojones hacías para divertirte cuando eras niña?

—He visto unos cuantos espectáculos de Broadway y mi familia está abonada a casi todos los museos.

Tan pronto como las palabras salieron de mis labios, comprendí mi error. Mi familia *estaba* abonada a casi todos los museos.

—Vaya rollo —me soltó Cole—. ¿Quieres saber lo que es divertirse de verdad?

Aunque era todo un detalle por parte de Cole invitarme a hacer algo con los chicos, no fui capaz de aceptar. La idea de pasar el rato con todos los Walter al mismo tiempo me intimidaba. Además, los recuerdos de mi familia se arremolinaron de repente en mi pensamiento y sabía que solo sería capaz de contener las lágrimas hasta que Cole se marchara. No quería que me viera llorar.

—Tengo que ponerme al día con las clases. Otra vez será.

—Venga, Jackie. Los profes tampoco esperan que te aprendas en un día todo lo que te has perdido.

Abrazándome las rodillas, pestañeé para impedir que las lágrimas y mis sentimientos me desbordaran.

—Lo siento, Cole. Es que ha sido un día muy largo.

Pensé que insistiría, pero debió de notar algo raro.

—Vale. De todas formas, si cambias de idea, ya sabes dónde estamos.

Cole cerró la puerta. Yo me quedé quieta, mirando el turbulento azul de las olas del océano que Katherine había pintado en la pared. Me recordaba mis veranos de infancia, los días cálidos y soleados que pasábamos en la casa de la playa, en los Hamptons, donde Lucy y yo comíamos fruta directamente en la toalla, nos bronceábamos a orillas del mar y nos remojábamos los pies de vez en cuando para refrescarnos.

Necesitaba oír una voz conocida, alguien con la capacidad de consolarme. Cogí el teléfono que había dejado en el escritorio y marqué un número que me sabía de memoria.

Sammy respondió al instante.

—Hola, chica, ¿qué pasa?

Solo de oír la voz de mi mejor amiga, un temblor se apoderó de mis labios y casi no pude ni articular un mísero saludo antes de estallar en lágrimas.

—Madre mía, Jackie. ¿Qué te pasa? ¿Tan horrible es Colorado? —me preguntó.

—Sammy, es aún peor. Estoy en un rancho en el culo del mundo, Katherine Walter tiene doce hijos y no he visto ni un Starbucks desde que salimos de Denver.

—¡No fastidies! ¿Esa tía larguirucha ha sacado a doce personas del toto?

Conseguí esbozar una sombra de sonrisa.

—Solo diez son suyos. Dos de los chicos son sus sobrinos.

—Vaya, ¿solo diez? Eso lo cambia todo —dijo entre resoplidos—. Pero hablemos de lo que importa…, ¿alguno está macizo?

—Sammy —gemí. De lo último que me apetecía hablar era de los Walter.

—¿Qué? Es una pregunta muy lógica. Como mi mejor amiga vive lejos de la civilización, me quedaría más tranquila si al menos tuviera buenas vistas que le alegraran la vida.

«Hay un par que están para mojar pan». Tan pronto como el pensamiento cruzó mi mente, la culpa me revolvió las tripas. ¿Cómo podía pensar en chicos guapos cuando había perdido a mi familia?

—¿Podemos hablar de otra cosa, por favor? —musité al teléfono.

—Hablar de tíos que están como un queso es lo que yo entiendo por terapia.

—No me estás animando.

—¡Pues claro que sí! Venga, cuenta. ¿Cómo se llama?

Guardé silencio, dudando si decírselo. Un nombrecito de nada no me haría ningún daño, decidí. Al fin y al cabo, tampoco significaba nada. Suspiré con sentimiento.

—Cole.

Susurré el nombre, como si estuviera confesando un secreto.

—Hum… Mola. O sea, no es Blake o Declan, pero Cole suena chulo. Vale, cuéntame más. ¿Qué pinta tiene?

Enterré la cara en la almohada.

—No me había imaginado así nuestra conversación.

—Estás complicando mucho el proceso con tanta interrupción.

—Muy bien —accedí a toda prisa—. Es alto, rubio y, por lo que me han contado, un auténtico cerdo. Además, ni siquiera puedo pensar en chicos ahora mismo. Solo quiero volver a casa, ¿vale?

—Ay, Jackie —me dijo Sammy en tono cariñoso—. No quería agobiarte. Solo intentaba distraerte un poco.

—Ya lo sé —respondí. Me sentí culpable por haberle contestado mal—. Es que hoy han llegado mis cosas y ni siquiera tengo fuerzas para sacarlas de las cajas. Si lo hiciera, sería como aceptar que esto es permanente.

—No sabes cómo te entiendo, hermana. Ayer llegó mi nueva compañera de cuarto. Fue rarísimo ver las cosas de otra persona en tu lado de la habitación. Y de la clase de francés, mejor ni te cuento. Tengo que sentarme sola.

La cuerda que me estrujaba el corazón se tensó todavía más al pensar en mi antiguo colegio, el antiguo dormitorio y las antiguas clases. La mudanza a Colorado había cortado mis lazos con todo lo que conocía y el único vínculo que me quedaba con ese mundo era mi mejor amiga.

—Sammy, no sabes lo bien que me sienta oír tu voz. Te echo tanto de menos… Ojalá… Ojalá…

—Jackie —me interrumpió ella en tono firme—. Todo va a mejorar, ¿vale? Tú prométeme que harás un esfuerzo por adaptarte. Eso te ayudará. Lo sé.

—Vale —prometí, aunque no quería hacerlo.

Seguimos charlando una hora. Hablar con Sammy me animó una pizca, pero, cuando me acurruqué bajo el edredón, un sentimiento de soledad total y absoluta me mantuvo en vela hasta las tantas.

Al día siguiente, levantarme para salir a correr con Nathan fue una verdadera tortura. Por más que me frotaba los ojos, no podía quitarme de encima la capa de sueño que me envolvía todo el cuerpo. Después pillé a Olivia saliendo de la habitación de Cole. Me llevé tal impresión al verla en el pasillo con el pelo revuelto y vestida con una camiseta de él que me espabilé de sopetón. Las dos nos miramos con idéntica expresión de liebre deslumbrada y luego Nathan salió de su cuarto, lo que hizo la situación aún más incómoda si cabe. Lo que es peor, tuvimos que bajar las escaleras los tres juntos.

—Y qué… —comenté una vez que el coche de Olivia se alejó por el camino de entrada. Estábamos en el porche delantero, haciendo estiramientos antes de salir a correr—. ¿Es normal que Cole invite a sus amigas a dormir en casa?

Nathan se sujetó el tobillo por detrás, concentrado en el tendón de la corva.

—Lo hace de vez en cuando, pero no muy a menudo. Supongo que no quiere que lo pillen.

—¿Por qué?

—Porque —respondió mirándome como si yo fuera boba— mi padre lo mataría.

—Eso ya me lo imagino —le espeté a la vez que me recogía el cabello en una coleta alta—. Quiero decir que por qué se comporta como un...

—¿Chico?

Debí de tensar la goma demasiado, porque se rompió y los mechones del flequillo volvieron a caer sobre mi cara.

—Ya sabes que no me refería a eso —protesté, y suspiré frustrada—. Tú eres un chico y, que yo sepa, no te acuestas con cualquiera.

—Supongo que no siempre ha sido así —dijo, encogiéndose de hombros—. Pero a Cole nunca le ha gustado hablar de sus sentimientos.

—¿Y qué ha cambiado?

Nathan guardó silencio y me miró con recelo.

—Si te lo cuento, no le puedes comentar nada a Cole, ¿vale? No lo lleva nada bien.

—Vale.

—El año pasado perdió la beca de fútbol americano.

—¿Qué pasó?

Mi mente consideró al instante las peores opciones —drogas, alcohol, malas notas—, así que la respuesta de Nathan me pilló por sorpresa.

—Fue durante un partido. Era el mejor receptor del estado hasta que lo placaron de mala manera y se rompió la pierna —explicó Nathan—. Se recuperó, obvio, pero creo que después de eso ya no volvió a ser el mismo. Este año ni siquiera entrena.

—Qué horror —dije, sintiéndome culpable. Puede que Cole llevara dentro algo más que chicas y sexo.

Después de la carrera, me metí en la ducha y bajé la temperatura del grifo para refrescarme. El agua me ayudó y, cuando terminé de lavarme el pelo, salí como nueva. Chorreando en la alfombrilla del baño, miré a un lado y a otro. El gancho en el que había dejado la toalla estaba vacío. ¿Qué narices? La había colgado allí un momento antes de entrar en la ducha.

De repente me asaltó una idea y volví la vista a la encimera. Se me aceleró el pulso al mismo tiempo que me inundaba una ola de terror; el montoncito de prendas perfectamente dobladas que había dejado allí había desaparecido. Alguien debía de haberse colado en el baño mientras me duchaba y me había robado la toalla y la ropa.

Abrí de par en par los armarios con la esperanza de encontrar algo, cualquier cosa que pudiera usar para taparme, aunque ya sabía que sería inútil. Los estantes contenían papel higiénico, jabón y manoplas de baño, pero nada que pudiera usar.

—¡No, no, no! —musité—. ¡Esto no puede estar pasando!

¿Cómo me las ingeniaría para volver a mi habitación sin que los chicos me vieran?

—¿Va todo bien ahí dentro, Jackie? —preguntó Isaac al mismo tiempo que llamaba con los nudillos a la puerta del baño.

—Pues… no —respondí, colorada como un tomate—. No hay toallas.

—¿Y por qué no te has traído una? —preguntó, haciendo esfuerzos por contener la risa.

—La he traído. Alguien se la ha llevado. ¿Podrías traerme una de arriba?

—No, lo siento.

—¿Por qué no, maldita sea?

—Porque me he apostado cinco dólares con Cole a que antes faltarías a clase que salir al pasillo en pelotas. No voy a perder cinco pavos, ¿no te parece?

—¡Sois unos pervertidos!

Aunque no era buena idea ir con cuentos a nadie si quería que los chicos me aceptaran, tampoco iba a permitir que Isaac se saliera con la suya.

—¡KATHERINE! —grité a voz en cuello. Con un poco de suerte me oiría desde la cocina—. ¡ISAAC ME HA ROBADO LA TOALLA!

—Lo siento, Jackie, pero mi tía ha llevado a Zack y a Benny al dentista, así que no podrá ayudarte. Además, no he dicho que yo te haya cogido la toalla. Solo he dicho que no te iba a traer otra.

—¡Por favor, Isaac! —supliqué. Mi voz sonaba chillona de tan desesperada que estaba—. No quiero faltar a clase.

—Eh, yo no te obligo a quedarte. Saldremos en diez minutos. Yo que tú me daría prisa.

—¡Isaac! —chillé aporreando la puerta—. No tiene gracia.

Al no recibir respuesta, comprendí que me había dejado colgada en el baño.

Estampé el puño contra la puerta una última vez antes de apoyar la frente en la madera, frustrada a más no poder.

Ir a clase era importante —los estudios eran toda mi vida—, pero ni en sueños pensaba correr por el hogar de los Walter completamente desnuda. Tendría que esperar a que Katherine regresara del dentista, y para entonces los chicos ya estarían en el instituto.

Allí plantada sobre un charco de agua, se me erizó la piel de los brazos. Me estremecí. Por lo que parecía, iba a pasar un buen rato en el baño, así que decidí darme una ducha caliente para no coger frío. Estaba retirando la cortina cuando se me ocurrió una idea. La cortina constaba de dos partes: una capa interior de plástico transparente para impedir que el agua mojase el suelo y la segunda, una pieza de tela azul marino para preservar la intimidad de la persona que estaba en la ducha. Por desgracia, pequeñas anillas plateadas sujetaban la cortina a la barra. Tendría que separar la tela del resto de la cortina. Quizá si tiraba con fuerza...

Aferrando el material, tiré con toda mi rabia, pero en lugar de arrancar la parte que pretendía, la barra entera cayó sobre mi cabeza.

—¡Mierda! —exclamé cuando rebotó contra el suelo. Aunque me dolía la cabeza, recogí la barra a toda prisa y extraje la cortina. Luego arranqué la sección plástica de las anillas y utilicé la tela azul para improvisar una toalla. Como era el baño de los niños, un horrible motivo de monos y plátanos decoraba la cortina, pero tendría que conformarme. Con un poco de suerte Katherine no se enfadaría conmigo, pensé al observar el estropicio que había provocado. Siempre podía reemplazar lo que había estropeado.

En lugar de asomarme al pasillo para comprobar que la costa estuviera despejada, abrí la puerta de par en par y corrí a las escaleras.

—¡Isaac, el pájaro ha huido de la jaula! ¡Repito, el pájaro ha escapado!

Mirando por encima del hombro, vi a Jack con un walkie-talkie. A su lado estaba Jordan, con la cámara de vídeo en las manos, en la cual parpadeaba la inevitable lucecita verde.

—¡Tenía que salir desnuda! —dijo Jack, como si yo le hubiera jugado una mala pasada.

Sin detenerme siquiera a gritarles a los gemelos, subí las escaleras de dos en dos. Quería llegar cuanto antes a mi habitación para que nadie más me viera envuelta en la cortina de ducha. Isaac apareció en lo alto del rellano con el segundo walkie-talkie en la mano y una sonrisa malvada en el rostro.

—No la creía capaz de… —Se interrumpió al verme—. Vaya, pero mira que eres lista. Ni siquiera se me ha ocurrido pensar en la cortina.

—Aparta —le dije empujándolo de malos modos al pasar.

—¡Jackie, espera! —gritó Jordan, que me perseguía con la cámara—. ¿Puedes responder unas preguntas para el documental? En primer lugar, ¿las chicas se toquetean las tetas?

Los gemelos me siguieron por el pasillo hasta mi habitación sin parar de bombardearme con preguntas absurdas, hasta que entré en mi cuarto y aseguré la puerta.

Recostada contra la hoja, cerré los ojos y me dejé caer al suelo.

—¿Nos puedes explicar por qué las chicas estáis tan obsesionadas con los zapatos? —oí decir a Jack al otro lado—. ¿Para qué necesitáis tantos?

—Pregúntale lo del baño. Esa es buena.

—Sí, sí que lo es. Jackie, ¿por qué las chicas siempre van al baño en grupo?

Comprendí que nunca jamás volvería a disfrutar de un momento de paz.

—Vale, todos, escuchadme. Necesito que forméis grupos de tres —dijo la señora Hanks.

Mordiéndome el labio con fuerza, eché un vistazo alrededor. Estábamos a punto de empezar un nuevo proyecto artístico y los amigos eran un bien del que yo carecía de momento. Las sillas arañaron el suelo y la gente se dirigió a reunirse con sus conocidos. Consciente de que nadie querría formar equipo conmigo, me quedé en el sitio y me pregunté a qué desafortunado grupo me acoplaría la profesora. Advertí que la pelirroja que me había sonreído el primer día se levantaba y cruzaba el aula. Cuando hizo gestos de saludo, tardé un momento en comprender que me los hacía a mí. Levanté la mano con timidez para saludarla a mi vez cuando se detuvo junto a mi mesa.

—Hola, Jackie. Soy Riley —dijo con un fuerte acento sureño—. ¿Quieres unirte a mi grupo?

—¿Sabes cómo me llamo? —pregunté sorprendida.

Sonrió.

—Todo el mundo lo sabe. Eres la chica nueva que se sentó con Cole Walter en su primer día. —Riley retiró la silla de enfrente y se sentó—. Bueno, ¿qué me dices? ¿Trabajamos juntas?

«¡Gracias, Cole Walter!». Por lo visto, servía para algo más que para ponerme de los nervios.

—Sí, por favor. Pensaba que tendría que trabajar sola.

—Ah, no seas tonta. Heather y yo no te habríamos dejado colgada —respondió Riley. Yo todavía no había visto a la alumna de la que hablaba—. Llegará enseguida. Seguro que está ligando por los pasillos.

Como si nos hubiera oído, una chica con el pelo rubio ceniza recogido en un moño entró corriendo en el aula y se encaminó directa hacia Riley.

—¡No te vas a creer lo que acabo de descubrir! —exclamó a la vez que retiraba una silla a su lado—. ¿Te acuerdas de la chica nueva, la que se sentó con Cole el otro día? Por lo visto su padre era un empresario millonario de Nueva York y su madre una famosa diseñadora de moda. Y toda su familia acaba de morir en un accidente de coche…

—Heather… —cuchicheó Riley, tratando de interrumpirla.

—Y había un artículo entero sobre el tema en la web esa de cotilleos que me gusta. Ya sabes, la que publicó desnudos de ese actor inglés tan guapo del que te hablé. Da igual, ¿te imaginas tener tanta pasta?

—¡Heather! —repitió Riley, esta vez con más energía. Me señaló.

Heather siguió con los ojos la trayectoria del dedo de su amiga.

—No fastidies —dijo cuando me vio.

—Quiere decir que lo siente —tradujo Riley al tiempo que regañaba a su amiga con la mirada. Como Heather seguía callada, le propinó un codazo.

—¡Ay, sí! Lo siento mucho. Qué falta de tacto por mi parte. No me he dado cuenta de que estabas ahí sentada.

Heather no parecía lamentarlo lo más mínimo. Sus labios hacían muecas de tanto que se esforzaba en contener la sonrisa que amenazaba extenderse por su cara. En lugar de estar abochornada, parecía encantada de haberme encontrado allí.

—No pasa nada —respondí. Tenía los músculos de los hombros en tensión.

Transcurrió un ratito de incómodo silencio mientras Heather se revolvía al borde de su asiento. Parecía a punto de estallar y por fin no pudo aguantarse más.

—Entonces ¿conoces a Cole? ¿Sois parientes o algo así?

Las palabras surgieron a borbotones de su boca, las últimas en un tono esperanzado.

—No, hace pocos días que nos conocemos.

—¿Y te invitó a sentarte con él? ¿Así, sin más?

Heather enarcó las cejas con incredulidad.

—Sí.

—Uf, qué envidia me das.

—¿Envidia? ¿Por qué?

—Porque —explicó Heather poniendo los ojos en blanco— Cole no invita a cualquier chica a sentarse a su lado en el comedor. Solo a las que le interesan.

Cole no sentía el más mínimo interés en mí. Esa misma mañana, en el aparcamiento, lo había visto agarrar a Olivia por la cintura para besarla. Nada como exhibir gestos románticos con otra chica para insinuarle a alguien que te gusta, ¿verdad? Pero entonces me vinieron las palabras de Nathan a la cabeza, eso de que Cole saltaba de una chica a otra sin complejos. Solté una carcajada nerviosa.

—Te equivocas. Solo lo hizo para ser amable.

—Uf, lo tienes fatal —dijo Riley en un tono de voz compasivo a la vez que negaba con la cabeza—. Cole Walter no es amable con nadie a menos que busque algo. Se te comerá viva antes de que te hayas dado cuenta.

—A mí no me importaría que se me comiera viva —intervino Heather agitando las cejas.

—¿Te importaría guardarte tus pensamientos guarros para ti? —Riley arrugó la nariz con un gesto de asco. Se volvió a mirarme—. Jackie, ¿por qué no te sientas hoy con nosotras? Te pondremos al corriente de todo lo que debes saber sobre ese tío.

Asentí encantada. Riley era un encanto de persona y a mí me vendría bien tanta información como pudiera reunir si quería entender qué había detrás de la fachada de Cole Walter. Por si fuera poco, me libraría de Erin y de sus miradas de odio.

—Por mí, genial.

Heather soltó un gritito y unió las manos. Aunque fuera un poco gamberra, me di cuenta de que me caía bien. Me recordaba a Sammy y eso me tranquilizó en parte, aunque no me sentía del todo cómoda hablando de chicos con desconocidas.

—Perfecto —dijo Riley. Se inclinó hacia delante—. Me muero de ganas.

Igual que el día anterior, Cole bajó conmigo al comedor después de la clase de mates. Esa vez, cuando nos pusimos a la cola, cogí mi propia bandeja. Tras pagar mi comida, me puse de puntillas para buscar a Riley por las mesas y por fin atisbé un destello de su pelo rojo.

Eché a andar hacia ella, pero Cole me sujetó por el hombro.

—Eh, Jackie, ¿a dónde vas? Nuestra mesa está por allí.

Señaló la mesa a la que nos habíamos sentado el día anterior y me fijé en que Erin me estaba mirando.

—Lo siento, Cole, le he prometido a Riley que me sentaría con ella. Es una amiga que acabo de hacer.

Cole titubeó, casi como si no se lo esperara.

—Vale, señorita Popular, pero prométeme que comerás conmigo mañana.

—Te añadiré a mi lista —bromeé.

—Muy bien —asintió entre risas—. Al menos deja que te acompañe a la mesa.

—Claro.

Tomé la delantera por la cantina atestada y Cole me siguió de cerca. Los pasillos entre las mesas estaban tan abarrotados que de vez en cuando la gente nos empujaba y el codo de Cole chocaba con el mío. El roce me ponía la piel de gallina en cada ocasión.

—Hola —saludé a la vez que depositaba la bandeja en la mesa. Riley y Heather miraron a Cole fijamente sin responder.

—Te veo después de clase, Nueva York —me dijo Cole. Saludó a Riley y a Heather con un gesto de la cabeza—. Señoritas.

Les dedicó una sonrisa antes de alejarse.

En cuanto Cole se marchó, Riley empezó a parlotear.

—¡Ay, mi madre! ¿Acaba de acompañarte a la mesa? No me lo puedo creer.

—¿Qué es lo que no te puedes creer? —pregunté.

Las dos chicas me miraron como si no me enterara de nada, y seguramente era cierto, pero es que prácticamente acababa de llegar. Tenían que darme un poco de cancha.

—El dios del instituto está ligando contigo —intervino un chico que apareció de la nada y dejó su bandeja en la mesa—. Y no es un ligoteo inocente. Es un ligoteo del tipo «te quiero llevar al huerto».

El recién llegado vestía una elegante camisa azul con pajarita roja y se peinaba el impecable cabello castaño con la raya a un lado.

—Tú debes de ser Jackie —dijo—. Yo soy Skylar, el experto en moda del instituto Valley View. Dirijo el blog de tendencias del periódico escolar. Si te interesa ser redactora, me encantaría trabajar contigo. Tu rollo de la costa este me parece superchic.

—¡No me lo puedo creer! ¿Ni siquiera le vas a dar una tarjeta de visita? —se mofó Riley entre risas.

Skylar puso los ojos en blanco y se volvió a mirarme.

—Le encanta burlarse de mí, pero al menos yo no tengo pinta de paleto —dijo imitando un horrible acento sureño.

—¿Queréis parar, vosotros dos? —intervino Heather, que estaba echando un vistazo al teléfono—. Ahora toca un poco de salseo sobre Cole.

Todos se volvieron a mirarme.

—¿Qué pasa? —pregunté, devolviéndoles la mirada. No había caído en la cuenta de que estaban esperando algún cotilleo por mi parte. Yo apenas conocía al famoso Walter.

—Venga, cuenta —me animó Skylar—. ¿Qué ha pasado entre vosotros?

¿Por qué todo el mundo estaba tan pendiente de Cole? Solo era un chico normal y corriente.

—Vamos juntos a la clase que tengo justo antes del almuerzo, así que me ha acompañado al comedor —respondí, sin saber qué más decirles. Esa clase de chismorreo no se me daba bien, pero noté enseguida que Heather no se iba a conformar con eso.

—Pero ¿de qué habéis hablado? —insistió. Para demostrar que estaba atenta a la conversación, cerró una aplicación y dejó el teléfono a un lado—. ¿Te ha tirado los tejos? ¿Te ha tocado el brazo?

—¿Ya estáis hablando de Walter otra vez? —preguntó otra chica, que se desplomó en el banco junto a Skylar—.

Perdón por llegar tarde. Me he entretenido en la sala de ordenadores.

—Esta es la lumbreras que tenemos adoptada, Kim —me la presentó Riley. Kim era una chica esbelta con una melena larga y ondulada que, en combinación con una piel perfecta, le daba la apariencia de una elfa—. No muerde, a no ser que te burles de su videojuego favorito o como se llame que consiste en luchar con seres mitológicos

—Se llama «videojuego del género multijugador en línea», Riley. —Kim se echó el pelo hacia atrás—. Además, no lucho con seres mitológicos. Soy un ser mitológico. Mi avatar es un enano.

—¿Un enano? —me sorprendí.

—Es una representación gráfica de mi personalidad, un reflejo de mi yo personal —explicó. Yo no tenía claro cómo esa chica de figura grácil y esbelta podía identificarse con un ser que no medía ni un metro de altura, pero asentí como si lo entendiera.

—Hola, tú debes de ser Jackie.

Kim me tendió la mano a través de la mesa.

—Hala, ¿todos sabéis quién soy porque he hablado con Cole? —pregunté.

Ella negó con la cabeza.

—En realidad, yo soy amiga de Alex Walter. Me comentó que te habías mudado a su casa.

A Heather se le cayó la cuchara de la mano.

—¿Qué acabas de decir?

—¿Que Alex y yo somos amigos? Ya lo sabías, ¿no? —replicó Kim, que miraba a Heather frunciendo el ceño.

—No, lo otro —respondió Heather. La cuchara había vuelto a su mano y ahora la agitaba en plan frenético—. Eso de que se ha mudado.

—Ah —dijo Kim. Sacó un refresco de su bolsa del almuerzo—. Jackie acaba de mudarse a casa de los Walter. ¿Verdad, Jackie?

Tres miradas se posaron en mí a un tiempo.

—Hum… Sí. Vivo con ellos —reconocí con nerviosismo. No sabía cómo reaccionaría el grupo a la información.

—¿Y cómo es posible que se te haya olvidado mencionar ese detalle? —preguntó Riley, que me observaba boquiabierta.

—¡Madre mía! —chilló Heather—. Eres la tía con más suerte de todo el instituto.

—Lo dudo mucho —musité. ¿Qué tenía de guay vivir con un montón de chicos infantiles y asilvestrados? Además, yo ni siquiera quería vivir en Colorado. ¿Acaso Heather ya había olvidado el cotilleo que le había contado a Riley sobre la muerte de mi familia?

—¡No sabe lo que dice! —exclamó Heather volviéndose hacia Kim.

—Jackie, Jackie, Jackie —me regañó Riley, negando con la cabeza—. ¿Aún no te has dado cuenta de que los chicos Walter son la perfección personificada?

—No, son más que perfectos. Son dioses —suspiró Heather con la mirada perdida en el infinito.

Kim se atragantó.

—No me puedo creer que hayas dicho eso. Pareces una psicópata.

—¡De eso nada! Es la pura verdad. Jackie acaba de aterrizar en el paraíso. A ver, piénsalo. Da igual cuál sea su tipo, porque allí tiene uno de cada. Primero está Danny, que emana ese aire misterioso del típico chico melancólico. Isaac es un malote sexi al uso. Luego está Alex, el friki tímido. —Heather los iba contando con los dedos—. Nathan es el músico tranqui. Lee, el skater con malas pulgas. Y luego está Cole…, el chico de oro.

Un suspiro colectivo le dio la razón cuando pronunció el nombre.

—No lo entiendo —dije a la vez que miraba la mesa que ocupaba Cole. Erin se había sentado en su regazo y jugaba con su pelo—. Hay montones de chicos guapos. ¿Por qué él os parece tan especial?

—Si no es tan especial, ¿por qué no puedes despegar los ojos de él? —preguntó Skylar con las cejas enarcadas.

—Sí que puedo —repliqué al tiempo que apartaba la vista—. Además, yo no busco novio. Tengo que concentrarme en los estudios.

La mesa al completo prorrumpió en carcajadas y, cuando empezaron a tranquilizarse, Skylar me espetó:

—Claro, lo que tú digas.

—Mirad, yo solo quiero entender qué le veis —me desesperé. Si pudiera comprender qué tenía Cole para ser tan especial, quizá pudiera librarme del retortijón que notaba en la barriga cada vez que lo tenía delante—. O sea, mirad a esa. ¿Por qué lo hace? —dije, refiriéndome a Erin. Negué con la cabeza. La chica le estaba dando de comer uvas a Cole en la boca, de una en una.

—Es algo que emana —respondió Heather a la vez que se encogía de hombros, como si eso lo explicara todo—. Como una especie de aura que afecta a todo el sexo femenino.

—Pero ¿qué es?

—No se puede definir, Jackie. —Se inclinó sobre la mesa hacia mí, con el cabello colgando ante ella como si se dispusiera a revelarme un secreto profesional—. Es lo que yo llamo el efecto Cole.

—Pero si a todo el mundo le gusta, debe de haber algún denominador común —insistí, tratando de pensar con lógica.

—A eso me refiero… ¡No lo hay! Es el hecho de no poder definirlo, ese algo especial, lo que hace a ese chico tan irresistible.

—Eso es absurdo.

—Y tú también lo notas, ¿verdad? —me preguntó Heather con una sonrisa conspiratoria.

—No te avergüences, Jackie —dijo Riley. Cuando la miré enfurruñada, añadió—: Todas hemos sufrido la fiebre Cole Walter en un momento u otro.

—Pero es que a mí no me gusta —repliqué con firmeza, y todo el mundo puso los ojos en blanco—. Os concedo que es atractivo, pero nada más. Apenas lo conozco.

—Niégalo todo lo que quieras —dijo Riley a la vez que me posaba una mano en el hombro—. Pero sé reconocer unos ojos de cachorro enamorado cuando los veo.

Me habría gustado seguir discutiendo, decirle a Riley que se equivocaba. Sabía que no estaba enamorada y sin embargo mantuve la boca cerrada. El dolor de barriga me impedía seguir hablando. Heather y Riley suspiraron como si ninguna chica tuviera la capacidad de resistirse a los encantos de Cole, una circunstancia que hacía que mi falta de experiencia en ese aspecto fuera aún más agobiante.

¿Qué opciones tenía? No podía colarme por él. No después de lo que Nathan me había contado y, especialmente, no después de lo que le había pasado a mi familia. Eso no estaría bien. Era demasiado pronto. Debía sacar buenas notas para poder seguir los pasos de mi padre.

Y no podría hacerlo si un chico como Cole Walter me distraía.

Cinco

Al volver de clase me encerré en mi habitación y empecé a deshacer las cajas. Estaba decidida a cumplir la promesa que le había hecho a Sammy. Intentaría aclimatarme y sacar el máximo partido a la situación. Había dejado en la cama mi lista de comprobación para asegurarme de que lo tenía todo y poner cada cosa en su sitio según deshacía el equipaje.

Aunque todavía estábamos en primavera, hacía calor en la casa. Por lo que parecía, los Walter no entendían las ventajas del aire acondicionado, así que había dejado la ventana entornada para que entrase la poca brisa que soplaba fuera. Llevaba trabajando casi una hora, trasladando mis prendas de ropa de las cajas al armario que Katherine había conseguido encajar en mi dormitorio, cuando oí unas voces procedentes del jardín trasero. Sonó un fuerte chapoteo cuando alguien se tiró al agua y al momento el ruido se repitió. Me enjugué el sudor de la nuca y me asomé a la ventana. Había dos personas en la piscina.

—Estás tan guapo con el cuerpo mojado… Me entran ganas de acariciarte por todas partes.

Era Erin la que hablaba. Flotaba en el agua con los largos bucles castaños arremolinados tras ella como si fueran la cabellera de una sirena. Estaba frotando los hombros del chico que tenía delante, moviendo los dedos sin cesar. Él estaba de espaldas, pero reconocí el bañador rojo de inmediato.

—Así que estoy guapo, ¿eh? —respondió Cole en tono meloso—. Cuéntame más.

—En serio, chicos —dijo otra voz, y Alex apareció en el recinto de la piscina, también en bañador. Se quitó las chanclas de dos patadas—. No quiero potar en el agua.

—El cloro lo limpiará —replicó Cole, pero se despegó de Erin.

Haciéndole una peineta a su hermano, Alex se acercó al agua y dobló los dedos de los pies por encima del borde.

—¡Alexander James Walter! —gritó Katherine desde algún lugar que yo no veía—. ¿No deberías estar haciendo el trabajo de historia que tenías que repetir?

No era una pregunta. Alex miró al cielo como preguntándose «¿qué he hecho yo para merecer esto?» antes de alejarse despacio de la piscina.

—Ya voy, mamá. No hace falta que me dé un chapuzón. Total, dentro solo estamos a cuarenta grados… —dijo en tono sarcástico.

—Muy bien, y cuando subas pregúntale a Jackie qué aliño le gusta con la ensalada. Cenaremos en media hora.

Después de recuperar las chanclas, Alex se encaminó a la casa y, pasados unos segundos, oí cerrarse la mosquitera.

—Por fin solos —dijo Cole con voz queda. Nadó hacia Erin para rodearla con los brazos.

—¿Jackie? —preguntó ella, y se apartó de él—. Esa es la chica que se sentó con nosotros ayer en el comedor, ¿no? ¿Qué hace aquí?

Me quedé de piedra al oír mi nombre.

—Sí, es ella —respondió Cole—. Vive con nosotros.

—No fastidies. No me lo puedo creer —dijo Erin en voz alta, frunciendo los labios con rabia—. Por eso vas por ahí con ella. Te gusta, ¿no?

Cole no contestó. El silencio que se hizo a continuación fue tenso e incómodo, insoportable, diría yo, y miré al chico fijamente mientras le rogaba mentalmente que contestase.

—Casi no la conozco —alegó él por fin.

—Es obvio que la conoces lo suficiente para invitarla a almorzar con nosotros.

—Ya sabes cómo soy —fue la respuesta de Cole—. No es para tanto.

—¿Que no es para tanto? ¿Hablas en serio? Vivís bajo el mismo techo —rugió Erin.

—Sí, hablo completamente en serio. ¿Por qué te pones así? Tampoco eres mi novia.

No debería haber dicho eso. Con un enorme chapoteo, Erin dio media vuelta y nadó al borde de la piscina. Cuando empezó a salir, Cole gimió y la siguió.

—Cari, ¿en serio te vas a poner así ahora? —le preguntó, e intentó arrastrarla de vuelta al agua.

Erin le apartó la mano.

—No quiero que me llames así. No mientras no te comportes como si fueras mi novio. Me largo.

Recogió el bolso que había dejado en una tumbona y recorrió el recinto de madera con fuertes pisotones antes de llegar al jardín y desaparecer por un lado de la casa.

Volvió a hacerse el silencio y, en ese momento, comprendí que tal vez Nathan se equivocase sobre algunas de las chicas del instituto Valley View. No parecía que Erin aceptase de buen grado los jueguecitos de Cole. Puede que no estuviera todo perdido, al fin y al cabo.

Cole abofeteó la superficie del agua y luego se peinó con los dedos. Aunque estaba lejos, distinguí el gesto de rabia de sus labios y él, como si hubiera notado mi presencia, levantó la vista a mi ventana. Me agaché justo a tiempo y con el pulso acelerado retrocedí a mi cama para que no me viera.

Al mirar el fondo de la caja, descubrí que por fin había terminado. Dentro solo quedaba un objeto por colocar y sabía exactamente dónde quería ponerlo. El marco de la foto era dorado y resplandeciente, y los bordes de metal dibujaban caracoles como de encaje alrededor de la foto en la que aparecíamos mi madre y yo. La dejé sobre la cómoda, junto a las demás, y retrocedí un paso.

Desde que era niña, la gente siempre había comentado lo mucho que nos parecíamos, aunque yo no estaba de acuerdo. Es por el pelo, les decía yo. Tenemos el mismo color de pelo. Mi madre se reía cada vez que nos comparaban, no porque pensase que no teníamos el mismo aspecto, sino porque para ella éramos como la noche y el día.

Lo que no podía ser más cierto.

Cuando era niña, me di cuenta enseguida de que mi vida era completamente distinta a la del resto del mundo. La gente tenía una casa, no cuatro viviendas para pasar las vacaciones en distintas partes del mundo, dos chalés con terreno en la playa —una en la costa este, la otra en la costa oeste— y un ático de lujo en el Upper East Side de Manhattan.

En primero de primaria, fui a casa de una amiga para hacer un trabajo de ciencias y me quedé de piedra cuando me dijo que tenía que colaborar en casa. Yo siempre había tenido criadas que limpiaban lo que ensuciaba, me doblaban la ropa y me retiraban los platos después de comer. Los chóferes no conducían todos los coches que circulaban por la calle, sino que la mayoría de la gente conducía su propio vehículo. ¿Y tener un jet privado? Eso tampoco era normal. Mi padre era la viva imagen del éxito y mi listón estaba muy alto, quizá demasiado.

Intentaba estar a la altura de todos modos. Tenía que hacerlo por mi madre. En el colegio no solo tenía la nota media más alta, también me eligieron presidenta del consejo de alumnos y jefa del comité del anuario en primero de secundaria. En verano hacía prácticas en la empresa de mi padre al mismo tiempo que ayudaba a mi madre a planificar el baile solidario de otoño.

Estaba ocupada, pero mis horarios no eran tan apretados como para que fuese con la lengua fuera. Organizaba mi tiempo, cada minuto del día, dentro de los márgenes de mi agenda negra. Mis listas de verificación ponían a mi madre de los nervios. Anotaba cada cosa que tenía entre manos —desde redecorar mi habitación hasta hacer los deberes por la noche— en mi eficiente lista de tareas pendientes. Colocaba lo más importante en primer lugar y así, cuando llegaba al final, sabía que no me había dejado nada. Porque, al fin y al cabo, esas eran las peores sorpresas, ¿no? Las cosas que no habías planeado, o no lo suficiente, y que lo hacían todo menos… perfecto.

Si yo era precavida y aspiraba a la perfección, a un ideal imposible, mi madre era todo lo contrario: alocada, espontánea y descuidada. Por algo Designs by Jole & Howard era una de las boutiques de moda más conocidas de Manhattan: Angeline Howard no temía arriesgarse, lanzarse a la piscina. «Jackie —me decía—, es imposible tenerlo todo controlado. Los desprendimientos, al igual que los baches, forman parte de la vida».

Yo no estaba de acuerdo. Todo se podía anticipar. Solo hacía falta ser un poco previsora. ¿Por qué vivir en el caos pudiendo vivir en el orden?

—¡Eh, Jackie! —me llamó alguien, cortando el hilo de mis pensamientos. La puerta se desplazó una pizca, solo lo suficiente para que viera a Alex en el pasillo.

—¿Sí? —le pregunté, abriendo de par en par.

—Esto…, mi madre quiere saber qué aliño te gusta en la ensalada.

—Cualquiera me viene bien.

—Vale, gracias. Cenaremos en diez minutos —me dijo, y se dispuso a marcharse.

—¡Espera! ¡Quería darte una cosa! —Di media vuelta y cogí el libro de Shakespeare que había dejado en la cama—. Toma —le dije, tendiéndoselo.

—¿Qué es? —me preguntó mirando la portada.

—*El sueño de una noche de verano.* ¿Te acuerdas? Yo leo el tuyo y tú lees el mío.

—Claro —respondió con una sonrisa—. Intercambio de libros.

—Bueno, chicos —empezó Katherine. Separó las manos después de que George bendijera la mesa. Estábamos todos allí excepto Will, que había regresado a su apartamento el día anterior—. ¿Alguien me va a contar qué ha pasado con la cortina de la ducha?

Por poco se me cayó el plato, que sostenía en vilo para que Nathan me sirviera puré de patatas. No sé por qué, pero con todo lo que había pasado ese día se me había olvidado lo sucedido por la mañana. Casi todos los chicos soltaron risitas y supe que estaban al tanto de lo ocurrido. Jack y Jordan debían de haberles enseñado la toma en la que yo salía corriendo de la ducha. Me imaginaba la escena, todos apiñados y muertos de risa alrededor de la cámara mientras yo gritaba en la pantalla.

—Que nadie intente echarles la culpa a Zack y a Benny como pasó el día de los espaguetis en la lavadora. Los he llevado yo al dentista, así que tienen una coartada irrefutable.

—Yo sé quién ha sido —dijo Lee casi a borbotones, como si hubiera estado esperando a que su tía preguntase para soltarlo. Como no siguió hablando enseguida, Katherine frunció los labios.

—¿Quién?

Lee cogió su vaso y bebió un trago largo y deliberado antes de volver a dejarlo.

—No soy un acusica —dijo, encogiéndose de hombros—. ¿Por qué no le preguntas a Jackie?

Se volvió a mirarme con un brillo de satisfacción cruel en los ojos.

—¿Jackie? —preguntó Katherine casi riéndose. Desdeñó la idea con una sacudida de cabeza—. Es lo más absurdo que he oído en mi vida.

Yo no supe qué decir, porque la idea de que yo arrancara una cortina era, de hecho, tan absurda que nadie se lo creería, pero por desgracia también era la verdad. No podía decir una mentira.

—Lo siento muchísimo, Katherine —me disculpé agachando la cabeza.

Al oír mi voz, ella se volvió de golpe.

—¿Jackie? —Se calló, como si no entendiera nada. Luego, por fin—: ¿Y a santo de qué has hecho algo así?

Su pregunta suscitó otra ronda de carcajadas.

—No quería romper nada —intenté explicarle—, pero he salido de la ducha y tenía que…, bueno…, taparme.

George entornó los ojos con recelo, como si sospechase que allí había gato encerrado.

—¿Se te ha olvidado la toalla?

Estaba entre la espada y la pared. Podía mentir y dejar que Isaac se fuera de rositas o contar toda la historia para que entendieran mis acciones. Pero si les contaba a Katherine y a George lo que había pasado en realidad, Isaac se enfadaría y eso podía perjudicarme. Por otro lado, si me sacrificaba y lo dejaba pasar, los chicos lo podrían interpretar como una invitación a atormentarme cuando les viniera en gana. Eché una ojeada a Isaac. El labio le temblaba cuando me devolvió la mirada, como si me desafiara a delatarlo. Me volví hacia George.

—Isaac me la ha quitado —dije. Pronuncié la acusación a toda velocidad—. Y la ropa. También se ha llevado mi ropa.

George tardó un momento en reaccionar. Su mandíbula se tensaba y se destensaba mientras procesaba mis palabras.

—¿Cómo? —rugió finalmente. Su silla salió volando cuando se puso de pie con furia.

Dos segundos más tarde, Benny hizo lo propio.

—¿Cómo? —gritó, y echó hacia atrás su propia silla imitando a su padre. Zack, a su lado, estalló en carcajadas, mientras Parker señalaba a su primo y se burlaba.

—Alguien se la va a cargar.

Sin hacerles caso, George proyectó su rabia en Isaac.

—¿Le has robado la toalla? ¿Has entrado en el baño mientras se estaba duchando?

—¡Eh, tío G! No ha sido eso lo que ha pasado —se defendió Isaac. Viendo la cara que ponía, adiviné que ya se estaba arrepintiendo de su jugarreta.

—Te juro que si me mientes…

—No te miento. Te lo prometo —respondió Isaac, fingiendo inocencia.

Me entraron ganas de atizarle un puntapié.

—No es verdad —alegué en tono chillón—. Isaac se ha apostado cinco dólares con Cole a que antes me saltaría las clases que salir desnuda del baño. Pensaban dejarme allí encerrada y marcharse sin mí.

Cole levantó las manos como escandalizado.

—Eh, a mí no me metáis en esto. Yo no tengo nada que ver.

George fue pasando la vista de uno a otro para estudiar sus reacciones, que abarcaron desde las cejas enarcadas de Alex hasta la cara de póquer de Danny. Tuve la sensación de que el hombre hacía esfuerzos físicos para contenerse. Sus manos, que aferraban el borde de la mesa, estaban blancas como el papel.

—George —susurró Katherine con suavidad a la vez que posaba una mano sobre la de su marido. Él bajó la vista hacia las manos unidas y, por alguna razón, eso lo tranquilizó, porque sopló el aire que estaba conteniendo.

—Teniendo en cuenta tu rico historial —dijo por fin, tratando de mantener la calma—, me cuesta mucho creerte.

—Dice la verdad —intervino Lee, acudiendo en ayuda de su hermano. Era lo primero que decía desde que me había acusado y noté en la expresión de su cara que estaba disfrutando con el jaleo que había provocado—. Ha estado todo el rato en la habitación intentando terminar un trabajo. Lo he visto.

—Sí, ya. Isaac nunca hace los deberes… —empezó a decir Nathan, pero Lee le propinó un codazo en las costillas y el otro cerró el pico.

—¿Alguien puede corroborar la versión de Jackie o la de Lee? —preguntó Katherine. Zack y Benny levantaron la mano y ella suspiró—. ¿Alguien más, que no estuviera en el dentista, me puede contar lo que ha pasado?

Cuando recorrí la mesa con los ojos en busca de una cara amiga, ninguno de los chicos me devolvió la mirada. Incluso Nathan desvió la vista. Su gesto tenso había convertido sus labios en la más fina de las líneas y se concentró en pinchar con el tenedor los pocos guisantes que le quedaban en el plato.

Por primera vez desde mi llegada reinaba un silencio sepulcral en la casa y comprendí que nadie me iba a defender.

—Katherine —dije, adoptando el tono profesional de mi padre—, yo les preguntaría a Jack y a Jordan qué saben o, más bien, qué han grabado con la cámara. Estoy segura de que eso ayudará a aclarar las cosas. Y ahora, si no te importa, me gustaría marcharme a mi habitación.

Sin esperar respuesta me levanté, tiré la servilleta a la mesa y abandoné la cocina.

Cuando Katherine subió más tarde para disculparse por la conducta de los chicos, me encontró sentada en la repisa de la ventana, contemplando el jardín trasero. Ya había anochecido. Solo veía reflejos de luna en el agua de la piscina. Las sombras habían devorado la extensión de hierba que había más allá del recinto, como si nunca hubiera existido. Media hora antes había oído gritos furibundos procedentes de la cocina y, a juzgar por el tono de George, uno de los chicos lo tenía fatal. En ese momento reinaba el silencio.

—Qué raro —le dije cuando se acercó y se quedó parada a mi lado—. Esto parece desierto.

—¿Desierto? —me preguntó con una expresión preocupada.

Le ofrecí una sombra de sonrisa al darme cuenta de que no me había entendido.

—En mi casa, cuando miraba por la ventana —empecé a explicarle—, siempre había algo ahí fuera, incluso en plena noche. La luz de las farolas a lo largo de la calle, algún taxi que derrapaba al doblar la esquina, alguien paseando a un perro. Aquí la oscuridad es tan profunda que, cuando reina un silencio como este, no parece que haya nada fuera excepto vacío.

—Supongo que nuestra vida nocturna es un poco más discreta —dijo Katherine, que miró por la ventana conmigo.

Nos quedamos calladas y yo me concentré en la oscuridad. De vez en cuando distinguía el parpadeo amarillo de una luciérnaga, pero el fulgor desaparecía enseguida como si nunca hubiera estado ahí y yo me quedaba con la sensación de que la mente me jugaba malas pasadas.

—Jackie —me dijo Katherine después de un ratito—. Siento mucho cómo te han tratado los chicos esta mañana y a la hora de la cena. Ha sido imperdonable.

Yo no podía responder nada, así que asentí con un movimiento de la cabeza. A raíz de mi sugerencia, Katherine les había confiscado la cámara a los gemelos y había mirado los vídeos. No solo me habían grabado saliendo del baño a la carrera, envuelta en la cortina, sino que los gemelos también habían filmado a Isaac forzando la cerradura

116

del baño y robándome la ropa, así que no pudo negarlo. Katherine volvió a disculparse y me prometió que todos los implicados recibirían un castigo. Cuando le dije que pagaría el destrozo, se rio. Lo que costara la cortina se lo descontarían a Isaac de su paga.

Se quedó unos quince minutos charlando y haciéndome preguntas sobre los dos primeros días de clase y cómo me estaba aclimatando. Supuse que era su manera de interesarse por mí, de asegurarse de que todo iba bien.

—Me estoy adaptando —le dije—. Te lo prometo.

Le mencioné que tenía nuevas amigas y que las clases me parecían sencillas, trivialidades sin importancia para dejarla tranquila. La verdad era que yo me limitaba a dejarme llevar por la inercia: levantarme, ducharme, ir a clase, dormir. Colorado era un marcapáginas entre las hojas de mi vida, el sitio donde debía quedarme hasta que tuviera edad suficiente para volver a casa.

Agotada después de aquel día tan largo, a las diez me caía de sueño. Cogí el neceser y me dirigí al cuarto de baño. Tal como me esperaba, cuando salí al pasillo y me crucé con Lee, él me miró enfurruñado antes de meterse en su habitación y cerrar de un portazo. Yo me quedé en el pasillo, sacando conclusiones. Debía de haberse ganado una buena por mentir.

No me preocupaba que se hubiera puesto de parte de Isaac a la hora de la cena y que me hubiera arrojado a los leones con sus mentiras descaradas. Lee se había mostrado grosero conmigo desde mi llegada y no me esperaba otra cosa de él. En cambio, la actitud de Nathan me había dolido. Los acordes de una canción en ciernes flotaron por el pasillo, inseguros y desmañados, y yo noté que me inundaba la rabia.

La música procedía de la única puerta que había en el rellano de arriba, así que irrumpí en la habitación de Nathan sin llamar. Había dos camas encajadas en el pequeño dormitorio. A un lado, las paredes estaban decoradas con pósteres de *Star Trek*, había ropa por el suelo y una pila de videojuegos junto al ordenador que casi llegaba hasta el techo. Al otro, en la mitad de Nathan, todo estaba ordenado y despejado. Lo único que indicaba que aquel era su espacio era el atril para partituras del rincón. Él estaba tumbado en la cama que había más cerca de la puerta con los ojos cerrados. Deslizaba los dedos por las cuerdas de la guitarra según iba sacando una canción.

—¿Por qué no has dicho nada? —le pregunté, dolida a más no poder. Hacía pocos días que nos conocíamos, pero igualmente me sentía traicionada. Se suponía que Nathan era mi amigo en la casa. Era con él con quien había salido a correr cada mañana y su cháchara constante me había ayudado a mantener a raya la tristeza que me embargaba cuando empezaba a pensar en mi familia. Él me había acompañado a clase para que no me perdiera y era la única persona que me había prevenido contra Cole, su propio hermano.

Nathan levantó la cabeza y miró en mi dirección por encima de su guitarra. Cuando me vio en el umbral, se incorporó.

—Jackie, yo... —empezó a decir como si estuviera a punto de soltarme una excusa. Luego sacudió la cabeza y volvió a empezar—. Mira, te voy a hablar claro. Tenemos el pacto de no delatarnos unos a otros. Si nos chivásemos cada vez que alguien la lía, estaríamos castigados todo el tiempo, en plan eternamente.

—¿Y yo cómo iba a saberlo? —me quejé. ¿En serio se habían enfadado por un pacto absurdo del que no me habían dicho nada? Me sentí como si me hubieran atizado un puñetazo en la barriga—. Yo no pretendía romper vuestras reglas o lo que sea, pero tampoco podía dejar que vuestra madre se enfadara conmigo.

—Es una tontería —reconoció—, pero es que la mayoría de mis hermanos son tontos.

—Entonces, Isaac y los demás... ¿Están enfadados conmigo?

Me abracé el cuerpo mientras intentaba convencerme de que todo iría bien.

—No. No lo sé, puede.

Se pasó los dedos por el pelo.

Un largo suspiro salió de mis labios.

—No es justo.

—Créeme, ya lo sé.

—¿Y cuánto tiempo crees que seguirán cabreados? —pregunté con voz queda.

—¿Una semana quizá? —sugirió con inseguridad mientras me miraba de refilón—. Puedo hablar con ellos a ver si entran en razón.

—Gracias, Nathan —dije. Me recogí un mechón de pelo suelto detrás de la oreja—. Te lo agradecería mucho.

Le habría dicho que no era justo que tuviera que interceder por mí siquiera, pero sabía que no serviría de nada.

Si algo había aprendido en el tiempo que llevaba viviendo con los chicos Walter, era que nunca sabías por dónde te iban a salir. No podía imponerles mi mentalidad lógica y organizada para inculcarles sentido común. Se regían por unas reglas extrañas, solo suyas, y yo tendría que aprender a funcionar dentro de esos límites sin dejar por ello de aspirar a la perfección.

Cuando llegué a mi habitación encontré a Cole plantado delante de mi cómoda, observando las fotos enmarcadas que yo había dejado allí.

—¿Quién es? —me preguntó. Miraba a mi hermana de igual manera que lo hacían casi todos los chicos.

Lucy era divina. No había otra manera de describirla. Se levantaba de la cama por la mañana con la cabellera larga y oscura tan impecable como si acabara de salir de la peluquería. Nunca la vi usar maquillaje; no le hacía falta. Siempre tenía la piel lisa como la porcelana y un bonito rubor natural en las mejillas. Pero no era la belleza de Lucy lo que la hacía tan deslumbrante.

Tenía un don natural para posar ante una cámara y por esa razón mi madre la adoraba. Lucy sabía mover el cuerpo como hiciera falta —girar el cuello así o curvar la pierna asá— para crear una pose espectacular. Los ojos le brillaban como si estuviera coqueteando con el objetivo y tenía una sonrisa radiante y descarada. A ojos de mi madre, Lucy era un sueño hecho realidad, todo aquello a lo que una diseñadora de moda podía aspirar en una hija.

Solo nos llevábamos un año pero yo la miraba en plan «qué mayor y qué sabia es», igual que miran los estudiantes de primero a los mayores cuando acaban de llegar al instituto. Puede que fuera porque todo le salía de manera natural, como si hubiera nacido sabiendo algo que los demás ignorábamos. Cada año, después de mi cumpleaños, teníamos la misma edad durante once días exactos y en cada ocasión yo pensaba: ahora sí. Por fin me voy a sentir tan mayor y tan lista como Lucy. De algún modo misterioso sabría las mismas cosas que ella sabía y entonces mi madre me haría caso a mí también. Pero llegaba el cumpleaños de Lucy y ella me adelantaba cinco años como por arte de magia, era como si pasara de tener quince a veinte, siempre fuera de mi alcance.

En el fondo de mi corazón sabía que nunca sería como mi hermana; éramos demasiado distintas. Ella se parecía a mi madre, despreocupada y afable, mientras que yo era como mi padre, seria y calculadora. No recuerdo cuándo llegué a esa conclusión, pero en algún momento comprendí que si triunfaba como lo había hecho mi padre, mi madre empezaría a quererme tanto como a Lucy. Al fin y al cabo, se había enamorado de él aunque fueran polos opuestos.

Así fue como empezó mi obsesión por ser perfecta. Si quería seguir los pasos de mi padre, no podía cometer ningún error. Comencé a planificar mi vida. Para empezar, al graduarme sería la mejor alumna de la clase. A continuación estudiaría en la Universidad de Princeton, igual que mi padre, y haría prácticas en alguna gran corporación con sede en Nueva York. Luego empezaría a trabajar en la empresa de mi padre, como me correspondía por derecho.

Dejé el neceser en la mesa.

—Lucy. Es mi hermana.

Pensando que me soltaría algún comentario de mal gusto sobre el polvo que tenía, me pilló desprevenida que Cole devolviera la foto a su sitio y respondiera:

—Te pareces a ella.

—Yo… Gracias.

Era el cumplido más bonito que me habían hecho en mucho tiempo. No porque Cole pensase que me parecía a mi hermana, que era una de las chicas más guapas que yo había conocido, sino porque me sentí como si llevara una parte de Lucy conmigo.

Cole se volvió a mirarme sin darse cuenta de lo mucho que sus palabras me habían conmovido, sin saber que acababa de reconfortar mi corazón destrozado, aunque solo fuera un poquito. O puede que sí lo notara. Era consciente de cómo se comportaban las chicas en su proximidad todo el tiempo y quizá se le diera bien captar los cambios súbitos de las personas, como la respiración acelerada y el temblor de manos. En cualquier caso, no lo demostró.

—Solo quería saber cómo estabas —me dijo mientras se encaminaba a la puerta—. Asegurarme de que Isaac y Lee no te habían asesinado ni nada.

Asentí para confirmarle que sí, seguía respirando.

—Nathan me ha contado eso del código de honor o lo que sea que tenéis los chicos —le dije en voz baja—. No lo sabía. Solo quería aclararle a tu madre lo que había pasado, pero Isaac…

—No tienes que dar explicaciones, Jackie —me dijo en tono apático—. Yo habría hecho lo mismo en tu situación.

—Entonces ¿no me vais a retirar la palabra?

—Yo no. Y es obvio que Nathan tampoco —dijo con la mano en el pomo—. Todo irá bien. Tú recuerda la regla a partir de ahora.

—Vale —dije al mismo tiempo que asentía con la cabeza—. Gracias.

—No, gracias a ti.

—¿Por qué?

—Por sorprenderme.

—¿Por sorprenderte?

Cole sonrió.

—Pensaba que tendría que soltarle cinco pavos a Isaac. Me alegra que no seas tan predecible como yo pensaba.

Cerró la puerta al salir antes de que yo pudiera procesar lo que Cole acababa de decir. Una vez que se marchó, se me encendió la bombilla. Cole estaba en el ajo desde el principio.

Seis

—¡Jackie, sálvame!

Me incorporé en la cama sobresaltada y me apresuré a buscar el interruptor de la lamparilla de noche. La oscuridad de la habitación me asfixiaba y no fui capaz de aspirar una buena bocanada de aire hasta que brilló la luz amarillenta. Estaba tan empapada en sudor que el pijama se me pegaba a la piel y la voz de mi hermana todavía resonaba en mis oídos. Había tenido una pesadilla, la misma de siempre. Empezaba igual en todas las ocasiones, con nosotros cuatro viajando en coche tranquilamente, disfrutando de estar juntos. De repente, una fuerza de origen desconocido me arrancaba del asiento y yo no podía hacer nada salvo contemplar impotente cómo la tierra se tragaba a mi familia.

Era demasiado temprano para salir a correr, pero tenía el pulso acelerado y supe que estaría dando vueltas en la cama hasta el amanecer. Aparté el edredón y decidí bajar a la cocina. Con un poco de suerte, un vaso de leche caliente con miel me tranquilizaría. Me lo había enseñado Katherine cuando estábamos en Nueva York. Los nervios por tener que mudarme a Colorado habían empeorado mis pesadillas y una noche mis gritos nos despertaron a las dos.

Empecé a bajar las escaleras sin hacer ruido. A oscuras era todavía más difícil si cabe, porque la falta de luz me impedía ver los trastos que estaban desparramados por los peldaños. Por lo visto, las cosas se reproducían allí; cada vez que subía o bajaba había una película, un libro o un juego nuevos.

Cuando mi pie conectó con una pelota, contuve el aliento. El balón rebotó escaleras abajo arrastrando otras cosas consigo. No me atreví a respirar siquiera cuando entró en reposo; quería estar segura de que nadie había oído el jaleo. Aunque Cole había dicho que todo iba bien, sabía que algunos de los chicos seguramente seguían enfadados conmigo y no quería empeorar las cosas despertándolos en mitad de la noche.

Llegué al final de la escalera sin más incidentes y me encaminé al distribuidor principal, donde brillaba un suave fulgor azul. Al entrar en la cocina oí el sonido casi imperceptible del televisor.

—Hola —susurré mientras avanzaba hacia la sala de estar.

Entré en la zona de la moqueta y me asomé a la tele encendida, donde daban una serie policiaca; en la pantalla, un criminólogo inspeccionaba un cadáver ensangrentado. Alguien había desplazado los almohadones del sofá al suelo y había una bolsa de patatas fritas abierta en la mesa baja, pero la sala estaba vacía.

Mi torpe descenso no había despertado a nadie, pero había avisado de mi llegada a quien fuera que estuviera levantado. Por lo visto no era la única insomne de la casa y, a juzgar por la timidez del otro, sabía perfectamente quién era.

La semana escolar llegaba a su fin y, en teoría, debíamos terminar ese día nuestro proyecto artístico. El lunes, cada grupo debía presentar la obra acabada, pero Heather, Riley y yo apenas habíamos avanzado nada. Al final nos habíamos decantado por un collage fotográfico. Sin embargo, aparte de pedir prestada una cámara, no habíamos hecho ningún progreso. Heather y Riley estaban distraídas y no paraban de hacerme preguntas sobre los Walter.

—¿Isaac es un chico de slip o de bóxer? —preguntó Heather. Cogió la punta del chicle que tenía en la boca y, estirando hacia fuera, lo convirtió en una larga cinta.

—¿Y yo qué sé? —repliqué mientras intentaba ajustar el foco de la cámara. No sabía cómo hacer que las cosas se vieran menos borrosas cuando las miraba a través de la lente. Tenía ganas de gritar.

—Vives con él —señaló Riley, como si yo dedicara el tiempo que tenía libre en casa de los Walter a registrar sus cajones de los calzoncillos. Bien pensado, Heather seguramente lo habría hecho.

—Sí, desde hace menos de una semana —le recordé—. ¿Podemos centrarnos, por favor? Tengo que sacar buena nota en este proyecto.

—Relájate, Jackie —dijo Riley—. Estamos en clase de plástica. Nadie saca malas notas.

—Pero al menos tenemos que presentar el proyecto.

—No te preocupes —intervino Heather—. Lo terminaremos.

—¿Cuándo? Nos quedan… —eché un vistazo al reloj— exactamente veinte minutos de clase y no hemos sacado ni una sola foto.

—No sé —dijo Riley—. Lo haremos y ya está.

—Ay-mi-madre —exclamó Heather pasado un instante—. Acabo de tener la idea más alucinante del mundo. ¿Por qué no terminamos el proyecto en casa de los Walter este fin de semana? ¡Podríamos quedarnos a dormir!

Riley frunció el ceño como si no aprobara la idea.

—No sé, Heather —dijo despacio—. No es de muy buena educación autoinvitarse, sobre todo haciendo tan poco que conocemos a Jackie.

A mí me recorrió una descarga de emoción. Que se quedaran a dormir no solo sería la solución perfecta para la crisis del proyecto, sino que me permitiría reforzar mi relación con las chicas. Nunca había tenido facilidad para hacer amigas, ni siquiera con ayuda de Lucy, que me presentó a todas las alumnas de Hawks que conocía. Ahora que no la tenía a ella, me iba a costar mucho conocer gente.

Me tragué el nudo que se me hizo en la garganta al pensar en mi hermana. Invitar a Riley y a Heather me sentaría bien. Podía preguntarle a Katherine al volver del colegio si podía organizar una fiesta de pijamas el sábado. Fue casi como si Lucy estuviera allí conmigo, animándome a estrechar lazos con mis nuevas amigas.

—¡No, no, me parece bien! —dije al momento, dejando revolotear la mirada entre las dos—. Cuando llegue a casa le preguntaré a la señora Walter si me da permiso para que os quedéis a dormir. ¿El sábado os va bien?

Riley se me quedó mirando como si no acabara de decidirse, así que me obligué a esbozar una gran sonrisa.

—Vale, por qué no —contestó después de otro largo momento de vacilación—. Tendré que llevar mi pijama más mono.

Más tarde, después de que Katherine me diera permiso para invitar a las chicas y de que llamara a Riley para darle la buena noticia, fui abajo para agradecer su amabilidad a mi anfitriona. Mientras me acercaba a la cocina oí una voz furibunda.

—Pero, tía Kathy, ¿solo lleva viviendo aquí una semana y ya la dejas organizar una fiesta de pijamas?

—Lee —replicó Katherine con tono de reproche—, ¿cómo es posible que digas eso?

—No es su casa. No puede invitar a gente.

—Cariño, la pobrecita no tiene familia. Esta es su casa ahora, te guste o no. Solo intento aportar un poco de felicidad a una situación horrible, y tú deberías hacer lo mismo. Tú, más que nadie, deberías entenderlo.

Me detuve tan repentinamente como si estuviera en una montaña rusa y la barra de seguridad me hubiera empujado hacia atrás al llegar al final del viaje.

—Venga, tía Kathy...

No me quedé a oír lo que iba a decir Lee. Tenía razón... Ese no era mi hogar y yo nunca encajaría allí. Volví a subir las escaleras, sin preocuparme por si unos cuantos DVD salían volando a mi paso y corrí como una flecha por el pasillo hacia mi habitación. Llevaba tanto impulso que me estampé contra algo duro como una roca y me caí de culo.

—Pero ¿qué...? —gruñó Cole. Se frotaba la cabeza y apretaba los dientes por el dolor mientras los dos seguíamos en el suelo aturdidos. Cuando reaccionó y me vio en el suelo a su lado, negó con la cabeza.

—Hostia, tía, para ser tan bajita pareces una miniapisonadora.

—Perdón —le dije, y me puse de pie con precipitación. Noté ese vértigo que te entra cuando te levantas muy aprisa y empecé a ver puntos negros delante de los ojos, pero aparté a Cole igualmente para poder llegar a mi habitación.

—¡Eh! ¡Nueva York! Espera —gritó. Lo oía perseguirme a trompicones, pero yo no me paré. Abrí la puerta con tanta fuerza que la estampé contra la pared y la librería que había allí cerca tembló—. Jackie, ¿qué pasa?

—Nada —mentí, e intenté cerrar la puerta antes de que entrara.

—Eso —dijo Cole, que introdujo el pie para impedir que cerrara— es una mentira como una casa.

—No me apetece hablar de eso ahora, ¿vale? —repliqué. Prácticamente le estaba suplicando que fuera comprensivo. No quería estar con nadie en ese momento. No podía permitir que me viera llorar. Ni él ni nadie.

—¿Es algo que he hecho? —me preguntó desconcertado. Me habría apostado lo que fuera a que yo era la primera chica que rechazaba usar su hombro para llorar.

Negué con la cabeza.

—Un momento —dijo, y en ese momento vi esa expresión en sus ojos, la que tanto detestaba. Era la mirada de «pobre Jackie». Apreté los puños para prepararme y me crujieron los nudillos mientras esperaba que mencionara a mi familia. Pero no lo hizo—. ¿Es por eso de la fiesta de pijamas? —preguntó Cole.

Lo miré parpadeando. No me esperaba que dijera eso y fue un alivio, pero si ya sabía lo de la invitación, significaba que los rumores corrían como la pólvora en esa casa.

—Es por eso, ¿verdad? —insistió Cole cuando no respondí.

No es solo por eso, quise corregirle. Es por mi familia y por el hecho de que todos sepáis lo que les pasó. Pero preferí decir otra cosa.

—¿Lee te lo ha contado? No le caigo bien, ¿verdad? Era una mala idea de todas formas. No debería abusar.

En Nueva York, después de la crisis nerviosa que sufrí, aprendí a controlar mis sentimientos. Era muy importante para mi futuro éxito, porque no podía volver a perder la cabeza de ese modo. Así que construí un muro en mi mente para impedir que me inundaran las emociones. Pero allí, en casa de los Walter, me costaba más sostenerlo. Aquel ambiente no se parecía a ninguno que hubiera conocido antes. Era desorganizado, escandaloso e impredecible. Sin un punto de apoyo, sin algún tipo de estabilidad, el caos me estaba arrastrando. El comentario de Lee había resquebrajado mi muro y tenía la sensación de que todo empezaba a desmoronarse.

—Jackie, no le hagas caso a Lee —me dijo con esa voz clara y tranquila que las personas amables usan para convencerte de algo—. No sabe de lo que habla. Pasa de él.

Asentí automáticamente, con la mirada perdida en el infinito. Claro, ya sabía lo que intentaba hacer Cole, consolarme por ser amable, pero sus palabras no iban a cambiar nada. Era lo mismo que cuando la gente me ofrecía sus condolencias en el funeral de mi familia; solo eran palabras, un guion que tenían que recitar. Decían que lo sentían, pero en realidad nunca podrían entender lo que yo estaba viviendo. Así que daba igual que Lee solo estuviera siendo mala persona y que yo le hiciera caso o no, porque estaba diciendo la verdad.

Y entonces fue casi como si Cole me hubiera leído el pensamiento.

—Eh —dijo, plantándome las manos en los hombros. Me zarandeó una pizca para obligarme a mirarlo—. Siento mucho que mi primo se esté portando como un gilipollas. Déjame hacer algo por ti.

—Estos son los establos —dijo Cole mientras me cedía el paso al interior. Se había ofrecido a enseñarme el rancho y yo había accedido. Necesitaba que alguien, quien fuera, me distrajera.

Los establos se veían desde la ventana de mi dormitorio. Al contemplar el edificio principal desde la lejanía había supuesto que se trataba de un granero, pero ahora que estaba dentro comprendí que era una construcción mucho más grande. Lo primero que noté fue el tufo de los animales y el heno. Era tan fuerte que tiraba de espaldas; uno de esos olores tan intensos que los notas en los pulmones cuando respiras.

Teníamos delante un largo pasillo con pesebres a ambos lados. Unos cuantos estaban vacíos, pero el resto lo ocupaban animales enormes que resoplaban y agitaban la cola. Los había de muchos tonos distintos, que abarcaban desde el marrón hasta el gris claro, pero para mí todos eran igual de aterradores. Noté la presencia de Cole justo a mi espalda y, por alguna extraña razón, eso me tranquilizó.

—Además de los caballos —me dijo en tono alegre—, lo mejor de este sitio es el altillo.

Apoyándome una mano en la cintura, me azuzó a seguir avanzando. Mientras nos dirigíamos a la otra punta del establo, Cole iba señalando los caballos y me iba diciendo sus nombres. En uno de los pesebres vi a un hombre cepillando a una yegua negra a la que Cole se refirió como Raisin. Cuando nos oyó, el hombre levantó la vista y nos saludó con un gesto de la cabeza.

—¿Quién es? —susurré mientras avanzábamos.

—Es un mozo de cuadra —me dijo Cole—. Mi padre tiene muchos empleados. Hace falta mucha gente para encargarse de un rancho y mis hermanos y yo no siempre podemos ayudarlo.

Para cuando llegamos al otro extremo, había contado veinticuatro caballos en total. Cole se paró delante de una escalera de mano y yo alargué el cuello para ver qué había en el segundo piso. Él apoyó el pie en el primer peldaño y empezó a subir. Hacia la mitad del camino me miró por encima del hombro.

—¿Vienes, Jackie?

Subí detrás de él, algo más difícil de lo que puede parecer cuando llevas una falda de tubo. Cuando estaba llegando arriba, Cole me tendió la mano y me arrastró al altillo. Era evidente que los chicos habían redecorado el espacio. Yo no llevaba una idea concreta en la cabeza —balas de heno, quizá—, pero en lugar de eso había una vieja alfombra azul en el suelo, dos sofás, un televisor antiguo en una mesita baja y uno de los omnipresentes murales de Katherine en las paredes. Atisbé una colección de juegos de mesa amontonada en un rincón, pero, a juzgar por la capa de polvo, hacía mucho que nadie jugaba allí.

—Pasábamos mucho rato en este sitio cuando éramos niños —me explicó Cole mientras yo giraba sobre mí misma para abarcarlo todo con la mirada. Una de las columnas que sostenían el techo exhibía marcas de rotulador a distintas alturas, así como fechas y los nombres de los chicos, que habían ido señalando sus estaturas a medida que crecían.

Cuando él descubrió lo que estaba mirando, pasó el dedo por una marca que llevaba su nombre.

—Recuerdo que me rompí la pierna ese día —comentó, negando con una sacudida de cabeza—. Falta la tuya.

Echó mano de un rotulador. Estaba atado con un cordón que habían clavado a la columna, como si esperara paciente para registrar una nueva altura. Yo me pegué contra el tosco medidor y las manos de Cole me rozaron la coronilla cuando dibujó una línea. Escribió mi nombre junto a la marca y comprendí que el garabato no solo sería una prueba de mi corta estatura comparada con la mayoría de los Walter, sino también un recuerdo.

—Ya está —dijo Cole. Echó un vistazo a su obra después de devolver el rotulador a su sitio—. Ahora que has pasado la prueba de iniciación del altillo, te voy a enseñar por qué es tan alucinante.

Se acercó a la cornisa y se inclinó hacia delante para atrapar la cuerda que colgaba del techo.

—Cole, ¿qué haces? —me horroricé al ver que pasaba al otro lado de la barandilla.

—Mira esto —dijo, y sonrió. Abalanzándose hacia delante, Cole se columpió como Tarzán gritando a todo pulmón antes de dejarse caer sobre un montón de heno.

Yo corrí hacia la cornisa. Aferrada a la barandilla, me asomé para comprobar que estuviera de una pieza. Al principio no lo vi, porque el montón de heno se lo había tragado. Pero antes de que llegara a asustarme Cole emergió entre una explosión de hierba seca.

—Te toca, Jackie —me gritó—. Tú agárrate a la cuerda.

—Y un cuerno —repliqué retrocediendo. Giré a la derecha, en dirección a la escalera—. Voy a bajar como las personas normales para no acabar en urgencias.

—Ah, no, ni hablar —oí decir a Cole desde abajo y, antes de que llegara a la escalera de mano, vi agitarse la parte superior de los largueros y luego desaparecer. Así pues, estaba atrapada en el altillo. Me quedé mirando el hueco de la barandilla un momento antes de caer en la cuenta de que la escalera se había esfumado. La imagen producía un efecto extraño, como una sonrisa mellada.

—No tiene gracia, Cole —le dije. Intentaba conservar la calma mientras lo miraba desde arriba—. Por favor, devuelve la escalera a su sitio.

—No.

Todavía tenía la escalera en las manos, pero la estaba colocando de lado, lejos de mi alcance.

—Si crees que voy a saltar desde aquí arriba, lo tienes claro —le informé en el tono más serio que pude adoptar. En serio, ¿de qué iba? Era una idea absurda.

—Venga, Jackie —me suplicó—. No hay mucha caída y te prometo que es seguro. Cuando éramos niños lo hacíamos constantemente.

Pero yo no pensaba hacer nada parecido.

—Como no devuelvas esa escalera a su sitio ahora mismo…

—¿Qué es lo peor que podría pasar? —me interrumpió. Se había cruzado de brazos y alargaba el cuello para mirarme.

—Podría romperme una pierna —le espeté al recordar lo que me había contado apenas un par de minutos antes, mientras mirábamos el listón de alturas.

—Jackie —gimió echando la cabeza hacia atrás con ademán irritado. Volvió los ojos al techo—. Te prometo que no me la rompí así.

—Lo siento, Cole —le dije, poniendo los brazos en jarras con aire decidido—. Pero yo no soy de esas personas que corren riesgos innecesarios.

—¿Riesgos innecesarios? Hablas como un ejecutivo rancio. No te estoy pidiendo que firmes un contrato multimillonario ni nada parecido. Hablamos de saltar de una cuerda. Se supone que es divertido.

—Ya te lo he dicho, no sé qué diversión puede haber en romperse una pierna.

—¿Siempre eres tan cabezota? —preguntó Cole, más para sí mismo que para mí. Todavía sacudiendo la cabeza con hastío, se sentó lenta y deliberadamente en el suelo con esas piernas tan largas cruzadas—. Da igual. Tengo todo el día.

—Pensaba que me habías traído aquí para animarme —observé—, no para torturarme.

Se hizo un silencio y Cole suspiró.

—Lo intento, pero me lo estás poniendo muy difícil —dijo, como si fuera yo la que se estuviera poniendo pesada—. En serio, Jackie, disfruta un poco de la vida.

Al oír eso, respiré hondo.

Tenía pensado esperar, sentarme en la raída alfombra azul hasta que se me entumecieran las piernas. Pero entonces él pronunció esa palabra: vida. Al pensarlo en retrospectiva, estoy segura de que Cole hablaba por hablar; solo me estaba pinchando para que saltara. Sin embargo, a mí me llegó al alma y la palabra se quedó allí flotando como humo de cigarrillo, densa e incómoda, tanto que casi me atraganto. ¿Por qué yo seguía respirando mientras que las vidas de mis padres y mi hermana se habían cortado en seco? ¿Se habrían sentido tan culpables como yo, de haber sido a la inversa?

Una repentina ola de rabia me inundó y me arranqué la cinta azul que usaba para sujetarme el flequillo. Atándomela como si fuera un coletero, me recogí los rizos antes de acercarme al borde del altillo. Con la barriga pegada a la barandilla y alargando los dedos todo lo que pude en el vacío, alcancé la cuerda al tercer intento. Cuando por fin la tuve en la mano, pasé las piernas al otro lado de la barandilla con sumo cuidado e inspiré hondo.

—Venga, Nueva York, tú puedes —me decía Cole, pero yo no lo veía porque tenía los ojos cerrados.

Era una idiotez, la más grande que había hecho en mi vida, y sin embargo me lancé. Dándome impulso a tope, dejé atrás la barandilla y surqué el aire como una flecha.

La inercia con que me columpié adelante y atrás me arrancó una retahíla de tacos, que rematé con un inmenso:

—¡Walter, que sepas que te odio!

Por fin, cuando la cuerda perdió impulso y no antes, me solté. El suelo se acercaba a la velocidad del rayo y al momento me sumergí en un mar de heno.

—¿Lo ves? —me dijo Cole. Avanzó hacia mí vadeando el heno mientras yo me ponía de pie—. No ha estado tan mal.

Saltaba a la vista que estaba muy satisfecho de sí mismo, pero yo tenía el estómago en la garganta y la hierba seca se me adhería a un millón de sitios distintos. Restos de rabia aún corrían por mis venas y empujé a Cole con las palmas abiertas contra su pecho para alejarlo de mí.

O más bien lo intenté. Él apenas se inmutó.

—¡Nunca vuelvas a hacerme algo así! —le dije con furia, para compensar el hecho de que seguramente no lo intimidaba demasiado despúes de mi empujón fallido—. Nunca.

Sobresaltado por mi explosión, Cole se me quedó mirando con la boca entreabierta. Yo entorné los ojos y le dediqué la expresión más amenazadora que pude adoptar, pensando que se disculparía. Pero él se echó a reír, y no fue una risita entre dientes sino una carcajada estrepitosa, de las que te hacen apoyar las manos en las rodillas.

—Vale ya —le dije al ver que no paraba.

—Ay, por favor —jadeó, secándose las lágrimas—. Ha sido brutal.

—Yo no le veo la gracia.

—Ya, porque no te has visto la cara. Te has puesto en plan «grrr» y ha sido adorable.

Me atraganté con las palabras que tenía en la punta de la lengua. «Adorable». Cole Walter acababa de referirse a mí como «adorable».

—Espera —dijo. Avanzó un paso y alargó la mano hacia mí. Yo retrocedí, pero Cole siguió acercándose con la mano tendida hacia mi pelo. Cuando la retiró, había una brizna de heno entre sus dedos—. Ya está —susurró.

Estábamos tan cerca que pude ver la minúscula cicatriz que tenía en la frente, una muesca pequeña, en forma de L, justo encima de la ceja izquierda. Cuando me devolvió la mirada con ojos velados y una expresión intensa e indescifrable, me alegré de poder concentrarme en esa única imperfección. Saber que tenía algún defecto hacía que fuera más fácil sostenerle la mirada.

Excepto por el suave rumor de los caballos, reinaba el silencio en el establo. Yo tenía la sensación de estar protagonizando el clásico momento romántico de las películas en que un chico y una chica están muy juntos, solo mirándose. Un silencio eléctrico se apodera del ambiente, él empieza a inclinarse hacia ella y vacila un instante para incrementar el suspense. Al momento, en un abrir y cerrar de ojos, él cierra el hueco entre los labios de ambos y levanta a la chica en vilo. Estar tan cerca de Cole fue exactamente así, salvo por el beso.

—¡Ay! —chillé cuando un dolor me atravesó el pie—. ¿Qué narices?

Cole parecía aún desconcertado por nuestro proyecto de beso y me miró parpadeando mientras yo me alejaba saltando. Cuando un perro de orejas caídas surgió del heno, Cole volvió a estallar en carcajadas.

—Este es Bruno... Excelente cazador de calcetines sueltos y zapatillas apestosas.

—Me ha mordido —dije mirando al perro. En realidad había sido más bien un pellizco y no me había dolido tanto, pero el mordisquito me había pillado tan desprevenida que el corazón me atronaba en el pecho.

—Es broma, ¿no? —respondió Cole a la vez que se agachaba para rascarle la cabeza—. Bruno no le haría daño ni a una mosca. Seguramente ha pensado que tu pie era un zapato viejo.

Ahora que lo veía mejor, Bruno parecía totalmente inofensivo. Era un perro marrón, aunque el pelaje del morro se le había encanecido por la edad. Debía de ser un abuelo en años perrunos.

—Es bastante mono si no fuera porque soy alérgica —dije a la vez que me alejaba. Bruno me miró con la lengua colgando.

Cole se incorporó, me cogió de la mano y me llevó a un grupo de pesebres en los que yo no había reparado, porque estaban ocultos en el último recodo del establo.

—¿Eres alérgica a los caballos? —me preguntó, y se detuvo delante de un box que albergaba un imponente caballo gris.

—No, que yo sepa —contesté, y retrocedí un paso al ver que Cole levantaba la aldaba—. ¿Este caballo cómo se llama?

—Esta yegua —me corrigió mientras entraba—. Athena es una chica.

Al oír su nombre, Athena agitó la crin y frotó el morro contra la frente de Cole.

—Es... enorme.

Yo me estaba alejando lo más sigilosamente posible. Como me había criado en la ciudad, no tenía demasiada experiencia con animales, pero tampoco quería admitir que Athena me daba miedo.

Cole no lo notó.

—¿Quieres montar? —me preguntó con un tono alegre por la emoción. No esperó mi respuesta; ya estaba cogiendo una silla de la pared.

—¡Ni hablar!

Yo estaba pegada a la pared de enfrente, tan lejos como pude llegar. Nada me convencería de que me subiera a ese animal, ni siquiera un chico supermono como él.

—Jackie —me dijo mientras depositaba la silla en el lomo de Athena—. ¿Ya no te acuerdas de lo que te he dicho sobre disfrutar de la vida?

—Sí —repliqué—. ¿Y tú te acuerdas de que te odio?

Tuvo que recurrir a sus dotes de persuasión, pero al final Cole se salió con la suya. Yo era tan reacia a la idea que Cole me ofreció cinco de sus turnos matutinos en la ducha, pero le dije que por nada del mundo me subiría a lomos de Athena. Por supuesto, me equivocaba. Había una cosa que merecía la incómoda sensación de tener las palmas sudadas y el corazón en vilo. Después de que Cole me prometiera que Jack y Jordan dejarían de seguirme a todas partes con la cámara, dejé que Cole me subiera a pulso a la silla.

Durante los primeros cinco minutos, cerré los ojos con fuerza. Tenía los nervios de punta y solo podía concentrarme en el caballo que se movía debajo. Pero luego comencé a notar otras cosas, como el tacto del cuerpo de Cole pegado al mío y el cálido sol de primavera en el rostro.

Él se lo tomaba con calma. Guio a Athena a través de los prados y el viento rizaba las hojas alrededor. Yo empezaba a sentirme a gusto, a disfrutar de la sensación de que Cole me pasara los brazos por la cintura para sujetar las riendas, cuando el prado desembocó en el bosque, hierba ondulante transformada en árboles robustos. Cole propinó a las riendas un tirón seco y se dejó caer al suelo. Después de atar a Athena al árbol más cercano, me ayudó a bajar y echamos a andar hacia la fronda por un camino transitado.

—Esto te va a gustar —dijo, mirándome por encima del hombro.

Y tenía razón.

Solo tardamos cinco minutos en llegar al claro, pero supe que estábamos allí en cuanto lo vi. El entorno parecía sacado de un cuento de hadas. En lo alto, el río del bosque se transformaba en una minúscula cascada, y la caída del agua había creado una poza transparente como el cristal. El sol se reflejaba en el agua, que destellaba igual que un espejo, y la espesura de alrededor estaba cubierta de gotitas relucientes como esmeraldas.

Los Walter habían creado una playa de pura arena blanca para entrar en la poza, y el agua lamía la orilla como si estuviéramos en el mar. Había dos tumbonas abiertas sobre la arena de cualquier manera y tras estas, en una zona de sombra, atisbé una mesa de pícnic. Habían clavado travesaños de madera en el árbol que estaba más cerca del agua para que la gente pudiera trepar a la gruesa rama que asomaba sobre la poza. Cole sonrió, se despojó de la camiseta y se encaramó al árbol como un niño.

—¿Y ahora qué estás haciendo? —le pregunté, aunque ya lo sabía.

Cole soltó un aullido que fue seguido de un intenso chapoteo cuando se tiró en bomba.

—¿Qué tal lo he hecho?

Me encogí de hombros.

—Bueno…, te pongo un cuatro y medio.

—¿De cinco?

—De diez —respondí, mientras lo veía flotar en el agua.

—Muy bien, Simon Cowell —dijo, chapoteando de vuelta a la playa—. A ver si tú lo haces mejor.

Me quité las sandalias de dos patadas y hundí los pies en el agua para comprobar la temperatura. Salté hacia atrás al instante.

—¿Estás pirado? —le pregunté. Me sorprendía que la poza no estuviera cubierta por una fina capa de hielo.

Una sonrisa preocupante se apoderó del rostro de Cole.

—Un poco sí —reconoció antes de salir corriendo hacia mí y aferrarme por la cintura.

—¡Cole! ¡Cole, no! —chillé al mismo tiempo que pateaba con furia, pero él me levantó en volandas y me tiró al agua sin esfuerzo.

Aunque todo sucedió en menos de tres segundos, mi cuerpo reaccionó al instante y mis músculos entraron en tensión para prepararse mientras surcaba el aire. Al principio, cuando impacté contra la superficie, no noté nada. Pasado un instante, según me hundía en el gélido estanque, el hormigueo del frío me ascendió por las extremidades como en una reacción en cadena. La impresión fue tan grande que acabé tragando agua. Emergí tosiendo y con la sensación de que se me habían congelado los pulmones.

—Tu entrada no ha sido muy limpia —oí decir a Cole—. Te pongo un dos y eso siendo generoso.

—¡Te... te odio! —Me castañeteaban tanto los dientes que por poco me muerdo la lengua.

—Sí —respondió asintiendo con un movimiento de la cabeza—. Me parece que hoy ya lo has dejado claro.

Si no hubiera estado temblando con violencia, le habría hecho pagar su chulería, pero solo podía concentrarme en una cosa:

—¡El agua está helada!

—Sí —dijo Cole, que ahora flotaba de espaldas y desplazaba los brazos adelante y atrás para mantenerse a flote, como si estuviera en el Caribe—. Pero es genial en verano, cuando hace un calor que te asas.

—¿Seguro? —le pregunté. No me lo podía creer—. Yo estoy a punto de sufrir una hipotermia.

—No seas tan llorica —me soltó Cole antes de sumergirse como un pingüino. Los Walter debían de tener genes de oso polar en el ADN, pensé mientras daba un par de brazadas hacia la orilla. Yo estaba segura de que me estaba poniendo azul.

Una mano me rodeó el tobillo y me arrastró a las profundidades. Me hundí sin oponer resistencia antes de volver a la superficie escupiendo más agua.

—¿Estás bien, Nueva York? —me preguntó Cole entre risas—. ¿O necesitas un boca a boca?

—Eso no ha tenido gracia, «Colorado».

Cole enarcó una ceja.

—Uala, ¿a qué viene ese tono tan borde? —quiso saber.

—Quizá a que has intentado ahogarme —respondí.

—¡No es verdad! —se defendió.

En lugar de responder, empujé una ola de agua helada hacia él.

Cole me miró con sorpresa entre las gotitas que le resbalaban por la cara. Cuando se recuperó, se enjugó el agua de los ojos.

—¡Ah, esto es la guerra! —exclamó, y me salpicó a su vez.

Jugamos un buen rato en el agua, riendo y salpicándonos.

—Bueno, y dejando aparte que mi primo sea un mamón del carajo —me preguntó cuando paramos para tomar aliento—, ¿qué piensas de Colorado?

Estábamos flotando de espaldas, de cara al cielo, y a esas alturas el cuerpo ya se me había acostumbrado al frío.

Suspiré con sentimiento.

—Está bien.

—¿Pero? —quiso saber Cole.

—Pero ¿qué?

—Normalmente, cuando la gente suspira de ese modo hay un pero —explicó.

—Supongo que… —Dejé mi respuesta en suspenso. No sabía cómo articular lo que estaba pensando. Cole guardó silencio para que tuviera tiempo de meditarlo. Por fin lo miré y dije—: Es que todo es muy distinto, ¿sabes?

—Nunca he estado en Nueva York, pero me lo puedo imaginar.

—Sí, añoro muchísimo aquello.

Cole no respondió. En vez de eso, me miró largo y tendido. El agua se quedó en calma un momento y yo tuve la sensación de que todo el paraje contenía el aliento, pero entonces se hundió y desapareció de mi vista.

—Deberíamos volver —dijo cuando salió a tomar aire—. Mi madre se enfadará si nos saltamos la cena y, además, no quiero que te pierdas la puesta de sol.

145

—¿La puesta de sol? —pregunté, ya nadando hacia la playa.

—Sí —dijo Cole, agitando el pelo—. Es una de las cosas que más me gustan de vivir aquí. Después de un día de trabajo, la puesta de sol sobre la pradera te infunde una paz increíble.

Pasé más frío volviendo al prado en el que habíamos dejado a Athena que en el agua, pero, para cuando llegamos a casa de Cole, ya empezaba a estar seca.

—Recuérdame que llevemos toallas la próxima vez —dijo Cole mientras me ayudaba a montar.

—¿La próxima vez? —pregunté con cierta sorpresa.

—Sí, pringada. —Montó a mi lado—. Este es el centro de reunión. Todo el mundo viene a pasar el rato en verano.

—Ah, ya —respondí en tono quedo. Aunque me molestara, muy en el fondo estaba decepcionada. Pensaba que se refería a nosotros dos. De repente mi cerebro cayó en la cuenta de lo que estaba pensando y noté que mis mejillas enrojecían de vergüenza. Un escalofrío me recorrió la espina dorsal y súbitamente fui consciente de lo cerca que tenía a Cole. Sentía su fuerte pecho contra la espalda y sus brazos alrededor de mi cuerpo. Me enderecé para abrir algo de espacio entre los dos.

—¡Venga, Athena! —dijo Cole, clavándole los talones en los flancos. Por lo que parecía, no había reparado en mi repentino cambio de actitud—. Vamos a enseñarle a esta chica de ciudad por qué Colorado es tan alucinante.

El caballo emprendió la marcha y cabalgamos de vuelta a través de las praderas. El sol poniente proyectaba un fulgor cálido en el paisaje. Justo cuando avistábamos la casa, Cole detuvo al caballo y se volvió hacia el sol. Juntos contemplamos la bola anaranjada que se hundía en el horizonte arrastrando consigo un arcoíris de colores.

Siete

—Jamás en toda mi vida había sentido tanta envidia de nadie —declaró Heather. Era sábado por la noche y estábamos todas tumbadas en mi cama, con los codos pegados contra las demás. No había mucho espacio en el colchón individual (Heather había traído a Kim sin avisarme) y resultaba complicado encajar los cuatro cuerpos.

Acababa de narrarles la visita turística al rancho que me había ofrecido Cole el día anterior, algo que había prometido contar solo después de que hubiéramos terminado el proyecto de artes plásticas. Kim había resultado ser de gran ayuda; sabía exactamente cómo frenar a sus amigas y volver a encauzar su atención cuando se dispersaban. A pesar de eso, nada como mi cotilleo para motivar a Heather y a Riley.

—Santo Dios —dijo Riley abanicándose—. Ojalá alguno de los chicos Walter me invitara a mí a salir.

—No me invitó a salir. Me enseñó el rancho —la corregí—. Y te recuerdo que solo lo hizo porque Lee se estaba portando como un gilipollas.

—Montasteis a caballo juntos y mirasteis la puesta de sol —dijo Heather, tumbándose junto a Riley. Había un cuenco con restos de palomitas abandonado a pocos pasos y cogió un puñado—. Es una cita romántica de manual.

—¿Tú qué opinas, Kim? —preguntó Riley, que había alargado las manos ante sí para mirarse las uñas. Su esmalte azul eléctrico estaba descascarillado en todos los dedos.

—¿De qué? —dijo Kim sin alzar la vista del cómic que estaba leyendo. Mientras cotilleábamos sobre los chicos, ella se había quedado callada, pendiente del tebeo. Riley le hacía preguntas de vez en cuando para enzarzarla en la conversación, pero Kim tenía una facilidad especial para sortearlas. Soltaba cuatro palabras y agitaba la mano con desdén antes del volver a la lectura. Era una habilidad que yo no dominaba, porque cada vez que intentaba escaquearme de una pregunta, me hundía más en el fango.

—¿Crees que la visita turística se puede considerar una cita?

—Era Jackie la que estaba allí —respondió Kim—. Ella sabrá.

—Vaya forma de no contestar —replicó Riley—. Jackie, ¿tienes esmalte de uñas?

—Claro —me levanté a toda prisa, encantada de cambiar de tema—. ¿También necesitas quitaesmalte?

—Y unas bolitas de algodón.

Abrí el armario y busqué una caja pesada que recordaba haber guardado allí.

—Uala —dijo Heather al ver el interior de mi guardarropa—. ¿A qué viene el arcoíris?

Lo decía porque yo tenía la ropa clasificada por colores, empezando por las prendas rojas y acabando por las moradas.

Me puse colorada como un tomate.

—Es una costumbre que tengo —dije. En ese momento encontré la caja que estaba buscando.

La extraje con cierta dificultad y la dejé junto a Riley. Los frasquitos tintinearon en el interior. Todas se quedaron calladas cuando vieron el contenido.

Riley me miró con los ojos como platos.

—¿Solo tienes esos? —preguntó con sarcasmo, y lanzó un bufido de incredulidad.

—En serio —añadió Heather, que se arrimó más a Riley para ver mejor la colección. Hundió la mano y extrajo un esmalte rojo brillante—. ¿Tienes pensado dejar los estudios y abrir un salón de manicura?

Negué con un movimiento de la cabeza. No eran míos. Lucy estaba tan obsesionada con los esmaltes como Heather con los chicos Walter. Escogía un color distinto cada día a juego con su estilismo. Su colección siempre estaba desperdigada por la casa, en cajones, armaritos o en el primer sitio que encontraba. La cosa llegó a tal extremo que mi madre tuvo que comprarle un tocador para que Lucy pudiera hacerse las uñas en su habitación. A pesar de todo, los envases seguían apareciendo por ahí de vez en cuando, encajados entre los almohadones del sofá o debajo de una estantería cuando alguno se le caía al suelo y luego lo olvidaba.

Lucy estaba empeñada en pintarme las uñas a mí también, pero a mí no me gustaba, porque el esmalte se descascarillaba a las pocas horas y entonces mis dedos tenían un aspecto descuidado. «Jackie —me decía—, las uñas son una carta de presentación. Cada color dice algo distinto de ti y de tu estado de ánimo».

A mí todo eso me parecía una tontería. El azul era azul y el rosa era rosa. No serena, melancólica o alegre. A pesar de todo, cuando Katherine me ayudó a recoger mis cosas, no pude dejar los esmaltes de uñas allí. Guardé en una caja todos los envases que había en el tocador de Lucy para llevármelos a Colorado.

—La verdad es que no los uso —les dije a la vez que les enseñaba mis uñas sin pintar—. Eran de mi hermana.

El comentario se me escapó sin darme cuenta, pero todas guardaron silencio. Cuando comprendí lo que acababa de decir, lo que implicaban mis palabras, la tensión se apoderó de mis hombros.

—Bueno —dijo Riley despacio mientras escogía un esmalte morado oscuro—, es una colección alucinante.

—Desde luego —asintió Heather. Agitó el frasco que había elegido entre las palmas de las manos—. ¿Quieres que te pinte las uñas, Jackie?

Desenroscó el tapón y yo comprendí por qué me gustaba tanto estar con ellas. Sabían lo de mi familia, eso había quedado claro el día que conocí a Heather, y les encantaba cotillear, pero nunca habían sacado el tema a colación. Cuando yo hacía algún comentario sin darme cuenta, ellas lo esquivaban con elegancia, como si no hubiera dicho nada.

—¿Por qué no? —respondí. Kim se desplazó por mi cama para que yo pudiera sentarme al lado de Heather. Me acomodé al lado de mi amiga y recogí las piernas debajo del cuerpo.

—Bueno —dijo mientras empezaba a aplicarme el líquido rojo brillante en el meñique—, ¿qué más nos puedes contar del casi beso?

Hice una mueca.

—Por favor, ese tema otra vez no —le pedí, pero no podía alejarme de ella. Heather estaba inclinada sobre mis manos moviendo el minúsculo pincel con cuidado—. Pensaba que ya habíamos terminado de hablar de Cole.

—Venga, Jackie —suplicó Riley—. ¿No entiendes que esto es alucinante? Una de nosotras ha estado tan cerca de Cole Walter como para besarlo.

Yo no quería recordar la experiencia —me daba vergüenza haber permitido que sucediera—, pero sabía que no dejarían de interrogarme si no les contaba hasta el último detalle. Por otro lado, la manera de Riley de hablar de «nosotras» me hizo sentir especial.

—Bueno, vale —me rendí con un gemido. Era el modo más sencillo de quitarme el asunto de encima lo antes posible—. ¿Qué quieres saber?

Las preguntas me llovieron con tanta rapidez que no tuve tiempo de responderlas.

—¿Olía bien?

—¿Te cogió la mano?

—¿Cuánto se acercaron vuestros labios?

—¿Te pasó un mechón por detrás de la oreja?

Guardé silencio mientras ellas dos esperaban a que dijera algo.

—Hum… —respondí, mirando a una y luego a otra.

—A ver qué os parece —dijo Riley en tono grave, como si tuviéramos que resolver un asunto importante—. ¿Y si le hacemos a Jackie las preguntas de una en una?

—Empiezo yo —saltó Heather, despegando la vista de su obra de arte—. En una escala del uno al diez, ¿cuántas ganas tenías de que te besara?

—Ah, esa es buena —dijo Riley mirando a Heather con un gesto de aprobación.

—Hum… —murmuré frunciendo el ceño.

A decir verdad, no tenía ni la menor idea. Quiero decir, yo no estaba mirando los labios de Cole a la espera de que me besara. Sucedió sin más. Estábamos ahí de pie, nos acercamos y algo —una especie de energía— circuló entre los dos. Ni siquiera me di cuenta de lo que estaba pasando hasta que terminó. ¿Cómo iba a puntuar algo así?

—Estamos esperando —me azuzó Riley.

—Pues… ¿un cinco? —dije. Esperaba que no fuera tan alto como para hacerme parecer una salida.

—¿Solo? —exclamó Heather con expresión decepcionada—. Yo me habría tirado a sus brazos.

En ese momento la puerta de mi habitación se abrió de par en par.

—¡Jackie quiere besar a Cole! —gritó Benny a voz en cuello. Se me paró el corazón cuando lo vi. ¿Cuánto tiempo llevaba escuchando?

Me puse de pie a toda prisa, alarmada.

—Eso no es verdad, Benny —le dije—. ¿Por qué iba a querer que un chico me pegara un montón de gérmenes asquerosos?

No podía permitir que saliera de mi dormitorio gritando algo así. Si Cole lo oía…

—¡Jackie y Cole están sentados en el árbol de los ENAMORADOS! —cantó en un tono cada vez más alto. Al final estaba chillando.

—¡Benny Walter! —le dije poniéndome seria—. Como no pares ahora mismo… —Me quedé en blanco al ver lo que llevaba encasquetado en la cabeza—. Ay, madre mía, ¿es mi sujetador?

Intenté arrebatárselo, pero Benny se escabulló como un pececillo. Se subió a mi cama y empezó a saltar.

—¡Tengo tu sujetatetas! —me chinchó.

Kim, que seguía intentando leer sobre mi edredón, lo fulminó con la mirada.

—Eh, niño —lo regañó—. Me vas a estropear el cómic.

Benny dejó de saltar y miró el tebeo con los ojos como platos.

—¿Es el último del Doctor Cyrus Cyclops? —preguntó a la vez que pegaba la cara a la suya para ver mejor.

—El mismo —dijo Kim.

Mientras Benny estaba distraído, Riley le arrancó mi sujetador de la cabeza. Me lo pasó y yo lo reconocí enseguida. Era el que me había desaparecido del baño el día que me estaba duchando. Alguien había dibujado pezones en las copas con un rotulador.

—¿Puedo leer contigo? —le suplicó Benny a Kim, y luego añadió—: Por favor.

—A ver qué te parece esto —le propuso Kim—. Si prometes dejarnos solas y no contar nada de lo que has oído, te lo regalo.

—¿Para mí para siempre? —preguntó. Kim asintió con un gesto de la cabeza—. ¡Uala! Lo prometo —dijo al instante. Alargó la mano, pero Kim no se lo dio enseguida. Lo miró fijamente, con una de esas miradas penetrantes que vienen a decir: «Mucho cuidadito conmigo». Solo cuando Benny tragó saliva con aire nervioso le entregó el cómic.

Se sentó en mi cama un momento con el tebeo en la mano y lo miró con asombro. Luego salió disparado de la habitación como si temiera que Kim se lo arrebatara otra vez.

—Muy hábil, Kim —dijo Heather, que cerró la puerta cuando el niño salió.

Ella se encogió de hombros y se desperezó.

—Se hace lo que se puede

—Muchísimas gracias. —Respiré por primera vez desde la aparición de Benny—. Has evitado una catástrofe.

Nos miramos un ratito en silencio antes de estallar en carcajadas.

—Ayer me divertí mucho —dijo Riley a la vez que cerraba la cremallera del saco de dormir que se había traído.

—Sí, yo también —respondí mientras empezaba a enrollar el mío.

Era domingo por la mañana y Riley me estaba ayudando a ordenar mi habitación. Kim tenía que estar en casa a tiempo para ir a la iglesia con su familia y como Heather le hacía de chófer, las dos se marcharon antes de que Riley y yo nos levantáramos.

Nos habíamos quedado despiertas casi toda la noche hablando de mil cosas, como de la obsesión de Kim con los juegos en línea (un problema que se arreglaría con un novio, según Heather) y que a Riley le parecía mono el nuevo profe de Historia Americana, en el sentido en el que lo sería un profesor de Harvard con pinta de sabio. Pero la mayor parte del tiempo hablamos de Cole y de los Walter. Yo me pasé todo el rato intentando cambiar de tema, pero era como si los cerebros de Riley y de Heather estuvieran programados para pensar en Cole cada media hora. No habría sido tan horrible si no estuvieran empeñadas en que él me gustaba y viceversa.

—La señora Walter ha sido muy amable dejando que nos quedáramos a dormir —añadió Riley mientras sacudía una manta por dos extremos. Unas cuantas palomitas de maíz salieron disparadas, pero ella, haciendo caso omiso, siguió doblando la tela de franela.

—Sí, Katherine se porta de maravilla conmigo.

Empecé a recoger los esmaltes de uñas.

—Tú también eres fantástica, ¿sabes? —dijo. Después de dejar la manta recién doblada en mi cama, se sentó en el suelo, a mi lado, y me ayudó con los frascos—. La mayoría de la gente se agobia con Heather y conmigo. Somos un poco…

—¿Intensas? —apunté.

—Es una manera amable de expresarlo, pero sí.

Me encogí de hombros.

—Tengo una amiga en Nueva York, Sammy, que me recuerda a vosotras. Las chicas de mi antiguo colegio la consideraban rarita, pero solo es superapasionada. Ya sabes, la típica persona que se agobia porque se preocupa muchísimo por todo.

Riley sonrió.

—Me parece que nos llevaríamos bien.

—Ya te digo.

Dedicamos un minuto más a guardar los esmaltes de uñas. Cuando despejamos el suelo, Riley se sentó sobre los talones y se pasó un mechón de cabello rojo brillante por detrás de la oreja. Yo me disponía a recoger la caja de cartón para trasladarla al armario cuando ella me miró con una expresión extraña en la cara, entre alegre y triste.

—Bueno —preguntó despacio—. ¿Te estás… adaptando bien?

Era algo parecido a preguntarme por mi familia y, en el silencio que se hizo a continuación, caí en la cuenta de que no sabía qué decir.

—Solo llevo una semana —respondí por fin, aunque eso no contestaba a su pregunta. Luego añadí con voz queda—: Aquí todo es desconcertante.

—¿En qué sentido?

—Viviendo con los Walter… tengo la sensación de que nunca sé lo que va a pasar. La vida aquí es tan… —me interrumpí, incapaz de encontrar la palabra que buscaba.

—Impredecible —apuntó Riley.

—Exacto.

—¿Y eso qué tiene de malo?

Me miré las manos, la palma y el dorso, como si ellas contuvieran las frases que pudieran ayudarme a explicar cómo me sentía.

—No lo sé —continué, todavía titubeante—. Es como si tuviera que estar en guardia a todas horas, cada día de la semana.

Volví la vista hacia Riley para comprobar si me entendía, pero su expresión sugería lo contrario.

—¿Por qué tienes que estar en guardia?

—Para estar preparada.

—¿Para qué? ¿Para un apocalipsis zombi?

La increpé con la mirada.

—No, para lo que venga. Para todo.

—Vaya —dijo Riley arrugando la frente—. Eso es mucho trabajo.

—¿El qué?

—Estar preparada para todo.

—No quiero decir literalmente —aclaré—. Pero la vida es mucho más sencilla cuando las cosas discurren según lo previsto.

—Claro —dijo Riley—, pero si no hay sorpresas no es tan divertido. La vida es más interesante cuando aparece algún que otro imprevisto.

De repente me sentía abrumada, como si haber dormido tan poco la noche anterior me estuviera pasando factura.

—Pero si no sabes lo que va a pasar —dije, levantando las manos con gesto exasperado—, no puedes prepararte y entonces cometes errores.

—Ya, pero los errores pueden ser buenos.

Me limité a mirarla.

—Vale, fíjate en mí, por ejemplo —empezó—. Yo no estaba preparada, como tú dices, para mi primer novio. Era mayor que yo y tenía más experiencia. Salimos cuatro meses y luego me rompió el corazón.

—No sé qué tiene eso de bueno —señalé.

—Vale, bueno, puede que no fuera el mejor ejemplo —dijo Riley—, pero si pudiera retroceder en el tiempo, volvería a hacerlo.

—¿Por qué?

—Porque fue mi primer amor. Durante esos cuatro meses, aunque pasaron volando, viví en una nube. A veces tienes que guiarte por el corazón.

—Pero si estás preparada…

Riley se rio.

—No te puedes preparar para el amor. No es como presentarte al examen de conducir o a la selectividad. Es un regalo del cielo. Y puede aparecer en cualquier momento.

—¿Y cómo hemos acabado hablando de esto, si se puede saber? —pregunté—. Pensaba que estábamos hablando de mi llegada.

—Estamos hablando de esto porque te da miedo correr riesgos.

—¿Con relación a qué?

—A lo que venga —replicó, usando mis palabras—. Las cosas de la vida.

Había un ínfimo atisbo de sonrisa en su cara y supe que estaba insinuando algo más.

—Riley… —le dije torciendo el gesto.

—¿Qué? —Se encogió de hombros fingiendo inocencia—. Yo solo digo que te preocupas demasiado por el futuro. A veces hay que dejarse llevar por los sentimientos.

La madre de Riley la recogió después del desayuno. Yo me quedé en el porche despidiéndome de ella con la mano hasta que el coche llegó al final de la avenida. En lugar de volver a la casa, bajé las escaleras al jardín delantero. El aire de primavera me sentaba bien, así que tomé un sendero de grava que rodeaba la vivienda hacia el jardín trasero. Me encaminaba a la cabaña del árbol. Tenía ganas de echarle un vistazo desde que Cole me la había señalado durante nuestra visita al rancho.

Según me acercaba al roble, me fijé en su tremenda altura y en las ramas que se extendían en todas direcciones. La cúpula verde proyectaba una zona de sombra. Me detuve a contar los peldaños clavados al tronco; doce en total. La cabaña en sí parecía abandonada y me pregunté cuándo habría sido la última vez que alguno de los chicos Walter la había usado. Seguro que hacía mucho tiempo de eso, pensé. Sería el escondrijo perfecto.

Me aferré a un peldaño alto y empecé a subir con tiento para no clavarme una astilla. Cuando llegué arriba, empujé la trampilla del suelo. Los goznes chirriaron.

—¿Jackie? —preguntó alguien cuando asomé la cabeza a través del suelo.

Sobresaltada, solté un grito y resbalé. Noté un revuelo en el estómago cuando perdí el equilibrio, pero reaccioné con rapidez y pude agarrarme al último peldaño antes de estrellarme contra el suelo.

—Dame la mano —dijo Alex. Su cara planeó por encima de mí a través del hueco. Alargué el brazo y él me aferró la muñeca para ayudarme a subir a la seguridad del suelo. Nos quedamos tendidos en la madera, resollando.

—Casi me caigo del árbol —observé con incredulidad.

—Y yo casi muero de un ataque al corazón —respondió—. Me has dado un susto de muerte.

—Perdona —jadeé, todavía sin aliento. El corazón me latía con tanta fuerza que me dolía el pecho—. No sabía que hubiera alguien aquí arriba.

—¿Qué haces aquí?

—Curiosear —reconocí—. Es la primera vez que subo a una casa en un árbol.

El latido de mi corazón se iba normalizando y aproveché para observar el entorno. Una sombra verde y tranquila bañaba el pequeño espacio y, aunque no había aire acondicionado, el follaje del exterior lo mantenía fresco. Había dos ventanas minúsculas, una de las cuales tenía un telescopio atornillado al alféizar.

Alguien había dibujado un mapa del rancho en la pared, aunque saltaba a la vista que estaba representado desde la imaginación de un niño. La piscina se llamaba el Lago

Ponzoñoso, el hogar de los Walter era la Fortaleza Negra y la cabaña del árbol, el Santuario del Bosque. Una espada de plástico descansaba en un rincón y había pequeños cajones de madera en el suelo a modo de asientos.

—¿Nunca? —se extrañó Alex. Se apoyó en un codo para verme mejor.

—Soy de Nueva York, ¿no te acuerdas?

—¿No hay árboles allí? —bromeó.

—En el vestíbulo de mi casa hay una maceta con un bambú —dije, todavía mirando el mapa de la pared—. Pero no creo que sirva para construir una cabaña.

Debajo del dibujo de la cascada, distinguí a duras penas las palabras «Cala de la Sirena». Habían pintado un cofre del tesoro en la arena, lleno de oro y joyas que se derramaban por los bordes.

—Es rarísimo que no tuvierais jardín —dijo Alex—. O sea, yo prácticamente vivía fuera cuando era pequeño. Cuando tenía ocho años, mi padre me ayudó a construir esta cabaña.

—Un jardín no habría cambiado nada —le expliqué a la vez que tomaba la espada. La blandí en el aire—. Mi padre no era un manitas precisamente.

—Era un hombre de negocios, ¿verdad? —dijo Alex.

Dejé de jugar con la espada y giré la cabeza para mirarlo. Alex era el primer Walter que me preguntaba por mi familia. Entró en tensión bajo mi atenta mirada, al darse cuenta de que había cometido un error. En vez de apenado por mí parecía incómodo, aún más que yo, y por alguna extraña razón eso me tranquilizó.

—No pasa nada —le dije antes de que pudiera disculparse.

Al principio no respondió y pensé por un momento que no iba a añadir nada más.

—¿Qué quieres decir? —me preguntó entonces con tiento.

—Alex —le comenté a la vez que me incorporaba para sentarme—. Noto por tu manera de desviar la mirada que te sientes incómodo; por lo de mi familia.

—Ah. —Se obligó a mirarme a los ojos—. No pretendía actuar de manera rara —aclaró—. Es que no sé qué decir. O sea, nunca he conocido a nadie que…, cuya familia… —Se calló, incapaz de terminar la frase.

—¿Cuya familia haya muerto?

Era la primera vez que se lo decía en voz alta a alguno de los chicos.

—Sí, eso.

Me sostuvo la mirada todavía un momento antes de desviar los ojos de nuevo.

—Normalmente la gente dice que lo siente —respondí, con la intención de que se relajase. Era una sensación rara. Normalmente los demás intentaban consolarme a mí cuando mi familia surgía en la conversación, no a la inversa.

—Es una costumbre extraña, ¿no? —comentó Alex. No era eso lo que esperaba que dijera. Se incorporó para sentarse y se recostó contra la pared.

—¿A qué te refieres?

—Pongamos que lo ha provocado un accidente —dijo, y supuse que al decir «lo» se refería a la muerte—. No hay razón para disculparse porque no fue tu culpa, ¿verdad? Decir «siento lástima» sería más lógico, pero nadie quiere oír eso, claro. Además, dudo que nadie sienta lástima en realidad. ¿Y si casi no conocías a la persona que ha muerto, pero te sientes obligado a decir algo de todos modos? Eso no sería auténtico.

Alex estaba en pleno desvarío.

—Alex —dije, intentando captar su atención.

—Tal vez sería mejor abrazarse. El contacto físico transmite muchas cosas sin tener que decir nada, pero supongo que la gente se abraza en los funerales de todas formas.

—¡Alex! —grité a la vez que batía las palmas en sus narices por si mi voz no bastaba.

—Perdón —se disculpó, y un rubor le cubrió las mejillas—. Hablo demasiado cuando me pongo nervioso.

—Ya lo he visto —dije. Una pequeña sonrisa bailó en mis labios. Eran las peores condolencias que me habían ofrecido nunca y sin embargo me animaron—. Gracias.

Cuando comprendió que no me había disgustado, me devolvió la sonrisa.

—De nada.

Me puse seria otra vez.

—¿Quieres que te diga qué es lo peor? —le pregunté, pero no esperé a que respondiera—. Cuando la gente me trata de manera especial, como si me fuera a romper o algo así. Antes, por un momento, me ha dado miedo que te pusieras raro conmigo.

—Lo siento, Jackie —dijo entonces, porque no podía decir nada más.

—Sí —musité, más para mí que para él—. Yo también.

Guardamos silencio un ratito, los dos sumidos en nuestros pensamientos, hasta que finalmente reuní valor para volver a hablar.

—¿Y qué haces tú aquí?

Por lo visto, la pregunta agobió más a Alex que hablar de mi familia y noté que se ponía nervioso otra vez por su manera de cerrar los puños. Cuando lo miré, advertí que le pasaba algo. Había ojeras moradas debajo de sus ojos, como si no hubiera dormido en todo el fin de semana.

—Eh —le dije—. ¿Qué te pasa?

Su mirada saltó a la izquierda y vi algo tirado en el suelo; una hoja de papel. Alex no se movió, así que alargué la mano despacio sin despegarle los ojos para asegurarme de que le parecía bien y no hizo nada para sugerirme que parara. Cuando cogí el papel, comprendí que era una fotografía doblada y alisé con cuidado el doblez. Reconocí a las dos personas retratadas. Ahí estaba Alex, sonriendo a la cámara y rodeando con el brazo a una chica de cabello ensortijado; la rubia de Anatomía.

—Se llama Mary Black —dijo Alex sin esperar a que le preguntara—. Es mi exnovia. Rompimos hace tres semanas.

—Y la echas de menos, por lo que parece.

Ya sabía que era un comentario un tanto torpe. Claro que la echaba de menos, pero yo no sabía muy bien cómo consolarlo. Eso explicaba la mirada triste que le había lanzado el día de mi llegada al instituto. Alex asintió con un gesto de la cabeza.

—¿Crees que volveréis? —le pregunté por ser positiva.

—Estoy pillado por ella desde primaria —dijo Alex en lugar de contestar—. Llegó al colegio en tercero y recuerdo que me quedé sin aliento cuando la vi pasar por mi lado en el patio. Vestía un jersey rosa y llevaba dos trenzas colgando a la espalda. Le traía sin cuidado que todos los chicos dejaran de jugar con la pelota solo para verla saltar a la cuerda con sus amigas.

Alex se estaba desahogando, así que lo dejé continuar sin interrumpirlo.

—Me parece que me enamoré ese mismo día, no me importa reconocerlo, pero nunca hice nada. Mary era una de esas chicas que todo el mundo considera inalcanzables y yo sabía que no tenía ninguna posibilidad. Salí con otras mientras tanto, nada serio, y entonces, a principios de este curso, la sentaron a mi lado en clase de Lengua y Literatura. El primer día se dejó caer en la silla y empezó a hablarme como si nos conociéramos de toda la vida, como si yo no estuviera colado por ella desde siempre. Al cabo de unas semanas reuní valor para invitarla al baile de bienvenida y empezamos a salir.

—¿Y qué pasó?

—Me dejó de repente por otro chico.

—Ay. ¿Averiguaste quién era al menos para atizarle un buen puñetazo?

Solo intentaba aligerar el ambiente, pero la rabia brilló en sus ojos.

—Lo habría hecho si me lo hubiera dicho —respondió Alex—. Imagínate cómo me quedé cuando llegué a casa y la vi sentada en el sofá mirando una peli con Cole.

Se me cortó la respiración.

—¿Rompió contigo para salir con tu hermano?

Alex rio, pero sin alegría.

—Cole no sale con chicas —me informó, algo que ya había oído en múltiples ocasiones—. Pensó que podría reformarlo, pero yo conozco muy bien a Cole. Mary me llamó el viernes por la noche y me dijo que lo siente y que quiere volver.

—¿Qué le dijiste?

—Que yo no era el segundo plato de nadie —escupió.

—Alex, no sé qué decir. —Era obvio que algo raro se cocía entre esos dos y yo no quería estar en medio—. ¿Por qué me cuentas todo esto?

Pasó un buen rato antes de que Alex hablara y al principio pensé que no me iba a responder.

—Mira, sé lo de tu familia y ahora yo te he contado mi secreto, así que estamos en paz. He visto el contenido de tu mochila. Tú has visto el contenido de la mía. Podemos comportarnos tal como somos. —Guardó silencio, como si necesitara un momento para serenarse—. Tengo que irme —dijo a la vez que se levantaba para encaminarse a la trampilla—. Luego nos vemos, ¿vale?

Me pasé todo el día dándole vueltas a lo que me había contado Alex. Cole le había robado la novia. ¿Cómo podía ser tan desalmado? Mientras pensaba en ello, fui separando el material de cada asignatura. Todavía no había tenido un rato para organizarlo todo desde que había empezado las clases, porque vivir con los Walter implicaba que siempre surgía algo inesperado que me lo impedía. Asigné un apartado a cada materia en mi archivador de acordeón, con los apuntes ordenados por fechas y el programa delante.

Unos deberes de Historia se me resbalaron de las manos y cayeron al suelo. Cuando me agaché para recogerlos, vi por la ventana a Cole camino del segundo garaje. A lo largo de la semana me había fijado en que se dirigía allí cada noche. Intrigada, dejé los deberes sobre el escritorio y me puse unos zapatos. Para cuando crucé la avenida de la entrada, Cole ya había cerrado la puerta, pero oí música en el interior.

—Cole —llamé a la puerta. No contestó—. ¿Hola? —grité. Apoyé la mano en la manija, dudando si molestarlo. Sabía que seguía dentro porque lo oía moverse, pero tampoco quería plantarme allí dentro por las buenas. Cuando llegó a mis oídos un golpe de metal contra hormigón seguido de un montón de maldiciones, abrí la puerta de golpe para asegurarme de que estaba de una pieza.

Por el tamaño, era más un cobertizo que un garaje. Un banco de trabajo discurría a lo largo de la pared y estaba sembrado de llaves inglesas, llaves fijas, destornilladores y otras herramientas raras. Por encima del banco había filas de estantes repletos de piezas de coche, como si un Transformer hubiera explotado y sus piezas hubieran ido a parar a los anaqueles de madera. Un enorme coche negro ocupaba el resto del espacio. Tenía el capó levantado y el motor a la vista. Cole estaba acuclillado, recogiendo las herramientas de la caja roja que se le había caído al suelo.

—¿Va todo bien? —pregunté, y él dio un respingo.

—¡Mierda, Jackie! —exclamó volviéndose a mirarme y apoyando las manos en las rodillas—. ¿Quieres matarme de un susto?

—He llamado. —Me encogí de hombros antes de entrar en el garaje atestado—. ¿Qué haces?

Se levantó.

—Trabajar. —Cole vestía una camiseta blanca, lisa, y unos vaqueros viejos, las dos prendas cubiertas de grasa. Un trapo rojo le colgaba del bolsillo y lo cogió para enjugarse la frente—. ¿Mi madre te ha enviado a buscarme?

—No —le dije mientras daba un rodeo para no acercarme al coche. No quería mancharme de grasa la blusa de seda—. No me enseñaste esto cuando me llevaste a dar un paseo por el rancho.

—Porque nadie tiene permiso para entrar aquí —me soltó con semblante inexpresivo—. Este garaje es solo mío.

—Ah —dije, cortada por esa respuesta tan brusca—. Perdona, no lo sabía. Bueno, ya me voy.

Cole suspiró.

—No, perdona. No quería ser borde. Es que Alex me ha puesto de los nervios y lo he pagado contigo.

—¿Qué ha pasado? —pregunté, intentando no parecer demasiado interesada. En realidad era toda oídos. De hecho, cuando había decidido bajar al garaje había sido en parte porque quería averiguar si las acusaciones de Alex eran ciertas. Sabía que no me resultaría fácil deslizar el tema en la conversación y en realidad no pensaba que saliera por sí mismo, pero ahora que él lo había mencionado, un escalofrío de emoción me recorrió la columna.

—No lo sé —dijo apoyándose contra el coche—. Lleva unas semanas portándose como un capullo conmigo.

—Ya. —No tenía claro si de verdad Cole no entendía por qué su hermano estaba cabreado o si tenían un problema más gordo—. ¿Y no vas a hablar con él?

—Ya he hablado, pero pasa de mí —dijo, retorciendo el trapo que tenía en las manos—. Da igual. Si quiere hacerse el misterioso, peor para él. —Cole hizo una bola con el trapo y lo tiró al banco—. ¿Podemos hablar de otra cosa?

—Claro —asentí, aunque me moría por saber más.

—Vale, bueno, ya que estás aquí, podría enseñarte a mi pequeñín.

—¿Eh?

Cole abrió la puerta del pasajero.

—Entra.

—¿Está limpio? —pregunté al tiempo que me asomaba.

El garaje estaba poco iluminado y la luz interior tampoco se encendió cuando Cole abrió la portezuela.

—He aspirado los asientos —dijo mientras rodeaba el vehículo—. Sube.

Agachando la cabeza, me acomodé. Cole cerró su puerta y yo lo imité. Nos quedamos encerrados en el maloliente habitáculo.

—¿Y este es tu pequeñín?

—Es un Buick Grand National de 1987 —me aclaró, acariciando el volante—. Era de mi abuelo.

—¿Y eso debería impresionarme?

No pretendía ser desagradable, pero el vehículo era un cacharro.

—Es un coche clásico.

—A mí no me parece para tanto.

—Pues lo es. Y cuando termine de restaurarlo, funcionará como la seda —dijo trazando un arco con la mano, como si ya se imaginara el coche terminado.

—¿Y qué estás haciendo? ¿Repararlo?

—Lo intento, pero es muy caro —dijo Cole, bajando la mano—. Por eso trabajo en el taller de Tony. Me paga con las piezas que necesito.

—¿Cuándo aprendiste a arreglar coches?

No pretendía someterlo a un interrogatorio, pero era la primera conversación que manteníamos en la que le oía expresar verdadera pasión por algo.

—Me he apuntado a un montón de talleres en el instituto, aunque siempre he tenido facilidad para la mecánica —me explicó Cole.

—¿Cuánto tiempo llevas arreglando el coche?

—Desde que empecé la secundaria, con interrupciones. —Guardó silencio y añadió—: Pero desde el año pasado me dedico a fondo.

Cole apretó los labios y sus ojos, perdidos en el parabrisas, se tiñeron de un azul cobalto oscuro. Lo interpreté como una señal de que no debía seguir preguntando.

—Qué guay —dije.

Era evidente que su mente lo había llevado a otra parte, porque sacudió la cabeza como para ahuyentar los pensamientos.

—Lo siento, Jackie. No es que quiera echarte, pero me gustaría hacer otra prueba con el motor antes de la cena.

Al principio no entendí lo que me estaba diciendo, pero entonces comprendí que me estaba pidiendo que me marchara. Debía de haber metido la pata sin darme cuenta.

—Ah, vale.

Busqué la manija a tientas y, entretanto, me puse colorada como un tomate. Cuando mis dedos encontraron por fin el metal, abrí lo más rápido que pude y salí.

—Hasta luego —me dijo sin mirarme siquiera. Su vista todavía estaba perdida en el parabrisas.

—Sí, adiós.

Salí disparada del garaje de Cole y cuando llegué al porche me volví a mirarlo. No lo distinguía bien en la penumbra, pero la mata de pelo rubio lo delató. Seguía sentado al volante; no había movido ni un dedo.

Ocho

—Cole, píllalas —gritó Isaac, que le lanzó las llaves del coche a su primo mientras bajábamos a rastras las escaleras del porche. Era lunes por la mañana y todos nos movíamos a paso de tortuga. No nos moríamos por empezar la semana escolar.

—Conduce tú —respondió Cole, que le volvió a lanzar las llaves a Isaac—. Yo tengo mi propio chófer.

—¿Qué? —se extrañó Alex, y todos nos volvimos a mirar a Cole, que esbozó una sonrisilla de suficiencia cuando un despampanante Porsche negro se internó en el acceso de los coches. Todos nos quedamos mirando cómo reducía la marcha y se detenía por fin delante de él.

—Últimamente vamos muy apretujados en la camioneta, ¿no os parece? —preguntó Cole.

Alguien bajó la ventanilla y vi a un chico del grupo que almorzaba con Cole en el comedor.

—Eh, Walter —dijo—. ¿Vienes o qué? Llegaremos tarde.

—Tranqui, tío. Tenemos tiempo de sobra —respondió él, ya dando un rodeo al coche. Abrió la portezuela del pa-

173

sajero, se inclinó y le dijo algo a su amigo que no alcancé a oír—. Eh, Jackie —me dijo entonces, incorporándose—. ¿Te vienes con nosotros? No hace falta que vayas con los pringados si no quieres.

Me dedicó una de sus sonrisas chulescas y abrió la portezuela trasera a la espera de que yo aceptara.

Danny, Nathan, Isaac y Lee ya habían llegado a la camioneta y pasaban ostensiblemente de Cole mientras amontonaban las mochilas en la caja trasera. Alex, en cambio, seguía de pie a mi lado en la acera. Notaba que me estaba mirando y, de reojo, vi que se ponía tenso. Pero no tenía que preocuparse por nada. Mientras no tuviera claro qué pasaba exactamente entre esos dos, tomaría partido por Alex, ya que me parecía el más digno de confianza.

—En realidad —dije, ajustándome la cartera al hombro—, prefiero ir con los pringados.

La única respuesta de Cole fue mirarme fijamente con una evidente expresión de sorpresa. Volviéndome hacia Alex, levanté los pulgares para indicarle que todo iba bien antes de dirigirme a la camioneta. Pegué los ojos a la chapa roja y oxidada para no caer en la tentación de volver la vista hacia Cole. Una única mirada a esos ojazos azules y me desmoronaría. Nathan me abrió la puerta del pasajero y me ofreció la mano para que subiera. Mientras montaba en la camioneta, oí el golpe de una portezuela seguido del crujido de grava.

—Qué fuerte —silbó Nathan mientras el Porsche se perdía de vista en el espejo retrovisor—. ¿Habéis visto la cara que ha puesto?

—No —dije a la vez que me abrochaba el cinturón—. ¿Por qué? ¿Estaba enfadado?

—Estaba supermosqueado —respondió Alex entre risas al tiempo que se acomodaba en el asiento trasero. Sonreía de oreja a oreja—. Tío, ojalá Jack y Jordan hubieran grabado eso. Cole Walter recibiendo calabazas.

Sacudió la cabeza con incredulidad.

—Solo ha sido un paseo en coche —alegué. Empezaba a estar un poco nerviosa—. No una propuesta matrimonial.

—No lo entiendes. —Una expresión de lástima asomó al semblante de Nathan—. Te lo advertí el primer día. Nadie rechaza a Cole. Ahora te has convertido en un desafío personal —dijo, y Danny asintió con la cabeza.

—¿Qué hago?

—Pasar de él —respondió Alex como si no tuviera importancia. Pero yo sabía que era complicadísimo pasar de Cole cuando andaba cerca. A mí no se me daba nada bien.

—Rezar —musitó Danny al mismo tiempo. Agrandé los ojos.

—Isaac, ¿puedes arrancar ya? —pidió Lee—. Me importa un comino este culebrón absurdo. Tengo pellas que hacer.

—¿Me lo dices o me lo cuentas? —respondió Isaac a la vez que arrancaba la camioneta—. Solo estaba esperando a que el Capitán Tarugo subiera.

Alex puso los ojos en blanco, pero desdeñó el insulto de su primo. Si bien todavía exhibía unas ojeras moradas, parecía muy animado, a diferencia del día anterior. La camioneta arrancó con una sacudida e inició la marcha por el camino de entrada, y yo miré mi reflejo en el retrovisor lateral. Por desgracia, cuando atisbé mi rostro, descubrí que no parecía tan contenta como él.

Cuando llegamos al instituto veinte minutos más tarde, todavía tenía retortijones en la barriga. No me ayudó notar un cosquilleo en la nuca cuando bajé de la camioneta. Alguien me estaba mirando. Eché un vistazo por ahí y avisté a Cole sentado en la escalinata con varias chicas revoloteando a su alrededor, aunque él no les prestaba atención. Me observaba desde la otra punta del aparcamiento. Sabía que tendría que verlo en clase de Matemáticas y la idea me provocaba temblores en los dedos.

—Eh, Alex —le dije mientras emprendíamos el camino al edificio—. ¿Dónde sueles almorzar?

—No suelo almorzar, la verdad —respondió, y se ruborizó—. Normalmente… pues… voy a la sala de ordenadores a jugar un rato a *Reunión de dioses.*

—Es ese juego en línea que también le gusta a Kim, ¿verdad? —le pregunté.

—Sí, ¿tú juegas?

—No, pero había pensado que hoy podías descansar del juego y comer con nosotras.

—¿Contigo y con Kim?

—Sí, y con otros amigos. —Me miró como si estuviera a punto de rehusar, así que añadí a toda prisa—: Porfi.

Se quedó un tanto desconcertado, pero asintió de todos modos.

—Perfecto —le dije mientras entrábamos en clase de Anatomía—. Ven a buscarme al aula de mates y vamos juntos.

Cuando nos sentamos, sonreí para mis adentros. Decidí que la mejor manera de defenderme de un chico Walter era recurrir a otro. Y mi plan funcionó de maravilla. Más tarde, entré en clase de Matemáticas justo antes de que sonara el timbre para que Cole no tuviera ocasión de hablar conmigo. Luego, cuando vio a Alex esperándome después de clase, salió del aula sin mirar atrás.

—Hola —me saludó él en tono alegre. Kim estaba a su lado con una expresión de pasmo total en el semblante.

—¿Cómo lo has hecho? —me preguntó.

—¿El qué?

—Sacarlo de la sala de ordenadores durante el almuerzo. Llevo siglos intentándolo.

—Se lo he pedido amablemente.

—Qué buen truco —gruñó Kim—. Tendrás que enseñármelo algún día.

—Eh, que no soy un perro —replicó Alex. Pero no estaba enfadado en realidad, y los tres nos encaminamos al comedor entre risas.

A pesar de la advertencia de Nathan, a lo largo de las dos semanas siguientes no tuve que preocuparme por Cole mientras estaba en casa de los Walter. Yo lo evitaba todo lo que podía y él, por su parte, procuraba no cruzarse conmigo. Casi todas nuestras interacciones se producían en un solo sentido: desde mi ventana oía lo que sucedía en la piscina. Nadar era el pasatiempo favorito de Cole cuando se traía algún ligue a la casa y, últimamente, no paraban de desfilar por allí chicas varias en bikini.

Por lo que parecía, mi plan estaba funcionando. Como yo pasaba más rato con Alex, Cole me dejaba en paz. Alex y yo trabamos amistad con rapidez y desde aquel primer día casi siempre almorzaba con mis amigos y conmigo. También hacíamos juntos los deberes de Anatomía. Tenía razón: estar al corriente de parte de su pasado me ayudaba a ser más extrovertida con él. Era como el hermano que nunca había tenido.

Iba camino de su habitación, con la cartera colgada al hombro, cuando oí la discusión.

—Venga ya, Alex. Llevas escaqueándote toda la semana.

La puerta de la habitación de Alex y Nathan estaba entornada. Al principio pensé que Alex discutía con su hermano, pero entonces reconocí la voz de Lee.

—Ya lo sé, colega, pero Jackie y yo tenemos un examen muy importante de Anatomía y hay que estudiar —respondió Alex.

—¿Me dejas colgado? —le reprochó Lee—. Siempre hemos visto el partido juntos. ¡Que se joda! —Se hizo un silencio y, como Alex no respondía, Lee continuó—: Ah, ya lo pillo. Eso es exactamente lo que quieres hacer, ¿no?

—¡No! —gruñó Alex con rabia, saltando a defenderse—. ¡Solo estamos estudiando!

—Claro, lo que tú digas —replicó Lee, que salió como un vendaval de la habitación. Cuando me vio plantada a pocos pasos de la puerta, me empujó con el hombro al pasar—. Zorra —tosió, y siguió caminando. Pasados dos segundos, la puerta de su habitación pegó un portazo.

Yo me planteé si volver a mi dormitorio después de eso, pero Alex asomó la cabeza al pasillo.

—Mierda —dijo. Se pasó los dedos por la mata de pelo—. Lo has oído todo, ¿no?

—Sí, más o menos —respondí, desviando la vista—. Si tienes algo que hacer con Lee, lo entiendo.

—No, Jackie, no te preocupes por eso —me aseguró Alex, abriendo del todo la puerta de su dormitorio—. Entra.

Vacilé un momento, indecisa, pero Alex me quitó la cartera y no tuve más remedio que seguirlo. Su lado de la habitación estaba tan desordenado como la última vez o peor. Había prendas de ropa tiradas por todas partes y su escritorio estaba sembrado de bolsas de comida basura. La mitad de Nathan parecía un catálogo de decoración, aunque a él no lo vi por ninguna parte.

—No he podido ordenar —se disculpó Alex. Mientras se acercaba al escritorio apartó unos zapatos de una patada.

Me reí con ganas.

—Alex, necesitarías un equipo de operaciones especiales para ordenar este desastre —le dije mientras intentaba abrirme paso sin pisar ropa sucia.

—Lo voy a considerar un cumplido —dijo, y apartó la silla del ordenador para cedérmela. En el asiento había un plato mohoso, tan cubierto de pelusa verde que no fui capaz de distinguir qué resto de alimento contenía. Alex me miró compungido antes de esconder el plato debajo de la cama—. Luego lo llevaré a la cocina —musitó—. Siéntate.

—No sé —dije observando la silla con recelo, por si tenía moho también—. Podría ser peligroso.

Alex me miró torciendo el gesto.

—Muy graciosa.

—No sé por qué —dije, aunque me senté de todos modos—. Nunca se sabe.

Después de arrastrar la silla del escritorio de Nathan, Alex se sentó a mi lado y sacó el libro de texto.

—Bueno, ¿cuál es el plan de ataque? —me preguntó.

Solo era una figura retórica y Alex no se podía imaginar hasta qué punto me iba a tomar en serio su pregunta. Nunca he sido la típica chica supercreativa que sabe bailar, cantar o pintar cuadros bonitos. En mis libretas no había garabatos, porque no era capaz de dibujar ni un monigote. Pero si de algo podía presumir era de mi capacidad para el estudio. No importaba a qué examen me presentara. Si me daban tiempo suficiente para prepararlo, podía bordar cualquier materia. Y este examen de Anatomía no iba a ser distinto. Al fin y al cabo, era mi primera prueba académica en el nuevo centro y quería poner alto el listón.

—Deberíamos empezar por revisar la ficha de repaso y buscar las definiciones —propuse a la vez que sacaba la hoja en cuestión de mi archivador. Se la tendí a Alex para que le echara un vistazo, convencida de que habría perdido la que nos repartieron en clase—. He subrayado los apuntes en distintos colores y los he ordenado por temas para facilitarnos el trabajo. Si no encontramos alguna respuesta en mis apuntes, algo sumamente improbable, podemos consultar el libro de texto como último recurso.

—¿Y qué pasa con mis apuntes? —preguntó él, despegando la vista de la ficha de repaso. La dejó en el escritorio y yo intenté no encogerme cuando un charquito de algún líquido misterioso (seguramente uno de esos refrescos energéticos Kickstart que bebía cada mañana) mojó el papel.

—No digas tonterías —le espeté, recuperando mi ficha—. Los únicos apuntes que has cogido son dibujos del señor Piper indicando sus huesos faciales. Y ni siquiera estaban bien.

—Entendido —dijo Alex, y se rascó la cabeza avergonzado.

—Muy bien —afirmé mientras consultaba la primera categoría que aparecía detallada en la hoja de repaso—. Empecemos por los huesos del esqueleto apendicular…

Media hora más tarde, solamente habíamos estudiado los primeros veinte de los setenta y cinco términos que teníamos que aprendernos. Intentaba que Alex se concentrara, con todas mis fuerzas, pero una cosa es decirlo y otra muy distinta hacerlo. Cada pocos minutos su correo emitía un aviso y él miraba de reojo el ordenador. Para cuando conseguía que volviera a prestar atención a la Anatomía, entraba otro email y el proceso volvía a empezar.

Por fin me rendí.

—Míralo —le sugerí con un suspiro cuando otro mensaje más lo distrajo. O bien Alex no paraba de recibir correos basura o alguien estaba empeñado en que respondiese; y al parecer quienquiera que fuese no sabía usar el móvil. Era el décimo email que entraba en los últimos cinco minutos.

—¿Que mire qué? —me preguntó, devolviendo la vista al párrafo que supuestamente estaba leyendo.

—El correo. Te mueres por echar un vistazo.

—Perdona —dijo, pero corrió a revisar la bandeja de entrada. Hizo doble clic en el primer sobre azul y leyó el mensaje—. Mi cofradía se ha apuntado a un raid de ZG.

Yo me había perdido en la primera palabra.

—¿Cofradía? ¿Raid? —pregunté—. ¿Qué es eso?

—Es argot de gamer —respondió Alex mientras revisaba los demás correos—. Ya sabes, de *Reunión de dioses.*

—Ah, vale. He oído a Kim comentar algo parecido —respondí distraída—, pero no sabía de qué hablaba.

Fue lo peor que le podría haber dicho a Alex. Cuando se volvió a mirarme, una sonrisa inquietante se extendía por su rostro.

—Guarda los apuntes, joven padawan. Mucho que aprender tienes.

Alex era tan fanático de *Reunión de dioses* que no podía limitarse a explicármelo. Tenía que enseñármelo. Y cuando digo «enseñármelo» me refiero a que me obligó a jugar. Después de explicarme que el juego consistía principalmente en participar en peligrosas misiones, me ayudó a crear un personaje, lo que nos entretuvo un buen rato.

—¿Qué importa el color de mi pelo? —pregunté mientras él me enseñaba cuarenta opciones distintas.

—Importa —empezó Alex como si yo fuera dura de mollera— porque no podrás cambiarlo. Tienes que escoger cosas que te chiflen.

Cuando llegó el momento de elegir la raza de mi personaje, su desesperación fue aún mayor si cabe. Podías escoger entre humanos, enanos, demonios y feéricos, pero yo no quería decantarme por nada hasta saber cuál tenía más probabilidades de ganar.

—Es una pregunta totalmente lógica, Alex —insistí—. ¿Cuál es el mejor?

—No hay uno mejor que otro —trató de explicarme—. A mí, personalmente, me gustan los demonios porque me parecen lo más, pero mucha gente elige las hadas.

—Entonces ¿mejor que sea un demonio? —pregunté, moviendo el cursor para situarlo encima de un ser muy feo con cuernos y escamas.

—No, no he dicho eso. —La desesperación empezaba a apoderarse de su voz—. Cada raza tiene una habilidad diferente, así que todo depende de cuál te guste más.

—Pero ¿cómo puedo saber cuál me gusta más si nunca he jugado?

Alex inspiró hondo para no perder la paciencia.

—Tú escoge una y ya está, Jackie.

—Al menos dime qué raza me ayudaría a ganar el juego en menos tiempo.

—Esto no funciona así —replicó Alex mientras me arrebataba el ratón. Luego, tomando la decisión por mí, pinchó la raza humana—. Este es un juego en curso. Nunca termina.

—Un momento. ¿No puedes ganar? —pregunté torciendo el gesto—. Entonces ¿para qué quieres jugar?

—Esto no es el Monopoly ni Candy Land. El objetivo del juego es que tu personaje evolucione.

—Vale, da igual —dije, quitándole el ratón a mi vez. Pinché un hada, un ser etéreo con alas de color pastel—. Pero no quiero ser humana. Qué aburrido.

Reunión de dioses no se me daba demasiado bien. Todo sucedía a la velocidad del rayo y Alex no paraba de gritarme instrucciones desconcertantes como «¡utiliza ahora el escudo ignífugo!» o «¡no, ese escudo ignífugo no, el otro!». Sin embargo, después de media hora pasando apuros, el nivel de experiencia de mi personaje aumentó de un punto a tres. Yo estaba muy satisfecha de mis logros, pero Alex no se mostró demasiado optimista.

—Desde luego, no es lo tuyo —dijo mientras cerraba el juego—, pero de todas formas te convertiré en una auténtica gamer.

—Lo dudo. —Con un suspiro, recogí mis apuntes de Anatomía. Había malgastado un buen rato de estudio y tendría que quedarme hasta las tantas repasando—. Pero gracias. Me he divertido.

La puerta se abrió de par en par antes de que Alex pudiera responder.

—Eh, Alex, tengo que hablar contigo —dijo Cole, que entró tranquilamente en la habitación. Cuando me vio sentada delante del ordenador, frenó en seco—. Ah, no sabía que estabas aquí.

—Hum, sí —respondí.

—Pues tendré que volver más tarde —resopló, como si yo acabara de hacerle una faena.

—No, no te vayas. —Me puse de pie a toda prisa—. Ya habíamos terminado.

—Gracias por estudiar conmigo —dijo Alex mientras yo guardaba las cosas en la cartera.

—Casi no hemos estudiado nada —me reí—. Tendré que dedicar otras cuatro horas a esto, como poco.

—No hablarás en serio. —Negó con la cabeza y me devolvió mi libreta—. Ha sido el día que más horas he dedicado a estudiar desde, bueno, nunca.

—En ese caso, me alegro de haberte ayudado —le dije con una sonrisa—. Hasta mañana.

—Buenas noches, Jackie —me deseó mientras yo daba media vuelta para marcharme.

Cole me observaba desde el umbral con semblante inexpresivo. Cuando llegué a su altura, no se movió.

—Cole —le pedí, enarcando una ceja. Él siguió mirándome todavía un ratito antes de desplazarse para cederme el paso. Cuando llegué al pasillo, cerró de un portazo.

El sueño de siempre me impedía dormir. Cuando bajé a la cocina a hurtadillas, comprendí que me había vuelto adicta a la leche tibia con miel de Katherine. Cada vez que sufría insomnio, me preparaba una taza, me sentaba a la mesa de la cocina y rodeaba la bebida con las manos hasta que empezaban a pesarme los párpados. Me gustaba quedarme abajo con mi tazón en lugar de volver a mi habitación, porque siempre había una posibilidad de que me topara con Danny.

Mis habilidades para bajar en silencio esas escaleras sembradas de trastos mejoraron, pero normalmente me oía llegar y desaparecía antes de que yo entrara en el salón. Si había salido huyendo, siempre me daba cuenta. Encontraba la tele encendida en mitad de alguna serie policiaca de las que echan por la noche, y en todas las ocasiones había algún aperitivo en la mesita baja. Si la tele no funcionaba, yo sabía que no había bajado y me quedaba en la cocina con las luces apagadas con la esperanza de sorprenderlo si aparecía.

Pero esa noche fue distinta. Cuando entré de puntillas en el salón, Danny seguía sentado en el sofá con la mano hundida en una bolsa de patatas fritas. Me quedé parada al borde de la alfombra, observándolo con incredulidad. Él se volvió a mirarme un momento, pero al instante sus ojos regresaron al episodio que se desarrollaba en la pantalla. Yo retrocedí a la cocina despacio para no ahuyentarlo y me preparé la leche con miel.

Cuando el microondas emitió su aviso, usé la manga de la bata para extraer la bebida caliente y me encaminé al televisor. Sabía que Danny ya se habría marchado y me tocaría a mí apagarlo. Sin embargo, descubrí sorprendida que todavía estaba mirando la serie.

—¿No te vas a sentar? —me preguntó sin despegar los ojos de la pantalla mientras yo titubeaba en la entrada.

—Hum, claro —balbuceé, totalmente desprevenida. Supuse que sentarme a su lado en el sofá sería forzar demasiado la suerte, así que me acomodé en el sillón con las piernas recogidas debajo del cuerpo. Miramos juntos los siguientes episodios, disfrutando de la mutua compañía aunque ninguno pronunciara una palabra.

Eran casi las cuatro cuando advertí que me había dormido. La tele estaba apagada y Danny se había marchado, pero debía de haber encendido la lamparilla de lectura, porque un suave fulgor amarillo bañaba la sala. Contenta de estar avanzando en mi relación con Danny, me quedé allí un momento, sonriendo en secreto antes de volver a la cama.

—¡Nueva York! —Alguien me hundió un dedo en la cara—. Si no te levantas, no te voy a llevar al instituto.

Gimiendo, entreabrí los ojos. La borrosa silueta de Cole planeaba encima de mí, preparado para volver a clavarme el dedo.

—Largo —le dije, y me di media vuelta enterrando la cara en la almohada. Era demasiado temprano para soportar sus chorradas—. ¿Quién te ha dicho que quiero ir contigo?

—Tú verás —le oí decir—. Pero los chicos ya se han marchado conque, si te pierdes el examen de Anatomía, no me eches a mí la culpa.

—Te crees muy gracioso, ¿verdad Cole? —empecé a decir mientras abría los ojos para echar un vistazo al reloj. Había puesto el despertador a las seis, para tener tiempo de plancharme la ropa y ducharme, pero el corazón me dio un vuelco cuando vi los dígitos verdes: 7.27—. ¡No, no, no! —exclamé apartando el edredón.

—Ya te lo he dicho —me espetó Cole, que retrocedió mientras yo correteaba por la habitación.

—Esto no puede estar pasando.

No conseguiría arreglarme a tiempo. Necesitaba media hora solo para alisarme el pelo.

—Tranquila, Jackie. Ponte un chándal y vámonos.

—¿Que me ponga un chándal? —gruñí entre dientes al mismo tiempo que me paraba para fulminarlo con la mirada—. ¿Alguna vez me has visto en chándal?

—La verdad es que no. Normalmente pareces una pija de camino a una merienda elegante.

—¡Porque no tengo ninguno! ¡Y no voy a tener tiempo de plancharme la ropa!

—Vale, vale —dijo Cole, levantando las manos para tranquilizarme—. Espera un momento. Tengo una idea. —Volvió al cabo de un ratito con unos vaqueros y un jersey—. He encontrado estos vaqueros viejos de mi madre. Pruébatelos. Es posible que te queden grandes, pero servirán.

—No puedo ir al colegio con esta pinta —dije poco después, cuando me miré en el espejo—. Voy hecha unos zorros.

El jersey me hacía bolsas por todas partes y era tan largo que casi me llegaba a las rodillas. Intente recoger la tela, pero volvió a caer al instante. Los vaqueros me sentaban todavía peor.

—Jackie, solo es un día. Nadie se va a fijar.

—Vale, ¿y qué me dices del pelo? —le espeté intentando colocarme la cinta. Me temblaban los dedos de tan aturullada que estaba y no había modo de que el flequillo se quedara en su sitio—. Qué desastre.

—Para ya —me ordenó Cole, cogiéndome las manos—. Me gustan tus rizos. Son más naturales.

Pronunció las palabras en un tono suave y tranquilo. No forzado, como si lo dijera para animarme. Abrí la boca sin saber qué responder y, en ese momento, un claxon sonó en el exterior.

—Tenemos que irnos. —Cole echó mano de mi cartera y me arrastró al exterior. Al momento estábamos en el interior de un flamante Porsche, zumbando hacia el instituto.

—Jackie, ¿te acuerdas de mi amigo Nick? —dijo Cole, girándose para mirarme.

—Hola.

Nick me saludó con un gesto de la cabeza.

—Sí, hola —murmuré mirando por la ventanilla.

Cole dedicó los minutos siguientes a tratar de enzarzarme en una conversación, pero yo solo le respondía con monosílabos. Por fin se rindió y se volvió hacia Nick.

—¿Vendrás hoy al almacén?

Curiosa, clavé la mirada en Cole.

—No lo sé —dijo Nick. Se volvió a mirarme un momento, como si estuvieran hablando de algo que yo no debía oír—. ¿Hay provisiones?

—De sobra —respondió Cole—. Anoche Kate puso toda la carne en el asador.

—Me imagino —musitó Nick, aunque no parecía muy convencido—. Pero no podremos ir en mi coche.

—A lo mejor puedo conseguir las llaves de la camioneta. —Cole buscó el teléfono—. Voy a mandarle un mensaje a Isaac.

Ya nos estábamos acercando al instituto Valley View. Veía el edificio a lo lejos, en lo alto de la colina. Cole escribía sin cesar, pero Nick parecía incómodo.

—No invites a nadie más, ¿vale? —le pidió Nick a su amigo. Sus ojos revolotearon hacia mí de nuevo—. No me quiero meter en un lío.

Al oír eso devolví la atención a la ventanilla. No tenía claro de qué estaban hablando pero, fuera lo que fuese, no parecía nada bueno. Guardé silencio hasta que aparcamos.

—Muchísimas gracias, Nick —dije abriendo la portezuela. El aparcamiento ya estaba casi vacío y solo aquellos a los que les daba igual llegar tarde seguían fuera—. Luego nos vemos.

Eché a andar sin esperarlos y, por suerte, conseguí llegar a clase antes del último timbre. En cuanto dejé la cartera en la mesa, me volví hacia Alex. Miraba el libro como si estuviera haciendo un repaso de última hora, pero sus ojos no se desplazaban por la página.

—¿Qué narices ha pasado esta mañana? —le espeté.

—¿Qué quieres decir? —preguntó sin molestarse en levantar la vista.

—Os habéis marchado sin mí. —Saqué un puñado de lápices de la cartera—. He tenido que venir con el amigo de Cole, Nick.

Alex se mordió el labio.

—Cole ha dicho que querías ir con ellos.

—¿Va en serio? ¿Y cuándo ha dicho eso?

—Mientras desayunábamos —me informó.

—Es increíble —gruñí apretando los dientes. Cole se iba a enterar.

—¿Qué pasa?

—Alex, no me ha sonado el despertador esta mañana. Seguro que Cole ha tenido algo que ver, porque ha esperado a que os hubierais marchado para despertarme.

—¿En serio? —preguntó Alex. Por fin me miró a los ojos y, al verme tan enfadada, el alivio se extendió por su semblante—. Menos mal. Pensaba que te habías pasado al otro bando.

—Pues no. Y, por cierto, estoy muy enfadada contigo —le solté medio en broma—. No he tenido tiempo de arreglarme esta mañana. ¿Has visto lo que llevo puesto?

Alex bajó la vista y se quedó petrificado al ver el jersey.

—¿De dónde has sacado eso?

—Cole me lo ha prestado. No tenía nada más que ponerme.

—¿Que te lo ha prestado? —repitió Alex como si fuera lo más absurdo que había oído en su vida.

—Sí. ¿A qué vienen tantos aspavientos? —me extrañé—. Solo es un jersey viejo.

—No… Es el jersey de fútbol americano de Cole. No lo había visto desde… —Alex dejó la frase en suspenso, demasiado estupefacto para terminarla.

De repente recordé una conversación que había mantenido con Nathan. «Era el mejor receptor del estado hasta que lo placaron de mala manera y se rompió la pierna».

—Desde el partido en el que se lastimó —terminé por él.

—Sí, ¿cómo lo sabes?

—Nathan me lo contó al poco de llegar.

—Jackie —empezó Alex despacio. Sacudió la cabeza con aire de incredulidad—. Lo que no sabes es que el fútbol lo era todo para Cole. Cuando perdió la beca, no volvió a hablar de ello. Fue como si nunca hubiera pertenecido al equipo.

—¿Y?

—Y que te haya dejado su jersey… —prosiguió Alex—. Ni siquiera sé lo que significa.

Yo tampoco.

En ese momento apareció el señor Piper dando palmadas para que le prestáramos atención.

—¡Muy bien, todos, escuchadme! —dijo—. Guardad vuestras cosas. Los libros y los apuntes debajo del pupitre. El examen va a empezar.

Fue el examen más fácil de mi vida. Aunque estaba distraída por las palabras de Alex, respondí todas las preguntas en treinta minutos. Si podía tomarme la prueba como un indicio de cómo me irían las demás, el curso sería coser y cantar. Pero la idea no me animó.

A medida que transcurría la mañana, yo me sentía cada vez más incómoda enfundada en el jersey de Cole. Estuve a punto de preguntarle a Heather si tenía algo para prestarme. Había visto los conjuntos de repuesto que guardaba en la taquilla por si alguna chica aparecía en clase con un modelito igual al suyo. No obstante, si le pedía algo, tendría que contarles a las chicas lo que había sucedido por la mañana y organizarían un escándalo.

Había decidido preguntarle a Cole el motivo exacto por el que me había prestado su jersey. Llegué a mates con cinco minutos de antelación para abordarlo antes de que empezara la clase. Mientras lo esperaba en la puerta, alguien me propinó unos toques en el hombro.

—Ay, madre —me sobresalté a la vez que me volvía a mirar—. Me has dado un susto de muerte.

—Lo siento. —Era Mary, la exnovia de Alex, y por su manera de entornar los ojos no lo sentía en absoluto—. Tú eres Jackie, ¿verdad?

—Hum, sí —respondí.

—Me llamo Mary Black.

—Encantada de conocerte, Mary —respondí—. ¿Querías algo?

—Me gusta mucho tu conjunto —me soltó con un tonillo sarcástico—. Muy… «casual chic»? ¿Forma parte de la nueva colección de tu madre?

—No… ¿Perdona?

—Ay, no —dijo Mary, y una desagradable sonrisa se dibujó en su rostro—. Tu madre está muerta, ¿verdad? —Avanzó un paso hacia mí y su sonrisa se transformó en una mirada de odio—. Escúchame bien, novata. Mantente alejada de Alex. Es mío.

Me quedé tan perpleja que no pude hacer nada más que mirarla con la boca abierta.

—¿Lo pillas? —insistió enfadada al ver que yo no respondía. Asentí con la cabeza—. Bien. —Esbozó una sonrisilla falsa—. Ha sido un placer conocerte, Jackie.

Mientras se alejaba, yo solo podía pensar una cosa. No en la amenaza de Mary, ni en Alex. Ni siquiera en mi enfado con Cole, porque no tenía importancia. Solo podía pensar en esas horribles palabras: «Tu madre está muerta, ¿verdad?».

Nueve

—Uala. ¿Ha llegado el fin del mundo? —Oí una voz conocida a mi espalda—. ¿Nueva York haciendo pellas?

Yo todavía estaba junto a la puerta del aula, sentada contra una hilera de taquillas, aunque las clases ya habían empezado y el pasillo estaba desierto. Jamás me había saltado una clase, pero las palabras de Mary me habían paralizado. Tuve que dedicar cinco minutos enteros a respirar profundamente para contener las lágrimas.

Cuando levanté la mirada, vi que Cole se acercaba por el pasillo. Al principio pensé que llegaba tarde a clase, pero al momento me fijé en que llevaba la chaqueta de deportista colgada del hombro y la mochila brillaba por su ausencia.

—No estoy haciendo pellas —le dije en voz baja—. Solo llego un poco tarde.

Cole me miró un ratito antes de agacharse a mi lado.

—¿Qué te pasa, Jackie? —me preguntó.

—¿Aparte de que estoy enfadada contigo por cambiar la hora del despertador? —repliqué a la vez que le apartaba la mano—. Nada.

—No me lo creo.

—Pues haces bien —le dije, y enterré la cara entre las manos—, pero eso no significa que te lo vaya a contar.

¿Por qué siempre aparecía cuando estaba al borde de las lágrimas?

—Si no me lo quieres contar —oí decir a Cole—, me parece bien. Pero al menos deja que te anime un poco.

—¿Por qué? —masculé. En realidad ya no escuchaba sus palabras. Solo intentaba llegar al final de la conversación para que me dejara en paz.

—Porque es a lo que me dedico últimamente. Debería añadirlo a mi descripción del anuario, junto a «un auténtico pibón». Cole Walter: animador profesional y el hombre más atractivo del año.

—No estoy de humor, Cole —le dije con un suspiro.

—Vale, hablemos en serio —respondió, y agitó las llaves que llevaba en la mano—. Acompáñame. Te prometo que te ayudaré a olvidar lo que sea que te preocupe.

Sorprendida por sus palabras, levanté la vista. A diferencia de la última vez que Cole me encontró en pleno cataclismo emocional, en esta ocasión sabía que estaba aludiendo a mi familia. No había crueldad en su expresión y la pena que temía ver en sus facciones no estaba ahí. Me sentí tan aliviada que apenas entendí las palabras que salieron de mis labios a continuación.

—¿Me estás diciendo que pase de ir a clase? —pregunté—. ¿Contigo?

Asintió.

—¿Por qué no? Ya llegas veinte minutos tarde.

Eché un vistazo a mi reloj y descubrí que tenía razón.

—No sé... —dudé. Realmente no sabía qué hacer.

—Venga, Jackie. Te prometo que será divertido.

Me lanzó una mirada de cachorrillo suplicante. «Malditos ojazos».

De haber estado en mis cabales nunca me habría saltado una clase, pero después de lo que había pasado con Mary, sabía que salir de allí me ayudaría a distraerme.

—Muy bien —acepté a la vez que me ponía de pie—. Adelante.

Tan pronto como vi la camioneta y a varias personas sentadas detrás, me acordé de la conversación que había oído entre Cole y Nick por la mañana. Como cabía esperar, el amigo de Cole estaba presente, recostado contra la compuerta trasera, y yo empezaba a tener la sensación de que el ceño de su rostro era un rasgo permanente. Exceptuando a Nick, no recordaba el nombre de nadie más, pero todos formaban parte del grupo que compartía mesa con Cole a la hora del almuerzo.

—Cole, te toca conducir —le dijo una chica cuando nos acercamos. Su pelo era rubio oscuro con un mechón rosa fucsia y de pronto recordé que la semana anterior la había visto nadando en la piscina de los Walter, con Cole.

—Nunca me lo habría imaginado, Kate —dijo abriendo la compuerta para que yo pudiera subir—, teniendo en cuenta que es mi coche y tal.

Me tendió la mano con la intención de impulsarme hacia arriba.

—Si tú conduces —le dije en voz baja para que los demás no lo oyeran—, preferiría ir contigo delante.

—Pues claro que sí.

La sonrisilla satisfecha que asomó a su cara estuvo a punto de hacerme cambiar de idea, pero no quería viajar con un montón de desconocidos. Rodeé la camioneta, abrí la puerta del copiloto y subí. Reinaba un vacío extraño en la cabina en ausencia de los demás Walter. Cole no pareció notarlo cuando se sentó a mi lado.

Yo no sabía qué pensar, pero sin duda no me esperaba lo que Kate me ofreció después de abrir la ventanilla trasera desde la caja de la camioneta.

—¿Quieres una? —me preguntó, ofreciéndome una cerveza.

—No —repliqué automáticamente. Ni siquiera me paré a pensarlo.

—Sí, sí que quiere. —Cole tomó la cerveza que Kate me tendía y la dejó en mi regazo—. Una cerveza fresquita siempre arregla un mal día.

—¿De qué vas? —le espeté cuando arrancó el vehículo.

—Solo quiero que te animes.

Alargó la mano hacia la radio y puso música a todo volumen.

La idea de desabrocharme el cinturón y bajar se me pasó por la cabeza, porque no quería meterme en líos. Pero antes de que me decidiera, Cole dio marcha atrás y estábamos en movimiento. Al principio, mientras dejábamos atrás el aparcamiento, no podía respirar. ¿En qué lío me había metido? Había permitido que una chica me hundiera con una sola frase. Había perdido el control y me encontraba en una situación todavía peor si cabe.

Entonces me volví a mirar a Cole. Había bajado la ventanilla, el brazo le colgaba sobre la portezuela y, cuando la canción llegó al estribillo, cantó la letra a voz en cuello. Detrás, unas cuantas personas se unieron a sus gritos y, no sé por qué, se me contagió el buen humor. Cole sonrió, el cálido sol se reflejaba en su cara de la manera que más le favorecía y al momento yo sonreía también.

—¿Te vas a beber eso? —me preguntó Cole, señalando la cerveza de mi regazo.

Bajé la vista y me quedé mirando la bebida. El aire cálido había condensado el vapor en torno a la lata e hilillos de agua recorrían el aluminio. Saltarse las clases era una idea pésima sin necesidad de añadir el consumo de alcohol a mi lista de delitos, ya que era menor. Pero por otro lado, ya puestos...

—No me puedo creer que esté haciendo esto —dije, y abrí la primera lata de cerveza de mi vida.

Sal's Diner estaba en las afueras del pueblo. Nick insistió en que almorzáramos allí porque no quería que nos pillaran haciendo pellas. El servicio era lento, aunque éramos los únicos clientes, y para cuando terminamos de zamparnos las grasientas hamburguesas la clase de Lengua y Literatura ya habría empezado. A continuación pasamos por casa de Kate a recoger más cervezas, que había dejado escondidas debajo del porche. Nuestro destino final era un almacén abandonado con las ventanas clausuradas, a una hora del pueblo, y cuando por fin aparcamos las clases del día habían terminado. Yo no iba con ninguna idea concreta en la cabeza, quizá la cabaña de alguien a orillas de un lago o una choza de caza, pero nada tan siniestro. Cole me aseguró que mucha gente iba al almacén a pasar el rato cuando se saltaba las clases y que habían organizado unas fiestas estupendas en la nave.

Saltaba a la vista. Al verla por dentro, tenías la clara impresión de que varias generaciones de estudiantes habían pasado por allí. Lo primero que me llamó la atención fue la gran cantidad de grafitis; corazones con iniciales dentro cubrían cada centímetro de las paredes. Había cajones y sillas de acampada para sentarse, refrigeradores de plástico de formas y tamaños diversos e incluso una mesa de ping-pong. En una esquina de la estancia se amontonaban varios sacos de dormir y mantas, además de una caja marcada con las palabras «equipo de supervivencia» escritas con rotulador. Contenía toda clase de materiales: pilas, velas, vasos de plástico, un abrebotellas, tiritas y una linterna.

Alguien se había tomado la molestia de decorar el almacén, seguramente con motivo de alguna fiesta. Había adornos colgando del techo y guirnaldas de luz fijadas a las paredes, aunque no funcionaban porque el edificio carecía de electricidad.

No sabía cuánto rato llevábamos dentro, pero la luz del sol casi había desaparecido y un farolillo de pilas en el suelo era la única fuente de luz. La escasa iluminación dibujaba sombras en nuestros rostros, que habían adquirido un aspecto afilado y fantasmal. Había perdido la cuenta de las cervezas que corrían por mi cuerpo. Las suficientes, en todo caso, para que notara la cabeza más ligera de lo normal.

—Me parece que no, chicos —dije despacio, intentando despejar mi mente y concentrarme. Me costaba pensar teniendo la cabeza tan embotada.

—Va, venga —dijo Nick con tanto entusiasmo que volcó la fila de botellas vacías que había a su lado—. ¡Tienes que jugar!

Era una persona completamente distinta cuando estaba borracho. Más afable.

El grupo intentaba convencerme de que jugara a la botella y yo me sentía incómoda.

Cole me los había presentado a todos al llegar —dos chicas y cuatro chicos— pero yo todavía tenía la sensación de estar entre desconocidos. El grupo incluía a Kate, la chica del mechón rosa, y su amiga Molly. También habían venido dos chicos del equipo de fútbol americano, aparte de Nick. No recordaba sus nombres, puede que Ryan y Jim, pero tal vez fueran Bryan y Tim. Y también estaba Joe, el hermano menor de Molly, que llevaba un piercing de aro en el labio e insistía en que lo llamaran Jet.

Aparte de que todos eran mayores que yo, no quería jugar a la botella por una razón de gran peso. Nunca me había besado con un chico. ¿De verdad quería que mi primera vez fuera un horrible y pastoso beso de borrachos con alguien que no conocía?

—Mejor que no —insistí, negando con la cabeza.

—Le estás dando demasiadas vueltas —dijo Kate a la vez que me tendía otra lata. Se había propuesto que todo el mundo tuviera siempre una lata en la mano, sin excepción. Cuando la rehusé, la dejó en el portavasos de mi silla.

—¿Y si jugamos a otra cosa?

Era Cole. Estaba repantingado en una de las sillas de acampada y la luz del farol en la cara le daba un aspecto sensual y peligroso.

—¿Por qué no? Te encanta jugar a la botella.

—Sí, pero no creo que sea un juego adecuado para Jackie.

—¿Qué significa que no es un juego adecuado para mí?

—Que eres un poco repelente.

—No lo soy.

—Demuéstralo.

En el fondo ya sabía que me estaba enredando, pero el alcohol me empujó a pronunciar unas palabras que normalmente no saldrían de mis labios.

—Te crees muy listo, ¿verdad?

Nos sentamos en corro con las piernas cruzadas y colocamos una botella vacía en el centro. Kate fue la primera en hacerla girar y, cuando se detuvo en Ryan-Bryan, ella rio y le dio impulso de nuevo.

—¡Eh! —protestó él—. Eso no vale.

—Me declaro objetora como exnovia —dijo—. Nos hemos besado las veces suficientes como para no repetir nunca más.

—¿De qué vas? Beso de maravilla.

—Ryan, tú muerdes. En serio, ¿a qué venía tanta actividad dental? Que yo sepa, mi cara no es una bolsa de patatas.

A continuación le tocó el turno a Jet. Mientras la botella giraba, yo rogaba para mis adentros que no me señalara a mí. Cuando se detuvo apuntando a su hermana, los dos hicieron una mueca de asco y él acabó besando a Kate. Empezaba a entender que cada cual besaba a quien quería y no a la persona que señalaba la botella.

Le tocó el turno a Cole y la botella se detuvo delante de Nick.

—Ay, mierda, no —dijo Cole mirando a su amigo con horror. Todos reímos con ganas—. Volveré a tirar —decidió, e hizo girar la botella otra vez. Mientras daba vueltas en el suelo, noté que se me aceleraba el pulso. ¿Quería que Cole me besara? Era atractivo, desde luego que sí. Eso no podía negarlo, pero yo no tenía del todo claro de qué iba. ¿Y si las cosas que Alex me había contado de él eran ciertas? Aún peor, ¿y si me estaba colando por él igualmente? ¿En qué clase de persona me convertía eso?

Cuando el movimiento se tornó más lento y la botella hizo un último giro, comprendí que me iba a señalar a mí. Sin embargo, justo cuando el cuello me apuntaba, se tambaleó y se detuvo en un punto intermedio, entre Molly y yo.

—Vaya, ¿y ahora qué? —le preguntó Jim-Tim a Cole mientras todos mirábamos fijamente la botella. Se hizo un silencio, pero entonces Cole respondió.

—Yo elijo —dijo antes de cruzar el corro con un paso rápido y pegar los labios a los míos.

Durante un momento dejé que me besara, con el cuerpo pegado al mío, y una ola de calor nos atravesó a los dos. Y entonces recuperé el uso de mis sentidos adormecidos.

Oía la voz de Riley en mi cabeza: «Se te comerá viva antes de que te hayas dado cuenta».

Asustada, empujé a Cole.

—Aparta —le espeté, y me sequé la boca con el dorso de la mano.

Cole soltó una carcajada y regresó a su sitio al otro lado del corro.

—No hay problema, Jackie —me dijo con un guiño—. Ya tengo lo que quería.

Se hizo un silencio. Las miradas de todos revolotearon de Cole a mí mientras el altavoz crepitaba al fondo.

—Por Dios, Cole —dijo Kate, rompiendo el silencio—. Eres un cerdo.

—No era eso lo que decías la otra noche —replicó él sin dejar de mirarme.

—Qué fueeerte —chifló Nick, tapándose la boca con la mano. Todos los chicos soltaban risitas.

Kate respondió algo, pero fue como si me hubieran tapado los oídos. Apenas distinguía lo que estaba diciendo. Cole todavía me observaba con una expresión que yo no sabía descifrar, al menos no con la cabeza dando vueltas como la tenía. Necesitaba aire fresco. Me puse de pie con dificultad.

—¿Jackie? —preguntó alguien, pero la palabra sonó amortiguada, como si viniera de muy lejos.

En cuanto empecé a andar caí en la cuenta de que estaba más borracha de lo había pensado en un principio. Notaba un dolor sordo en la cabeza y todo se movía a mi alrededor. Llegué a la puerta sin caerme, aunque caminaba con paso inseguro por no decir algo peor. Bajé la oxidada manija, empujé la pesada puerta y salí.

El suelo era irregular y estaba resquebrajado. Mientras me encaminaba a la camioneta, donde tenía pensado acurrucarme hasta que el grupo decidiera marcharse, tropecé con una grieta. De golpe y porrazo fue como si la tierra se moviera y me abofeteara mientras yo me quedaba quieta, no al revés. De bruces en el suelo noté unas gotitas de sangre en la parte del labio que me había mordido, pero estaba demasiado mareada para que la fuerte dentellada me doliera. Rodé para ponerme de espadas y miré el cielo. El sol persistía justo debajo del horizonte y el cielo mostraba un tono morado oscuro, pero ya habían salido las estrellas. Jamás en mi vida había visto tantos puntitos claros y rutilantes contra el oscuro lienzo.

Fue entonces cuando finalmente dejé que fluyeran las lágrimas. No lloraba porque seguramente tuviera la rodilla hecha trizas y sangrando. Ni siquiera lloraba por Cole. Las lágrimas eran por las personas que añoraba. Deseaba oír la risa de mi hermana cuando le contara esa horrible anécdota, los gritos de mi madre por haberme portado mal y que mi padre me estrechara entre sus brazos para consolarme.

La puerta del almacén se cerró con fuerza después de salir alguien. Supe por el crujido de la grava que se acercaba, pero yo seguía mirando al cielo mientras las lágrimas rodaban despacio por mi cara. Por primera vez desde mi llegada a Colorado me traía sin cuidado que alguien me viera llorar. Estaba demasiado agotada.

—Jackie, ¿te encuentras bien?

No lo veía, porque estaba parado detrás de mí, pero supe que era Cole.

—El cielo parece hecho de diamantes —comenté en vez de responder.

—Es verdad —asintió. Su mano apareció encima de mí, extendida con la intención de que la usara para ponerme de pie. Intenté levantar el brazo para cogerla, pero pesaba demasiado y todo daba vueltas a mi alrededor. Veía los diamantes borrosos.

—Me gusta estar aquí abajo —le dije, y dejé caer la mano.

—Vale. —Cole se sentó a mi lado y entonces, cuando se acercó y vio mi rostro en la oscuridad, añadió—: ¿Eso es sangre?

Hice una mueca de dolor cuando acercó la manga a mi cara y, con mucho cuidado, me limpió las gotas del labio.

—He tropezado —fue lo único que pude articular.

—Lo siento, Jackie —me dijo Cole en ese momento. Con cuidado, me atrajo hacia su cuerpo y acunó mi cabeza en su regazo.

Yo no sabía a qué se refería su disculpa exactamente. Tal vez fuese por convencerme de que hiciera pellas y bebiera, algo que nunca había hecho. O tal vez por besarme. Fuera cual fuese el motivo, a mí me daba igual.

—Quiero ir a casa —dije con debilidad.

—Vale —asintió al tiempo que me acariciaba el pelo hacia atrás—. Te llevo.

Pero no podía. En realidad, no.

Debimos de pasar por un bache, porque la camioneta respingó hacia delante y yo caí del asiento trasero. Me desperté de golpe.

—Mierda —oí decir a Cole detrás del volante—. Ya sabía que tenía que ponerte el cinturón.

—Es como una montaña rusa —dije yo, dejando caer la cabeza hacia atrás.

—Jackie, ¿me puedes hacer el favor de quedarte ahí, en el suelo? No quiero que te hagas daño.

—No te preocupes por mí, Cole —lo tranquilicé—. Estoy muy cómoda aquí abajo.

El fresco de la noche entraba por las ventanillas bajadas junto con el canto chirriante de un coro de grillos. Notaba un cosquilleo en los dedos de las manos y de los pies, y sonreí para mis adentros. Intentaba recordar cómo había acabado tan mareada, pero a mi mente solo acudían imágenes sueltas de caras extrañas, un edificio destartalado y... ¿un beso?

La camioneta encontró otro bache y me dio un vuelco el estómago.

—¿Vas bien? —me preguntó Cole.

No. Mi sensación previa de alegría me había abandonado por completo.

—No... —respondí al notar que me invadían las náuseas—. Me parece que voy a vomitar.

Cole gruñó unos cuantos tacos por lo bajo, pero aparcó a un lado de la carretera. Oí el golpe de la portezuela al cerrarse y al momento Cole me estaba ayudando a salir. Mientras vomitaba entre los arbustos, me sujetó la melena.

—¿Has terminado? —me preguntó cuando me incorporé para limpiarme los labios—. Está terminantemente prohibido vomitar en la camioneta.

—Sí, mucho mejor —le dije antes de emprender la vuelta a trompicones.

—Vaya —observó Cole—, puede que lo hayas vomitado todo, pero desde luego sobria no estás.

Otra vez en el vehículo, y yo tendida en el asiento trasero, guardamos silencio un buen rato.

Cole fue el primero en hablar.

—El castigo va a ser de campeonato —dijo cuando dejó atrás la carretera para internarse en la avenida de entrada.

—Nunca me han castigado —respondí con un bostezo. En otras circunstancias habría estado aterrorizada, pero me sentía incapaz de pensar y el cansancio empezaba a apoderarse de mí.

—Pues estás a punto de descubrir lo que se siente —replicó mientras aparcaba la camioneta. Tardó un momento en bajar y cerrar la puerta en silencio, pero por fin oí el chasquido de mi puerta y al poco me estaba ayudando a sentarme—. Tenemos que entrar en silencio, ¿vale?

—¡Chist! —susurré con un dedo en mis labios, que esbozaban una sonrisa adormilada.

—Exacto —asintió Cole—. ¿Qué tal si ahora te ayudo a salir de aquí?

Me rodeó la cintura con las manos y, mientras acompañaba mi cuerpo al exterior de la camioneta, me rozó con los dedos la piel desnuda por debajo del jersey.

—Noto las piernas raras —le dije cuando me dejó en el suelo. Se me doblaban las rodillas cada vez que intentaba dar un paso.

—Eh, cuidado —me advirtió, y de repente el mundo entero se inclinó cuando Cole me levantó en volandas. Se me cerraron los ojos mientras él recorría el camino delantero llevándome en brazos como si yo no pesara nada. Le resultó complicado abrir la puerta sin dejarme en el suelo, pero por fin consiguió empujar una pizca la manija.

Se encendió la luz del vestíbulo.

—¿Se puede saber qué pasa aquí?

—Ay, mierda —masculló Cole, y yo abrí los ojos.

—Ay, mierda, eso digo yo —replicó Katherine. Estaba en el pie de la escalera envuelta en una bata. Por lo que parecía, nos estaba esperando.

—Hola, Katherine —dije, y levanté la cabeza para poder sonreír y hacerle un gesto de saludo.

—¿Está...? —preguntó la señora Walter. La incredulidad le impidió terminar la frase.

—¿Borracha? —apuntó Cole—. Sí.

Katherine nos miraba a los dos boquiabierta.

—¿Mamá? ¿Qué pasa? —preguntó Alex asomándose desde lo alto de las escaleras. Katherine cerró los ojos y se llevó la mano en la frente como si no pudiera con su vida—. ¿Hola? —insistió Alex al ver que nadie le contestaba.

—Alex, ayuda a Jackie a subir a su habitación y luego vuelve a la cama. ¿Vale? —le pidió Katherine en un tono que no admitía discusión.

Él asintió y se efectuó el cambio de brazos. Yo cerré los ojos y, acurrucada contra Alex, aspiré el aroma de su gel de ducha.

—Tú quédate donde estás —oí decir a Katherine. Cole debía de haber hecho amago de seguir a Alex.

—Oh, venga ya —lo oí quejarse—. Me tocaba conducir. No podía beber.

Alex dobló una esquina y se encaminó a mi habitación, así que no pude oír la respuesta de Katherine. Abrió la puerta de mi dormitorio con el pie y frotó la espalda contra la pared para encender la luz. En cuanto lo consiguió, me dejó en la cama con suavidad y empezó a despojarme de las zapatillas.

—Solo llevas calzoncillos —le solté con una risita.

—¿Qué? Ah, sí —dijo al tiempo que se miraba el cuerpo como si acabara de caer en la cuenta de que no llevaba nada encima. Se puso colorado, pero siguió desatándome los cordones—. ¿Necesitas un vaso de agua, Jackie?

—No —respondí, bostezando—, pero no me vendría mal un beso.

—Duérmete, tonta —me dijo antes de darme un beso en la mejilla.

—Buenas noches, Alex —le deseé mientras él apagaba la luz.

—Buenas noches, Jackie —contestó, y cerró la puerta.

Descubrí enseguida que el señor y la señora Walter no tenían ningún reparo en castigarme. Al día siguiente desperté con una resaca horrible y Katherine sentada a los pies de mi cama.

—¿Cómo te encuentras, Jackie? —me preguntó al tiempo que me ofrecía un paracetamol y un vaso de agua.

—Pues... he estado mejor —respondí, incorporándome despacio. Me dolía la cabeza, pero aún me incomodaba más que Katherine me estuviera sonriendo.

—Me imagino —asintió con una mirada cargada de significado mientras yo me llevaba el medicamento a la boca—. Pero las clases empiezan dentro de una hora, así que tienes que levantarte.

—Gracias —le dije, y asentí nerviosa mientras ella se ponía de pie. Katherine debería gritarme, no preocuparse por mi dolor de cabeza.

—De nada, cariño —fue su respuesta según cruzaba la habitación. Soltó la bomba al llegar a la puerta—. Ah, y Jackie... Cole y tú estáis castigados. Tres semanas.

No podíamos salir de casa salvo para ir al colegio, no podíamos ver la tele ni entretenernos con videojuegos, y nada de visitas de amigos. A decir verdad, a mí no me importó demasiado, pues eso me daría tiempo para volver a centrarme en mis prioridades, supuse. El verdadero castigo era el sentimiento de culpa. Lo notaba en los pulmones y en el pecho, y en el cosquilleo de la cara cada vez que me sonrojaba. A pesar de todo, eso de hacer pellas con Cole había sido divertido en parte y muy… liberador. Durante unas cuantas horas había dejado de pensar en mi familia y en las palabras de Mary. La mera idea resultaba aterradora.

¿Cómo era posible que hubiera olvidado unos sentimientos tan dolorosos que me quemaban como una cicatriz permanente? Aunque pasar un rato con Cole me había despertado emociones que no podía explicar, no quería volver a olvidar nunca. Mi familia era el motor que me impulsaba a avanzar. Tenía que volver a concentrarme en las notas y en mi solicitud de plaza en Princeton.

El viaje al instituto fue horrible. Cada vez que la camioneta pasaba por encima de un bache era igual que recibir un martillazo en la sien, pero no era solo el dolor lo que me agobiaba. Casi todos los chicos estaban enfadados con Cole por haberlos dejado colgados el día anterior al salir de clase. Obviamente, no era la primera vez. A Isaac le molestaba que Cole no lo hubiera invitado, aunque cambió de idea después de que le contara cuánto tiempo íbamos a estar castigados. Alex, sin embargo, me evitaba. No me dijo ni una palabra en todo el trayecto y, cuando llegamos al instituto, entró corriendo sin esperarme. Sabía que estaba enfadado, pero no tendría más remedio que aguantarme en clase de Anatomía.

Cuando entré en el aula, Alex estaba sentado en el sitio de costumbre mirando al frente con un semblante impávido. Respiré hondo antes de cruzar la sala y, cuando me senté a su lado, no se movió ni dio muestras de haberse percatado de mi presencia. Al verlo de cerca, noté que tenía la tez pálida y brillante. ¿Estaría nervioso porque hoy nos daban la nota del examen?

—Bueno —empecé después de un silencio incómodo—. ¿Cuánto tiempo piensas hacerme el vacío?

Frunció los labios, pero no respondió.

—Vale, muy bien —me resigné al tiempo que recogía mis cosas—. Si me vas a tratar así, me sentaré en otra parte.

—No me puedo creer que hicieras pellas con él —dijo.

—No lo tenía previsto, Alex. Surgió sobre la marcha.

—Me cuesta creerlo viniendo de la señorita «Necesito Tener Programado Cada Segundo de Mi Vida».

Vale, ya estaba harta de esa maldita rivalidad fraterna o lo que fuera.

—Alex, ya sé que Cole y tú tenéis vuestras diferencias, pero no lo pagues conmigo. No me puedes pedir que no le hable. Además, él solo intentaba animarme.

—¡Hablar con él no es lo mismo que emborracharte!

—¿Sabes qué, Alex? —le espeté, harta de esa actitud tan injusta—. A lo mejor si tu maldita ex no fuera una zorra, yo no habría acabado como acabé.

Las palabras escaparon solas antes de que comprendiera que no quería ponerlo al corriente de mi encontronazo con Mary.

—¿Cómo?

—Nada. Da igual.

—No, quiero saber lo que te dijo.

—Pues yo no quiero hablar de eso, así que olvídalo.

Alex parecía dispuesto a seguir insistiendo, pero en ese momento apareció el señor Piper.

—¿Quién está listo para saber la nota? —preguntó en tono alegre. Toda la clase gimió.

Durante los quince minutos siguientes, apenas presté atención a las explicaciones del profesor. No porque no lo intentase, pero notaba la rabia que emanaba Alex como ondas a su alrededor, y estaba tan angustiada que no podía pensar. Cuando sonó el timbre, se levantó deprisa y corriendo sin esperar a que yo guardase mis cosas. El resto de la mañana fue igual de horrible y, para cuando llegó la hora del almuerzo, estaba deseando desconectar un rato.

—¿Cómo te encuentras? —me preguntó Cole a la salida de mates.

—Fatal —gruñí. Me ajusté la tira de la cartera para que no se me resbalara del hombro—. Nunca más voy a dejar que me convenzas de hacer una idiotez como esa.

—¿Qué te parece si te pago el almuerzo para compensarte?

Suspiré.

—Mira, Cole, es todo un detalle por tu parte. Es que…

—¿Qué?

—Alex y yo nos llevamos muy bien últimamente. Es colega de Kim y se entiende con mi grupo de amigos, así que todo encaja, ¿sabes?

Yo no sabía en qué momento exacto había decidido distanciarme de Cole, pero seguramente guardaba relación con el hecho de haberme peleado con Alex. Cuanto estaba con él, todo era distinto. No me hacía sentir esa chica extraña y aventurera que surgía de entre mis grietas en presencia de Cole. Con Alex me sentía cómoda, no nerviosa. Tranquila, no inquieta.

—Así pues, ¿qué me estás diciendo exactamente?

—No es ningún secreto que hay problemas entre vosotros dos. Pienso que deberíamos, no sé…, ¿relajarnos?

Era verdad a medias, pero no iba a revelarle a Cole la verdadera razón por la que quería poner distancia. Eso de que estar con él era tan emocionante que me asustaba.

—¿Relajarnos? —repitió como si no me hubiera oído bien.

—Sí, ¿me explico?

—Ah. Sí, claro.

—Guay, pues entonces ya nos veremos por ahí.

—Sí, hasta luego.

Debería haberle preguntado a Cole el camino a la sala de ordenadores. Alex siempre me recogía después de clase de mates para que fuéramos juntos al comedor, pero ese día no apareció. Seguramente estaba enfurruñado delante del ordenador, jugando a *Reunión de dioses*, y yo deseaba con toda mi alma arreglar las cosas entre nosotros. Si no lo hacía, nunca me perdonaría que una triste borrachera hubiera estropeado nuestra amistad.

Un profe intentó darme indicaciones, pero estaba claro que me había perdido. Me topé con unas enormes puertas dobles. Seguro que no daban a la sala de ordenadores. Sin embargo, como no sabía qué hacer, las empujé de todos modos. La sala era enorme, con filas y más filas de asientos rojos como los que hay en los teatros. Reinaba la oscuridad salvo por un foco en el escenario y comprendí que acababa de entrar en un auditorio. Estaba a punto de dar media vuelta cuando atisbé a alguien al fondo que caminaba de un lado a otro.

—«¡Ah, sigue hablando, ángel radiante, pues en tu altura a la noche le das tanto esplendor... —Era Danny y estaba leyendo una obra que me sabía de memoria—. Como el alado mensajero de los cielos...».

Se interrumpió, dejando el párrafo inacabado y tirándose de los pelos de pura desesperación. Supe por su manera de recitar que tenía bien memorizado el papel de Romeo, de modo que debía de ser su interpretación lo que tanto le disgustaba.

—«¡Ah, Romeo, Romeo! ¿Por qué eres Romeo? —grité el siguiente verso de Julieta con la esperanza de inspirarlo. Danny se volvió a mirarme sorprendido y me observó mientras yo enfilaba por el pasillo en dirección al escenario—. Niega a tu padre y rechaza tu nombre. O, si no, júrame tu amor y ya nunca seré una Capuleto».

—«¿La sigo escuchando —Danny susurró la respuesta de Romeo— o le hablo ya?».

De pronto se había quedado sin aliento. Estaba claro que mi repentina aparición lo había pillado por sorpresa.

Aplaudí con una enorme sonrisa en el rostro.

—¿*Romeo y Julieta*, eh?

—Sí, es la obra de primavera de este curso. No sabía que había alguien más.

Desvió la vista y yo aproveché para observar sus facciones. Tenía esos rasgos faciales tan bonitos de todos los Walter, pero la barbita de dos días que llevaba siempre le daba un aire más rudo. Era tan guapo como Cole, solo que más sutil; había que mirarlo bien para darse cuenta. Era una belleza silenciosa, más discreta.

—Perdona, no quería interrumpirte —le dije cuando cambió de postura—. Estaba buscando la sala de ordenadores.

—Está en la otra punta del instituto.

—Ya te digo… —suspiré—. ¿Y qué? ¿Eres el protagonista masculino? Qué guay, ¿no?

Danny negó con la cabeza.

—Todavía no. Las audiciones son la próxima semana.

—Ah, pues seguro que te dan el papel —le animé mientras subía al escenario. Me senté en el borde y dejé las piernas colgando—. Parece que lo tienes dominado.

—No sé —respondió con aire angustiado—. No me acaba de salir bien. Me cuesta mucho meterme en el personaje en esta parte… —Suspiró—. Nunca me había presentado a un papel para una obra tan importante.

—¿Es tu favorita o algo así?

—No, pero el profesor de teatro nos dijo que una amiga suya vendrá a verla. Es una cazatalentos.

—A lo mejor te vendría bien ensayar con alguien —le sugerí, adoptando un tono desenfadado. Era, con mucho, la conversación más larga que había mantenido con Danny desde mi llegada a casa de los Walter y quería averiguar hasta dónde podía llevarla—. Te puedo ayudar si quieres.

Danny parecía inseguro, como si pensara que yo antes preferiría nadar en un tanque lleno de tiburones.

—¿Lo harías? —me preguntó.

—Bueno, *Romeo y Julieta* no es mi obra favorita de Shakespeare —le dije para hacerme la interesante—, pero supongo que le puedo dedicar un ratito.

A Danny le costó dejarse llevar delante de mí. Al principio recitaba los versos con torpeza. Pero después de repasar de arriba abajo la escena del balcón, olvidó con quién estaba. Se transformó en Romeo y yo me convertí en Julieta.

Sonó el timbre que señalaba el fin del descanso para el almuerzo y Danny sacudió la cabeza como si acabara de despertarse de un sueño. Entendía por qué era el presidente del club de teatro. Danny no solo interpretaba un papel; se sumergía en él hasta identificarse por completo con el personaje.

—Ha ido bien, ¿no te parece? —le pregunté, al tiempo que saltaba del escenario.

Danny me imitó y nos encaminamos juntos a la puerta del auditorio.

—Pues sí. Tienes facilidad para esto. ¿Alguna vez te has planteado hacer teatro?

—Ni de coña —me reí—. Me pone nerviosa tener público. No entiendo cómo lo haces.

—¿Qué quieres decir?

—No sé... —vacilé, dudando cómo verbalizar mis pensamientos—. Eres tan...

—¿Tímido? —apuntó sin ambages.

—Sí, eso.

—La gente piensa que soy arisco —explicó Danny. Hundió las manos en los bolsillos de los vaqueros—, pero solo me cuesta hablar con gente que no conozco.

—A mí también —le confesé.

Danny me miró con escepticismo.

—No es verdad. Tú hablas con todo el mundo.

—Tampoco es que tenga elección. No conozco a nadie aquí —dije. Noté un atisbo de tristeza en mi voz, así que volví a centrarme en él—. Si te cuesta tanto hablar con la gente, ¿cómo lo haces para subirte a un escenario delante de todo el mundo?

—Eso es distinto.

—¿En qué sentido?

—Para empezar, no tengo que relacionarme con ellos —me explicó—. Pero también, por alguna razón, interpretar un personaje, ponerme en la piel de otro, me inyecta confianza en mí mismo. Es como si la gente no pudiera emitir opiniones sobre mí, porque solo estoy actuando. La persona que finjo ser no soy yo en realidad.

—Lo entiendo —asentí— pero ¿por qué te importa tanto lo que piense la gente?

Oyéndolo, cualquiera diría que todo el mundo iba a odiarlo si lo conocieran de verdad.

Danny enarcó una ceja.

—¿Y a ti?

—¿A mí? —pregunté—. ¿Por qué me preguntas eso?

Sí, procuraba tener buena presencia y me importaba quizá demasiado sacar buenas notas, pero tanto una cosa como la otra eran ingredientes necesarios para triunfar. No era lo mismo que evitar a los demás para no hablar con ellos.

Danny me sostuvo la mirada un momento, como si intentara descifrar un acertijo.

—Por nada —respondió finalmente, y desvió la vista. Empujó una pizca la puerta del auditorio y un rayo de luz se derramó en la oscuridad como oro fundido—. En fin, gracias por ayudarme. Ha sido superguay, pero tengo que ir a clase.

—Claro —le dije, despistada. ¿Por qué de repente se cerraba como una ostra?

—Nos vemos en casa —se despidió. Salió al pasillo, la puerta osciló al cerrarse y yo me quedé allí dentro, sola.

Diez

Era sábado por la mañana y por fin se empezaban a notar los efectos del castigo.

—¿Cómo que no puedo ir? —gritó Cole.

Nathan y yo acabábamos de terminar nuestra carrera matutina y hacíamos estiramientos en el jardín delantero. Apenas hacía un instante, Cole había salido de la casa hecho una furia para hablar con su padre, que cargaba material de acampada en la camioneta: tiendas, sacos de dormir, una caja llena de cazos y sartenes para cocinar en la hoguera y otros artículos de excursión.

—Yo no he dicho que no puedas venir —replicó George, alzando la vista para mirarlo.

Danny e Isaac, que ataban una canoa al techo de la camioneta de Katherine, se volvieron hacia Cole soltando risitas.

—Papá, no me puedo perder la acampada —insistió Cole, que no quería dar su brazo a torcer—. Siempre vamos… en familia.

Si Cole pensaba que el chantaje emocional le iba a funcionar, estaba muy equivocado.

George resopló.

—Cole, si quieres venir, ven. Te he dado a elegir, así que no entiendo qué problema hay.

El problema era que a Cole no le parecía bien ninguna de las dos opciones.

Cuando llegamos del instituto el viernes por la tarde, descubrí que Alex no me había dejado colgada a la hora del almuerzo. Se había marchado a casa enfermo de alguna gripe estomacal, aunque todavía no me dirigía la palabra. Los Walter estaban a punto de emprender su acampada anual pero, como Alex estaba enfermo, Katherine quería que alguien se quedara con él. Si decidíamos no participar en la excursión y nos quedábamos en casa a cuidar de Alex, nos levantarían el castigo después del fin de semana. Por otro lado, si participábamos en la acampada, el castigo seguiría tal cual; dos semanas más de aislamiento.

En mi caso, no tuve ni que pensarlo. Me reventaban las actividades al aire libre y la idea de dormir pasando frío y rodeada de bichos me producía grima. Quedándome en casa, mataba dos pájaros de un tiro. Cole, en cambio, estaba enfadado. Solo faltaban dos semanas para su cumpleaños y el de Danny, y no estaba dispuesto a renunciar a su fiesta, con acampada o sin ella.

—Qué mierda —se lamentó mientras veía a su familia alejarse por la avenida en dos coches llenos a reventar.

—Lo siento —le dije.

—No, tú no lo sientes —me espetó, apartando la vista de la ventana—. Ni siquiera te apetecía ir.

Ya sabía que estaba descargando en mí su frustración, pero igualmente me dolió.

—Tampoco es que yo tenga la culpa.

—A lo mejor si no te hubieras emborrachado tanto... —gruñó por lo bajo.

—Ni te atrevas a echarme la culpa a mí —le dije enfadada—. Tú tenías pensado saltarte las clases tanto si yo iba como si no.

—Lo que tú digas —replicó, y salió furioso de la habitación. Cuando oí el portazo de la puerta principal, supe que pasaría un rato trabajando en su coche. Durante el resto del día nos evitamos mutuamente. Alex se quedó en su habitación con su videojuego mientras Cole seguía encerrado en el garaje. Yo intenté adelantar deberes, pero no podía concentrarme. Al final me instalé en el sofá a ver reposiciones de una antigua comedia a la que mi madre era adicta. Busqué la serie policiaca de Danny, pero solamente la echaban por la noche, al parecer.

Cole entró más tarde y se preparó la cena. Después de calentarse una pizza congelada, se desplomó a mi lado en el sofá.

—Perdona por haberlo pagado contigo —me dijo—. Estaba enfadado con mi padre. —A continuación devoró media pizza de una tacada. Las horas que había pasado trasteando en el coche debían de haberlo despejado. Pero eso no significaba que yo estuviera dispuesta a perdonarlo. Cole tenía la mala costumbre de proyectar su rabia en mí y eso no me gustaba. Guardé silencio. Él terminó de masticar y dejó el plato en la mesa con un suspiro—. He sido un idiota, Jackie. ¿Qué más quieres que te diga?

Lo pensé un momento.

—Dame una porción de pizza de pepperoni. Entonces estaremos en paz.

Después de cenar decidimos ver una película. Mientras Cole trasteaba con el televisor, Alex entró en la cocina buscando algo para cenar. Echó un vistazo a la última porción de pizza con aire melancólico antes de abrir la alacena.

—Eh, Alex —le dijo Cole al tiempo que se acomodaba de nuevo en el sofá—. ¿Quieres ver una película con nosotros?

Levanté la vista para no perderme su respuesta, pero Alex torció el gesto cuando advirtió que lo miraba.

—Ahora mismo estoy ocupado intentando que no me devoren unos troles escorpión, pero gracias.

Echó mano de una bolsa de patatas fritas y desapareció escaleras arriba.

Cole se encogió de hombros cuando sonó un portazo en el primer piso.

—Él se lo pierde. Esta peli es genial.

Su idea de una película genial era un filme de terror llamado *Jack el Tuerto* y yo supe enseguida que me iba a quitar el sueño. Le había dicho y repetido que no me iban las pelis de miedo, pero él me llamó «cobardica» y al final accedí a regañadientes. Y así fue como acabé un sábado por la noche pegada al sofá con la cara enterrada en el hombro de Cole Walter, intentando no gritar hasta desgañitarme. Él se partía de risa con la sangre y las vísceras, y todo el rato intentaba adivinar quién sería la próxima víctima, mientras yo me escondía debajo de una manta. Tampoco ayudaba que una tormenta inmensa hubiera estallado justo encima de la casa.

Me asomé por el borde de la tela.

—¡No salgas! —le grité a esa chica tan tonta que abría despacio la puerta principal.

—¿Tienes miedo? —me preguntó Cole, clavándome un dedo en las costillas.

—No —repliqué, pero lo dije con una voz temblorosa y nada convincente. La lluvia azotaba la ventana a nuestra espalda.

—Sí, sí que tienes —dijo Cole, y se rio por lo bajo. Devolvió la atención a la pantalla justo cuando esa boba se internaba en la noche. En ese momento exacto, la tele y las luces se apagaron.

—¡No, por favor! Viene a por nosotros —grité, y enterré la cara en el hombro que tenía más cerca, que casualmente era el de Cole.

—Así que no tienes miedo, ¿eh? —me pinchó.

—Vale, puede que un poquitín.

—No te preocupes. —Se levantó del sofá y me arrancó sin querer mi única protección: la delgada manta que usaba para esconderme—. Siempre se va la luz cuando hay una tormenta fuerte. Hace años que mi padre intenta arreglar la instalación.

—¡Eh! —oí gritar a Alex. Apareció por la cocina con la linterna del móvil encendida para poder desplazarse por la oscuridad.

—Alex, aquí —le gritó Cole—. Voy a ver si puedo poner en marcha el generador. ¿Puedes ir a buscar unas velas, por si no lo consigo?

—Vale —asintió Alex mientras Cole se encaminaba a la puerta trasera.

—¡Eh! ¡Esperad! —grité al tiempo que me ponía de pie a toda prisa—. No me dejéis sola.

Alex se detuvo y miró por encima del hombro como si me invitara a seguirlo. Cuando llegué a su altura, se dirigió a la puerta del sótano. Un mal presentimiento se estaba apoderando de mí.

—¿Alex? —le dije, intentando no parecer nerviosa.

—¿Sí?

—Las velas no estarán en el sótano, ¿verdad?

—Pues sí.

—Mejor me voy con Cole.

—Muy bien —respondió Alex—. Pero solo para que lo sepas, el generador está en el cobertizo del jardín.

—Pues al sótano —murmuré, resignada a aceptar lo que el destino quisiera depararnos.

—Vamos a terminar igual que la chica de esa película que Cole me ha obligado a ver —le dije a Alex cuando empezamos a bajar al sótano.

—¿Ha muerto? —preguntó Alex sin detenerse.

—Bueno, todavía no —respondí—, pero sé que morirá.

—¿Y?

—Pues eso. Que está claro que vamos a acabar muertos.

Alex se detuvo en mitad de las escaleras.

—Jackie, solo es un sótano. ¿Crees que guardamos monstruos ahí abajo?

—No, pero… —No pude acabar la frase.

—¿Te da miedo la oscuridad? —apuntó Alex.

Suspiré.

—Sí, eso parece.

Antes no me asustaba, pero desde que habían empezado las pesadillas, no podía soportar las tinieblas.

—Cuando encontremos las velas, todo tendrá otro aspecto, ¿de acuerdo?

—De acuerdo —musité, aunque no me sentía mucho mejor.

Cuando llegamos al fondo, Alex tomó mi mano y me arrastró a la izquierda. Yo lo seguí estupefacta. Era la primera conversación de verdad que manteníamos desde nuestra discusión; de ahí que el gesto me sorprendiera todavía más. Nos abrimos paso entre un laberinto de cajas de cartón y, cuando Alex se detuvo de repente, me estampé contra su cuerpo.

—Perdona —murmuré.

—Este es el taller de mi padre —me dijo sin reaccionar al empujón. Sostuvo el teléfono en alto para que lo viera. Atisbé el contorno de una puerta abierta y nada más allá—. Siempre hay velas ahí dentro.

Alex entró y yo titubeé fuera un momento, pero solo hasta que oí un terrible trompazo procedente de alguna otra parte del sótano.

—Eh, Jackie, sobre todo no…

—Ay, Dios mío, ¿qué ha sido eso? —aullé antes de entrar en el taller a toda velocidad y cerrar de un portazo.

—… cierres la puerta —terminó Alex.

—¿Qué? —grité.

—Que no cierres la puerta —repitió con un suspiro. Sacudió la manija, pero la puerta no se abría.

—¿Estamos encerrados? —pregunté horrorizada.

—Eso parece —me respondió—. Lleva rota tanto tiempo que ya ni me acuerdo cuándo fue.

—¿Y qué vamos a hacer? —quise saber.

—Espera un momento —me dijo.

Revolvió por el taller abriendo y cerrando armarios hasta que lo oí encender una cerilla. Una vela cobró vida y llenó la habitación de luz.

—Mucho mejor —dijo Alex.

—¿Y ahora qué?

—Voy a escribirle un mensaje a Cole para decirle que venga a buscarnos —decidió mientras daba vueltas por el cuarto con el teléfono en alto—. Mierda. No hay cobertura. Lo apagó y se lo guardó en el bolsillo.

—Yo he dejado el mío arriba —confesé con sentimiento de culpa.

—No pasa nada. No lo sabías.

—¿Y qué vamos a hacer? —pregunté.

—Tendremos que esperar a que Cole baje a buscarnos, pero mientras tanto…

Arrastró un barril de madera hasta el centro de la habitación. Colocó la vela encima y acercó dos sillas para que el tonel hiciera las veces de mesa. Luego se encaminó a un mueble y empezó a rebuscar por los estantes.

—¿Qué estás haciendo ahora? —volví a preguntar mientras me acomodaba insegura en una de las sillas plegables; no parecía demasiado estable.

—¡Buscando esto! —exclamó con una sonrisa tan grande como si le hubiera tocado la lotería. Me mostró una baraja de cartas muy gastada. De camino a la mesa, sacó los naipes del frágil estuche de cartón.

—De niño me sentaba ahí para ver cómo mi padre arreglaba cosas. Cuando se desesperaba porque algo se le resistía, sacaba las cartas y me enseñaba distintos juegos.

—Así que tu padre arregla cosas pero nunca se le ha ocurrido arreglar el cerrojo de la puerta.

—Lo ha intentado. —Alex se sentó y la luz de las velas proyectó sombras movedizas en los ángulos de su cara—. No he dicho que se le dé bien y el tío es tan tozudo que no quiere cambiar la manija. La mayoría de las veces acabábamos jugando a las cartas.

—Qué bonito —dije al tiempo que inclinaba la cabeza para poder ver el motivo que decoraba el dorso de las cartas. Me sonaba de algo y con razón. Cuando Alex sostuvo la baraja de manera que pudiera verlo, distinguí enseguida el perfil de Nueva York. Ese recuerdo de mi hogar me pilló tan desprevenida que se me encogió el corazón.

—Ojalá mi padre me hubiera enseñado cosas así cuando era niña.

—¿Por qué no lo hizo? —quiso saber Alex. Estaba barajando, moviendo los naipes adelante y atrás para mezclarlos.

Me aferré al borde del barril mientras intentaba discurrir la mejor manera de contestar a eso. A decir verdad, mi padre no tenía mucho tiempo para dedicarme en mi infancia. Sebastian Howard era un hombre atareado, siempre con un montón de trabajo, y cuando estaba en casa pasaba casi todo el tiempo encerrado en su despacho. Desvié la vista. Nada me habría gustado más que sincerarme, pero lo último que necesitaba era darles a los Walter otro motivo más para compadecerme.

Me encogí de hombros y dije:

—No éramos demasiado aficionados a los juegos. Nos iban más las películas.

Alex se inclinó hacia delante.

—Te voy a enseñar una cosa.

Repartió con rapidez y me explicó las reglas según iba dejando las cartas. Cuando recogí mi mano me di cuenta de que los naipes eran todavía más viejos de lo que me había parecido en un principio. Todos estaban doblados y mugrientos. El as de picas tenía pegado algo que parecía gelatina de uvas y noté la mugre en los dedos.

Durante los primeros turnos me concentré en asimilar las reglas y nada más. De vez en cuando le preguntaba a Alex por sus jugadas y él me las explicaba, pero aparte de esas palabras guardábamos silencio. Me ganó la primera partida, pero yo ya había captado la estrategia y estaba segura de poder derrotarle en la siguiente. Esa vez me tocaba repartir a mí y, después de organizar mi mano, le formulé a Alex la pregunta que me preocupaba desde la mañana.

—¿Todavía estás enfadado conmigo? —dije mientras él cogía la primera carta del pozo. Se detuvo y me miró—. Porque si lo estás, ahora es el momento de hablarlo.

—Supongo que no —dijo. Después de un largo silencio, continuó—: Pero me gustaría saber lo que te dijo Mary.

—Esto es entre tú y yo. Ella no pinta nada.

—¿Dónde carajo estáis?

Era Cole, que gritaba desde alguna parte del sótano.

Alex se acercó corriendo a la puerta cerrada.

—¡Aquí! —chilló.

Después de un ratito buscando en la oscuridad, Cole encontró la llave que su padre guardaba fuera del taller y nos liberó por fin. Su pelo estaba húmedo por la lluvia y la camisa pegada a los hombros destacaba los definidos músculos de debajo. No había podido conectar el generador.

Mientras subíamos las escaleras cargados con unas cuantas velas, escuché enfurruñada el relato de Alex a Cole de cómo nos habíamos quedado encerrados.

—No te preocupes, Jackie —me dijo Cole entre risas cuando llegamos a la cocina—. Te protegeremos de todos esos monstruos horripilantes.

—¿Ah, sí? —repliqué en plan gruñón—. ¿Y qué vais a hacer? ¿Montar guardia toda la noche en la puerta de mi habitación?

—No. —Señaló el suelo del salón. Estaba cubierto de sacos de dormir y montones de mantas y almohadas—. He pensado que, como no tenemos luz, podríamos dormir aquí.

Alex se volvió a mirar a Cole sonriendo de oreja a oreja.

—Qué buena idea.

—Fantástico —dije, intentando que mi voz no sonase alterada. En una escala de tostadas quemadas a calentamiento global, esto era un desastre. Mentalmente visualicé a Heather derritiéndose de pura dicha si estuviera en mi lugar, pero después de un mes viviendo con esos chicos, yo no me dejaba engañar. Los Walter equivalían a problemas asegurados.

Al final conseguí apropiarme del sofá grande. Cole y Alex se pelearon por el de dos plazas hasta que, como era de esperar, Cole se alzó con la victoria y Alex tuvo que conformarse con un sillón reclinable.

Yo acababa de organizarme los almohadones cuando Cole empezó a desabrocharse el cinturón.

—¿Qué haces? —le espeté, apartando los ojos.

—Duermo en calzoncillos —respondió. Se despojó de los pantalones reprimiendo una sonrisa. Luego se quitó la camiseta y dejó a la vista sus abdominales de Photoshop—. Puedes mirar si quieres —sugirió al tiempo que se desplomaba en el pequeño sofá. Se tumbó y dejó colgando las piernas por encima del apoyabrazos—. No me importa.

—No estaba mirando —gruñí.

—Sí, Cole —le dijo Alex. Después de observar a su hermano durante unos segundos de vacilación, tomó la decisión de despojarse de la camiseta también—. Hay chicas en el mundo que no están obsesionadas contigo.

—Yo solo digo —respondió Cole mientras se revolvía entre los almohadones— que Jackie no ha mirado tu escualidez cuando te has quitado la camiseta.

—¿Os podéis callar de una vez? —les pedí, dando gracias de que el manto de oscuridad ocultara el rubor de mi cara. Y, por sorprendente que parezca, los chicos me obedecieron y guardaron silencio mientras todos nos acomodábamos en nuestras camas improvisadas, listos para dormir.

Notaba los músculos cansados después de aquel día tan largo y pensaba que me dormiría al instante, pero pasado un rato seguía despierta y no podía cerrar los ojos. Era hiperconsciente de la presencia de Cole y de Alex, uno a cada lado. Mi estado de tensión era tal que cuando una gota de agua me golpeó la frente por poco suelto un grito.

—¿Jackie? —La voz de Alex sonó adormilada—. ¿Qué pasa?

—Me parece que hay goteras —dije, levantando una mano. Tal como esperaba, después de un ratito con la palma hacia arriba, noté una gota fría en la piel.

—Iré a buscar un cubo —se ofreció Alex. Bostezando, se levantó del sillón y entró en la cocina.

—Ven, Jackie —me dijo Cole. Se puso de pie para recoger la almohada y las mantas del sofá.

—No te preocupes por mí —le dije mientras extendía mi manta en el suelo de la sala—. Dormiré bien aquí.

No me hizo caso, como es natural, y pronto había trasladado su cama al suelo, justo a mi lado. Se tendió y yo casi lo notaba allí acostado, con el brazo a pocos centímetros del mío. En la punta de la lengua tenía: «¿Te puedes apartar un poco?», pero opté por callarme para no reconocer hasta qué punto me afectaba su cercanía.

—¿Qué pasa aquí? —preguntó Alex cuando volvió de la cocina con un gran cuenco en la mano.

—No podía dejar a la dama durmiendo sola en el suelo —respondió Cole—. No con tantos psicópatas asesinos sueltos.

—Maldita sea, Cole —protesté, y le aticé con una almohada—. No tiene gracia. —Había conseguido quitarme la película de la cabeza hasta que él la volvió a mencionar—. Ahora no podré conciliar el sueño.

Alex se quedó parado entre su cama de esa noche y el hueco que había a mi derecha.

—Ah —dijo. Dejó el cuenco en el sofá para que recogiera el agua de la gotera antes de volver al sillón reclinable.

Desde el suelo tenía excelentes vistas de la tormenta que arreciaba al otro lado de la ventana. No había gran cosa que ver, pero cada vez que un rayo centelleaba temía descubrir a Jack el Tuerto allí fuera, pertrechado con un cuchillo de carnicero. Por más que me ordenara cerrar los ojos, tenía el corazón desbocado y no podía apartar la vista.

—¿Cole? —pregunté por fin con voz aguda.

—¿Mmm?

—¿Podrías cerrar los estores?

Ya me daba igual que se riera de mí.

—Claro —asintió, levantándose despacio. Tuvo que tirar del cordón varias veces antes de que las sombras desapareciesen. Cuando los hubo cerrado del todo y perdí de vista el exterior, respiré aliviada.

—¿Sabes qué? —dijo Cole mientras volvía a echarse—. Me parece que solo me has pedido que me levantase para echar otro vistazo a estos abdominales perfectamente definidos que tengo.

—Cole —dijimos Alex y yo al unísono—. Cállate la boca.

Rio entre dientes, pero enseguida volvió reinar el silencio. Un silencio tal, de hecho, que oía las gotitas de agua caer en el cuenco del sofá. A mi lado Cole ya se había dormido y un suave soplido surgía de sus labios con cada respiración. Oí un chirrido de muelles cuando Alex se movió en el sillón y al momento intuí su forma desplazándose en la oscuridad.

—¿Qué pasa? —susurré. Dejó la manta en el suelo.

—El sillón es incómodo —respondió. Noté en su postura envarada que esperaba mi permiso para tumbarse.

—Vale —le dije.

Por lo visto fue suficiente, porque un momento después Alex se acostaba a mi lado y al poco se había quedado frito. Los dos chicos no paraban de acercárseme en sueños y cuando por fin me dormí tenía un brazo sobre la barriga y unos dedos entrelazados con los míos.

El domingo pasó en un suspiro. Los chicos llamaron a Will por la mañana, que acudió para arreglar el problema de la electricidad. En cuando volvimos a tener luz, Cole aprovechó para ver el canal deportivo antes de que regresaran sus padres. Alex intentó convencerme de que jugara a RdD, pero yo no quería desobedecer a Katherine y a George. Me quedé leyendo en mi habitación hasta que sonó mi teléfono.

—¿Sammy? —pregunté. Había respondido al instante al ver su nombre en la pantalla.

—Eh, guapa —me dijo—. ¿Qué es de tu vida?

—No hay mucho que contar —respondí mientras me desplazaba del escritorio a la cama. Me desplomé sobre el edredón y me cambié el teléfono de oído—. Estaba haciendo unos deberes de Anatomía que tengo que entregar esta semana.

—Buf, típico de Jackie —me chinchó Sammy. Prácticamente la veía sentada en la mullida alfombra rosa de nuestro dormitorio, pintándose las uñas—. Vives con un montón de tíos buenos, y en lugar de pillar a Cole por tu cuenta y disfrutar de un poco de anatomía en carne y hueso, te encierras con el libro de texto como una marginada.

—Tampoco es que nunca lo vea —le dije—. O sea, esta noche hemos dormido juntos.

—¿Perdón?

—Vale, no —rectifiqué—. Eso ha sonado como lo que no es.

Pero Sammy ya estaba lanzada.

—Mi mejor amiga va y pierde la virginidad y a ti no se te ocurre llamarme, no sé…, ¿esta misma mañana? ¡En serio, te mudaste y puf! No das señales de vida hasta que han pasado cinco años y…

—¡Ay, no, por Dios! —grité al teléfono.

—¿No a qué? No será a lo de los cinco años, porque empieza a parecerlo. Antes de que te des cuenta te estaré espiando en Facebook para saber si sigues viva.

—¿Puedes dejar de ser tan dramática?

—¿Estás de coña? —me espetó, disgustada—. ¡Esta situación cumple todos los requisitos para ser calificada de drama total!

—Sammy —le dije bajando la voz para que nadie pudiera oírme—. ¿Te puedes tranquilizar? Yo no he perdido la virginidad o como lo llames.

—Lo llamo sexo, Jackie. ¡Estamos hablando de sexo!

—Sí. Ya sé de qué estamos hablando y no lo he hecho.

—Ah —dijo Sammy después de un largo silencio—. ¿Y tú de qué hablabas?

—Cuando he dicho que he «dormido» con él, me refería a que hemos dormido muy pegaditos.

—Pero eso es muchísimo más irrelevante. Mr. Elvis duerme conmigo cada vez que no consigue ponerse cómodo en su cuna de perro y se tira unos pedos que apestan toda la habitación, pero no me oirás chismorrear sobre eso.

—No soy yo la que chismorrea —protesté—. Y no sé, es que a mí me pareció… importante. No sé qué hacer respecto a Cole, Sammy.

—No se trata de lo vas a hacer *respecto* a él, sino de lo que vas a hacer *con* él. Agárralo por esos brazos grandes y masculinos que seguro que tiene y enséñale de qué pasta están hechas las chicas de Nueva York.

—Vale, ¿podemos hablar en serio un momento? Es que estoy hecha un lío —le confesé—. Intento pasar de él, pero entonces hace algo mono como, no sé, llevarme a dar un paseo por el rancho para animarme y yo… ¡grrr!

Cogí la almohada y la tiré a la otra punta de la habitación.

Sammy suspiró.

—Vale, lo siento. Es que me he emocionado un poco al poder hablar contigo por fin.

—¿Un poco?

—¿Quieres hablar de tus problemas con Cole o no?

—Esa es la cuestión. No quiero tener problemas con Cole. Solo quiero que estos años pasen cuanto antes y volver a casa.

—Entonces ¿no piensas tener novio en los dos años de instituto que te quedan?

—No sé.

—Jackie, solo porque dentro de un tiempo vayas a marcharte no significa que no puedas conocer gente.

—No me da miedo crear vínculos, Sammy… Solo con él.

—¿Por qué?

—Porque es un machista total. En el instituto, es como si tuviera una chica distinta con la que montárselo en cada clase.

En realidad eso era una excusa. La verdad era que me asustaba lo que fuera que estuviera pasando entre los dos y me costaba reconocerlo.

—Vale —dijo, pensando en voz alta—, conque es un ligón. Pero eso se puede arreglar. Concentrémonos en las cosas positivas. Por lo que dices, también puede ser cariñoso cuando quiere.

—No es solo eso. Es que…

Dejé la frase en suspenso mientras buscaba la manera de expresar lo que estaba pensando.

—¿Qué?

—¿Cómo es posible que esté sintiendo estas cosas? —pregunté. Cerré los ojos—. No está bien, teniendo en cuenta que…

—¿Teniendo en cuenta qué? —me cortó—. ¿Que tu familia sufrió un accidente? ¿Tienes prohibido enamorarte por eso?

La rabia de su voz me pilló desprevenida.

—No, no quería decir eso, pero… —Hice una pausa para respirar—. ¿No te parece que es demasiado pronto?

—¡Por Dios, Jackie, no! —se escandalizó Sammy—. No hay reglas que dicten cómo debe ser un duelo. Empezar una relación podría ser bueno para ti.

—¿En qué sentido?

—Podría ayudarte a cerrar la herida —dijo—. Y, no sé… ¿seguir adelante?

Asentí con la cabeza y le dije a Sammy, aunque no de corazón:

—Sí, es verdad.

¿Por qué se comportaba como si yo estuviera traumatizada? Estaba allí, en Colorado, llevando una vida normal. No necesitaba ninguna relación para cerrar la herida o lo que fuera y, desde luego, no necesitaba a Cole.

El lunes nos amontonamos en la camioneta camino del instituto. Danny y yo tuvimos que esperar a que los demás recogieran sus mochilas, porque nuestras bolsas estaban al fondo del montón.

—¿Qué tal el castigo? —me preguntó Danny.

Era la primera vez que me dirigía la palabra desde aquel día en el auditorio. No me hacía el vacío —me había saludado con un gesto esa misma mañana, cuando nos cruzamos en el pasillo— y yo había aceptado que Danny sencillamente era una persona callada.

—Bien. —Fue una sorpresa agradable que iniciara una conversación conmigo. ¡Estábamos progresando!—. Se fue la luz, pero pude adelantar un montón de deberes —le expliqué. Danny se colgó la mochila al hombro y asintió con un movimiento de la cabeza—. ¿Y qué tal tu fin de semana? —le pregunté para mantener viva la conversación mientras enfilábamos hacia el edificio.

—No me gusta ir de acampada.

—¿De verdad? —exclamé en tono agudo por la sorpresa. Pensaba que a todos los chicos Walter les encantaban las actividades al aire libre. Al fin y al cabo, se habían criado en un rancho.

—Todos esos bichejos que se arrastran me ponen los pelos de punta —añadió.

Me atraganté, pensando por un momento que hablaba en serio.

—Es broma —aclaró enseguida, aunque casi me había engañado, porque lo dijo con expresión circunspecta—. Lo de los bichos, al menos. Me van más los espacios cerrados.

—Vives en plena naturaleza —observé.

Se encogió de hombros.

—En primero fuimos de excursión a Chicago con la clase de teatro y me sentí de maravilla. Yo preferiría vivir en la ciudad.

—Es verdad. Por alguna razón, toda esa gente, la actividad en las calles y el movimiento… hacen que te sientas viva. —Danny me escudriñaba con una expresión que yo no sabía descifrar, así que seguí adelante—. Si te gustó Chicago, te encantará Nueva York.

—Nueva York —repitió despacio.

—Sí —le dije—. Es el mejor sitio del mundo.

—He conseguido el papel —me soltó, cambiando súbitamente de tema.

Parpadeé.

—Ah, vale —respondí cuando caí en la cuenta de que hablaba de *Romeo y Julieta*—. Felicidades, Danny. Qué buena noticia.

—Gracias —asintió, y al momento había desaparecido por el abarrotado pasillo.

Once

Las dos semanas siguientes pasaron a toda velocidad en una sucesión de jornadas que se confundían unas con otras. Pero ese día fue distinto. Al llegar a casa del instituto, fui derecha a la cocina, que se había transformado en una panadería desde que nos habíamos marchado por la mañana. La señora Walter sacaba una bandeja de galletas del horno —había notado el aroma desde el porche— y cuatro bandejas más de esas delicias se enfriaban sobre unas rejillas.

—Hola, Jackie —me saludó al tiempo que recogía unas cuantas galletas con la espátula—. ¿Qué tal el día?

—Bien —respondí automáticamente—. Eso huele de maravilla. ¿Qué celebramos?

—Gracias, cariño. —Depositó media docena de galletas en un plato—. Mañana les toca a los gemelos llevar la merienda al partido. Y hablando de los gemelos, ¿puedes mirar por dónde andan? Hace horas que no los veo.

—Claro —dije—. ¿Cuáles?

—¡Ah! —La señora Walter se rio—. Zack y Benny. Toma, llévales esto.

242

Me tendió el plato y yo emprendí el camino a la habitación de los monstruos, contenta de llevarles una ofrenda de paz. En cuanto llegué al final de la escalera, Zack asomó la cabeza.

—¿Llevan pepitas de chocolate? —quiso saber.

—Sí —respondí levantando el plato para ponerlo fuera de su alcance. Me sorprendía que no hubiera salido antes; la casa entera olía a galletas—. Antes de darte ninguna, tengo que saber dónde está Benny.

—Aquí. —Zack me tomó la mano libre y me arrastró a su dormitorio—. Está aquí, con Parker. ¡Chicos, Jackie trae galletas!

En pocos segundos los dos niños y Parker correteaban a mi alrededor pidiendo dulces, y yo me sentí como una nadadora arrastrada a mar abierto.

—¡Vale, vale! —les dije entre risas nerviosas.

Después de apropiarme de una galleta para estar segura de que no me dejaban sin nada, deposité el plato en el escritorio y retrocedí por mi propia seguridad. Lo devoraron todo en un momento y casi me sorprendió que no se comieran el plato.

—Oye, Jackie —empezó Parker al tiempo que se lamía los dedos—. ¿Tú sabes jugar a Mario Kart o eres demasiado cursi para que te gusten los videojuegos?

Los gemelos ya se habían marchado, seguramente para pedirle a su madre más galletas, y yo pensé que era la ocasión perfecta para conocer mejor a Parker. Desde el mismo día de mi llegada, ella había dejado muy claro que yo no le caía bien. Siempre se burlaba de mí por ser demasiado femenina, como si fuera una especie de crimen, y una vez derramó adrede un refresco en mi falda favorita. Si pudiera encontrar algún interés común, quizá sería capaz de conectar con ella. No sabía gran cosa de hacer de hermana mayor, pero siempre me había encantado que Lucy me dejara ganar cuando jugábamos a algo.

—Me las apañaré —asentí a la vez que me desplomaba en un puf de pera—. Pero quiero un mando que no tenga chocolate.

Mientras preparaba la carrera, Parker me fue explicando el juego y señalando para qué servía cada botón. Más tarde, cuando Bowser cruzó la línea de meta por delante de la Princesa Peach, Parker hizo un gesto triunfal.

—¡Sí! —vociferó, saltando de la emoción—. ¡He vuelto a ganar!

—¡Hala, eres una crack! —le dije mientras contenía una sonrisa.

—En realidad no —respondió Parker, poniendo los ojos en blanco—. Lo que pasa es que no conduzco como una chica.

—¿Parker? —preguntó Alex asomando la cabeza. Cuando vio a su hermana en la habitación, dijo—: Ah, estás aquí. Mamá dice que bajes.

—Vale —contestó ella, y tiró el mando al suelo—. Ya estaba harta de arrasar de todas formas.

Los dos la miramos mientras salía y, cuando cerró de un portazo, Alex se volvió a mirarme.

—Eh, Jackie —dijo—. ¿Qué haces aquí?

—Intentando estrechar lazos —suspiré. Me enrollé el cable del mando en el dedo—. Algo que obviamente no se me da nada bien. Me parece que no me traga.

Alex lo meditó según se internaba en la habitación.

—No es eso —empezó antes de sentarse a mi lado—. Solo que no está acostumbrada a que haya otra chica en casa.

—Pues debería estar encantada —dije, hundiéndome otra vez en el puf con aire decepcionado—. Habiendo pasado toda su vida rodeada de chicos, lo normal sería que agradeciese una presencia femenina.

—Por si no te has dado cuenta, Parker no es una niña muy femenina.

Recogió el mando que su hermana había tirado al suelo y retiró un pegote de chocolate.

Lo miré con impaciencia.

—Eso ya lo veo, pero me gustaría llevarme bien con ella. Por aquí somos minoría.

—Bueno, eso no va a cambiar, por muy unidas que estéis —respondió—. No te preocupes. Al final se acostumbrará a ti.

—Sí, supongo.

—¿Qué te parece si hacemos una carrera rápida y me enseñas de qué pasta estás hecha?

—Vale —acepté, al tiempo que me incorporaba—. Pero no me lo pongas fácil.

—Jamás se me ocurriría —contestó, ya toqueteando los botones del mando—. Te voy a ganar limpiamente.

—Buena suerte —le dije mientras los dos escogíamos nuestros personajes.

—No la necesito.

Tenía el entrecejo fruncido cuando se concentró en la pantalla.

El juego volvió a empezar entre el sonido de las piruetas y las explosiones. A diferencia de la última vez, mi coche fue el primero en cruzar la meta.

Alex tiró el mando al suelo.

—¡No puede ser!

Le hice un guiño.

—Ya te he dicho que te haría falta suerte.

Entornó los ojos, como dudando de que esa habilidad mía para las carreras recién descubierta fuera real.

—¿Otra?

—Si quieres perder por segunda vez…

—Lo tienes claro —replicó con una expresión decidida.

Por desgracia para Alex, yo fui la gran campeona de Mario Kart. Durante los siguientes treinta minutos, lo gané usando todos y cada uno de los personajes. No me costó nada; Lucy estaba obsesionada con el juego cuando éramos niñas y dedicábamos todas las tardes al salir de clase a jugar a las carreras.

—He dejado ganar a Parker por ser amable —le confesé cuando al fin se rindió.

—Ya lo veo —respondió. Había herido su orgullo—. Oye, no se lo puedes contar a nadie.

—¿Quién lo dice?

—Yo. Es información confidencial.

—¿Tanto te importa?

—Tú no lo entiendes —intentó explicarse—. Soy el rey de los videojuegos. Nadie me gana, nunca.

Alex negó con un movimiento de la cabeza como si aún no se lo pudiera creer.

—Te he destronado —sentencié haciendo un gesto travieso con las cejas—. Y lo he hecho con la princesa Peach.

Como si estuviera aturdido, se despabiló y levantó los ojos para mirarme. Durante un momento pensé que estaba enfadado, pero entonces dijo:

—Sabes que eres adorable, ¿verdad?

Al momento se tapó la boca con la mano al caer en la cuenta de lo que había dicho. Sonreí.

—Tú tampoco estás nada mal.

Alex se estaba poniendo rojo como un tomate y desvió la vista con los labios prietos, como enfadado consigo mismo. Pensé que se marcharía, pero inspiró hondo e hizo algo que nunca me habría esperado de él: me besó.

Al principio fue un beso suave y dulce y yo noté sus labios blanditos. Tardé un momento en reaccionar pero, cuando lo hice, le eché los brazos al cuello y le enredé los dedos en el pelo. Oía el rugido de mi pulso en los oídos. ¡Estaba besando a Alex! Nunca antes se me había pasado por la cabeza, porque lo veía únicamente como un amigo, pero la sensación cálida que floreció en mi pecho antes de abrirse paso a mis brazos y piernas sugería algo muy distinto.

Sammy me había contado historias horribles sobre los besos. Había bautizado a uno de sus exnovios como el Serpiente. Le gustaba mover la lengua como si fuera un látigo y le daba golpecitos con ella en la boca cuando se lo montaban. Y también tuvo un ligue tan baboso, dijo, que era como enrollarse con una pera madura. Desde entonces, la idea del primer beso me aterrorizaba. ¿Y si la persona a la que besaba, quienquiera que fuese, pensaba algo espantoso de mí? Sin embargo, todos esos pensamientos se esfumaron al instante. Tener los labios de Alex contra los míos, su mano alrededor de mi cara, era una delicia.

Se apartó para mirarme y sus ojos azules estaban inundados de dudas. Yo le dediqué una sonrisa tranquilizadora y una sonrisilla satisfecha se dibujó en su rostro antes de que volviera a besarme. Esta vez fue menos delicado, más ansioso. Me pasó el brazo por la espalda, me empujó al puf y pegó su cuerpo al mío.

—Eh, ¿Jackie? —me llamó Cole abriendo la puerta—. Parker me ha dicho que estabas aquí.

Alex se apartó de un salto, pero Cole ya nos había visto.

Durante un momento, nadie dijo nada.

Luego Alex se puso de pie con torpeza.

—Puedo marcharme si tenéis que hablar —dijo, y se rascó la parte trasera de la cabeza con aire abochornado.

—No te molestes —respondió Cole en tono monocorde—. Es obvio que estáis ocupados.

Me miró por última vez antes de salir y cerrar de un portazo.

Al día siguiente, el desayuno fue interesante, por llamarlo de algún modo. Cole me miraba tan mal por encima del tazón de cereales que me costaba concentrarme en extender la mermelada por la tostada. Se me cayó el cuchillo al suelo y un pegote de fresa se estampó en el linóleo.

—¿Te pasa algo, Jackie? —me preguntó Nathan al tiempo que me propinaba un toque con la cadera para hacerme reaccionar. Estábamos de pie delante de la isla, yo desayunando y él guardando el almuerzo en una bolsa de papel marrón.

—No, solo estoy un poco cansada.

Era mentira, pero no le iba a contar la verdad estando Cole delante. La verdad era que me encontraba en un estado hiperactivo. La noche anterior no había pegado ojo y sin embargo me sentía como si me hubiera bebido todo un lote del Kickstart de Alex. No podía dejar de pensar en el beso y lo que iba a suponer para nuestra amistad. ¿Y si Alex se ponía raro y ya no le apetecía charlar conmigo? No quería perderlo como amigo, aparte de que verlo todo el día por casa sería de lo más violento. Empezaba a plantearme que nuestra sesión de besuqueo espontáneo no había sido buena idea.

—Vale, pero no vayas a olvidarte de que mi madre vendrá a buscarnos después de clase.

—¿Qué? —pregunté, levantando la vista de golpe—. ¿Por qué?

Miró de reojo a Cole antes de volverse hacia mí para susurrar:

—Para comprar los regalos de cumpleaños, ¿no te acuerdas?

—Ah.

Después de lo sucedido la noche anterior, se me había olvidado por completo que al día siguiente celebrábamos los cumpleaños de Cole y de Danny, y tenía que comprarle un regalo a cada uno. No obstante, cuando emprendimos el camino hacia el instituto, me asaltó el presentimiento de que Cole no quería nada de mí excepto que me mantuviera bien lejos. Por lo general se aseguraba de ofrecerme un paseo al instituto en el coche de Nick, y yo, a mi vez, siempre rehusaba. Pero ese día se abrió paso por mi lado de malos modos mientras todos nos dirigíamos a la puerta de la calle, sin volverse a mirarme siquiera. Antes de que hubiéramos terminado de bajar los peldaños de la entrada, el Porsche negro de Nick se alejaba ya por la avenida y Cole se había marchado.

Me pasé todas las horas de clase tratando de discurrir algún regalo especial, algo que pudiera arreglar nuestros problemas. Pero, si tenía que ser sincera, ¿qué podía regalarle que sugiriese: «Lamento que me vieras besándome con tu hermano»? Cuanto más lo pensaba, más molesta estaba. Cole no tenía ningún derecho a estar enfadado conmigo. Tampoco estábamos saliendo ni nada.

Además, me convencí mientras salía a un día radiante al terminar la última clase, no tenía tiempo para lidiar con Cole. Sin duda algo estaba surgiendo entre Alex y yo. No hablamos de ello en clase de Anatomía, porque yo estaba muy nerviosa, pero me dedicó una enorme sonrisa cuando entré en el aula. Ojalá eso significara que nada había cambiado entre los dos y que podíamos olvidarnos de toda esa historia del beso y volver a ser amigos. Así podría fingir que nunca había sucedido.

—Hola, chicos —nos saludó Katherine al tiempo que bajaba la ventanilla cuando nos acercamos a la camioneta familiar. Mirando por encima del hombro, advertí que Alex, Nathan y Lee estaban justo detrás de mí, con las mochilas colgadas del hombro.

—¡Me pido delante! —gritó Lee, que me apartó de un empujón y abrió la puerta para sentarse en el sitio del copiloto.

—Eso ha sido muy grosero, Lee —lo regañó Katherine, pero su sobrino no la escuchaba. Lee ya estaba trasteando con la radio, saltando de emisora en emisora hasta que encontró algo que le gustaba.

—No pasa nada —le aseguré a Katherine mientras abría la portezuela trasera—. Me da igual un sitio que otro.

Alex y yo acabamos en los asientos centrales y Nathan se quedó detrás. Como de costumbre, Isaac no apareció. En cuanto nos abrochamos los cinturones, Katherine sacó el vehículo del aparcamiento y puso rumbo a la autopista. Tardamos quince minutos en llegar al centro comercial y, mientras todos nos apeábamos después de aparcar, Katherine nos dio instrucciones.

—Chicos, acordaos de que Zack y Benny tienen partido de fútbol esta noche, así que debéis daros prisa. Tenéis que estar de vuelta en media hora con los regalos o volveréis andando a casa. Y, por favor —añadió con un suspiro—, nada de regalos inapropiados este año.

Lee desapareció antes de que Katherine hubiera terminado de hablar siquiera y Alex salió disparado porque quería pasar por su tienda de videojuegos favorita después de comprar los obsequios de sus hermanos. Como yo no conocía el centro comercial y seguía sin tener ni idea de qué comprarle a Cole, seguí a Nathan.

—Aquí —señaló a la vez que entraba en una tienda de electrónica. Me guio a través de la exposición de televisores, ordenadores y otros artilugios con paso decidido, como si supiera exactamente a dónde se dirigía. Y lo sabía. Nos detuvimos delante de un sistema de sonido muy chulo controlado por la voz.

—Cole lleva mirándolo todo el año —me explicó Nathan—. Quiere instalarlo en el coche que está restaurando. —Le dio la vuelta a la etiqueta para mirar el precio—. Mierda. Esperaba que estuviera rebajado, porque ya ha salido el nuevo modelo.

—¿Y si lo compramos a medias? —le propuse.

—Jackie, yo no puedo pagar ni la mitad —me confesó—. Además, todavía tengo que comprarle algo a Danny.

—No te preocupes, Nathan —le dije. Llevaba la tarjeta de crédito en la cartera—. Tú paga lo que puedas.

Él hizo un movimiento negativo con la cabeza.

—No, Jackie. No es justo.

—Yo tengo dinero de sobra —le aseguré. Como no parecía convencido, añadí—: Además, en realidad me haces un favor. No sabía qué regalarle a Cole hasta que me has traído a esta tienda. No puedo atribuirme todo el mérito.

—¿Seguro? —preguntó Nathan, que volvía a mirar la etiqueta del precio.

Tomé la caja del estante y asentí.

—Claro que sí.

Al día siguiente, alguien llamó a mi puerta antes de que sonara el despertador.

—¡Pasa! —grité a la vez que me sentaba en la cama.

—Buenos días, Jackie —dijo Nathan al entrar. Llevaba en las manos el regalo que le habíamos comprado a Cole ya envuelto en papel azul.

—Buenos días, Nathan, ¿qué pasa? —me extrañé.

—Solo quería decirte que no voy a salir a correr esta mañana. En los cumpleaños, mi madre siempre prepara tortitas de arándanos y estamos todos juntos cuando se abren los regalos.

—¿Dais los regalos por la mañana? —pregunté, levantándome de la cama.

—Sí. —Nathan frunció el ceño—. ¿Todavía no tienes el regalo de Danny?

El día anterior, después de comprar el sistema de sonido para Cole, Nathan fue a buscar la primera temporada de la serie favorita de Danny, *Rastros de sangre*, que yo conocía de nuestras noches de insomnio. Pero el regalo que yo quería hacerle al mellizo de Cole no era algo que pudiera comprar en el centro comercial y tenía pensado prepararlo al volver de clase.

—No —le dije, al tiempo que abría mi armario—. ¿Alguien tiene una impresora que pueda usar?

—Claro. Hay una en mi habitación —respondió Nathan—. Nos vemos en el desayuno.

Correteando por la habitación, me vestí y preparé la cartera. Luego arranqué el ordenador y esperé a que se cargara.

Una vez que estuvo encendido, busqué la tarjeta de crédito y le compré el regalo a Danny antes de correr a la habitación de Nathan para imprimirlo. No había tiempo para preparar una tarjeta de cumpleaños y tampoco tenía un sobre bonito, así que doble el papel por la mitad y me encaminé a la cocina.

—Buenos días, Jackie —me saludó Katherine cuando entré. Estaba de pie ante los fogones dando vueltas a las tortitas y explicándole a George cómo exprimir zumo de naranja natural. Por lo que parecía, a él se le daba de maravilla verter más zumo en la encimera que en la jarra.

—Buenas —respondí.

Danny y Cole ya se habían sentado a la mesa y tenían un montón de regalos delante. Zack y Benny estaban de pie al lado de sus hermanos, con los dedos impacientes por arrancar el papel.

—Feliz cumpleaños, chicos —les deseé con una sonrisa que iba dirigida a los dos.

—Gracias, Jackie —me dijo Danny, y me devolvió la sonrisa por primera vez desde que lo conocía. Cole se limitó a asentir con la cabeza.

Casi todos se habían reunido ya en torno a la mesa de la cocina, excepto Jack y Jordan, que estaban preparando la cámara para grabar la apertura de los regalos. Me sorprendió ver a Will apoyado contra la encimera y más aún ver a una chica de pie delante de él, con la cabeza recostada contra su pecho.

Tomé asiento junto a Nathan mientras Katherine dejaba en la mesa una enorme fuente de beicon.

—¿Esa es Haley? —susurré al oído de Nathan, mirando de reojo a la chica de cabello oscuro y ojos grandes y redondos.

—Sí, la prometida de Will. Estudian en la misma escuela superior.

—Eso me parecía —asentí. Desde que me había mudado con los Walter, había oído muchas conversaciones sobre la inminente boda.

Cuando no pudimos comer ni un bocado más de las delicias que Katherine había cocinado, los chicos procedieron a desenvolver los regalos. Empezó Cole, y cuando llegó al obsequio que le habíamos comprado Nathan y yo, alzó la vista con cara de asombro.

—¿Me has comprado esto? —le preguntó a Nathan en estado de estupor—. Hace siglos que lo quiero.

—Jackie y yo —corrigió Nathan a su hermano—. De nada.

Al oír mi nombre, Cole titubeó, pero enseguida me miró asintiendo.

—Gracias.

—Un placer —respondí.

A continuación le tocó a Danny. Desenvolvió las cajas, casi todas con prendas de ropa, excepto el cupón confeccionado a mano por valor de un pito mojado, cortesía de Jack y Jordan.

—¿Qué es un pito mojado? —pregunté, y casi todos los chicos se rieron de una broma que obviamente a mí se me escapaba.

Una sonrisa malvada se extendió por los labios de Jack.

—Yo te lo enseño.

Se chupó el dedo y luego, rápido como el rayo, me lo hundió en el oído.

—¡Ay, mi madre, qué asco! —me quejé a la vez que apartaba a Jack de un empujón.

Los chicos se partían de risa mientras Katherine regañaba a su hijo y yo intentaba extraer la saliva de Jack de mi oído maltratado.

—Un pito mojado —me explicó Isaac sonriendo— es una broma que consiste en introducir un dedo mojado con saliva en el oído de un incauto y retorcerlo dentro.

—Es asqueroso —declaré. Le tendí a Danny su regalo, todavía estremeciéndome—. Te prometo que esto no es nada tan horrible como eso.

—Jackie, no tenías que comprarme nada —me dijo, pero aceptó el papel de todos modos. Lo desplegó y yo no dije una palabra mientras sus ojos se deslizaban por el texto.

—¿Esto va en serio? —me preguntó cuando por fin volvió a mirarme.

Asentí.

—Claro que sí.

—Hala —musitó Danny, sacudiendo la cabeza de puro asombro—. Muchísimas gracias, Jackie.

—¿Qué es? —quiso saber Cole, que le arrancó de las manos a Danny la hoja de papel. Cuando lo leyó, abrió la boca sorprendido—. Uala.

—¿A ver? —dijo Isaac, arrebatándosela a Cole. A continuación preguntó, volviéndose hacia mí—: ¿Es un billete de avión?

—No exactamente. Es un vale para un billete de avión. Danny me comentó que le gustan las ciudades y que nunca ha estado en Nueva York. Pensé que podría acompañarme cuando vaya a casa de visita este verano. Podríamos ir a ver algún espectáculo de Broadway y eso, ya sabéis.

Katherine contuvo una exclamación.

—Jackie, cariño —dijo, e hizo chasquear la lengua con preocupación—, es demasiado dinero para gastar en un regalo de cumpleaños.

—Mamá —protestó Danny, mirándola con reproche.

—En serio, no pasa nada —le aseguré.

—¿Estás segura? —me preguntó, pero ella ya sabía que el dinero no era un problema en mi caso.

Asentí y caí en la cuenta de que todos me miraban.

—¿Qué ocurre? —pregunté.

—Mi cumpleaños es mañana —intervino Isaac.

—Mentiroso —lo acusó Jack, cruzándose de brazos.

Isaac le propinó un codazo a su primo pero sonrió.

—Yo nunca miento y será mejor que me hagas un buen regalo. Nada de dedos chupados en el oído, ¿me oyes?

—A lo mejor podemos arreglarlo para que un poco de lejía acabe en tu champú —dijo Jordan—. Siempre he pensado que te quedaría bien el pelo rubio.

—Chicos —los interrumpió Katherine, fulminando a sus hijos con la mirada.

—Oye, Jackie —dijo alguien tirándome de la manga. Me volví a mirar y descubrí que Benny estaba allí con los ojos puestos en mí.

—¿Sí?

—¿Me regalarás un perrito para mi cumpleaños? —preguntó. Todo el mundo se desternilló.

—Tu regalo ha sido una pasada —me dijo Alex en clase de Anatomía.

—Gracias —respondí en voz baja.

El trayecto al instituto había resultado un tanto incómodo. Por una vez en su vida, Danny no cerraba el pico. No paraba de repetir que era un regalo alucinante y todo el mundo se estaba poniendo celoso. Yo empezaba a pensar que tal vez el billete de avión sí había sido un regalo excesivo, al fin y al cabo.

—De verdad —susurró Alex emocionado—, aparte de la Xbox que nos compraron el año pasado por Navidad, es el mejor que nos han hecho nunca a ninguno de nosotros.

—¿Va en serio? —pregunté, sintiéndome aún más culpable si cabe. No quería que la señora Walter se enfadara conmigo por comprarle a su hijo algo que ella no se podía permitir.

Alex asintió con un movimiento de la cabeza.

—Os divertiréis mucho volando a Nueva York.

Me reí.

—¿Qué tiene de divertido volar?

—No sé —sonrió Alex—. Siempre he pensado que sería divertido.

Mi sonrisa se esfumó.

—¿Nunca has ido en avión?

—No.

—¿No vais de vacaciones? —me extrañé.

—Sí, vamos de acampada constantemente. Ah, y el año pasado mis padres ahorraron suficiente para celebrar en Florida los veintiún años de casados, pero fueron en coche.

Oyéndolo, me sentí increíblemente consentida. En Nueva York, cuando hacía mucho frío, mi madre me llevaba a Miami durante el fin de semana para que tomara el sol. Nunca había considerado que viajar a Florida fueran unas vacaciones.

—¿Por qué? ¿A dónde iba tu familia de vacaciones? —me preguntó Alex.

Yo guardé silencio un momento. No quería contarle a Alex que había estado por toda Europa, Sudamérica e incluso Asia.

—Ah, no sé, por ahí —me escaqueé, encogiéndome de hombros.

—Venga, dímelo —insistió Alex, y me propinó un codazo en las costillas. Como yo no respondía, torció el gesto—: ¿Qué te pasa?

—Me siento incómoda. Yo no sabía que iba a ser para tanto. Todo el mundo parecía tener envidia.

«Y ya no sé cómo comportarme cuando estoy contigo», quise añadir, pero eso me lo callé.

—Jackie —respondió Alex mirándome fijamente con una expresión grave—, lo que has hecho por Danny ha sido todo un detalle y, sí, claro, algunos se pondrán celosos, pero tú no has hecho nada malo.

—¿Estás seguro? —le pregunté, alzando los ojos.

—Sí —me dijo—. También significa que espero un regalo guay para Navidad.

Sonreí.

—¿Por ejemplo?

—Con un casco de Darth Vader edición limitada con doble firma me conformaré.

—¿Y eso qué es?

—Chorradas de frikis —contestó con una carcajada—. Y una de las piezas de colección de *Star Wars* más caras del mundo, nada menos.

—Bueno, pues para merecerlo tendrás que tratarme de maravilla.

—¿Qué tal si, para empezar, hacemos algo divertido esta noche?

El corazón por poco se me para en el pecho. No me estaba proponiendo que saliéramos en plan de pareja, ¿verdad?

—¿Dónde? —le pregunté por fin, sin mirarlo a los ojos. En vez de eso, me concentré en la libreta de Anatomía. Busqué una página en blanco y escribí la fecha en la esquina derecha.

Esperó a que terminara.

—Hay una fiesta por ahí esta noche —dijo Alex como sin darle importancia—. Podemos ir juntos. —Al ver que yo dudaba, añadió—: Ya sabes, como amigos.

Pensaba que oír esas últimas palabras me ayudaría a relajarme con él, pero me dio un vuelco el corazón y comprendí que quizá tampoco era eso lo que quería. ¿Y si necesitaba darle a Alex una oportunidad?

Estaba a punto de aceptar, de decirle que iríamos juntos, pero algo en su mirada esquiva me escamó.

—¿Quién da la fiesta? —le pregunté.

—Mary —respondió al instante—. Pero he pensado que si me contaras lo que te dijo, podríamos aclararlo.

Negué con la cabeza.

—Lo siento, Alex, pero no.

Tal vez tuviera que dejar de pensar en las cosas malas que podían pasar si dejaba que lo nuestro avanzara, es posible que tuviera que darle una oportunidad, pero no lo haría en la fiesta de Mary. No después de lo que me dijo, del daño que me hizo. Alex nunca me convencería de que asistiera.

—Por favor, Jackie. No entiendo por qué le das tanta importancia.

—Si te cuento lo que me dijo, ¿te olvidarás del tema? —le propuse.

—Pues claro —asintió enérgicamente.

—Me restregó la muerte de mi familia en las narices.

—¿Qué? ¿Por qué hizo eso?

—Para hacerme daño —respondí—, porque soy amiga tuya.

Doce

Al volver del colegio, Katherine nos estaba esperando con la cena preparada. Nos sentamos a comer en familia, sin serpientes incluidas.

—¿Alguien me puede traer más leche? —preguntó Isaac al tiempo que levantaba un vaso vacío.

George enarcó una ceja.

—¿Qué les ha pasado a tus piernas? Aquí nadie es tu mayordomo.

—¿Jackie? —me preguntó Benny—. ¿Tu tenías «mayorzotos» que te servían la comida?

Isaac, que intentaba beberse el contenido del vaso de Cole antes de que el otro se diera cuenta, escupió la leche en la mesa de tanta risa que le entró.

—No, Benny —le contesté—. Yo no tenía ningún mayordomo.

—¡Eh! —protestó Cole al ver su vaso vacío en la mano de Isaac—. ¡Esa leche era mía!

—Y este panecillo también era tuyo —dijo Isaac, zampándose la mitad de una tacada—. Mmm, qué rico.

Una vez que terminamos de cenar y ya con la mesa recogida, subí a mi dormitorio a hacer los deberes. Esa noche sería aburrida, porque casi todos los chicos iban a la fiesta de Mary, pero quizá más tarde pudiera ver una película con Jack y Jordan.

Oí jaleo en el pasillo mientras todos se preparaban y un fuerte olor a desodorante Axe se coló por debajo de mi puerta. Por fin el bullicio se trasladó a la planta baja y yo me acerqué a la ventana para verlos a todos amontonarse en la camioneta antes de partir. Suspirando, me desplomé en la cama. Ya no me acordaba de la libreta de cálculo que había dejado abierta en el escritorio. Aunque había sido decisión mía, una pequeña parte de mí se sentía excluida. Me habría gustado pasar la noche charlando con Alex y con Nathan.

Al poco de que ese pensamiento me cruzara la cabeza, la puerta de mi dormitorio se abrió de golpe.

—¡Arriba! —me ordenó Cole, entrando en mi habitación como si fuera la suya.

¿Cómo? ¿Qué hacía todavía en casa? ¿No se había marchado con sus hermanos?

—No tenemos toda la noche. —Me obligó a levantarme de malos modos y me arrastró al armario. Abrió las dos puertas de par en par y empezó a inspeccionar mis prendas—. No, no, no —decía a la vez que iba empujando las perchas a un lado—. ¿No tienes ropa de tía buena?

—¿Qué te parece esto? —le pregunté, señalando uno de mis vestidos favoritos.

—¿Quieres parecer un sofá? —dijo antes de seguir investigando. El vestido resbaló de la percha y cayó al suelo hecho un guiñapo.

—¡Eh, que es un vestido de Chanel! —exclamé horrorizada, y lo recogí a toda prisa.

—Ya lo he encontrado —declaró sin hacerme ni caso—. Ponte este.

El aire se congeló en mis pulmones cuando vi lo que tenía en la mano: un minivestido negro con una hebilla plateada en la cintura. No era mío. De algún modo, uno de los vestidos que llevaba mi hermana para salir de fiesta había acabado entre mi ropa.

—¡Hola! ¡Tierra a Jackie! —dijo Cole, agitando el vestido en mis narices.

—No me puedo poner eso —declaré con voz estrangulada—. No es mío.

—Pues estoy seguro que no es de Isaac ni de Danny, conque será tuyo.

—Era de mi hermana —confesé—. No sé cómo acabó en las cajas de la mudanza.

—Ah —dijo Cole, y bajó el brazo—. Supongo que puedes ir con lo que llevas puesto.

—¿A dónde vamos? —le pregunté, aunque ya sabía lo que me contestaría.

—A la fiesta —respondió con un deje de risa en la voz—. Te vienes conmigo.

Y no hizo falta nada más. Ahí estaba otra vez esa sensación, la que me convertía en una chica temeraria solo porque Cole estaba conmigo. Era tan abrumadora, arrolladora incluso, que salí de la habitación y me dejé llevar al coche en estado de estupor.

Cuando Nick aparcó en la calle sin salida en la que estaba la casa de Mary Black, comprendí que me había colocado en una situación imposible una vez más. No podía entrar; la última vez que me dejé llevar y me arriesgué, acabé fatal. La música sonaba tan alta que la oía a través de las puertas cerradas. Me crucé de brazos y me negué a desabrocharme el cinturón de seguridad. Cole hizo una pompa con el chicle.

—¿Voy a tener que llevarte a rastras? —me preguntó—. Porque te juro que lo haré.

En lugar de responder, clavé los ojos en la ventanilla para dejar clara mi intención de no moverme. Estaba dispuesta a pasar la noche en el coche si hacía falta. Además de que no quería entrar en casa de Mary, me habría sabido fatal que Alex pensara que lo había rechazado para poder ir con su hermano.

Cole suspiró, tiró de la manija y salió. Yo me aventuré a lanzarle una mirada rápida y vi que la brisa le revolvía ese cabello tan claro que tenía. Cuando dio un rodeo por delante del coche, sonreí pensando que se había dado por vencido. Pero solo se había detenido para decirle algo a Nick. Se estrecharon la mano y casi al mismo tiempo se abrazaron al estilo masculino, un semiabrazo que duró una milésima de segundo y concluyo con una firme palmada en la espalda. La sonrisa se borró de mi rostro cuando Cole rodeó el coche nuevamente y abrió mi puerta.

—Fuera —me dijo con una expresión seria.

—¡Cole! —exclamé. Oía el tono quejoso de mi propia voz—. Le he dicho a Alex que no vendría. Se disgustará si aparezco ahora.

—¿Y ese es mi problema por...? —me espetó, a la vez que alargaba la mano para desabrocharme el cinturón—. Dile que has cambiado de idea.

—En serio —insistí—, no tiene gracia.

Cole no respondió. En vez de eso, me agarró por la cintura, me sacó del coche y se echó mi cuerpo al hombro como un saco de patatas.

—¡Bájame! —chillé mientras él cerraba la portezuela con el pie.

Un grupo de personas que charlaba en el porche nos estaban mirando. Cole se reía y yo le atizaba con el puño en la espalda en tanto que él se encaminaba a la casa conmigo a cuestas.

—Cole Walter, me aseguraré de que sufras una muerte dolorosa si no me dejas en el suelo ahora mismo —le exigí.

Las miradas de extrañeza se multiplicaron cuando subimos las escaleras del porche a trancas y barrancas.

—Perdón —se disculpó Cole con la gente que charlaba en la entrada con cervezas en la mano—. Traigo un ligue a la fuga.

—¡Yo no soy un ligue! —gruñí.

Pero Cole ya estaba entrando sin hacer ni caso de mis protestas. Solo cuando cerró la puerta volvió a dejarme en el suelo.

—¿Lo ves? —me gritó por encima de la música al tiempo que me propinaba unas palmaditas en la cabeza—. No ha sido para tanto, ¿verdad?

—¿Estás de coña...? —empecé, pero alguien me interrumpió.

—¿Jackie? —Me di media vuelta justo cuando Alex aparecía entre el gentío—. Pensaba que no ibas a venir.

—No iba a venir, pero el plasta de tu hermano...

—La ha invitado a la fiesta —saltó Cole. Me rodeó la cintura con el brazo y le dedicó a su hermano menor una sonrisa de suficiencia.

—¿Qué estás haciendo? —gruñí. Intenté apartarlo de un empujón—. Suéltame.

Pero Cole me aferraba con fuerza, clavándome los dedos en la cintura.

—¿Has venido con él? —me preguntó Alex con la mandíbula crispada.

—Alex, no es eso —intenté decir. Pero tenía un nudo enorme en el estómago e intuía que ya era demasiado tarde.

—En serio, Jackie —me interrumpió Cole, y se inclinó para plantarme un beso en la frente—. No hace falta que mientas sobre lo nuestro. Alex lo entiende. ¿Verdad, hermanito?

Y en ese preciso instante, supe que todo estaba perdido. Alex se quedó allí mirándonos fijamente y noté la tensión que emanaba como ondas. Sus ojos me miraban tan acusadores que me estremecí.

—¿Qué tal si voy a pillar unas cervezas? —dijo Cole. Curvó los labios casi con una sonrisa, pero sin alegría—. Vuelvo enseguida, ¿vale?

Retiró el brazo y fue como si me hubiera robado la columna vertebral y se hubiera llevado consigo hasta la última gota de energía que yo tenía. Se me doblaron las rodillas y al momento mi mano salió disparada hacia delante y me apoyé en la pared. ¿Había estropeado Cole lo que tenía con Alex —amistad o algo más— en cuestión de minutos? ¿De verdad era capaz de ganarle la partida como si nada?

—Alex —empecé a decir. Ni en sueños permitiría que Cole se saliera con la suya—. Tienes que escucharme. Me ha traído a rastras. Yo no quería venir.

Abriendo las fosas nasales, Alex bufó con desdén.

—¿De verdad piensas que me voy a tragar esa mentira tan cutre? Si te presentas a escondidas con Cole, al menos podrías tener la decencia de decirme la verdad.

—Si te digo la verdad —insistí mientras intentaba no prestar atención al terror que me corría por las venas y me aceleraba el corazón.

—¿Sabes qué? La primera vez te creí —me dijo Alex. El cabello rubio le caía sobre los ojos. Sabía que se refería al día que había llegado a casa acompañada de Cole y borracha como una cuba—. ¿Cómo era el dicho? No hay burro que se tropiece dos veces…

Intentando aclarar mi lío mental, avancé un paso hacia él.

—Por favor… —empecé, pero el resto de las palabras murieron en mis labios, porque Alex ya se había perdido entre la gente. Me quedé mirando el hueco que había dejado con la mirada velada y sin ver nada en realidad.

—¿Qué hace esa aquí? —oí decir a alguien.

Me despabilé sobresaltada y vi a Mary parada al fondo de la escalera con un cubata en la mano. Se había recogido el pelo en un moño alto y parecía que tuviera un halo dorado sobre la cabeza. La falda fucsia que llevaba le cubría lo justo y con esos tacones tan altos sus piernas parecían kilométricas. Debía de haber celebrado una sesión privada en su habitación solo para chicas, porque un enjambre de amigas la seguía de cerca. Sus rostros esbozaron sonrisas crueles cuando clavaron en mí sus miradas despectivas.

A esas alturas un montón de gente me observaba y algunos ya intercambiaban susurros. Desesperada, miré a todas partes con la esperanza de ver algún rostro conocido —a Nathan o quizá a Riley, incluso Isaac serviría—, pero solo veía extraños.

—Te he preguntado qué haces en mi casa. No estabas invitada.

Devolviendo la vista al frente, vi a Mary delante de mí. Se apoyaba una mano en la cadera con aire indignado.

—Yo... —Intenté decir algo, pero no fui capaz de articular nada más.

La sala entera me miraba fijamente y se me hizo un nudo en la garganta cuando más gente empezó a susurrar. Mi campo visual se estaba estrechando y notaba el rugido de la sangre en los oídos. El pánico se apoderó de mí. Di media vuelta sobre los talones y salí disparada de la casa antes de que Mary pudiera decir nada más.

Una vez en el exterior, me abrí paso a empellones entre las personas del porche y eché a correr. El aire frío de la noche me quemaba la garganta y pronto estaba resollando.

Por alguna razón que no entendía, el oxígeno no me llegaba a los pulmones, pero yo seguía corriendo. No sabía adónde iba, aunque cualquier parte sería mejor que ese lugar claustrofóbico.

Cuando llegué al final del vecindario, avisté el cartel que decía: «¡West Walnut Hills os da la bienvenida a Evansdale, Colorado!». Fue allí donde me detuve, con las manos en las rodillas mientras recuperaba el aliento. Las lágrimas me resbalaban por la cara en regueros cálidos y notaba el temblor de mis brazos.

—¡Grrr!

Con la rabia latiendo en mi cuerpo, propiné un puntapié a una piedra de la carretera. Saltó por el asfalto al mismo tiempo que una fuerte brisa se desataba, como si notara mi dolor.

—¡Odio estar aquí! —chillé—. ¿Por qué no me puedo marchar a casa?

Solo el viento me respondió.

Nathan debía de ser el único chico Walter que no me odiaba.

Cuando me despertó al día siguiente para salir a correr, me pilló completamente desprevenida. Después de lo que había pasado la noche anterior, daba por supuesto que todo el mundo me haría el vacío, así que tenía pensado quedarme en la cama todo el día. Le diría a Katherine que no me encontraba bien. Por la noche, había venido a buscarme a la fiesta cuando la llamé deshecha en lágrimas y, aunque me preguntó una y otra vez qué me pasaba durante el trayecto a casa, me negué a decírselo.

—¿Qué haces aquí? —refunfuñé al tiempo que me tapaba la cabeza con el edredón—. ¿No te has enterado de lo que pasó anoche?

—Claro que sí —respondió, arrancándome la manta. Iba vestido con las prendas de correr, pantalón técnico y una camiseta cortada, y se mecía sobre los talones, listo para ponerse en marcha.

—¿Por qué no estás enfadado conmigo?

—No soy idiota, Jackie —me dijo con un matiz de guasa en la voz—. Conozco a mis hermanos lo bastante bien como para sumar dos más dos cuando me contaron lo sucedido. Tú no hiciste nada malo.

Me rodeé el cuerpo con los brazos para abrazarme y me negué a mirarlo.

—¿Cómo voy a arreglar esto? —le pregunté.

—Bueno, puedes empezar por levantarte y entrenar conmigo —sugirió.

Era agradable saber que al menos una persona estaba de mi lado. Sin embargo, yo no estaba de humor, así que le pedí que se marchara sin mí.

¿Cómo iba a sobrevivir en esa casa? Mi llegada ya fue bastante complicada, pero ahora… El curso casi había terminado y pronto estaría atrapada en esa granja estúpida y aislada con un montón de chicos que no iban a dirigirme la palabra en todo el verano.

Eché un vistazo al reloj. A esa hora ya debería haber movimiento en la casa a medida que los chicos iban despertando, pero reinaba un silencio extraño. Con un gemido, aparté lo que quedaba del edredón de una patada y bajé los pies al suelo. No quería hacer ruido. Haciendo una mueca cuando la madera chirrió, me acerqué a hurtadillas a la puerta y me asomé al pasillo. Todas las puertas estaban cerradas. Qué raro, pensé mientras salía.

La noche anterior, después de taparme, Katherine había abierto la ventana para que el ambiente no se recalentara. Fue por eso por lo que oí los gritos procedentes del jardín. Empezaron de repente, una llamada de socorro que rompió el silencio de la mañana. Corrí a la ventana para averiguar qué pasaba y vi a Cole saliendo de los campos con algo en brazos. Iba ataviado con la ropa de trabajo que usaba para hacer las tareas matutinas.

—¡Isaac, ayuda! —gritó Cole. En ese momento caí en la cuenta de que Isaac estaba detrás de la casa en calzoncillos, escondido para fumarse el primer cigarrillo—. ¡A Nathan le ha pasado algo!

Al oír el nombre de Nathan, me fijé en Cole y se me congeló el aire en los pulmones. Llevaba en brazos el cuerpo exangüe de Nathan.

—¡Tía Katherine! —gritó Isaac dentro de la casa con un tono de voz aterrorizado—. Algo le pasa a Nate. ¡Hay que llamar a una ambulancia!

No tuve ni que pensarlo. Me enfundé unos pantalones y una camiseta antes de salir a la carrera de mi habitación. En la cocina, Isaac y Cole metían a Nathan por la puerta trasera. La espera se nos hizo eterna y, para cuando la furgoneta blanca remontó la avenida con las sirenas aullando y las luces parpadeando, todo el mundo estaba ya en la cocina.

—¿Qué ha pasado? —preguntó Danny cuando los técnicos de emergencias empujaron a Nathan al interior de la ambulancia—. ¿Está bien?

—No lo sé —respondí. Notaba el sabor de la bilis en el fondo del paladar—. He oído gritos, Cole ha llegado con Nathan en brazos y… ¡Ay, madre mía!

Retrocedí trastabillando hasta una silla de la cocina y me senté con la cabeza entre las rodillas para recuperar el aliento. Mis pensamientos regresaban al vuelo al día del accidente de mi familia y ahora solo podía ver sus caras que aparecían y desaparecían ante mis ojos, la de Nathan incluida.

Esto no podía estar pasando. Otra vez no.

—Vamos, Jackie —dijo Danny. Me sacudió por el hombro—. Isaac ya ha arrancado la camioneta. Tenemos que ir al hospital.

Aunque me daba vueltas la cabeza, no opuse resistencia cuando me arrastró al exterior. Tenía la mente en otro sitio, a kilómetros de distancia. Ni una sola vez durante el trayecto al hospital me paré a pensar que tendría que sentirme incómoda sentada al lado de Alex. Eso me daba igual. Yo solo podía concentrarme en que estaba a punto de perder a otra persona que me importaba.

Nadie sabía qué había pasado. Cole solamente contó que al salir del granero había encontrado a Nathan inconsciente. Lo único que se me ocurría era que hubiera tropezado mientras corría y perdido el sentido al golpearse la cabeza. Pero hasta esa teoría me parecía absurda.

Isaac pisó gas a fondo y llegamos al hospital en menos tiempo que la ambulancia. Antes de que hubiéramos aparcado siquiera, las puertas de la camioneta se abrieron y todo el mundo bajó. Cruzamos el aparcamiento a la carrera e inundamos el vestíbulo, donde una sobresaltada enfermera nos indicó el camino a urgencias.

Después de tantas carreras y de pasar tanto miedo, el tiempo se arrastraba en la sala de espera. Nadie hablaba mientras aguardábamos en las incómodas sillas a que los médicos nos dieran alguna noticia de Nathan. Cole se paseaba de un lado a otro. Katherine lloraba en silencio con la cabeza apoyada en el hombro de George e Isaac golpeteaba el suelo con tanta fuerza que me extrañó que su pie no excavara un hueco.

Por fin apareció un hombre enfundado en una bata blanca.

—¿Katherine Walter? —preguntó, alzando la vista del portapapeles que sostenía.

Ella se levantó a toda prisa de la silla.

—Sí —dijo con la voz rota—. Soy yo.

Después de presentarse como el doctor Goodman y de hacer los clásicos comentarios educados que nadie quería escuchar, nos dio la información que estábamos esperando.

—Su hijo, Nathan, ya está consciente y todo indica que se va a recuperar —dijo con una sonrisa.

Todo el mundo respiró aliviado.

—Gracias a Dios —exclamó Katherine, llevándose la mano al corazón—. ¿Cuándo podremos verlo?

No respondió de inmediato.

—Nathan se encuentra estable —empezó por fin. Supe por su manera de mirar a Katherine que había más, pero estaba escogiendo las palabras con tiento—. Antes de que lo vean, tengo que comentarles una cosa. Su hijo ha sufrido una conmoción cerebral. Todavía tenemos que hacerle más pruebas, pero nuestro diagnóstico inicial es que Nathan cayó y se golpeó la cabeza después de sufrir convulsiones —dijo el doctor Goodman.

—¿Convulsiones? —repitió George estupefacto—. ¿Cómo es posible?

El doctor Goodman les explicó a los Walter que las convulsiones de Nathan se habían producido por un exceso de actividad en el cerebro, un trastorno neurológico crónico muy común conocido como epilepsia. También nos explicó que, si bien unos cincuenta millones de personas en el mundo sufren epilepsia, un porcentaje importante de estas tan solo experimentan un episodio de convulsiones a lo largo de toda su vida.

—¿Podemos verlo ahora, por favor? —preguntó Katherine una vez que el médico terminó de explicar las características de la enfermedad.

—Claro —asintió él, volviendo la vista hacia la sala. Al reparar en el tamaño del grupo, añadió—: Pero solo la familia.

Todos se levantaron para seguir al médico. Yo me arrastré tras ellos, sin saber qué hacer. ¿Me dejarían ver a Nathan? Mientras veía a la familia al completo desaparecer en el interior de una habitación, decidí que me daba igual lo que dijera el doctor. Una persona más no cambiaría nada.

Cuando estaba a punto de entrar, Lee salió al pasillo y se encaró conmigo.

—¿A dónde te crees que vas? —me preguntó con el mismo gesto enfurruñado de siempre.

—A ver a Nathan —le dije con toda la convicción que fui capaz de proyectar.

—¿Acaso no has oído al médico? —me espetó—. Solo la familia.

—Lee, venga —respondí, percibiendo el tono herido de mi voz—. Vivo con vosotros. Yo también cuento.

—Jackie —declaró despacio. Un brillo cruel asomó a sus ojos—. Podrías vivir con nosotros el resto de tu vida y nada cambiaría. Nunca serás parte de nuestra familia.

Apartándome de él, me empapé de sus palabras. Tenía razón. Yo no era una más.

—Además —continuó Lee con rabia—, ¿por qué ibas a poder verlo si tú tienes la culpa de que esté aquí?

—¿Qué? —pregunté casi chillando. No me podía creer lo que estaba oyendo. Me volví a mirarlo aunque ya se me saltaban las lágrimas. Él me sostuvo la mirada con una expresión venenosa.

—Ya me has oído —dijo, arrastrando las palabras—. Esto no habría pasado si hubieras salido a correr con Nathan. Pero estabas demasiado ocupada haciendo pucheros en tu habitación, ¿verdad? Y todo porque a Alex ya no le gustas.

Fue igual que si me hubiera abofeteado.

—No —le dije, negando con la cabeza, pero sus insinuaciones me habían dejado anonadada y retrocedí un paso horrorizada.

Lee hizo un gesto de asco con los labios.

—Pírate, Jackie.

Y lo hice.

⁂

Era el último sitio en el que alguien me buscaría. No supe cómo había terminado allí, pero Will siempre había sido amable conmigo. Vivía en un apartamento de un solo dormitorio, en la ciudad, a solo quince minutos andando del hospital.

Había estado antes en su casa, el día que Katherine nos pidió a Cole y a mí que le lleváramos una caja con las invitaciones para la boda, que ella misma había escrito de arriba abajo. Hacía un mes de aquello y temí no ser capaz de encontrar el camino. Por suerte, el complejo de apartamentos en el que vivía Will estaba en la calle principal y, cuando lo vi, el aire escapó de mis pulmones de puro alivio.

Nadie acudió a la puerta la primera vez que llamé. Temí que no estuviera en casa, pero la aporreé con más fuerza y Will apareció en el umbral, todavía medio dormido.

—¿Jackie? —preguntó haciendo guiños ante la repentina luz solar. La coleta de siempre se había esfumado y el cabello rubio le caía suelto hasta los hombros—. ¿Qué haces aquí?

—Lo siento, Will. No pretendía despertarte —le dije, retorciéndome las manos a la espalda—. Es que el día que nos conocimos me dijiste que si alguna vez necesitaba algo viniera a hablar contigo.

—Ah —comprendió. Abrió la puerta—. Entra.

El interior del apartamento de Will era una cueva. Solo había una ventana en la sala y las cortinas negras estaban echadas para preservar la oscuridad.

—Ponte cómoda —me dijo mientras cerraba. La única fuente de luz desapareció.

Me abrí paso con cuidado hacia lo que parecía el contorno de un sofá y conseguí llegar al asiento golpeándome el dedo gordo del pie una sola vez.

—¿Te apetece un café? —preguntó Will.

Lo oía orientarse por la oscuridad como un experto, usando como única guía los números del reloj digital del microondas igual que un marinero recurriría a las constelaciones.

—Sí, por favor —le dije.

Will llegó a la minúscula cocina y accionó el interruptor. Mientras se movía de acá para allá, conectando la cafetera y sacando tazas, yo aproveché para echar un vistazo a la sala. Aparte del sofá y la mesa contra la que me había golpeado el pie, el único mobiliario era un sillón reclinable que seguramente se caería en pedazos la próxima vez que alguien se sentase. También había una estantería, que estaba vacía excepto por una colección de cactus diminutos. Comparado con esos muebles tan viejos, el televisor de pantalla plana que había en la pared de enfrente tenía un aspecto flamante.

—¿Leche, azúcar? —gritó Will.

—Solo leche.

Oí el característico tintineo de la cucharilla contra la taza y el golpe de la puerta de la nevera al cerrarse. A continuación, Will salió de la cocina con dos tazas humeantes. Me tendió una antes de sentarse en el sillón reclinable. Por extraño que fuera, el mueble resistió.

—Bueno —empezó Will—. ¿Qué pasa?

Aún no había tocado el café, pero ya parecía más despierto.

No tenía sentido andarse por las ramas.

—Nathan está en el hospital —le dije con toda la calma que pude reunir.

—¿Qué? —Menos mal que Will ya había dejado el café sobre la mesa, porque de no ser así se lo habría tirado por encima—. ¿Ha sufrido un accidente en el rancho?

—No exactamente —aclaré—. Ha tenido convulsiones. —Al ver el terror en el semblante de Will, añadí—: No te preocupes. El médico ha dicho que se pondrá bien.

Will negaba con la cabeza como si no se lo pudiera creer.

—Pero ¿cómo ha sido?

Guardé silencio un momento.

—Dicen que tiene epilepsia.

—Pero… es muy joven.

—Me parece que la edad no tiene nada que ver.

—Ya, pero… —Se interrumpió y enterró la cara en las manos.

—Lo siento mucho, Will.

Se quedó en esa postura tanto tiempo que me llevé un susto cuando arrancó un chirrido al sillón al ponerse de pie.

—¿Están todos en el hospital? —quiso saber.

—Sí, me parece que sí.

—Vale. —Echó mano de un par de llaves que había sobre la mesa—. Me tengo que cambiar de camisa y… un momento —dijo, deteniéndose para mirarme—. ¿Por qué tú no estás allí? ¿Cómo has venido?

Al oír sus preguntas, me encogí.

—He… he venido andando.

—¿Y por qué? —quiso saber. Yo desvié la vista y me quedé callada un buen rato. Ni en sueños le iba a repetir a Will lo que Lee me había dicho—. Jackie, ¿va todo bien?

Suspiré.

—Me he marchado del hospital porque no podía soportar la idea de que Nathan se hubiera lastimado —le confesé—. No podía parar de pensar en…

—El accidente —apuntó Will con un susurro.

—Sí.

Decía la verdad. Cuando Cole entró en la cocina con Nathan inconsciente, el miedo a perder a otra persona importante para mí fue abrumador.

—Vaya, Jackie. Cuánto lo siento.

Y entonces rompí en llanto, grandes sollozos entrecortados que me oprimían el pecho y me irritaban la garganta. Lloraba por muchas cosas distintas: la expresión vacía y fría que había asomado a los ojos de Cole en la fiesta de Mary y la mirada desolada de Alex cuando me vio con su hermano, el accidente de Nathan, las crueles palabras de Lee, la pérdida de mi familia, de mi hogar. Y lloraba porque sabía que no debería estar desahogándome con Will. Era él quien acababa de enterarse de que su hermano estaba en el hospital, pero seguía sentado a mi lado, tratando de consolarme.

—Shhh, todo irá bien, Jackie.

Por desgracia, yo no lo tenía nada claro.

Debí de quedarme dormida mientras lloraba. Cuando abrí los ojos, noté las lágrimas secas en las mejillas y el pelo pegado a un lado de la cara. Tenía el cuello dolorido de haber dormido en el sofá. Sabía que seguía en casa de Will, pero de nuevo reinaba la oscuridad y no veía nada.

—¿Will? —grité con voz adormilada.

—Está en el hospital.

La lámpara que había junto al sofá se encendió y reveló la figura de Cole sentado en el sillón. Tenía ojeras oscuras y el pelo de punta por la zona de la coronilla, como si hubiera intentado dormir en la butaca pero no hubiera sido capaz de encontrar una postura cómoda.

—¿Qué haces aquí? —le pregunté. Solo de verlo a mi lado me invadió la tristeza de nuevo.

—Will quería ver a Nathan, pero no podía dejarte sola, así que me ha llamado.

Me tendí otra vez en el sofá para no tener que mirarlo. Después de que me durmiera, Will debía de haberme tapado con una manta hasta la barbilla para que no me enfriase.

—Pero ¿por qué has venido tú? —dije, formulando la pregunta de otra manera.

—Porque estaba preocupado por ti.

Forcé una carcajada.

—Por favor, no hace falta que mientas.

—¿Por qué iba a mentirte?

—Cole, deja de fingir que lo de anoche y todo lo que pasó después en la fiesta no sucedió —le pedí—. Ahora mismo no estoy de humor para tus chorradas.

Suspiró.

—Ya lo sé.

—Bien. Entonces entenderás que prefiera estar sola.

—Jackie, por favor, escúchame —dijo, haciendo caso omiso de mi petición. Hablaba en un tono de voz casi inaudible, como si lo estuviera pasando tan mal como yo. Apreté los dientes e intenté pasar de él—. He venido a pedirte perdón. Y a llevarte a casa.

Me quedé callada, pensando. ¿De verdad podía considerar que el rancho de los Walter era mi hogar? En el transcurso de las últimas semanas, había empezado a sentirme más o menos en casa, pero después de lo sucedido en la fiesta, y con Lee, ya sabía que no era así.

—Jackie, por favor, di algo.

—¿Y por qué crees que quiero ir a alguna parte contigo? —repliqué—. Las últimas dos veces, he acabado fatal.

—Vale, es posible que haya herido tus sentimientos, pero...

—¿Es posible? —me indigné al tiempo que me incorporaba para fulminarlo con la mirada. Sus palabras me incendiaron por dentro, como si alguien me hubiera encendido una cerilla en el pecho, y entorné los ojos mientras hacía esfuerzos por no explotar—. Perdí a mi familia, me mudé a la otra punta del país para vivir con unos desconocidos, tú y algunos de tus hermanos me habéis tratado como una mierda, ¿y dices que es posible que hayas herido mis sentimientos?

En vez de tirarse a mi yugular, como pensé que haría, Cole agachó la cabeza.

—Lo siento —musitó.

—¿Qué? —pregunté, llevándome la mano al oído—. No te oigo.

—Lo siento. He sido un gilipollas.

—¿Ah, sí? ¿Has sido un gilipollas? —repliqué con desprecio. Si eso era una disculpa, dejaba mucho que desear—. No seas tan duro contigo, Cole.

Hinchó las fosas nasales.

—Oye, intento pedir perdón, ¿vale? —Como yo no respondía, inspiró hondo—. Supongo que estaba celoso —dijo por fin, mirando la raída moqueta.

—¿Celoso? —repetí.

—Sí. —Hablaba en tono inseguro, como si le costara reconocerlo—. De Alex.

—¿Y qué pasa con Erin, Olivia y las demás?

—Ese es el problema —respondió Cole, que apretaba los puños de pura frustración—. Esas chicas no me gustan. Es que... no sé. Mis amigos tienen una imagen de mí y de cómo debo comportarme, y yo me siento obligado a estar a la altura. Y mira a Alex. A él no le hace falta esforzarse.

Me reí.

—Ya... O sea que el pringado de Alex no tiene que esforzarse y Cole, la superestrella, sí.

—Eso es —asintió, mirándome a los ojos—. En las relaciones con las chicas, es así. Él se limita a ser él mismo y todo le va como la seda.

—¿Como la seda? —dije—. ¿Igual que con Mary?

—Oye —protestó Cole, levantando las manos—. Ya sé que a veces soy un capullo, pero te juro que nunca se la habría jugado a Alex. Mary me dijo que él la había dejado. En cuanto supe que había sido al revés, la mandé a paseo.

No supe qué responder.

—Jackie —continuó Cole—. No debería haberte metido en esto ni haber jugado con tus sentimientos, pero veía que Alex y tú estabais cada vez más unidos y yo no quería… —Se interrumpió para buscar el mejor modo de expresar lo que estaba pensando—. Fui egoísta y me daba miedo quedarme…

—¿Solo? —apunté.

—Sí —dijo Cole, asintiendo con la cabeza—. Me daba miedo quedarme solo.

—Bienvenido a mi vida —respondí con tristeza.

Trece

Cole tardó media hora en convencerme de que me marchara de casa de Will con él. En el viaje de vuelta al rancho, le pregunté cómo estaba Nathan.

—Está bien —dijo Cole, y me lanzó una mirada de refilón—. Ha preguntado por ti.

No respondí. Me sentía culpable por no haber estado allí para ayudarlo.

—Te puedo llevar mañana al hospital, si quieres.

—Claro —respondí, lacónica, y después de eso Cole captó el mensaje de que no me apetecía hablar. Seguía furiosa con él, pero ya no tenía fuerzas para discutir. Cuando por fin aparcó la camioneta en el acceso de los coches, abrí la portezuela y salí disparada.

—¡Jackie, espera! —me gritó Cole, pero yo ya me apresuraba hacia la casa.

Una parte de mí quería ir directamente a la habitación de Alex y Nathan. A lo largo del último mes había pasado la mayor parte del tiempo en ese dormitorio mitad ordenado y mitad desastrado. Se había convertido en una especie de lugar de retiro, un refugio en el que me sentía cómoda, y conocía tan bien los pósteres que decoraban las paredes como el mural de mi habitación. Pero Alex estaría allí. No solo eso, sino que seguramente seguía enfadado conmigo, y yo únicamente quería estar sola.

Los Walter me dejaron más o menos en paz. Aunque todos excepto Katherine volvieron a casa para comer, la granja no perdió el aire de paz. Todavía aturdidos por el accidente de Nathan, no parecían los chicos revoltosos de siempre. En algún momento de la tarde Parker llamó a mi puerta para preguntarme si había visto a Jack y a Jordan, pero ni siquiera ella estaba de humor para dedicarme una de sus muecas características.

No bajé a comer ni a cenar, pero a las siete alguien llamó a mi puerta. Al momento, Alex la estaba empujando con el hombro. Traía una bandeja con un tazón de sopa de tomate y un sándwich de queso gratinado.

—¿Tienes hambre? —me preguntó, señalando la comida con un gesto.

Aunque me llevé una sorpresa al verlo, apenas si cambié de postura en la cama. Los acontecimientos del día me habían dejado sin fuerzas mentales y no pude hacer nada más que encogerme de hombros. Notaba el estómago vacío, pero no porque necesitara comida.

—¿Qué? ¿Puedo entrar?

—Supongo.

Alex recorrió la habitación con cuidado de no derramar la sopa y, después de dejar la bandeja en mi escritorio, se quedó junto a mi cama con las manos hundidas en los bolsillos. Abrió la boca para decir algo y volvió a cerrarla como si hubiera cambiado de idea. Yo sabía que estaba buscando la manera de entablar una conversación, pero no le eché un cable. Guardé silencio, observándolo con aire paciente.

Por fin, dijo:

—Jackie, lo siento muchísimo.

Alex parecía tan agotado como me sentía yo. El color había desaparecido de su rostro y, no sé por qué, ese detalle me empujó a creerlo. De todos modos, igualmente me sentía herida.

—¿Dos disculpas en un día? —pregunté, haciendo alusión a Cole—. ¿A qué se debe el milagro?

El sarcasmo me salió sin querer, pero se lo merecía. Los dos se estaban comportando como Jekyll y Hyde. Ayer me odiaban y hoy me suplicaban perdón.

Se le crisparon los hombros.

—A Nathan —respondió.

—¿De verdad? Cuenta.

Me costaba creerlo, teniendo en cuenta que acababa de sufrir convulsiones.

—Cuando supo que no estabas en el hospital, se enfadó. Quiso hablar con Cole y conmigo a solas y entonces nos echó la bronca —me explicó—. En plan, a gritos. Te lo juro, una monja tuvo un ataque de pánico cuando oyó las voces.

Me costaba visualizar a Nathan en el hospital, con la vía en el brazo, echándoles la bronca a sus dos hermanos mayores, pero la idea me arrancó una sonrisa de satisfacción.

—¿Y qué os dijo Nathan?

A esas alturas de la conversación, Alex estaba rojo como un tomate.

—Que debía de ser un imbécil integral si pensaba que tú habías pretendido hacerme daño —musitó.

—Muy lúcido para ser alguien con una lesión en la cabeza —dije. Ya no me preocupaba por ser educada. El hecho de que Alex se hubiera tragado con tanta facilidad el numerito de Cole me puso de mal humor otra vez. ¿De verdad pensaba que yo era tan cruel?

—Perdona. —Agachó la cabeza—. Ya sé que no es excusa, pero que no vinieras a la fiesta fue un chasco enorme y, por si fuera poco, estaba bebiendo. Y entonces, de repente, apareces allí con él. No pensaba a derechas.

—¿Sabes lo único que tenía en la cabeza cuando Cole me llevó a rastras a la fiesta?

La verdad escapó de mis labios antes de que me parara a pensar lo que le estaba diciendo.

—No —respondió Alex con inseguridad—. ¿Qué?

—¿Qué pensará Alex?

—¿Intentas que me sienta aún peor?

—No —le aseguré, suavizando mi tono de voz—. Solo quiero que lo sepas.

—¿Que sepa qué?

—Que estaba pensando en ti.

La verdad era que, desde el día que nos besamos, solo de pensar en Alex sentía mariposas en la barriga. Lo más frustrante era que no conseguía desentrañar el motivo. Alex era guapo, eso no podía negarlo —tenía una de esas sonrisas adorables que te ponen de buen humor—, pero nunca había notado esa sensación de fuego en el cuerpo cuando lo tenía cerca, como me pasaba con otro que yo me sé. Por otro lado, Alex era cariñoso y de fiar. Tenía la sensación de conocerlo de toda la vida; con él me sentía como en casa.

—Me porté fatal —dijo al tiempo que negaba con la cabeza, como si no se pudiera creer lo que había hecho. Como yo no respondía, levantó la vista—. ¿Crees que podrás perdonarme?

—Te perdono, Alex. Ya sé que no te portaste mal conmigo adrede. Nos viste a Cole y a mí juntos y pensaste que la historia de Mary se repetía.

—¿Pero?

—Pero sucedió ayer. La herida todavía está abierta.

—Ya —dijo Alex, mordiéndose el labio. Guardamos silencio un momento y entonces se animó de golpe—. ¿Puedo hacer algo para compensarte?

—Depende —respondí con una sombra de sonrisa—. ¿Qué me propones?

—Bueno, al volver del hospital he terminado *El sueño de una noche de verano*. Estaba pensando que podríamos ver juntos alguna de las adaptaciones al cine.

Era un detalle tan bonito que por fin me concedí permiso para sonreír.

—Supongo que eso me sentará bien —dije, fingiendo indiferencia.

—Fantástico, ¿dónde está tu portátil?

Encontramos una versión de finales de los noventa y Alex se acomodó en mi cama. Para cuando terminó la película tenía la cabeza en su pecho.

—¿Qué te ha parecido? —le pregunté cuando salieron los créditos.

—¿Hum?

Los dedos de Alex me acariciaban el pelo y notaba los movimientos de su pecho cada vez que respiraba.

—¿Te ha gustado?

—Si te digo la verdad —dijo, y su mano se detuvo—, no he prestado mucha atención.

—¿Qué? —me senté para mirarlo—. ¿Por qué no?

—Porque estaba distraído con otra cosa —confesó. Antes de que pudiera preguntarle con qué, continuó—: ¿Podemos hablar un momento?

Una expresión preocupada asomó a su cara, pero alargó la mano para acariciarme el cabello y me pasó los mechones del flequillo por detrás de la oreja. Noté las callosidades de sus dedos resbalar por mi piel, y me estremecí. Una parte de mí sabía lo que iba a decir y, mientras asentía, mi corazón empezó a latir a un ritmo más rápido. Había tal silencio en la habitación que Alex debía de oír los latidos, seguro.

—Jackie —empezó, y hablaba en tono serio, como si se dispusiera a pronunciar un discurso importante. Observé el movimiento de sus labios cuando pronunció mi nombre. A la luz de mi habitación se veían suaves y bien dibujados, y me hicieron pensar en el día del puf de pera—. Ya sé que te va a parecer una tontería, pero tengo que intentarlo de todas formas. En la fiesta, cuando te vi con Cole, no me enfadé porque hubieras ido a la fiesta de Mary. Estaba enfadado conmigo mismo por haber llegado tarde. Pensaba que Cole se me había adelantado.

—No entiendo la pregunta.

—Espera, enseguida llegamos a eso. —Paró para respirar—. Lo que intento decirte es que debería haberte preguntado esto el otro día. Ya sabes, el día que jugamos a Mario Kart. —Se interrumpió de nuevo, cada vez más colorado. Luego me preguntó de un tirón—: Jackie, ¿te gustaría ser mi chica?

Ahí estaba, la pregunta que temía desde nuestro beso, porque no sabía qué contestar. Pero ahora que la había escuchado, supe súbitamente lo que iba a responder. Me sentía tan a gusto con Alex… Con él podía bajar la guardia. La noche anterior en la fiesta pensaba que me había quedado sin eso y no pensaba volver a cometer el mismo error.

Le respondí con los labios.

Al día siguiente tuve la clara sensación de que Parker me estaba espiando. Por lo general hacía lo posible por evitarme, a veces incluso abandonando la habitación cuando yo llegaba, pero ese día se sentó a mi lado en el desayuno. Mientras estaba en el baño alisándome el pelo, entró y pasó diez minutos cepillándose los dientes. Más tarde, abrí la puerta de mi habitación y la encontré remoloneando en el pasillo.

Me crucé de brazos y enarqué una ceja.

—¿Qué estás tramando, Parker?

Esbozó una sonrisita burlona y dos hoyuelos aparecieron en sus mejillas.

—Estoy esperando.

—¿A qué? —quise saber.

—La ira de Cole —respondió, y no supe a qué se refería hasta que oí la pelea.

—Ay, porras —se lamentó Parker cuando oyó los gritos de furia—. Esperaba que se pusiera en plan Hulk contigo, no con Alex.

Bajó las escaleras a la carrera en dirección a las voces y yo la seguí de cerca, pero cuando llegamos a la sala George ya estaba separando a Cole y a Alex.

—Pero ¿a vosotros qué os pasa? —les preguntó, fulminando a sus hijos con la mirada. Tenía aferrados a los dos chicos por la camiseta y los mantenía separados entre sí. Había sangre en el labio de Alex, que exhibía una sonrisa petulante, mientras que Cole parecía a punto de explotar.

—Ha empezado él —dijo Alex. Me ha atacado sin venir a cuento. No tengo ni idea de por qué la ha tomado conmigo.

Supe por el tono complacido de su voz que Alex no decía toda la verdad.

—¿Y bien? —siguió preguntando George, volviéndose hacia Cole—. ¿Es verdad?

—Me estaba vacilando.

—¿Y te parece un motivo para atizarle un puñetazo a tu hermano? Por Dios, Cole, no sé qué te pasa últimamente —dijo George. Negó con la cabeza—. Si esto se repite, te vas a pasar un mes limpiando las cuadras. ¿Me oyes?

Cole asintió y George soltó a los dos chicos. Cuando se marchó, Cole volvió a encararse con Alex.

—Te crees muy guay, ¿verdad? —le espetó con rabia—. Pues te digo una cosa, esto solo ha sido el primer asalto. Los dos sabemos por experiencia que yo siempre gano.

La sonrisa de Alex flaqueó y vi algo oscuro destellar en sus ojos.

—¿Chicos? —pregunté con inseguridad, pero tan pronto como Cole oyó mi voz se marchó como un vendaval y sin pronunciar otra palabra.

—Qué fueeerte —oí decir a Lee.

Me di media vuelta y descubrí que los demás se habían reunido detrás de mí para presenciar la escena.

—Jo, vaya —rio Isaac por lo bajo—. Esto no me lo esperaba.

—Has perdido —le dijo Lee a su hermano—. Apoquina.

Isaac hundió la mano en el bolsillo para buscar la cartera. Sacó un billete de veinte y se lo plantó a su hermano en la mano. Danny estaba parado a su lado y caí en la cuenta de que su semblante, casi siempre impasible, era la viva imagen de la sorpresa. Me estaba temiendo que yo tenía algo que ver en la pelea y me volví hacia él mientras el terror empezaba a propagarse por mis venas.

—¿Qué puñetas ha pasado? —le susurré.

Cuando Danny negó con la cabeza, pensé que no me lo diría, pero entonces me agarró del codo y me arrastró al porche para que nadie nos oyera. Me explicó que la noche anterior, Alex se había dedicado a presumir de que estaba saliendo conmigo delante de todos menos de Cole. Fue como si estuviera provocando adrede a su hermano mayor y cuando Cole lo había descubierto por la mañana, Alex había conseguido la reacción que quería.

Cole estaba furioso y se pasó el resto del domingo en el garaje, trabajando en su coche.

Al día siguiente, en el instituto, Alex tampoco estuvo a la altura. Cuando las clases terminaron y salimos juntos de Anatomía, me empujó contra su taquilla y me besó con pasión. Mientras tanto, su mano serpenteaba por mi espalda para poder estrecharme contra su cuerpo. En ese momento pensé que era así de romántico pero, cuando me separé, lo pillé mirando a alguien por encima de mi hombro. Al seguir la trayectoria de su mirada, vi a Mary con un grupo de amigos y una mirada asesina en los ojos.

El almuerzo fue un horror. Riley, Heather y Skylar nos bombardearon a Alex y a mí a preguntas en cuanto nos sentamos y nos estuvieron interrogando durante treinta minutos enteros. A Alex no le importaba, pero yo solo quería que la noticia de que salíamos juntos perdiera la novedad para que las cosas volvieran a ser como antes. Kim, la única que seguro que se iba a comportar con normalidad, no apareció.

Al salir de clase, yo estaba tan agotada que me eché una siesta, algo que nunca me permitía. Acabé durmiendo tanto rato que más tarde, cuando llegó la hora de irse a la cama, no tenía sueño. Por eso, aunque era tardísimo, me senté en la cama totalmente despabilada cuando alguien llamó a mi puerta con los nudillos.

—Jackie, ¿estás despierta? —susurró Alex al tiempo que asomaba la cabeza.

—Ajá —respondí.

—¿Puedo entrar?

—Sí, claro —le dije—. ¿Qué pasa?

Cerró la puerta en silencio y se acercó de puntillas a mi cama. Eché un vistazo al reloj. Ya era medianoche.

—¿Tienes ropa negra? —me preguntó Alex.

—En el armario —asentí—. ¿Por qué?

—Cógela —sugirió. Una sonrisa se extendió por su rostro.

—¿Para qué? —quise saber, pero me encaminé al armario de todos modos. Busqué entre las camisas de manga larga hasta encontrar mi viejo jersey Hawks con el nombre bordado en el bolsillo.

—Hemos votado, y hemos decidido que puedes participar en la tradición que celebramos al final de cada curso.

—¿Y es…? —pregunté mientras me enfundaba los pantalones.

—Siempre lanzamos papel higiénico a la casa del director.

—¡Chis! —susurró Isaac una vez que estuvimos todos reunidos en el dormitorio que compartía con Lee. Alex me explicó que la habitación de sus primos era la mejor para salir de casa a hurtadillas, porque había un roble inmenso junto a la ventana.

—Muy bien, ¿todo el mundo lleva papel higiénico? —preguntó Cole, mirando al grupo; a todos menos a mí.

—Sí —respondió Danny mostrando su rollo—. También he cogido los tenedores de plástico que mamá tenía guardados para nuestra graduación. Podemos sembrar el jardín.

—¡Brutal! —dijo Lee, que chocó los cinco con su primo.

—Eh, Jackie, ¿qué puñetas llevas en la cara? —susurró Alex al tiempo que me miraba.

—Pintura de guerra —fue mi respuesta. Le mostré el delineador negro que me había guardado en el bolsillo—. ¿Quieres?

—Desde luego —dijo con una sonrisa. Retiré la tapa y, despacio, procedí a dibujarle dos líneas negras, una debajo de cada ojo.

—Eh —exclamó Isaac cuando nos vio—. ¡Yo también quiero!

—Vale —respondí sonriente—. ¿Alguien más?

Todos asintieron con movimientos de la cabeza y esperaron a que les decorara la cara con pintura de guerra. La única persona que rehusó fue Cole.

—Qué infantil —me dijo cuando me ofrecí a pintarlo. Molesta, volví a guardarme el lápiz en el bolsillo y le di la espalda.

—Muy bien, gente —dijo Isaac para llenar el incómodo silencio—. Abajo y a la camioneta.

Danny asintió y abrió la ventana antes de empezar a descender por el árbol.

—Mira cómo lo hace —me sugirió Alex antes de señalarme los puntos donde su hermano colocaba las manos y los pies para bajar.

—¡Vale, el siguiente! —indicó Danny medio gritando, medio susurrando desde abajo.

Cole saltó la ventana al momento, seguido de Lee y luego Isaac.

—¿Lista? —me preguntó Alex cuando me encaramé a la ventana. Noté la fría corriente de aire y me abroché el jersey hasta arriba para entrar en calor.

—Supongo —respondí, nerviosa.

—No te preocupes. Es fácil —me dijo. Asintiendo, pasé un pie al otro lado y salté la ventana. Una vez en el alféizar me incorporé y me aferré a una rama con tiento—. Muy bien. Continúa —me animó.

Inspirando profundamente, dejé atrás el alféizar y me agarré al árbol. Desplacé el pie izquierdo a la gruesa rama que tenía debajo, muy despacio.

—No tenemos toda la noche —gruñó alguien desde abajo. Parecía la voz de Cole.

—No le hagas caso —susurró Alex—. Lo dice para chinchar.

Alex bajó conmigo y me fue diciendo dónde tenía que apoyar los pies. Cuando aterricé por fin en el mullido césped, nos reunimos con los demás.

—Habéis tardado una eternidad —gruñó Cole mientras Alex dejaba la bolsa con el papel higiénico en la caja de la camioneta.

—Cállate, Cole —replicó Alex enfurruñado.

—¿Podéis parar, vosotros dos? —los regañó Isaac—. Ya discutiréis cuando volvamos, pero me gustaría salir sin que nos pillen.

Cole y Alex se fulminaron con la mirada pero, afortunadamente, guardaron silencio.

—Hay que empujar la camioneta hasta la carretera —me explicó Danny.

—¿Empujarla? —pregunté con extrañeza. Parecía muy pesada.

—Sí, mi madre lo oye todo —dijo—. No podemos arrancar el motor antes de llegar abajo.

Los chicos se colocaron en hilera detrás del vehículo rojo.

—Muy bien, a la de tres. ¡Un, dos, tres! —ordenó Cole. Todo el mundo empujó y apenas tardamos unos minutos en llegar al final de la larga avenida de los Walter.

—¡Guau! —aulló Alex tan pronto como llegamos al exterior—. Vamos allá.

Montamos en el vehículo, Cole arrancó el motor y al momento ya nos estábamos internando en la noche.

—Vale, Isaac y Danny. Vosotros os encargáis del jardín trasero —organizó Cole al tiempo que dejaba la bolsa de deporte negra en el suelo. Descorrió la cremallera deprisa y corriendo y les lanzó sendos rollos de papel higiénico. Estábamos delante de la casa de tres plantas en la que vivía el director McHale. La vivienda se encontraba muy apartada de la calle y había abundantes árboles en el jardín que nos camuflarían, pero Cole había aparcado a una manzana de distancia por si las moscas.

—Es enorme —le susurré a Alex, que estaba de pie a mi lado—. Hay muchos árboles.

Él asintió con una sonrisa.

—Es perfecta para un buen empapelado.

—Estáis hablando muy alto —nos regañó Cole en susurros, mirándome.

—Muy bien, señor mandón. Encárgame una tarea —replicó Alex.

Cole le lanzó la caja de tenedores.

—Alguien tiene que sembrar el césped —dijo.

—Yo le ayudo —me ofrecí, entrelazando el brazo con el de Alex. No quería quedarme a solas con Cole y con Lee.

—Mejor que no —dijo Cole, que me sujetó el brazo cuando echamos a andar—. Tengo el trabajo perfecto para ti.

Al cabo de un ratito, yo miraba el balcón sumido en sombras.

—Ni de coña voy a hacer eso —declaré, cruzándome de brazos.

—Tiene que hacerlo alguien que pese poco —arguyó Cole—. Normalmente lo hace Nathan, pero como está temporalmente fuera de servicio…

—¡Vale, trae eso! —dije, y le arranqué el rollo.

—Esta es mi chica —afirmó Cole pellizcándome la mejilla.

—Que te den —le solté antes de dar media vuelta y aferrarme a la celosía.

—Ten cuidado, no se vaya a romper —me advirtió Cole mientras yo probaba mi peso contra la lista de madera más baja. Cuando me convencí de que aguantaría, empecé a subir. Fue como trepar por una escalera de mano.

—¡Ay! —exclamé cuando me pinché el dedo con la espina de una rosa.

—¡Calla! —cuchicheó Cole desde abajo—. ¿Quieres que nos pillen? Esa terraza da a su dormitorio.

—Sí, ya lo sé. Me lo has dicho como cincuenta veces —susurré mientras me chupaba la gotita de sangre del dedo—. También podrías haber traído unos guantes.

—Deja de ser tan llorica y sigue subiendo —me espetó.

Apreté los dientes y me tragué la respuesta. Cuando llegué arriba, me descolgué por el otro lado de la barandilla. Había una cortina echada al otro lado de las puertas correderas, pero se me aceleró el corazón de todos modos. Tenía la sensación de que todos los habitantes de la casa me veían y me oían moverme de un lado a otro, así que empecé a lanzar el papel higiénico por todas partes.

—Acuérdate de entrelazarlo con la barandilla —me ordenó Cole desde abajo.

—Sí, sí —rezongué para mis adentros. Si tan complicado era, debería haberlo hecho él.

—¿Jackie? ¿Me oyes? La barandilla.

Lanzándole una mirada asesina, imité un saludo militar.

Después de envolver la barandilla, retrocedí unos pasos para admirar mi obra. Al hacerlo tropecé con el último rollo de papel higiénico que quedaba y me estampé contra la puerta del balcón. Con el corazón desbocado, me puse de pie deprisa y corriendo. Contuve el aliento un momento para comprobar que nadie me hubiera oído. El director McHale debía de estar dentro, durmiendo a pocos pasos de distancia.

Al comprobar que no pasaba nada, volví a respirar aliviada, pero me había precipitado. Una sirena aulló en la noche y abrí unos ojos como platos. La casa tenía alarma antirrobo. El miedo me paralizó en el sitio.

—¿Qué cojones, Cole? —gritó Lee—. ¿Qué hace Jackie ahí arriba?

—¡Jackie! ¡Baja! —aulló Alex por encima del estrépito de la alarma. Su gritó me ayudó a despabilarme. Salté la barandilla como el rayo y empecé a descender por la celosía.

—¡Venga, deprisa! —vociferó alguien.

Casi había llegado al suelo cuando oí un desgarrón. La manga del jersey se me había enganchado en el enrejado.

—¡Jackie, tenemos que irnos ya! —me dijo Isaac.

—¡No puedo, se me ha enganchado la manga! —exclamé mientras intentaba desprenderla.

—¿Quién anda ahí? —gritó una voz profunda desde la puerta de la terraza.

—¡Quítatelo! —me dijo Alex.

Intenté despojarme de él, pero temblaba demasiado. De golpe y porrazo, Cole estaba a mi lado y me arrancó la prenda.

—Vamos —me dijo a la vez que saltaba.

—Mi jersey… —protesté al llegar abajo—. Se ha quedado enganchado.

—Déjalo. Ya te compraré otro.

Me cogió de la mano y me arrastró al refugio de los árboles.

—¡Malditos críos! —gritó una voz en dirección a la noche.

Corrimos como alma que lleva el diablo de vuelta a la camioneta. Cuando llegamos, yo resollaba con fuerza.

—¿En qué narices estabas pensando? —gritó Alex, que empujó a Cole contra el lateral de la camioneta—. Lo has hecho adrede. Querías que la pillaran, ¿verdad?

—Pero no la han pillado, ¿no? —replicó el otro con una sonrisa burlona en el rostro.

—¡No debería haber subido! —aulló Alex—. Solo porque estés celoso, no significa que…

—¿Qué? —los interrumpí. Noté un vuelco en el corazón—. ¿Normalmente no echáis papel higiénico en la terraza?

—¡Claro que no! —exclamó Isaac—. ¡Es absurdo! No queremos que nos pillen.

Pero yo no lo escuchaba, en realidad no. Estaba pendiente de Cole, observando su reacción. Fruncía el entrecejo con expresión enfurruñada, como si pensara que todo el mundo estaba dando una importancia exagerada a la situación.

—¿Por qué me has mentido? —le pregunté. Hablaba despacio para que no se me quebrara la voz. Pero no importaba, porque en mi voz vibraba el dolor de la traición. Si el director McHale me había visto, ya podía despedirme de mi sueño de estudiar en Princeton y de todo lo que vendría después. Cole era consciente de la importancia que yo les daba a los estudios y a mi futuro, y pese a todo los había puesto en peligro. La rabia hervía en mi pecho, pero entonces experimenté una terrorífica revelación. Esa noche yo también me había jugado mi futuro. Era tan culpable como él. Nadie me había obligado a escalar la celosía. Había trepado yo sola. ¿Qué me pasaba últimamente? Jamás en toda mi vida había sido tan insensata.

Cole se cruzó de brazos.

—Solo ha sido una broma. Dejad ya de comportaros como si alguien hubiera muerto.

A mi lado, Danny contuvo una exclamación. No me volví a mirar la reacción de los demás; estaba concentrada en Cole, escudriñando la expresión gélida de su cara para averiguar si había soltado adrede el comentario. ¿Cómo era posible que fuera tan insensible?

—Eso ha estado totalmente fuera de lugar —dijo Alex, rompiendo el silencio. Dio un paso al frente para encararse con Cole—. Discúlpate con Jackie.

—Bah, pasa de mí —replicó Cole, desdeñando la petición de su hermano con un gesto de la mano.

—Discúlpate —repitió Alex.

—¿Y si no quiero? ¿Qué vas a hacer?

—Esto —le dijo Alex a Cole antes de estamparle el puño en toda la cara.

Cole trastabilló hacia atrás hasta estrellarse con el lateral de la camioneta. Alex corrió hacia él, pero Isaac reaccionó al momento y le sujetó los brazos antes de que volviera a atizarle. Cole intentó abalanzarse sobre Alex, pero Danny lo rodeó con los brazos para contenerlo.

El puñetazo estaba cantado. Cole se lo había buscado. Alex y su hermano ya estaban peleados antes de mi llegada a Colorado, pero yo fui el catalizador que provocó una guerra abierta.

—¿Qué cojones? —rugió Cole, que forcejeaba para librarse de Danny.

Les costó un rato tranquilizarse, especialmente a Cole. Los chicos parecían tan enfadados con Cole como él lo estaba con nosotros y decidieron por votación que volviera andando a casa. Por suerte los convencí de que no lo hicieran. Estaba disgustada por las palabras de Cole, que habían sido como una bofetada en la cara, pero sabía que las cosas solo podían ir a peor si dejábamos que la rabia lo reconcomiera. Al final nos amontonamos todos en la camioneta con Danny al volante. Cole se sentó delante tapándose el golpe y contestando mal a todo aquel que le dirigía la palabra. Yo iba detrás, lo más alejada posible de él.

—Ha sido brutal —dijo Isaac con una sonrisa—. O sea, de verdad, la mejor parte de la noche. Nadie le había atizado nunca a Cole un tortazo tan fuerte.

—Sí —convino Danny—. Ojalá hubiéramos llevado la cámara de Jack y Jordan.

—Será mejor que te calles la boca, o te arrepentirás de haber dicho nada —gruñó Cole y todos se rieron menos yo.

—Eh, Jackie, ¿estás bien? —me susurró Alex al oído. Yo dije que no con un movimiento de la cabeza—. ¿Qué pasa? Ya sé que no debería haberle atizado a Cole, pero ¿no te ha hecho sentir un poquitín mejor?

—Mi jersey sigue allí —dije, haciendo esfuerzos por no llorar. Una vez en la camioneta, no podía parar de revivir la escena mentalmente.

—¿Y? —preguntó Alex, encogiéndose de hombros—. Solo es un jersey.

Me volví a mirarlo con lágrimas en los ojos.

—Lleva bordado mi nombre.

Catorce

El sol se colaba por mi ventana al día siguiente y yo rodé a un lado en la cama con un gemido. Me dolía todo el cuerpo y apenas había dormido unas horas.

Estaba sonando la alarma, pero la dejé que aullara. Intenté recordar por qué estaba tan cansada. Cuando vi mis zapatillas manchadas de barro en el suelo, recordé de golpe todo lo sucedido y le aticé un manotazo al reloj enfadada. Levantarme de la cama era lo último que me apetecía, pero planté los pies en el suelo frío y bajé al baño descalza.

Estaba tan cabreada con Cole, conmigo y con todo que apreté el tubo de dentífrico con demasiada fuerza. La pasta azul salió disparada y me manchó los lados del cepillo.

—Maldita sea —gruñí retirando el exceso de pasta debajo del grifo.

Mientras me cepillaba los dientes, pensé en el día que tenía por delante. Seguro que en algún momento me llamarían a la secretaría. Los conserjes y las secretarias me lanzarían miradas de reproche, y luego me llevarían al despacho del director, que me estaría esperando detrás de un escritorio de madera enorme con mi jersey negro en la mano. Ya podía despedirme de mi futuro.

«Lo siento, mamá», pensé.

Suspirando, escupí la pasta de dientes y me lavé la cara a toda prisa. Luego me envolví con el albornoz, apagué la luz del baño y regresé a mi habitación. Cuando entré, estuve a punto de gritar de la sorpresa. A los pies de mi cama estaba el jersey.

Corrí a la planta baja y le eché a Alex los brazos al cuello.

—¡Gracias, gracias, gracias!

Le di un besito en la mejilla.

—¡De nada! —me respondió Alex con extrañeza.

—Qué alivio. Me has salvado la vida —le dije.

—¿Alivio por qué, exactamente? —quiso saber.

—Por el jersey. —Se lo enseñé—. No me puedo creer que volvieras a buscarlo. —Alex me miraba sin decir nada—. Fuiste tú, ¿no?

—Bueno, viéndote, me encantaría haberlo pensado —confesó en tono apenado—, pero no, no fui yo.

Volví la cabeza hacia los chicos que ya estaban en la cocina. Busqué los ojos de Cole por si encontraba ahí la respuesta, pero él enarcó las cejas como diciendo que ni por asomo habría regresado ayer a buscar mi chaqueta.

—¿Danny? —le pregunté. Levantó la vista del periódico con una expresión compungida y negó con la cabeza.

—¿Has sido tú? —le pregunté a Isaac.

—No, Jackie, lo siento —farfulló con la boca llena de copos de maíz.

—Y entonces ¿quién ha sido? —pregunté en voz alta.

—Isaac —dijo Katherine, que entró en la cocina con una taza de café en la mano—. ¿Puedes despertar a tu hermano? No me puedo creer que siga durmiendo.

—Claro, tía Katherine —respondió él antes de levantarse y dejar el tazón vacío en la pila.

—¿Lee? —me pregunté en voz alta.

—No, tonta —dijo Isaac poniendo los ojos en blanco—. Mi otro hermano.

En el trayecto al instituto, los chicos charlaron de la fiesta de fin de curso que siempre organizaban. Tenían pensado celebrarla durante el fin de semana que Katherine y George estarían ausentes. Yo los escuchaba sin decir nada y observaba a Lee desde mi sitio en el asiento trasero mientras trataba de adivinar por qué él, precisamente, había vuelto a buscar mi jersey. Lee era el único de todos ellos que no parecía emocionado con la fiesta. Quizá porque tenía la cabeza apoyada contra la ventanilla del copiloto y estaba medio dormido.

—Vale, todos fuera —ordenó Isaac tan pronto como aparcó el coche en una plaza. Yo abrí la portezuela a toda prisa y cogí la cartera.

—¿Lista? —me preguntó Alex después de recuperar la suya.

—Ve tirando —le dije, mirando de reojo a Lee, que se desabrochaba el cinturón despacio—. Ya te alcanzaré. Tengo que hacer una cosa.

—Vale —respondió Alex. Me plantó un beso en la mejilla y emprendió el camino al instituto.

Como yo esperaba, Lee fue el último en salir del coche, de lo cansado que estaba. Para cuando extrajo su mochila de la caja de la camioneta, los demás ya se habían marchado. Ni siquiera se dio cuenta de que yo estaba allí esperando, recostada contra la carrocería, cuando se colgó la mochila al hombro.

—Lee —lo llamé cuando echó a andar hacia el edificio. Se paró un momento, pero luego siguió andando—. ¡Lee! —grité. Como no se daba la vuelta, corrí tras él y lo agarré del brazo—. Ya sé que me has oído.

Lo obligué a dar media vuelta y él volvió hacia mí su mirada impasible.

—¿Y bien? —le pregunté, con la esperanza de que soltara la respuesta a mi pregunta no formulada.

—Y bien ¿qué? —dijo, quitándose mi mano de encima.

—Ya lo sabes —le dije.

—No, no lo sé —replicó Lee antes de dar media vuelta para alejarse.

Me quedé clavada en el sitio un momento, presa del estupor. ¿De qué iba? ¿Por qué tenía un detalle conmigo y luego fingía que no había hecho nada?

—Lee, ¿por qué fuiste a buscar mi jersey? —le grité. Mi pregunta lo detuvo en seco. Se quedó un momento parado de espaldas a mí y entonces entendí que me estaba esperando—. ¿Por qué? —repetí cuando llegué a su altura—. Sé que no te caigo bien.

—Jackie —dijo, mirándome a los ojos—. Vamos a fingir que no ha sucedido, ¿vale?

Sonó el primer timbre, que nos avisaba de que teníamos que ir entrando.

—No —me empeciné—. Quiero saber por qué lo hiciste.

—Llegaremos tarde a primera hora —me dijo mientras empezaba a subir las escaleras.

—Me da igual —le solté, sorprendiéndome a mí misma— y sé que a ti también.

—Vale, muy bien —gruñó. Lee me llevó a la parte trasera del edificio, donde había un soto de árboles que no se veía desde las ventanas del instituto.

—¿Esto no formará parte de un plan secreto para matarme? —le pregunté a la vez que miraba a todas partes. Estábamos completamente solos. Lee me lanzó una mirada furibunda por encima del hombro.

—Vengo aquí cuando no tengo ganas de ir a clase.

—Ah…

—¿Alguien te ha contado lo que les pasó a mis padres? —me preguntó a bocajarro.

—¿Tus padres?

—Sí. Por qué vivimos con mis tíos.

—No —respondí, sin saber adónde nos llevaría esta conversación. Siempre había sentido curiosidad por saber qué había sido de sus padres pero, sinceramente, no me atrevía a preguntar.

—Mi madre se marchó justo después de que yo naciera —me contó—. No la conozco. —Yo guardé silencio para dejar que continuara—. Mi padre no llevó nada bien que se marchara. Es oficial de la Marina y en lugar de quedarse a criarnos a Isaac y a mí, nos dejó con su hermano y volvió a embarcarse. Lo vemos cada pocos años.

Me llevé la mano a la boca para ocultar mi sorpresa, pero Lee no me miraba. Tenía los ojos vueltos al cielo. La situación familiar que me estaba contando era casi peor que la mía. Aunque mis padres y mi hermana ya no estaban conmigo, al menos sabía que me querían. Nos quedamos un ratito en silencio y noté en la piel el calor de ese sol ya casi estival.

—Lee, lo siento muchísimo —dije por fin.

—¿Sabes qué? Seguramente eres la primera persona que lo dice de corazón —me reveló.

—¿De verdad? —le pregunté.

—Sí. Mucha gente dice «lo siento», pero a mí me suena falso. Ellos no tienen ni idea de lo que es no tener familia.

Asentí con un movimiento de la cabeza.

—¿Sabes qué es lo peor? —quise revelarle—. Que la gente te vea de otra manera. Ya no soy Jackie, la hija de los Howard. Soy Jackie, la chica que ha perdido a sus padres.

—Mejor que ser Lee, el chico cuyos padres pasan muchísimo de él.

—¿Por qué me odias? —le pregunté entonces.

—No te odio, es que… —Lee suspiró y se pasó los dedos por los rizos mientras buscaba la manera de expresarlo—. Digamos que soy muy posesivo con las madres. No conozco a la mía y Katherine… Ella apenas da abasto para prestarnos atención a los doce y mi tía se sentía tan responsable de ti que renunció a su estudio. Me sentí como si me estuvieras robando el poco tiempo que podía pasar con ella.

—No sé qué decir —le confesé a Lee.

—No tienes que decir nada —respondió—. Volví a buscar tu jersey porque comprendí que tú, a diferencia de mí, no tienes a nadie. —Notaba que hacía esfuerzos por elegir las palabras con cuidado—. Estaba demasiado celoso para entender que lo estabas pasando tan mal como yo. He sido un idiota.

Suspirando, le tomé la mano. Por muy enfadada que estuviera por los problemas que me había causado, al menos era sincero.

—Sí —convine—. Has sido un idiota integral.

Lee esbozó una sombra de sonrisa.

Nathan nunca me había puesto nerviosa. Nuestra amistad —que había surgido de manera tan natural y sencilla— me aportaba algo que no tenía con los demás chicos Walter. Pero ese día, mientras recorría el pasillo hacia su habitación, tuve que secarme las manos en la camiseta y luchar contra el impulso de salir huyendo.

Katherine había ido a buscarlo al hospital después de que nosotros saliéramos hacia el instituto y, cuando llegamos a casa a las cuatro, todos los chicos corrieron a darle la bienvenida. Había tenido que permanecer ingresado el resto de la semana, así que la mayoría no lo había visto desde el sábado. Yo esperaba mi turno con paciencia para poder hablar con él en privado.

No nos habíamos visto desde la mañana de su crisis y el estómago me chapoteaba de un lado a otro solo de pensar que iba a reunirme con él. Lo que Lee me había dicho cuando Nathan estaba en urgencias seguía alojado en el fondo de mi mente. Sí, el lunes por la mañana habíamos resuelto nuestros problemas, pero yo no podía evitar seguir pensando en condicional. Si me hubiera levantado de la cama cuando Nathan me pidió que saliera a correr con él, quizá no me sentiría tan culpable ahora mismo.

Delante de su puerta, acerqué los nudillos a la hoja, pero al momento me faltó el valor y volví a bajar la mano. Estaba arrancando las suaves notas de una nueva canción a su guitarra y me imaginé a Nathan sentado en la cama, con los ojos cerrados y el instrumento en la mano. Tal vez pudiera volver más tarde, cuando mi estómago no estuviera tan agitado.

—Está ahí —me dijo alguien cuando di media vuelta para marcharme—. Deberías hablar con él.

Como había reconocido la voz, inspiré hondo y levanté la vista. Cole estaba parado en mitad del pasillo con el rostro impávido. El cardenal que tenía alrededor del ojo empezaba a adquirir un tono amarillo verdoso.

Era la primera frase que Cole me dirigía desde el puñetazo de Alex y una ráfaga de resentimiento me recorrió el pecho. A decir verdad, estaba más avergonzada que enfadada. No podía evitar fijarme en cómo se le ceñía la camiseta a los bíceps y en que nunca sus ojos me habían parecido más azules que en ese momento.

Después de todo lo que había hecho, de que me había lastimado a conciencia, todavía notaba ese mismo aleteo en el pecho, el mismo que intentaba descifrar desde mi llegada a Colorado. Era una especie de energía invisible, como si él fuera el sol y yo un minúsculo planeta gobernado por su imperiosa gravedad. ¿Cómo lo había llamado Heather? El efecto Cole.

—Ah, vale —respondí como si no lo supiera. No pude decir nada más, porque de repente tenía ganas de llorar. Lo que sentía era infinitamente injusto, en absoluto deseado.

Nathan dejó de tocar y supe que nos había oído. La sonora voz de Cole me había delatado. Sin embargo, en ese momento, la ansiedad que me provocaba la idea de ver a Nathan se esfumó. Abrí la puerta sin llamar y me colé dentro. Cualquier cosa con tal de alejarme de Cole y las sensaciones que me provocaba. Con las manos agarradas al pomo, me recosté contra la madera y respiré unas cuantas veces para tranquilizarme.

—¿Jackie? —oí preguntar a Nathan.

Abrí los ojos de golpe. Estaba sentado en la cama, con una expresión preocupada grabada en todos los rasgos. Y entonces, mientras le devolvía la mirada, comprendí que había sido una tonta de remate por ponerme tan nerviosa.

—Hola, Nate —respondí, y una sensación de alivio me refrescó la piel congestionada.

—¿Te encuentras bien? —me preguntó juntando las cejas.

Después de respirar hondo una vez más para tranquilizarme —inspirar por la boca, espirar por la nariz— respondí.

—Debería ser yo la que te lo preguntara. —Me aparté de la puerta y me alisé la falda antes de acercarme a su cama. Mientras me sentaba, me fijé en el apósito oscuro que llevaba en la frente, allí donde se había golpeado, y en las ojeras profundas—. Ay, Nathan —dije al mismo tiempo que le apartaba el flequillo para ver mejor la herida.

—Estoy bien —me aseguró, apartándome la mano. Recibí el mensaje alto y claro: no quería hablar de lo que le había pasado.

—Nos has pegado un susto de muerte —dije de todos modos. Tenía que saber que, aunque no había ido a verlo al hospital, estaba preocupada. Por eso añadí—: Sobre todo a mí.

Al oírlo se quedó callado con los labios apretados.

—¿Nathan? —dije. Me falló la voz, porque de pronto volvía a estar nerviosa. Puede que sí estuviera enfadado conmigo.

Por fin levantó la vista.

—¿Estás enfadada conmigo por algo? —me preguntó, como si estuviera expresando mis pensamientos en voz alta.

—¿Qué? —exclamé. Me cambié de sitio en la cama para verlo mejor—. No. ¿Por qué lo has pensado?

—Porque no he vuelto a verte desde… —Se interrumpió—. Bueno, desde el accidente.

Alargué la mano, esta vez para posarla sobre su brazo.

—Madre mía, Nathan, no sabes cuánto lo siento. Es que yo… no podía… —Me callé, porque no se lo podía explicar. Esperé un momento antes de decir despacio—: Cuando llegó la ambulancia, tuve la sensación de que todo volvía a empezar. Que iba a perder a una persona importante para mí. Entré en pánico.

314

—Ya, Cole me ha contado que fuiste al apartamento de Will.

Levanté la cabeza de golpe.

—¿Te ha hablado de mí?

Nathan asintió.

—Sí, hoy hemos estado hablando —me confesó, y dejó la guitarra para poder acercase a mí—. Ha sido raro —dijo. Al ver que lo miraba desconcertada, continuó—: No que habláramos, aunque tampoco es que nos comuniquemos mucho. Ha sido como…, no sé, parecía decepcionado por algo. Hecho un lío.

—¿Hecho un lío? ¿Respecto a qué?

—No lo tengo claro. Medía sus palabras con cuidado y tampoco ha dicho gran cosa. Por cierto… ¿tú sabes lo que le ha pasado en el ojo? Ni siquiera eso le he sacado.

—No es ningún secreto —dije, poniéndome colorada—. Alex le atizó un puñetazo.

Nathan enarcó las cejas hasta la frente.

—¿Qué hizo qué?

—Créeme —le aseguré, y negué con la cabeza al recordarlo—. Cole se lo merecía.

La carcajada de Nathan fue de puro regocijo.

—Seguro que sí, pero, hala… Supongo que eso explica en parte que estuviera tan disgustado.

—Si con disgustado te refieres a enfadado, seguro.

—No sé —dudó Nathan, golpeteándose la barbilla con el dedo—. Yo no diría enfadado. Más bien parecía triste.

—Triste —repetí según procesaba la idea. ¿Qué motivos tendría Cole para estar triste?

—Oh, no —me dijo Alex en voz baja—. Esto tiene mala pinta.

Al día siguiente, mientras fisgábamos lo que pasaba en la cocina desde el pasillo, tuve que darle la razón a Alex. Katherine estaba sentada a la mesa con un dedo en la sien. Desplegado ante ella, había lo que parecía un año de antiguas facturas y recibos.

—Cuidado —nos advirtió Isaac. Estaba recostado contra la isla, mirando a su tía con recelo mientras esperaba a que saliera el café. Alex y yo nos colamos en la cocina sin hacer ruido y nos quedamos a su lado—. Está desatada.

—¿Qué pasa? —pregunté al tiempo que abría la nevera para coger la leche.

—La florista de la boda ha llamado para decir que aún no había recibido el pago —explicó Isaac mientras sacaba dos tazas de un armario alto—. Está convencida de que le envió el cheque por email y ahora lo está poniendo todo patas arriba buscando el justificante.

—Lo tenemos mal —respondí.

No me preocupaba solamente el asunto de la florista. En principio, Katherine y George pasaban fuera el fin de semana. Al día siguiente cumplían veintidós años de casados y George había organizado una escapada romántica para los dos. Pero estando tan cerca la boda de Will y Haley, Katherine parecía más estresada que nunca. A juzgar por su expresión, marcharse de vacaciones era lo último que tenía en la cabeza.

—Fatal —asintió Isaac, que vertió el líquido oscuro y humeante en dos tazas, una para él y otra para mí—. Y si buscas la leche, está detrás del kétchup.

Siguiendo sus indicaciones, encontré la botella detrás de la salsa roja, junto al tarro de pepinillos. La saqué y la empujé por la encimera en dirección a Isaac.

—Pásame un Kickstart, ¿quieres? —me pidió Alex antes de que cerrara la nevera. No me costó nada encontrar una de esas latas color fosforito y, arrugando la nariz, rodeé con los dedos su formato favorito de cafeína. Abrió la lata y se bebió la mitad de un trago. En serio, a ese paso, iba a sufrir un infarto antes de los veinte.

Mientras cerraba la nevera, una hojita de papel sujeta por un imán me llamó la atención.

—Isaac, ¿has dicho que está buscando el justificante?

—Algo así —confirmó. Estaba concentrado en verter la cantidad exacta de azúcar en su café.

Cuando me fijé mejor, advertí que alguien había ordenado una serie de imanes con las letras del alfabeto de manera que formaran una frase insultante. Decía: «Cole es un tarugo». Debajo de la T de color naranja había una hojita rosa y aunque la caligrafía inclinada no era demasiado clara, distinguí la palabra «florista». Despegué el imán de plástico de la nevera, cogí el papel y me acerqué a la mesa.

—Katherine —le dije mostrándole la hoja—, ¿es esto lo que buscas?

Al principio, cuando echó un vistazo al papel, pensé que iba a estallar en lágrimas. En vez de eso me abrazó con fuerza.

—Cariño, me has salvado la vida —exclamó. A continuación respiró hondo antes de buscar un número en el teléfono.

—¿Qué pasa aquí? —preguntó Cole al reparar en el desastre que había sobre la mesa. Danny y él acababan de entrar en la cocina, todavía medio dormidos. Nathan los seguía de cerca rascándose la coronilla, donde un mechón de pelo se le disparaba de la cabeza.

—Crisis nupcial —respondió Alex. Machacó la lata vacía de Kickstart entre las dos manos—. Superada.

—Pues no lo parece —dijo Nathan, que arrastró un taburete y se desplomó delante de la isla—. Isaac, ¿me pones una taza de café?

—¿Desde cuándo te gusta el café? —le preguntó su primo, pero igualmente buscó una tercera taza.

—No me gusta, pero no encuentro los tapones para los oídos y Alex se ha pasado toda la noche con ese juego tan plasta.

—¡Chis! —advirtió Alex a su hermano a la vez que le atizaba un manotazo en el brazo y miraba a Katherine de reojo. Pero su madre no reparó en nada. Caminaba por la cocina de un lado a otro mientras hablaba por teléfono con un tono exasperado.

—¿Tapones para los oídos? —preguntó Isaac—. Me parece que ayer vi a Zack con unos tapones en la nariz.

—¿Qué? —exclamó Nathan con voz irritada—. ¿Y qué hacía con mis tapones?

Su primo se encogió de hombros.

—¿Cómo quieres que sepa lo que tiene ese niño en la cabeza? Es un chaval muy raro.

—Vale, de acuerdo. Gracias. —Con un talante algo menos estresado, Katherine cortó la llamada. Al momento el timbre interrumpió su breve instante de paz—. ¡Llegan temprano! —exclamó atusándose el cabello mientras corría a la puerta principal. Al poco acompañaba a Will y a Haley a la cocina, cada cual con su maleta—. Sois un cielo por haber venido. Os he avisado con tan poco margen… —comentó, y al momento empezó a guardar los papeles de la mesa en un archivador.

—Mamá, no te preocupes —la tranquilizó Will a la vez que dejaba la maleta en el suelo—. Era lo mínimo que podíamos hacer.

En ese momento entraron Jack y Jordan. Al ver a Will, corrieron al encuentro de su hermano.

—¡Will! ¡Will! —gritaron—. ¿Qué haces aquí?

—Hemos venido a pasar el fin de semana. Haley y yo cuidaremos de vosotros, pequeñajos, mientras papá y mamá están fuera.

Cole, que bebía zumo de naranja directamente del recipiente, escupió un chorro en su camisa.

—¿Qué? —exclamó, volviéndose a mirar a su madre—. ¿Por qué tiene que quedarse? Ya tengo dieciocho años.

—Cole, ¿de verdad pensabas que te iba a dejar al mando? —le preguntó Katherine medio distraída. Había abierto un cajón de la cocina y estaba hurgando entre las carpetas del interior—. ¿Dónde está? —dijo hablando consigo misma—. Juraría que lo dejé aquí.

—Cariño… —George abrió la puerta trasera. Adiviné por el brillo sudoroso de su rostro que venía de trabajar en el rancho—. ¿Todavía estás buscando el recibo de la florista? Tenemos que salir dentro de nada y no has hecho el equipaje.

—¿Qué? —se escandalizó Will. Le lanzó a su madre una mirada de reproche—. ¿Aún no has hecho el equipaje? Ve a prepararte.

—Will —replicó Katherine sin molestarse en alzar la vista—. Me parece que no entiendes la cantidad de cosas que tengo que hacer todavía para preparar la boda. Solo quedan dos semanas y no sé si tengo tiempo para marcharme un par de días.

Yo no lo dudaba. A lo largo del último mes, Will había pasado de vez en cuando para ayudarla con los preparativos, pero, como la boda se celebraba en el jardín de Katherine, era ella la que se hacía cargo de casi todo el trabajo.

—Pues dinos cómo podemos ayudarte —propuso Will.

—Sí —dijo Haley al momento—. Nos encantaría echar una mano.

—Es un detalle por vuestra parte, pero son cosas que tengo que hacer yo.

—Kitty —intervino George en tono exasperado—. Deja que los chicos te ayuden. Llevamos mucho tiempo preparando este viaje.

—¡Y yo llevo dieciséis meses preparando esta boda! No permitiré que sea un desastre.

—Mamá —le dijo Will, que se acercó por detrás para abrazarla—. Me parece que tienes que tranquilizarte.

Ella se zafó del abrazo.

—¿Cómo quieres que me tranquilice si tengo una lista de tareas pendientes que mide más de mil kilómetros? —solloz, mesándose el cabello.

—Katherine —le dije para que me prestara atención.

Ella volvía a rebuscar por el cajón, aunque lo que fuera que quisiera encontrar no estaba ahí la primera vez que había mirado.

—Estoy muy ocupada —musitó.

—¡Katherine! —repetí, esta vez levantando la voz. Todo el mundo me miró, pero yo no hice caso de sus caras de sorpresa y me concentré en la señora Walter. Estaba entrando en estado de pánico, una tendencia que yo conocía bien de mi propia madre, y tenía que calmarla antes de que se derrumbara por completo. Volvió la cabeza al oír mi voz y, como aturdida, me miró con la boca entreabierta.

—¿Qué tienes que hacer? —le pregunté en tono suave pero firme.

—¿Perdón?

Reformulé la pregunta.

—¿Qué tendrías que dejar hecho para poder marcharte tranquila el fin de semana?

—Uf, no creo que sea posible. Hay que hacer el plano de ubicación y escribir el programa de la ceremonia. Cielo, no entiendo para qué quieres saber...

—No —la corté—. Continúa.

—Vale —asintió, insegura—. Todavía no he encontrado el... —Y se zambulló en su catálogo mental de tareas pendientes.

—Que alguien me pase un boli —musité al tiempo que alargaba la mano, mientras ella seguía recitando. Nathan reaccionó y me plantó en la mano el boli que llevaba en el bolsillo. Echando mano del periódico que había por allí encima, empecé a escribir la lista en el margen de un artículo. No estaba tan bien organizada como mis propias listas de tareas pendientes, pero serviría.

Cuando comprendió lo que yo estaba haciendo, George arrastró a su mujer a una silla de la cocina y la obligó a sentarse apoyándole las manos en los hombros con firmeza. Luego nos pidió a los demás que tomáramos asiento también.

—Vale, equipo —dije pasado un ratito, después de leer mis notas de arriba abajo—. Vamos a hacer lo siguiente. —Miré a todos los chicos Walter alternativamente para estar segura de que me prestaban atención—. Cole e Isaac, vosotros os ocuparéis del patio trasero. Hay que segar el césped y podar los setos, y el jardín está pidiendo a gritos que le arranquen las malas hierbas. Jack y Jordan, como sabéis editar imágenes, os encargaréis de la presentación con las fotos de Will y Haley para el banquete. Y nada de bromas, porque la revisaré en persona cuando hayáis terminado. Danny, alguien tiene que ir a buscar el vestido de novia a la tienda y, Nathan, quiero que llames a los proveedores y confirmes las horas de llegada.

Cuando terminé, todos me miraban fijamente.

—¿Estáis sordos? —les espeté—. Venga. A trabajar.

—Increíble —dijo Alex una vez que todos abandonaron la cocina.

—Eso no es nada —le confesé. No me había visto en mis buenos tiempos, cuando organizaba desfiles de moda o actos benéficos para mi madre.

—¿Y yo no hago nada? —preguntó Katherine con inseguridad—. Podría escribir las tarjetas de ubicación para las mesas…

—Sí, Katherine —le dije al tiempo que la ayudaba a ponerse de pie y la empujaba fuera de la cocina—. Tienes que hacer el equipaje. Y disfrutar del fin de semana.

—Seguro que Cole está supercabreado —me dijo Alex más tarde. Estábamos en su habitación y yo me había acurrucado entre los almohadones de su cama. Notaba el perfume del detergente que Katherine usaba para lavar la ropa, junto con el aroma almizclado de Alex. Había dejado el libro de Anatomía apoyado delante de mí y se suponía que estábamos estudiando. Sin embargo, tan pronto como Alex oyó cerrarse la puerta del garaje y supo que sus padres se habían marchado, cargó RdD en el ordenador.

—¿Y eso? —pregunté mientras hojeaba el resto del capítulo para saber cuántas páginas me quedaban por leer.

—Siempre organiza una fiesta de final de curso. En teoría tenía que ser esta noche, pero ahora que ha venido Will a hacer de canguro, no sé qué pasará.

—¿Y qué pasa con los exámenes?

—Sí, ¿qué pasa? Tenemos dos semanas para estudiar.

—Ya. ¿Y qué va a hacer? —pregunté, aunque la idea de asistir a una fiesta me ponía de los nervios.

Alex se encogió de hombros.

—No sé, pero algo se le ocurrirá. Ni de coña Cole va a dejar pasar una ocasión para hacerse el chulo.

Tras eso, intenté seguir estudiando. Si los chicos iban a celebrar una fiesta, Riley, Heather y el resto del grupo querrían venir y yo no podría hacer nada. Después de diez minutos releyendo el mismo párrafo, cerré el libro de golpe. La música insufrible del ordenador de Alex no me dejaba concentrarme.

—Alex, ¿tienes que jugar a eso ahora?

—Sí —me dijo con una sonrisa. Aunque estaba un pelín molesta, su sonrisa me provocaba un aleteo en la barriga, no sé por qué. Alex era tan mono que te desarmaba—. Y ahora que eres mi chica, tú también deberías empezar a jugar a RdD.

Resoplé.

—No me importa que estés obsesionado con eso, pero a mí los juegos online no me interesan.

—Pero piensa en lo divertido que sería. Podríamos conquistar juntos todo el continente de RuWariah.

—¿No sería mejor que te pusieras a estudiar? —No tenía ni idea de lo que era eso de RooWar, pero sabía que no tenía ningunas ganas de conquistarlo—. Dos semanas no son tanto tiempo.

Conociendo a Alex, seguro que empezaba a estudiar el fin de semana antes. Y no tendría tiempo de prepararse bien los exámenes. Solo de pensarlo me entraban náuseas.

—Jackie, deja de preocuparte tanto.

—Solo tenemos catorce días —señalé—. Venga, Alex. Vi la nota que sacaste en el último examen de Anatomía. Necesitarás un nueve como mínimo para sacar al menos un notable en esa asignatura.

—¿Y qué? Con un aprobado me conformo.

Al oír eso me sentí incómoda. ¿Cómo era posible que no aspirase a dar lo mejor de sí?

—Bueno —dije probando un enfoque distinto—. Tenemos que empezar a pensar en la universidad. Si quieres que te acepten en una buena facultad, tendrás que mejorar tu expediente.

—Por ese lado no hay problema. Iré al centro de enseñanza superior, igual que Will.

—Pero ¿no prefieres estudiar en una universidad más… prestigiosa?

—¿Como cuál? ¿Yale? Jackie, mis padres no se lo pueden permitir.

—Pero si te esforzaras y sacaras buenas notas…

—Soy un friki, no un lumbreras. Ninguna universidad me concederá una beca —alegó. Tres segundos más tarde—: ¡Grrr! Esos sacerdotes zombis no paran de multiplicarse. ¡Maldita sea!

Golpeaba el teclado a toda pastilla con los ojos pegados a la pantalla.

Dejé de hablar. No entendía que Alex se conformase con algo inferior a la excelencia. Cerré el libro de texto, salí de entre los almohadones y me puse de pie. Sí, vivir con los Walter me había enseñado a relajarme, pero no por eso iba a dejar que mis notas se resintiesen.

—Eh, ¿todo bien? —me preguntó, echando un vistazo por encima del hombro.

—Sí, muy bien —dije mientras me abría paso por el desorden de la alfombra—. Voy a estudiar a mi habitación. Tengo que terminar de leer estos capítulos antes de esta noche.

Alex se dio la vuelta en la silla del ordenador.

—¿Seguro que estamos bien?

Le respondí con la mejor sonrisa que fui capaz de esbozar.

—Solo estoy nerviosa por las dos próximas semanas. No te preocupes por mí.

—Bueno, pero ¿vendrás a la fiesta?

No si pudiera evitarlo, pero algo me decía que eso no pasaría.

—Claro —asentí.

—Genial. Nos vemos luego.

Tal como me temía, cuatro horas más tarde estaba viendo a mis amigas arreglarse para la fiesta.

—¡Esta noche va a ser alucinante, tías! —se emocionó Riley con un acento más nasal que nunca.

Se había instalado delante del pequeño espejo de mi habitación e intentaba maquillarse. Como Alex había adivinado, Cole se las había arreglado para convencer a Will de que lo dejara celebrar la fiesta. Por lo que me habían dicho, tampoco le había costado demasiado, teniendo en cuenta que fue Will quien inició la tradición de celebrar el final de curso con un fiestón. Cole, además, le recordó a su hermano todas las veces que se había callado cuando Will salía de casa a hurtadillas en sus años de instituto.

—¿No es el momento más emocionante de toda vuestra vida? —preguntó Heather, siempre tan exagerada. Estaba hurgando por mi armario, buscando algo para la fiesta—. Jackie, ¿pensabas ponerte eso o lo puedo llevar yo?

Me enseñó una falda que me había regalado mi madre, de uno de sus desfiles. Los colores chillones no pegaban con mi estilo y en mi casa la guardaba en el armario sin estrenar. Igual que el vestido de mi hermana, había viajado de Nueva York a Colorado sin que yo me enterase.

—Dale —asentí. A continuación añadí—: Bueno, ¿y qué tiene esta fiesta de especial?

Mis amigas se comportaban como si las hubieran invitado al baile de la Cenicienta, pero solo era una reunión más.

Skylar despegó los ojos del móvil.

—A veces se me olvida que no sabes nada de nada.

Cuando estaba con las chicas y Sky, me pasaba el rato haciendo preguntas. Sabían mucho más que yo de los Walter, y de chicos en general, circunstancia que resultaba irónica si tenemos en cuenta que vivía con un millón, o eso me parecía a veces.

—Lo que tiene de especial es que somos tus amigas —dijo Riley.

—Ya… —Yo seguía sin entender nada.

—Y vives con los Walter —añadió Heather.

—Sí —dije cada vez más frustrada—. Eso ya lo habíamos dejado claro.

—Significa que nos invitarán a la fiesta VIP —explicó Skylar.

—¿Hay una sección VIP? —pregunté sorprendida. Me podía imaginar a Cole poniéndose en plan elitista e invitando a un grupo de elegidos a una fiesta exclusiva, pero no me parecía algo propio de los demás Walter.

—Todo el instituto está invitado, así que viene demasiada gente. El jardín trasero acaba abarrotado. El año pasado apenas podías moverte por el recinto de la piscina, de tan lleno que estaba. No hay sitio para todo el mundo, así que los chicos siempre invitan a sus amigos a una fiestecita más íntima —me explicó Skylar.

—Mi hermana mayor, Dee, era amiga de Will cuando iban al instituto —añadió Heather—. Me contó unas historias alucinantes sobre esa reunión privada.

—¿Y por qué los demás no se presentan por el morro?

—Por lo que me contó, parece ser que van a otra parte del rancho —explicó Heather al mismo tiempo que se enfundaba el top que le había prestado.

—Van a la cascada —intervino Kim de repente. Como de costumbre, tenía un cómic a todo color en las manos—. Los chicos llevan a los invitados en quads.

—Eso tiene sentido —asentí. Había sitio de sobra en la playa para un grupo de gente pequeño.

—¿Cómo lo sabes? —le preguntó Riley mientras giraba sobre sí misma para mirarse en el espejo.

—Alex me llevó el año pasado —dijo con aire culpable.

—¿Y no nos lo habías dicho? —se horrorizó Heather, sintiéndose ofendida. Kim se encogió de hombros y reanudó la lectura.

Unos golpecitos en la puerta interrumpieron la conversación antes de que Heather pudiera asaltar a Kim con otra ronda de preguntas.

—¿Jackie? —preguntó Alex asomando la cabeza.

—¿Sí? —dije, mirando la puerta por encima del hombro.

—Ah, no sabía que ya estabais aquí —comentó Alex al ver a mis amigas.

—Te he escrito un mensaje —replicó Kim sin despegar los ojos del cómic.

—Perdona, no lo he visto. Me estaba arreglando para la fiesta. Os tengo que robar a Jackie un momento. Necesitamos ayuda con la decoración.

—¡Te ayudaremos todos! —ofreció Heather en nombre del grupo—. ¿Qué temática habéis elegido este año?

—¿Es una fiesta temática? —pregunté.

—Sí, escogemos el tema por turnos. Yo quería una fiesta de disfraces de superhéroes, pero no me han hecho ni caso —explicó—. Vamos a celebrar una fiesta hawaiana. Danny ha ido a comprar un millón de guirnaldas de flores de distintos colores, antorchas tiki y una palmera hinchable.

—¡Una fiesta en biquini! —exclamó Heather entre risas.

—Sí —dijo Alex poniendo los ojos en blanco—. Adivinad a quién le tocaba elegir tema este año.

Yo no tenía que adivinarlo.

Quince

Habían iluminado el claro con antorchas y decorado los árboles con guirnaldas de luz. El agua brillaba con el reflejo de las llamas y la música machacona otorgaba a toda la escena un ambiente hipnótico. Cada vez que alguien saltaba a la poza, las gotitas de agua salpicaban la superficie y tenías la sensación de estar nadando entre diamantes.

—Es precioso —susurré.

—Gracias —dijo Danny, acercándose—. He tardado toda la tarde en colocar la decoración. He tenido que sobornar a Jack y a Jordan para que treparan a los árboles y rodearan los troncos con las guirnaldas.

—Ha merecido la pena.

—Qué bien, porque me ha costado la paga de dos semanas.

Riley, Heather y Skylar, que nunca habían estado en la cascada, no tardaron nada en quedarse en bañador. Sabiendo lo fría que estaba el agua, yo preferí pasar del chapuzón. En vez de eso, fui a buscar a Alex y a Kim, que charlaban con un grupo de amigos en la mesa de pícnic.

—Saludos, majestuosa dama —me saludó uno de los chicos cuando me acerqué. Llevaba el pelo largo y dudé que se lo hubiera lavado en una buena temporada. Las grasientas greñas del flequillo le brillaban a la luz de las antorchas tiki.

Miré a Alex como preguntando quién era.

—Malcolm —me lo presentó al mismo tiempo que me arrastraba a su regazo—, esta es mi novia, Jackie. Se aseguró de remarcar la palabra «novia». Jackie, estos son Malcolm y el resto de mi cofradía.

Además de Malcolm, el resto de la cofradía de RdD incluía a otros dos chicos, uno de brazos escuálidos y nariz ganchuda y otro con el pelo teñido de un impactante color azul.

—Es un honor trabar conocimiento con la hermosa doncella que ha robado el corazón de nuestro aguerrido jefe —dijo Malcolm, que me tomó la mano y me la besó.

—Tío, ¿intentas avergonzarme? —le preguntó Alex a su amigo, y Kim estalló en carcajadas.

—Podría ser peor —intervino el chico del pelo azul—. Al menos no te ha saludado en sindarin.

—Esto…, yo también estoy encantada de conocerte —le dije a Malcolm a la vez que recuperaba mi mano. No podía imaginarme qué idioma sería el sindarin, pero mientras me secaba la mano disimuladamente con el pantalón, supe que debía alejarme de esa conversación lo antes posible. Quizá debería haberme quedado nadando con los demás.

—Ah, la dama ha hablado, y cuán hermosa es la cadencia de su voz.

—En serio, tío —insistió Alex a la vez que le atizaba a su amigo un puñetazo en el hombro—. Si no paras, nunca más me dejaré ver en público contigo.

—¿Quieres que vaya a buscar cervezas? —le pregunté a Alex. Desenredé mis piernas de las suyas por debajo de la mesa de pícnic y pasé al otro lado del banco. Yo no pensaba beber, no después de lo que ocurrió la última vez, pero necesitaba una excusa para largarme de allí.

—Sería genial.

Me marché antes de que Malcolm soltara alguna palabreja incómoda. El barril estaba en el borde del claro, casi tocando los árboles del bosque. Cuando me tocó el turno por fin, me di cuenta de que Nick estaba a cargo del grifo.

—Hola —le dije. Intentaba hablar en un tono animado, porque Nick tenía algo que me ponía nerviosa. Quizá porque era el mejor amigo de Cole o porque solía ser muy antipático—. Necesito dos.

—Una por barba —declaró a la vez que empujaba una única cerveza hacia mí—. Son las normas de la casa.

—Pues teniendo en cuenta que yo vivo aquí y tú no —le dije, apoyándome la mano en la cadera—, no creo que pase nada por saltarse las normas. Y el otro vaso es para Alex, que también vive aquí, por si no lo sabías.

La gente que hacía cola a mi espalda estalló en risitas.

—Vale, lo que tú digas —replicó él. Durante un momento saltaron chispas en el ambiente, mientras esperaba a que me llenara el segundo vaso, y tan pronto como me lo tendió me marché sin darle las gracias.

—¡Eh, pst!

Alguien me arrastró a los árboles. Cuando lo hizo, la mitad de una cerveza se me derramó por el brazo.

—¿Cole? —exclamé cuando enderecé la espalda y lo vi—. ¿Qué narices estás haciendo?

—¿Podemos hablar? —me preguntó. Señaló el bosque que tenía detrás con un gesto de la cabeza.

—Había ido a buscar cervezas para Alex y para mí —le dije.

—Esto es importante.

—Me parece muy bien, pero estoy en mitad de una conversación muy interesante —mentí al mismo tiempo que volvía a vista hacia la mesa de Alex y sus amigos.

—¿Con quién? ¿Con los frikis de Dragones y Mazmorras?

—¿Siempre tienes que ser tan desagradable?

—¿Y tú siempre tienes que ser tan cabezota?

—No lo soy.

—Solo serán diez minutos. No es mucho pedir, ¿no?

Pensé en Malcolm, que seguiría en la mesa cuando volviera.

—Cinco —accedí a regañadientes.

—Con eso me basta —dijo Cole. Me quitó las cervezas de las manos y vertió el contenido al suelo—. Vamos.

—¡Eh! —protesté, mirando los vasos vacíos—. He tenido que hace cola para conseguirlas.

Pero Cole no me escuchaba. Tiraba de mí hacia la maleza, apartando ramas a nuestro paso.

—¿En serio tenemos que emprender una marcha a través de la selva para que me cuentes lo que me quieres decir? ¿Tan importante es? —pregunté mientras avanzábamos por el bosque a toda prisa.

Haciéndome caso omiso, siguió abriéndose paso entre la vegetación hasta que llegamos a un pequeño claro.

—Uala.

No pude decir nada más.

La luna se derramaba a través de las copas de los árboles sobre la pequeña extensión de hierba y lo bañaba todo de una preciosa luz blanca. Pero no fue la luz de la luna lo que me dejó sin aliento. Cientos de pequeñas flores blancas crecían por todas partes. Noté que Cole me miraba mientras yo asimilaba las vistas.

—*Dicentra spectabilis* —dijo.

—¿Qué?

—Las flores. —Las señaló con el mentón—. Las llaman «corazón sangrante».

—Son preciosas —dije a la vez que sostenía una entre los dedos. Sí que parecían corazones.

—Normalmente son de color rosa —me dijo. Me tomó la mano para llevarme a una roca que había en mitad del claro—. Pero algunas especies son blancas.

—¿Y siempre florecen de noche? —pregunté. Me recogí las piernas al sentarme.

Cole negó con la cabeza.

—Les gusta la sombra y se abren al atardecer. Esas aún no se han cerrado.

—¿Desde cuándo eres un experto en flores? —pregunté.

—Conozco muchas curiosidades sobre las plantas. A mi madre le encanta la jardinería. Ya verás cuando se ponga a trabajar en los macizos este verano.

Me miraba sonriente al mismo tiempo que intentaba sentarse más cerca de mí.

—Bueno, ¿qué me querías decir? —lo azucé al darme cuenta de que los cinco minutos que le había concedido ya habían pasado. Él guardó silencio y desvió la mirada mientras yo intentaba que se volviera hacia mí—. Cole, ¿por qué me has traído a este sitio? —insistí. No quería participar en sus jueguecitos.

—Jackie… —Se retiró el pelo de la cara con una expresión compungida y yo adiviné que iba a disculparse por la noche del papel higiénico.

—No —dije, y me aparté—. No, no. No me puedes hacer esto, Cole. No tienes derecho.

—¿Me quieres escuchar?

—¿Por qué? —le pregunté—. Todo lo que me dijiste en casa de Will era mentira.

—¡No es verdad!

—Y un cuerno. Me largaste ese discursito de que te habías portado como un capullo porque estabas celoso de Alex y en cuanto llegamos a casa, ¿qué haces?

—Jackie, por favor…

—No, Cole —lo corté—. Estoy hasta las narices de tus chorradas. No voy a darte una segunda oportunidad.

—¿Y qué pasa con Alex? ¡A él sí se la diste!

—Es verdad, Cole. Se la di. Pero la diferencia entre vosotros dos es que tú actuaste por despecho. ¿Y quieres saber lo que pienso? Que te divierte portarte como un cerdo.

—¡Madre mía, Jackie! —estalló—. ¿Qué esperabas, si te confieso mis sentimientos y, a la que me doy media vuelta, estás saliendo con mi hermano?

—¿Qué sentimientos? ¡Tú no me dijiste nada de tus sentimientos!

—¡Que me gustas, Jackie! No sabía que tenía que deletreártelo, después de todo lo que he hecho para demostrártelo.

—Ah, así que te importo… Si eso fuera verdad, ¿por qué ibas a tomarte tantas molestias para meterme en líos?

—¡Porque le dijiste que sí a Alex cuando te pidió salir! —gritó. Y entonces, como si se hubiera quedado sin fuerzas, agachó la cabeza—. ¿Por qué le dijiste que sí?

Enterró la cabeza entre las manos y los dos guardamos silencio un buen rato.

—Cole —le dije por fin. Una brisa fresca azotó el claro y noté que se me ponía la piel de gallina—. No te entiendo. Un día te lo montas con todo el equipo de animadoras y al siguiente te enfadas conmigo por salir con Alex. Eso no es justo.

—No era así como me había imaginado esta conversación —gruñó Cole al tiempo que arrancaba una pequeña mata de hierba. Empezó a romper las hojas en tiras finas.

—Hay muchas cosas en la vida que no salen como teníamos planeado —respondí. Después de todo lo que me había pasado, al menos eso lo tenía claro.

—Pero yo no planeé nada de esto. —Desplazó la mano adelante y atrás por el hueco que nos separaba, señalándonos a los dos. Entendí que hablaba de él, de mí y de eso que había surgido entre nosotros, fuera lo que fuese.

—Mira, Cole —le dije—. Yo tampoco, pero intento gestionarlo.

Y fue entonces cuando lo comprendí; lo de Romeo y Julieta, quiero decir. Yo nunca imaginé que Cole o Alex entrarían en mi vida, igual que la pareja más famosa de Shakespeare no tenía previsto enamorarse. Los chicos Walter eran una circunstancia inesperada, y yo lidiaba con ellos como hicieron Romeo y Julieta con su amor. Es cierto que se comportaban de manera un tanto inusual, pero ¿y si sencillamente estaban haciendo lo que podían dadas las circunstancias? Quizá los hubiera juzgado mal.

Llevaba mucho tiempo intentando encajar mi mundo dentro de unos límites fijos y seguros. Pero la vida no funciona así. Podía pasar los márgenes cuando quisiera. No se puede controlar todo, porque nada es perfecto siempre. A veces las cosas se complican, te guste o no.

Me levanté de la piedra. No podía controlar el hecho de que Cole y Alex hubieran irrumpido en mi vida y la hubieran puesto patas arriba. Pero sí podía simplificar las cosas de una vez por todas. A diferencia de Romeo y Julieta, optaría por la solución más sencilla. Tomé una decisión el día que acepté salir con Alex. Tenía que cumplir mi palabra.

—Tengo que volver a la fiesta antes de que se preocupen por mí —le dije a Cole—. Tú también deberías ir.

No se movió cuando me alejé del claro. Me dejó marchar sin más.

El jardín trasero era un mar de vasos rojos y me tocó a mí recogerlos todos.

Will nos despertó bien tempranito para que borráramos las huellas de la fiesta antes de que Katherine y George llegaran a casa. Le había impresionado tanto mi manera de tomar el mando durante el ataque de nervios de su madre que me encargó a mí la organización de la limpieza. Yo confeccioné una lista rápida de las tareas que teníamos por delante y las repartí entre los chicos. Pensaba que me había quedado con la peor parte, pero Isaac no paraba de quejarse desde el recinto de la piscina.

—Es demasiado temprano para esto —se quejó mientras se despojaba de la camiseta. Le había encargado la limpieza de la piscina. No solo estaba hecha un asco, sino que había dos sillas del patio hundidas en la parte honda y el sujetador de un biquini atado a la cesta de baloncesto instalada sobre el agua. Gruñendo una última vez, se zambulló y los vasos que flotaban en la superficie cabecearon como boyas.

Mientras Isaac se encargaba de la piscina, Danny estaba ordenando la casa. Aunque los invitados, en teoría, tenían que quedarse en el patio trasero, el desorden se había colado también al interior. Will y Haley se aseguraban de que el jardín delantero estuviera impecable y, por razones obvias, envié a Cole a limpiar la zona de la cascada.

Después de nuestra conversación de la noche anterior, había regresado a la fiesta y pasado el resto de la noche charlando con Alex y sus colegas. Malcolm fue desagradable todo el tiempo —tirándome los tejos y soltándome inconveniencias— hasta que la cosa se puso tan incómoda que Alex lo empujó al agua helada. No vi a Cole volver del bosque para reunirse con sus amigos, pero al final lo atisbé con una cerveza en la mano y el otro brazo alrededor de los hombros de Olivia. Guardó las distancias, aunque lo pillé mirándome desde la otra punta de la playa más de una vez.

Por la mañana, la situación era tensa. No teníamos mucho tiempo para desayunar, así que organizamos una cadena de tostadas. Danny introducía el pan en la tostadora. Cuando salía, le pasaba las tostadas a Isaac, que las depositaba en un plato de papel antes de tendérselo a Cole. Este untaba mermelada en una rebanada y me tendía el plato para que yo extendiera la mantequilla en la segunda. Para terminar, Alex cortaba las dos rebanadas por la mitad y dejaba el plato en la mesa de la cocina. No sé cómo había acabado apretujada entre Cole y Alex, pero notaba que el primero se sentía incómodo a más no poder.

Le encargué la tarea de la cascada para no tener que verlo. Sin embargo, cuando Alex volvió a abrir la boca, deseé por un segundo haberlo despachado allí también.

—Siento mucho lo de anoche —me dijo por millonésima vez. Estaba a pocos pasos de mí con una bolsa llena de basura en la mano.

—Alex —respondí a la vez que recogía un vaso de la hierba húmeda y brillante por el rocío de la mañana. Lo lancé a mi propia bolsa y noté el tufillo de la cerveza rancia—. ¿Cuántas veces te lo tengo que decir? Deja ya de disculparte.

—Es que me sabe fatal que tuvieras que aguantar a Malcolm toda la noche.

Yo sabía que le preocupaba que lo viera con malos ojos por culpa de sus amigos, pero, sinceramente, me daba igual que Malcolm fuera un tío raro. Siempre y cuando no tuviera que volver a verlo, no había problema por mi parte. Me ponía nerviosa no poder dejar la casa en condiciones a tiempo y si Alex no pasara tanto tiempo disculpándose como recogiendo, ya habríamos terminado.

—No es tan horrible —mentí—. Pero ahora prefiero concentrarme en terminar esto.

—¿Seguro? —me preguntó, y yo le lancé una mirada asesina—. Vale, vale, ya lo pillo. Más vasos y menos charla.

Fue un milagro, pero conseguimos borrar todos los rastros de la fiesta antes de que volvieran Katherine y George. Cuando aparcaron en la entrada, Nathan y yo ya estábamos estudiando para los exámenes. Si bien no coincidíamos en ninguna asignatura, Nathan me preguntó si me importaba que viniera a estudiar a mi habitación. Le costaba mucho concentrarse, porque Alex estaba haciendo una ronda rápida de RdD antes de que llegaran sus padres.

La brisa casi veraniega que se colaba por mi ventana abierta me acariciaba la nuca y me refrescaba la piel pegajosa. Harta de tener que aprenderme tantas fechas para el examen de Historia, cerré los ojos y recosté la cabeza contra la pared. Intenté relajarme, pero la música de Nathan me lo impedía. Aunque se había encasquetado los auriculares, igualmente oía el ritmo duro de algún tema rock. Yo no sabía que le gustara ese tipo de música, pero él cabeceaba al ritmo de la canción mientras iba pasando fichas de estudio.

—Eh, ¿Nathan? —lo llamé. No me contestó—. ¡Nathan! —grité, y se pegó tal susto que las fichas se le cayeron al suelo.

—¿Qué pasa? —me preguntó, pulsando la pausa en el teléfono.

Me reí.

—Nada, solo quería charlar un poco. ¿Cómo te puedes concentrar con la música tan alta?

—Ah, estoy acostumbrado. —Se arrodilló para recoger las tarjetas—. Después de toda la vida en una casa con tanto ruido…

—Entonces ¿solo puedes estudiar con la música a todo trapo? —le pregunté, poco convencida.

Nathan se encogió de hombros.

—Si hay demasiado silencio, me siento raro.

—Ya veo. ¿Y dónde estabas anoche? —quise saber—. No te vi en la fiesta.

—No tenía permiso para estar allí. Will necesitaba que alguien entretuviera a los pequeños mientras él echaba un ojo por ahí y pensó que aún soy demasiado joven para asistir a una fiesta. A Lee le dieron permiso el año pasado, cuando aún estudiaba el primer curso, pero Cole estaba al mando aquella vez.

—Jo —dije. Sabía que los chicos estaban muy emocionados con la celebración—. Qué mierda.

Lo meditó un momento.

—No, la verdad es que no —me confesó—. Tampoco es que sea mi rollo.

—Ya, lo mismo digo.

Tal como las palabras salían de mis labios, comprendí que debían de sonar hipócritas a más no poder. A lo largo del último mes y medio, desde que me había mudado a Colorado, había asistido a más fiestas que en toda mi vida.

Nathan no debía de estar prestando atención, porque siguió hablando.

—Lo peor fue intentar dormir con todo ese jaleo fuera. Y la guerra de comida, claro.

—¿La guerra de comida?

—Zack y Benny se pusieron a discutir quién molaba más, si el Duende Verde o el Octopus ese. No recuerdo cómo se llama.

—El doctor Octopus —apunté.

—Sí, ese. Bueno, el caso es que empezaron a lanzarse palomitas. Y cuando salieron corriendo afuera usaron zumo de uva. Tardamos siglos en recoger los trocitos y tuve que pasar el mocho.

Antes de que pudiera responder, oí gritos en el jardín.

—¡Arre, caballo!

Me puse de pie y me acerqué a la ventana. Isaac corría con Parker montada a su espalda. Iba vestida con un sombrero de vaquero y unas botas, y en una mano sujetaba una pistola de agua de color naranja.

La puerta volvió a cerrarse y un segundo más tarde Benny y Zack bajaban las escaleras brincando, imitando a su primo mayor. Los dos llevaban puesto un bañador y se habían untado el pecho con pintura de guerra. Los gemelos empezaron a tirar globos de agua al sheriff y a su caballo.

—¡Da media vuelta, caballito! —gritó Parker. Le atizó a Isaac en el trasero para que corriera más—. ¡Tenemos que detener a esos forajidos!

Yo me reí y abrí la ventana de par en par para poder sentarme en el alféizar a mirar. Mientras me ponía cómoda, Zack esquivó un chorro de agua de la pistola de Parker. El sombrero de vaquero que llevaba salió volando de su cabeza.

—¡Descanso! —aulló Benny para que su aliado pudiera recoger el sombrero. Parker no le hizo caso.

—¡Eh, no vale! —le gritó Zack a su hermana—. ¡Ha pedido descanso!

—¡Yo no obedezco a malhechores! —declaró Parker. Al cabo de un momento le estallaba un globo de agua en el brazo.

—¡Niños! —gritó George saliendo al jardín. Estaba de espaldas a mí, pero supe por el tono de su voz que fruncía el ceño—. Cuando os he dicho que no usarais al perro de caballo no quería decir que molestarais a Isaac. Tiene que ayudarme a arreglar el fregadero de la cocina.

Isaac hundió los hombros al comprender que se le había acabado la diversión y dejó a Parker en el suelo con cuidado.

—¡Vaya, hombre! —protestó Parker, cruzándose de brazos—. Ahora son dos contra una.

—¡Eh, Jackie! —gritó Zack cuando me vio en la ventana—. ¿Quieres jugar a vaqueros?

—Claro que quiere —dijo Parker, y antes de que yo pudiera contestar me disparó un chorro de agua fría.

—¡Eh! —chillé. Ella soltó una risita y cargó la pistola con agua para repetir el ataque—. ¡Ni se te ocurra!

Apretó el gatillo de nuevo y me mojó la camiseta. Intentando apartarme, me pegué un trompazo contra el suelo.

—¡Eh, vosotros! —gritó Nathan a mi espalda—. Aquí estamos intentando estudiar.

Mientras me levantaba del suelo, la puerta de la habitación se abrió de golpe.

—¿Qué ha pasado? ¡He oído un trompazo! —Katherine jadeaba en el umbral y sus facciones, por lo general suaves, estaban arrugadas de la preocupación. Buscó a Nathan con los ojos. Al verlo sentado junto a mi escritorio como si nada, soltó un suspiro de alivio—. Gracias a Dios —la oí susurrar.

—No me pasa nada, mamá.

Pero sí le pasaba. De hecho, Nathan parecía cabreado.

—Perdonad. Pensaba que algo malo había…

—Ha sido culpa mía, Katherine —la interrumpí—. Me sabe mal que te hayas preocupado. Es que a veces soy muy torpe.

Nos observó un momento.

—¿Seguro? —insistió, como si no se acabara de fiar.

—Que sí, todo va bien —dijo Nathan despacio. Noté que hacía esfuerzos para no gritar.

En ese momento entró un globo de agua por la ventana. Se rompió a mis pies y lo dejó todo empapado. Un coro de carcajadas estalló después del ataque.

—¡Niños! —gritó Katherine. Las risitas se apagaron—. ¿Qué os he dicho de tirar globos de agua dentro de casa? ¡Entrad ahora mismo!

Se marchó hecha una furia y nosotros nos quedamos en silencio. Yo no tenía claro si se había enfadado tanto por culpa de los niños o por el estrés de pensar que Nathan había sufrido convulsiones otra vez. Me quedé quieta hasta que Nathan soltó el aire que estaba conteniendo.

—¿Quieres que me vaya? —le pregunté, aunque estábamos en mi habitación. Por su expresión, parecía como si tuviera ganas de estar solo.

—¡No! —me dijo enfadado, y se puso a barajar las fichas de estudio, pero enseguida suspiró y añadió—: Perdona, Jackie. No quería gritarte. Es que me gustaría seguir estudiando.

—Tranqui —le dije, y volví a abrir el libro. Pero los minutos pasaban y yo no podía concentrarme en las palabras que tenía delante—. ¿Te apetece hablar? —le pregunté por fin.

—No me pasa nada —respondió—. Es que es un agobio no tener intimidad. Mi madre no para de entrar a comprobar si estoy bien. Me extraña que no se acueste en el suelo de mi habitación por las noches.

—Está preocupada por ti —le dije, sin saber qué responder. Yo no me podía imaginar lo que estaba soportando. Seguro que era un horror tener a alguien siempre encima y no poder estar solo.

—Ya lo sé. —Se pasó la mano por el pelo—. Pero me gustaría que todo volviera a ser como antes.

—Me imagino —musité, y bajé la vista. Entonces nos quedamos los dos callados, cada cual perdido en sus propios problemas.

La puerta se abrió otra vez.

—Oye, Jackie —me llamó Alex, sonriendo como un niño ilusionado.

—¿Qué pasa?

—Nada importante. Quería preguntarte si te gustaría venir hoy a mi partido de béisbol. Es el último del año.

Las comisuras de sus labios dibujaron una sonrisa esperanzada. ¿Cómo decir que no a esa expresión tan mona?

—Me encantaría, Alex —asentí, y le pedí por gestos que se sentara a mi lado—. Pero antes hazme un favor.

—Claro —me respondió él con emoción.

—Quiero que estudies para el examen de Anatomía.

Mientras me lavaba las manos, me puse a silbar la canción que Nathan había estado escuchando. Al final había conseguido convencer a Alex de que repasara las definiciones de Anatomía conmigo y, junto con Nathan, nos habíamos pasado las últimas dos horas encerrados en mi dormitorio. Cuando finalmente Alex perdió la concentración, lo acompañé a su cuarto y aproveché para ir al baño.

Mientras cerraba el grifo, oí una risita.

—¿Quién hay ahí? —pregunté a la vez que me daba la vuelta. Alguien se aguantó otra risa y yo descorrí de golpe la cortina de la bañera—. ¡Benny! —exclamé cuando lo vi allí acurrucado—. ¿Qué estás haciendo?

—Jugando al escondite. Mamá nos ha quitado los globos de agua —me explicó enfurruñado por la decepción. Pero al momento volvió a sonreír y añadió—: ¿Siempre llevas braguitas de lunares?

Conté hasta tres mentalmente para no gritarle.

—Benny —le dije, después de respirar unas cuantas veces para tranquilizarme—. ¿Por qué no has dicho nada cuando me has oído entrar?

—Porque así no se juega al escondite —susurró, y se llevó un dedo a los labios—. Tienes que guardar silencio, que no te enteras.

—Pero yo tenía que usar el baño —dije.

La puerta se abrió de golpe. La gente debería aprender a llamar antes de entrar en esa casa.

—¡Te encontré! —gritó Zack.

—¿He ganado? —preguntó su gemelo ilusionado mientras salía de la bañera.

—¡No! —se quejó Parker, entrando en el baño también—. Zack ha hecho trampa. ¡Estaba mirando cuando me he escondido!

—¡No es verdad!

—¡Que sí!

—¡Lo que pasa es que te escondes fatal! —le espetó Zack a su hermana, y la empujó.

—¡No es verdad! —gritó Parker.

—¡He ganado! ¡He ganado! —canturreó Benny mientras hacía un bailecito de celebración por el baño.

—¡Chicos! —los interrumpí, intentando poner fin a la discusión—. ¿Por qué no volvemos a empezar? Yo también juego. Y no vale mirar.

Miré a Zack con cara de «nada de tonterías conmigo» y él me dedicó una sonrisa antes de salir corriendo a su habitación para contar—. Uno. Dos. Tres —empezó despacio. Luego—: ¡Cuatro-cinco-siete-diez!

Parker abandonó el baño a la carrera mientras Zack contaba a toda prisa hasta sesenta. Cuando me dispuse a buscar un escondrijo, descubrí que me había crecido una pequeña sombra.

—Benny, no puedes seguirme por todas partes —le dije—. Estoy buscando un escondite.

—¿Me puedo esconder contigo? —me preguntó. Hizo un mohín y me miró con unos ojos enormes.

—Bueno, vale —accedí. No podía negarle nada si me miraba con esa carita tan adorable. Abrí el armario de las toallas y retiré unas cuantas para despejar un estante—. Ven —le dije, ayudándolo a subir. Se abrazó las rodillas y yo lo tapé con las toallas. Luego entré yo también en el armario. Cuando cerré la puerta, nos envolvió la oscuridad.

—Nunca me encontrará —dijo Benny entre risitas.

—Eh —susurré—. Pensaba que tenías que guardar silencio.

Nos quedamos escondidos en las tinieblas un minuto, y a mí ya me estaba entrando ansiedad. Aunque acababa de ir al baño, noté que volvía a tener ganas. Era lo que más rabia me daba de jugar al escondite: al final siempre tenías que hacer pis. Justo cuando pensaba que no podría aguantar más, alguien abrió la puerta.

Cole pegó un bote de la sorpresa al verme allí dentro.

—Madre mía —gritó, y casi se le cayó la toalla que llevaba atada a la cintura. Debía de estar a punto de entrar en la ducha—. ¿Qué haces agazapada en el armario?

—¡Ronda, ronda, el que no se haya escondido que se esconda, y si no que responda! —vociferó Zack desde su habitación, y noté que Benny me estiraba la camiseta aterrado. Mierda, nos iban a encontrar los primeros.

—Métete aquí —le dije a Cole a la vez que le tiraba de la muñeca para arrastrarlo adentro.

Lo malo fue que no había demasiado espacio. Con la puerta cerrada, notaba los estantes clavados en la espalda. Por si fuera poco, tenía todo el cuerpo de Cole apretado contra el mío.

—¿Has cambiado de idea sobre lo de salir con Alex? —me preguntó Cole. No lo veía en la oscuridad, pero estábamos tan cerca que notaba su aliento en mi cara.

—¿Qué?

—Bueno, acabas de arrastrarme a un armario casi desnudo. Doy por supuesto que me quieres confesar tu amor eterno y decirme que aquella noche en la fiesta cometiste un error. Entonces podríamos tener una tórrida y apasionada se…

—¡Ay, por favor, no! —Yo tenía las mejillas ardiendo—. No he cambiado de idea acerca de nada. Estamos jugando al escondite y nos iban a pillar por tu culpa.

—Vale, muy bien. Podemos prescindir de tu declaración y saltar directamente a la parte divertida.

—Cole —le dije, pegándole un pisotón—. ¡Cállate la boca!

—¡Tía, ya te vale! ¡Eso ha dolido!

—¿Podéis besaros o algo? —protestó Benny—. Al menos así os callaréis. Quiero ganar.

—Ostras, ¿Benny? —exclamó Cole. Noté elevarse su pecho contra el mío—. ¿Hay alguien más escondido aquí dentro?

—Sí —repliqué—. Carmen Sandiego y Dónde está Wally. Ahora cállate, por favor.

Cole me hizo caso esta vez y, aunque había cerrado la boca, tenía miedo de que mi corazón nos traicionara. Me latía con tanta fuerza que la casa entera debía de oírlo.

Dieciséis

—«¡Pobre de mí! Largas parecen las horas tristes. ¿No era mi padre el que tan raudo se alejaba?» —dijo Danny llevándose una mano al corazón. Con la otra sostenía un guion.

—«Lo era. ¿Qué pesar es el que alarga las horas de Romeo?» —declamó Isaac con una voz atronadora y haciendo gestos grandilocuentes con las manos.

—Menos mal que tú no actúas en la obra —musité al tiempo que sacudía la cabeza de lado a lado, avergonzada.

Danny, Isaac y yo estábamos sentados en las gradas del campo de béisbol, pero Alex estaba tan lejos en el campo izquierdo que casi no lo veía.

—«El de carecer de aquello cuya posesión las abreviaría» —recitó Danny. Como Isaac no contestaba porque estaba pendiente de un bateo que podía ser un jonrón, Danny le pegó un codazo en las costillas.

—Ah… Esto… «¿Carencia de amor?» —dijo a toda prisa mirando su copia del guion. Danny obligaba a Isaac a repasar los versos con él para que yo pudiera ver jugar a Alex.

Danny suspiró, representando a un Romeo enamorado:

—«Sobra».

Isaac se levantó emocionado cuando la bola voló hacia su primo, que estaba en el jardín del campo.

—¿La ha pillado? —preguntó pasados unos segundos—. No lo veo. Me da el sol en los ojos.

—¿Eh? —respondí. Intentaba estar pendiente del partido, pero me estaba mareando con ese calor tan húmedo y me costaba concentrarme.

—Da igual —gruñó Isaac. Volvió a sentarse en las gradas—. Ni siquiera estás prestando atención.

—Tú tampoco —le reprochó Danny—. Ya deberíamos haber acabado este acto.

—Tío, ¿por qué tienes que seguir repasando? Ya habéis hecho el ensayo general —se quejó Isaac. Cuando Danny lo fulminó con la mirada, suspiró y devolvió la vista a las hojas.

—*Out!* —gritó el árbitro a un jugador que intentó patinar al plato.

—¡Sí! —aplaudió Isaac, devolviendo su atención al partido—. ¿Era el dos o el tres?

—El dos, me parece —respondí distraída, pero entonces el equipo de Alex avanzó trotando hacia el banquillo.

Isaac me miró con impaciencia.

—No eres muy fanática del béisbol, ¿no?

—Sí que lo soy —respondí, y me llevé la mano a la frente. La tenía pegajosa—. Me encantan los Yankees. Es que…

—Que no puede dejar de pensar en Cole. Y tú —dijo Danny, clavándole un dedo a su primo en el pecho— no paras de olvidar que me estás ayudando a ensayar. Jolines, Isaac, eres un Benvolio pésimo.

—¡Eh! —gritamos Isaac y yo al unísono.

—Yo no estoy pensando en Cole —me defendí.

—Y yo soy un actor fenomenal. Digno de un Óscar, para que te enteres —dijo Isaac moviendo el índice en las narices de Danny como si lo estuviera regañando.

—Isaac, ¿no fuiste tú el que metió la pata haciendo de árbol en el recital de primavera?

—Eso fue en la escuela infantil —murmuró Isaac, pero Danny no lo escuchaba.

—Jackie, soy callado, pero no estoy ciego —me dijo—. La cara de alelados que poníais los dos cuando salisteis del armario lo decía todo.

—¿Y qué decía? —quiso saber Isaac.

—Eso no es verdad —protesté—. Te lo juro.

Al ser tan tímido, era posible que hubiera desarrollado una percepción especial, pero en este caso estaba completamente equivocado.

—Seguro que sí —saltó Isaac.

Vale, puede que yo no estuviera diciendo la verdad. Sí, estaba pensando en Cole, pero no en el sentido que ellos creían. Y por eso precisamente no podía concentrarme en el partido de béisbol. Cuando estábamos jugando al escondite, Zack había tardado una eternidad en encontrarnos. Sin hacer caso de las protestas de Benny, Cole se había cansado y había abierto la puerta del armario. Había dejado la ducha abierta y no quería quedarse sin agua caliente. Danny, que estaba buscando a alguien para ensayar, nos vio salir a trompicones del cuartito. Me preocupaba que se montara películas y se lo contara a todo el mundo. ¿Qué pensaría Alex si lo averiguaba?

—No está pasando nada entre Cole y yo —objeté—. Danny, tú también viste a Benny salir del armario. Díselo.

—¿Y qué cojones hacía Benny allí con vosotros dos? —preguntó Isaac—. Es asqueroso y no autorizado para menores. Seguro que el pobre Benny se queda traumatizado para toda la vida.

—Estábamos jugando al escondite —le informé, ya entrando en pánico—. Venga, Danny, dile la verdad.

—No sé, Jackie —insistió impertérrito—. Cole ni siquiera llevaba una camiseta puesta.

Isaac agitó un dedo delante de mí.

—Vaya, vaya, qué traviesa. —Me puso la mano en la pierna y sonrió—. ¿Por qué no me invitasteis?

—Madre mía, qué asco —dije, y le aparté la mano.

—¿Le arrancaste la camiseta a mordiscos? —me preguntó, moviendo las cejas arriba y abajo.

—¡Iba a darse una puñetera ducha! —estallé.

Unas cuantas mamás que había por allí cerca se volvieron a mirarme frunciendo el ceño. Los dos chicos me observaron un momento y luego estallaron en carcajadas.

—Uf, qué divertido es ver cómo te agobias —se desternilló Isaac, y yo le propiné un puñetazo en el hombro.

—Era broma, Jackie —dijo Danny, secándose una lágrima.

—Pues no ha tenido gracia —gruñí, y me crucé de brazos. Clavé la vista en el partido para no tener que mirar a ninguno de los dos.

—Venga, Jackie —insistió Isaac, posándome la mano en el brazo—. Solo estaba haciendo el tonto.

Le saqué la lengua y seguí mirando el béisbol.

—¿Te vas a pasar todo el día sin hablarme? Porque puedo ser muy plasta si quiero.

Isaac empezó a clavarme el dedo en la mejilla.

Le aparté la mano y respondí:

—Ya lo creo que sí. Ahora calla. Le toca a Alex.

Los tres nos quedamos en silencio mientras Alex bateaba una pelota rasa, que rodó entre dos defensas. Llegó a la segunda base antes de que atraparan la pelota.

—¡Bien, Alex! —grité emocionada, saltando arriba y abajo.

—¡Ay, Alex! —gritó Isaac con voz de chica—. ¡Eres tan guapo que me lo he montado en el armario con tu hermano mayor!

Danny se atragantó de tanto como le costaba aguantarse la risa. Me di la vuelta y le aticé otro sopapo a Isaac en el hombro.

—¡Porras, Jackie! ¡Me vas a hacer un moretón! ¡Tengo la piel muy delicada! —se quejó mientras se frotaba el brazo.

—Pues me alegro —le dije, y me senté para mirar al siguiente bateador.

Sonó el teléfono de Danny.

—Hola, papá —lo saludó—. ¿Ahora? —Guardó silencio—. Vale, llego en nada. —Cortó la llamada y se volvió a mirarnos—. Tengo que recoger a Zack y a Benny del partido de fútbol.

Al oírlo, fruncí el ceño. Todavía quedaban cuatro entradas. Danny conducía. ¿Cómo volveríamos a casa si se marchaba?

—Te acompaño —decidió Isaac, y se levantó.

—Pero ¿y el partido? —pregunté.

—Quédate si quieres —propuso Isaac—. Alex ha venido en bici. Te puede llevar a casa montada detrás.

—Has jugado muy bien —le dije a Alex cuando vino a reunirse conmigo después del partido. Su equipo había ganado por tres carreras.

Me abrazó.

—Gracias, Jackie. Es genial que hayas venido.

—Estás sudado —me quejé, intentando apartarme. Me iba a ensuciar la camisa.

—¿No te gusta? —me preguntó entre risas a la vez que me estrechaba con más fuerza.

—¡No! Alex, suéltame —le dije, pero me rendí con una carcajada.

El cielo se había cubierto hacia el final del partido y las nubes habían tapado ese sol abrasador, pero el aire todavía era húmedo y nuestros cuerpos se pegaban.

—¿Dónde están todos? —preguntó, soltándome por fin.

—Danny ha tenido que ir a buscar a Zack y a Benny. Yo quería quedarme y esperaba que pudieras llevarme a casa en la bici. No estarás demasiado cansado, ¿verdad?

—Un poco —dijo, y me pasó el brazo por los hombros—. Pero será un placer.

Estábamos a mitad de camino cuando empezó a llover. Alex dejó la carretera y se internó en un camino de grava que daba a una especie de quiosco pequeño y cochambroso mientras los relámpagos brillaban en el cielo. Salté de la bici y corrí a refugiarme de la lluvia bajo el tejadillo. Con un coletero que llevaba en la muñeca, me recogí el pelo para apartármelo de la cara. Alex dejó la bici contra el murete de piedra y sacó el teléfono para llamar a casa. Habló un momento con alguien antes de sentarse en una vieja mesa de pícnic llena de pintadas.

—Enseguida vendrán a buscarnos —me dijo.

Yo asentí mientras miraba el claro cubierto de césped.

—¿Qué sitio es este? —pregunté.

Había un puesto de comida clausurado y, más allá, un prado verde con una gran sección aplanada y marrón. Parecía un estanque seco.

—Era una pista de patinaje sobre hielo al aire libre, para los meses de invierno —me explicó Alex, que siguió la trayectoria de mi mirada hacia lo que debió de ser la zona de patinaje en sus tiempos. Me tomó una mano y me la acarició delicadamente con el pulgar—. ¿Alguna vez has patinado?

Era una pregunta inofensiva, pero a mí se me encogió el corazón.

—Sí —le respondí despacio—. Teníamos una tradición familiar que consistía en ir a patinar sobre hielo al Rockefeller Center el día del cumpleaños de mi madre. No recuerdo cómo empezó, porque mi madre ni siquiera patinaba demasiado bien, pero lo hacíamos cada año.

Alex me pasó los brazos por la cintura para estrecharme contra su cuerpo.

—Perdona, no quería ponerte triste.

—No te preocupes —le dije, apoyando la cabeza en su hombro—. Es un recuerdo bonito. Ya sabes, esos recuerdos que te ponen triste pero que al mismo tiempo te hacen sonreír.

Contemplando el parque, casi veía a mi familia deslizándose por el terreno de hierba seca y el recuerdo era tan fascinante que tardé un ratito en darme cuenta de que Alex no me había contestado. Cuando me volví a mirarlo, tenía los ojos clavados en mí.

La primera vez que Alex me besó, fue tan inesperado que noté mariposas en el estómago de la emoción. En aquel momento no sabía qué pensar, porque la adrenalina me corría por dentro a toda velocidad. Esta vez, cuando sus ojos aletearon cerca y se inclinó hacia mí, supe lo que estaba a punto de pasar y noté el latido regular de mi corazón.

Todo en su manera de besar me recordó a él de maneras muy concretas. El comienzo fue lento, apenas un beso, de manera que si lo rechazaba pudiera retroceder y fingir que no había pasado nada. Pero luego, cuando comprendió que le estaba devolviendo el beso, se transformó en algo nervioso y errático. Sus manos no paraban quietas en un sitio. Primero me acariciaban el pelo, luego me aferraban los brazos y por último se desplazaban a mi cintura antes de que todo el proceso volviera a empezar. La sensación era húmeda, pero tampoco había tanta saliva como para hablar de un beso pringoso. Al mismo tiempo, no tenía mucho con lo que comparar, así que, por lo que yo sabía, es posible que Alex besara de maravilla.

Por raro que parezca me recordaba a un cachorrito. Los cachorritos son monos, ¿no? A todo el mundo le gustaban los cachorros. Tenía que respirar, parar para coger aire, pero Alex me empujó sobre la mesa de pícnic.

Justo cuando empezaba a asfixiarme, sonó un claxon y Alex dio un bote hacia atrás. Me levanté y devolví la falda a su sitio, que se me había subido mientras nos besábamos. Alisé las arrugas. Alex me dirigió una sonrisa traviesa antes de darme la mano y arrastrarme a la entrada del quiosco.

—Ya terminaremos más tarde —me susurró antes de internarse en la lluvia y recuperar su bici.

Me tapé la cabeza con los brazos para protegerme del chaparrón y salí disparada hacia la camioneta. Cuando llegué a la puerta del pasajero, tiré de la manija, pero no pude abrir.

—¡Abre! —grité desde la lluvia, golpeando la ventanilla con el puño. El chaparrón era tan fuerte que no veía al conductor. Oí el característico chasquido del seguro y, sin esperar un momento, me abalancé al interior.

—Por Dios, qué tiempo tan desagradable —dije mientras me aplastaba el pelo con la mano. Tenía la camisa pegada a la piel y noté las migas del pastelillo que alguien se había comido por la mañana pegadas a la parte trasera de la pierna.

Nadie me contestó, pero, al darme la vuelta en el asiento, vi a Cole detrás del volante. Miraba el parabrisas con una expresión tan asesina que temí que agujereara el cristal y el chaparrón se colara en el coche.

—¿Te pasa algo? —le pregunté, pero ya notaba una sensación de vacío en la barriga. Como no respondió, supe que nos había visto a Alex y a mí liándonos en el quiosco.

El silencio no podía ser más incómodo mientras esperaba a que Alex depositara su bici en la caja de la camioneta. El aire acondicionado zumbaba con suavidad y pronto la humedad empezó a secarse, dejando tras de sí un rastro de piel de gallina. Notaba la rabia que proyectaba Cole, así que hice un esfuerzo por concentrarme en la radio y fui repitiendo mentalmente los versos de las canciones. Pero era imposible obviarlo y al cabo de nada estaba deseando haberme sentado en el asiento trasero. Cuando Alex montó por fin, Cole pisó el gas a fondo y dio marcha atrás por el camino de grava a toda pastilla.

—¡Ehhh! —gritó Alex cuando cayó hacia atrás antes de poder abrocharse el cinturón de seguridad o respirar siquiera. La camioneta viró bruscamente a la izquierda para volver a la carretera principal y Alex se estrelló contra la ventanilla—. ¿De qué vas?

—Cole, frena —le pedí con voz queda.

Él miró a su hermano con los ojos entornados por el espejo retrovisor, pero aflojó.

El resto del paseo transcurrió en silencio y la tensión podía palparse en ese espacio tan reducido. Tampoco ayudó que empezara a brotar de la radio una canción de amor de melodía particularmente pegajosa. Después de treinta segundos escuchando una letra de lo más cursi, me eché hacia delante y la apagué. Alex lanzó un suspiro de alivio.

Cuando entramos en la avenida de los Walter, Cole aparcó al pie de la colina. Yo le lancé una mirada perpleja al ver que arrancaba las llaves del contacto. Acabaríamos empapados si teníamos que hacer el camino andando. ¿Por qué no aparcaba en el sitio de siempre, debajo del aro de baloncesto? Cole respondió a mi pregunta tácita sacando un paraguas y bajando de la camioneta. Cerró de un portazo y Alex y yo nos quedamos flipando mientras lo veíamos enfilar hacia la casa.

—¿A ese qué le pasa? —preguntó Alex.

Torciendo el gesto, le conté lo que me temía desde que nos habíamos marchado de la pista de hielo.

—Me parece que nos ha visto.

Alex negó con la cabeza.

—Jackie, con esta lluvia tan fuerte, no veo ni lo que hay al otro lado de la ventanilla. ¿Cómo quieres que nos haya visto?

Me encogí de hombros, sin saber qué responder. Si Cole no nos había visto, era más que evidente que estaba enfadado por algo.

—¿Y qué hacemos ahora? Puedo volver a llamar a mi madre y pedirle que envíe a alguien con un paraguas —sugirió.

Le dije que no con un movimiento de la cabeza.

—Prefiero no darle a Cole esa satisfacción. Solo es agua y ya estamos medio mojados. Además, todavía apestas. No te vendrá mal una ducha.

—¿Y el móvil?

—Déjalo en la camioneta —dije, abriendo la portezuela—. No te vas a morir sin él.

Mientras recorríamos el camino que llevaba a la casa, la lluvia amainó. Cuando nos acercamos al porche, llegó a nuestros oídos un coro de risitas y, al levantar la vista, vi a casi todos los chicos Walter sentados bajo el tejado.

—¿Qué hacen? —le pregunté a Alex.

—Mirar la tormenta —me respondió—. ¿Nunca te has sentado fuera a mirar una tormenta? Inspira mucha paz.

—Yo vivía en el ático de un edificio —le recordé, notando el chapoteo del agua dentro de mis bailarinas. Tendría que habérmelas quitado antes de salir del coche, pero no quería cortarme los pies con los filos de la grava.

—Ah, claro —dijo Alex—. Bueno, nosotros siempre lo hacemos.

—¿Qué? ¿Disfrutando del buen tiempo? —preguntó Nathan cuando llegamos a la casa. Alex le hizo una peineta y todo el mundo se desternilló al vernos subir pesadamente las escaleras.

—Jackie, ¿tienes frío? Se te han encendido los faros.

Resistiendo el impulso de cruzarme de brazos, le contesté:

—Pues la verdad es que sí. ¿Por qué no me das un abrazo para que entre en calor?

Avancé un paso hacia él con los brazos abiertos de par en par. Isaac retrocedió a toda prisa para que no lo mojara, pero Alex lo atrapó por un lado.

—Tío, ¿en serio? —se quejó Isaac—. Me has empapado.

—Eso dicen ellas —le soltó Lee, haciéndoles reír a todos.

—Pero aún no estás empapado —le dijo Alex a Isaac. Su primo tenía manchas de agua, aunque nada comparado con nosotros—. Ahora verás.

Con un gesto rápido, empujó a Isaac debajo de la lluvia. Danny le chocó los cinco a Alex mientras Jack y Jordan salían al porche.

—¿Qué hace ahí fuera? —preguntó Jack. Se le habían empañado los cristales de las gafas y se los secó con la camiseta.

—Ya no nos cae bien —dijo Danny—. Hemos decidido por votación desterrarlo de nuestra isla.

—¿Ah, sí? —le gritó Isaac, todavía bajo la lluvia—. ¿Y quién te ayudará con el papel?

—Tú no —replicó Danny, poniendo los ojos en blanco—. Lo haces fatal.

Isaac soltó una risita tonta mientras subía las escaleras.

—«Oh, Romeo, Romeo, ¿dónde estás, que no te veo?» —gritó abalanzándose sobre su primo.

—Aparta —le ordenó Danny, que se levantó a toda prisa del asiento—. No quiero que me mojes.

—Pues mala suerte —se rio Isaac, y lo empujó fuera del porche.

Lee se partió de risa.

—¡Eh, mirad! Romeo parece un pollo mojado —dijo señalando a su primo. La respuesta de Danny fue arrastrarlo a la lluvia también—. ¿Qué cojones? —exclamó Lee.

Benny, que estaba a mi lado muy callado, me tiró de la mano.

—Jackie, ¿puedo salir a mojarme yo también o alguien tiene que empujarme?

Lo miré muy sonriente.

—Si quieres jugar bajo la lluvia —le dije—, adelante. Hasta jugaré contigo. ¿El primero en saltar en un charco gana? —le pregunté.

Los ojos de Benny se iluminaron y bajó del porche brincando con sus botas de agua amarillas.

—¿Me acompañas? —le propuse a Alex, tomándole la mano.

—Será un placer —respondió con una sonrisa, y los dos salimos de nuevo a la lluvia.

El agua fresca me producía una sensación relajante al bajar por mi espalda y me pasé los dedos por la melena empapada para aligerar todo ese peso nuevo sobre mi cuello.

—¡Jackie! ¡Te he ganado! —gritó Benny.

—¿Ah, sí? —le dije, chapoteando hacia él—. Vale, pues ¿sabes qué? ¡La llevas! —le dije a la vez que le daba un toque en el hombro. En un periquete, Benny estaba persiguiendo a uno de sus hermanos mayores para pasarle «la peste».

—¿Sabes a qué me recuerda este tiempo? —le preguntó Jack a su gemelo—. A esa peli de piratas que vimos anoche, cuando luchaban con espadas en mitad de una tormenta.

—¿Estás pensando lo mismo que yo? —le preguntó Jordan a la vez que cogía una escoba. La blandió hacia la cara de su hermano—. ¡En guardia!

Jack sonrió y extrajo un palo de un macizo de flores. Los dos empezaron a entrecruzar las espadas por la resbaladiza madera del porche, fingiendo que era la cubierta de un barco pirata.

—Me pido ser el capitán —gritó Jack.

—Tú llevas gafas —le espetó su doble—. Llevar gafas es de pringado. Los capitanes no son pringados.

Con eso, empujó a su hermano escaleras abajo mediante una rápida estocada. Jack se cayó de culo en un charco de agua y salpicó barro por todas partes. Cuando se puso de pie, tenía los pantalones manchados.

—Parece que te hayas hecho caca en los pantalones —se burló Lee.

—Bueno, pues tú parece que tengas caca en la cara —replicó Jack. Cogió un puñado de barro y se lo tiró a su primo, que acabó cubierto de salpicaduras marrones.

—Ah, no —dijo Lee, quitándose el barro. Se agachó y agarró un puñado a su vez—. Te arrepentirás. —El barro voló en dirección a Jack, pero este se agachó y acabó alcanzando a Nathan.

—Pero ¿qué…? —preguntó aturdido.

—¡Guerra de barro! —gritó Jordan a la vez que le lanzaba un puñado de lodo pastoso a Danny. Todo el mundo se apuntó al momento.

—¡Jackie! —gritó Alex, con el fango goteando entre los dedos—. ¡Voy a por ti!

—Por favor, no —le supliqué retrocediendo despacio—. Es una camisa buena. Me la estropearás.

Pero Alex se abalanzó sobre mí con una sonrisa malvada en la cara. Girando sobre los talones, salí disparada en el sentido opuesto. El agua me salpicaba hasta las rodillas mientras corría como un pato por la hierba empapada. Notaba la euforia corriendo por mis venas y miré a toda prisa por encima del hombro para ver si Alex estaba cerca.

—¡Jackie, cuidado! —gritó Danny.

Cuando volví a mirar al frente, Zack se encontraba delante de mí. Alargaba el cuello hacia el cielo con la lengua fuera para atrapar las gotas de lluvia. Estuve a punto de estamparme contra él, pero conseguí clavar los talones en la tierra un momento antes de que chocáramos. Alex, en cambio, no reaccionó con tanta rapidez y se estrelló contra mí. Los dos caímos al suelo entre una explosión de barro. Cuando estaba encima de mí, Alex hizo una mueca compungida.

—Mierda, perdona, Jackie.

Preferí no responder mientras lo procesaba todo. Tenía salpicaduras de barro en la cara y sabía que mi top estaba cubierto de lodo también y completamente estropeado. Una parte de mí era consciente de que debería enfadarme, porque así habría reaccionado normalmente, pero eso de jugar bajo la lluvia era tan liberador que por una vez me dio igual.

—Bueno —dije por fin, al tiempo que hundía los dedos en la tierra—. Esta me la vas a pagar.

Le unté un puñado de barro en la mejilla. Él parpadeó sorprendido y los dos nos partimos de risa.

—Es el día más divertido de toda mi vida —dijo Alex, que se inclinó para plantarme un besito en los labios.

—¡Eso no es apto para menores! —gritó Isaac desde el césped, y los dos levantamos la vista—. Dais asco. Id a un hotel.

Alex puso los ojos en blanco y, cuando se volvió a mirarme, supe que iba a pasar de Isaac y volver a besarme.

—Ah, no. —Lo empujé para apartarlo. Me miró un momento desconcertado, pero luego me vio recoger otro puñado de limo marrón—. Isaac lo está pidiendo a gritos —le dije.

—Bueno —respondió Alex con una sonrisa inmensa. Se puso de pie y me tendió la mano—. Pues vamos a darle lo que se merece.

Cuando entramos en fila en el auditorio del instituto el lunes por la noche, las luces empezaban a atenuarse. Llegábamos tarde, como de costumbre, porque nos había costado horrores arrancar a Katherine de la cocina. Como era una cocinera tan alucinante, había decidido preparar el banquete de boda ella misma en lugar de pagar a una empresa de catering que, según dijo, jamás cocinaría platos tan deliciosos como los suyos. Por culpa de eso, desde hacía tres días un pequeño tornado se había apoderado de la cocina. Katherine corría de un lado a otro amasando pan, mezclando salsas y troceando hortalizas y fruta.

De vez en cuando se le acababa un ingrediente o caía en la cuenta de que había olvidado comprar algo de su lista. Entonces entraba en pánico hasta que alguien montaba en la camioneta y corría a la tienda más cercana a buscar lo que necesitaba. Todavía faltaban dos semanas para la boda, pero habiendo tantos invitados, tenía que empezar con mucha antelación.

Cuando tuvimos que marcharnos a la función de Danny, Katherine seguía delante del fregadero, pensando que la cocina aún no estaba bastante limpia. Nada más lejos de la verdad; yo nunca la había visto tan reluciente. Al final George tuvo que arrancarle los guantes de goma de las manos y arrastrarla al coche, pero tan pronto como dejamos atrás el acceso de los vehículos, Jack y Jordan cayeron en la cuenta de que habían olvidado el trípode de la cámara y lo necesitaban para grabar la obra.

Cinco minutos más tarde Nathan se acordó de que se había dejado la plancha encendida y hubo que volver de nuevo. Cuando Parker se fijó en que llevaba un calcetín de cada color, todos gemimos desesperados. Pero esta vez George le dijo que se aguantase y proseguimos el viaje al instituto.

Solo la última fila del auditorio tenía suficientes asientos libres para todos, pero tuvimos que pasar por delante de una familia para llegar.

—Ay, eso era mi pie —dijo alguien mientras se abría el telón.

Yo me senté entre Alex y Nathan.

—Levanta —le susurró Cole a Nathan.

Nathan se inclinó hacia delante y descubrió que Zack y Benny habían ocupado los asientos que iban a continuación de Cole. Negó con la cabeza.

—Lo tienes claro. Yo no me pienso sentar al lado de esos monstruos.

Y yo daba gracias por ello. Desde la fiesta, Cole estaba distinto. En lugar de portarse como el detestable engreído que era, se mostraba distante y pasaba casi todo el tiempo en el garaje. A causa de eso, la dinámica en la casa de los Walter había cambiado por completo. Sin su presencia extrovertida, que era el pegamento que unía a todos los chicos y sus distintas personalidades, en la casa reinaba el silencio. Cada cual iba a la suya; las partidas de baloncesto y las noches de cine estaban desapareciendo.

Las pocas veces que me cruzaba con Cole por el pasillo, él me sonreía. Sin embargo, nunca era una sonrisa de verdad, porque sus ojos seguían tristes. Casi echaba de menos la sonrisilla de creído que exhibía normalmente. Alex, por otro lado, era el chaval feliz de siempre cuando su hermano mayor andaba cerca. Coqueteaba, reía y se comportaba como si su vida fuera viento en popa. Yo intentaba suavizar la onda de la parejita feliz cuando estábamos cerca de Cole, pero Alex parecía pensar que, como su hermano no se mostraba enfadado, todo iba bien.

Para mí era un martirio estar con los dos al mismo tiempo, demostrando uno tanta felicidad y el otro tanto dolor. Saber que yo era la causante de la situación no contribuía a que me sintiera mejor. Lo último que me apetecía era soportar la tensión de estar sentada entre los dos durante toda la obra, porque quería concentrarme en la actuación de Danny.

—Mala suerte. Soy mayor que tú, así que yo elijo asiento.

Cuando Nathan se rio, una mujer que estaba sentada delante se volvió a mirar.

—¿Os podéis callar?

369

Cole fulminó a Nathan con la mirada antes de hacerle una peineta y ocupar el único asiento libre que quedaba, al lado de Zack.

—Eh, Cole —oí susurrar a Zack. Levantó un dedo a un centímetro de la mejilla de Cole—. No me pueden reñir, porque no te toco.

—¡Chicos! —susurró Katherine a sus gemelos más jóvenes—. Si no os portáis bien, no habrá postre en la cena.

Al parecer no se tomaron la advertencia de su madre demasiado en serio, porque oí las risitas maliciosas de los gemelos tan pronto como el primer actor salió al escenario.

—¡Danny, ha sido espectacular! —exclamé, abrazándolo. Se había reunido con nosotros en el exterior del auditorio después de la función, todavía vestido de Romeo.

—Una actuación verdaderamente conmovedora —dijo Isaac, fingiendo que se secaba las lágrimas—. ¿Me firmas un autógrafo? —Danny puso los ojos en blanco y empujó a su primo con suavidad. Los dos rieron con ganas—. No, tío, de verdad —añadió Isaac, ya en un plan más serio—. Ha sido genial.

—Gracias —respondió Danny, asintiendo con la cabeza. Se propinaron palmaditas en la espalda cuando compartieron uno de esos abrazos tontos de chico.

—¿Danny Walter? —preguntó una mujer, acercándose a nuestro grupo.

—¿Sí?

Se volvió a mirarla.

—Hola —lo saludó al mismo tiempo que le tendía una tarjeta de visita. Danny la cogió y sus ojos revolotearon ansiosos por el minúsculo texto—. Me llamo Jillian Rowley y soy una cazadora de talentos de Starling Group. Somos una compañía de teatro de Nueva York y me gustaría charlar contigo, si tienes un momento.

—¡S-sí, claro! —La expresión de Danny no cambió, pero yo había descubierto que se le daba muy bien ocultar sus emociones. El pequeño titubeo en la frase lo había delatado; por dentro daba saltos de alegría.

—Maravilloso —dijo Jillian, y se alejó con él.

—¿De qué iba eso? —preguntó Alex cuando se reunió con nosotros. Una hermana de Kim participaba en la obra y había ido a buscar a su amiga una vez terminada la función para comentar las novedades de RdD.

—Danny me dijo que una cazadora de talentos podría asistir a la función de este año —le expliqué—. Por eso estaba tan preocupado con las audiciones. Quería conseguir como fuera el papel protagonista masculino por si lo veían.

Él no lo había verbalizado, pero yo sabía que Danny pensaba que su futuro dependía de esa actuación. No había solicitado plaza en ninguna universidad, no solo porque sus padres no se lo podían permitir, sino también porque no quería matricularse. Soñaba con ser actor y aunque la obra de esa noche no hubiera cambiado nada, pensaba mudarse a Nueva York y perseguir su sueño. Solo que, en ese caso, tendría que tomar el camino difícil: trabajar de camarero mientras se presentaba a todos los castings que le salieran al paso.

—¿Jackie? —me llamó Katherine. George y ella estaban con los padres de la actriz que hacía el papel de Julieta y los otros tres conversaban animadamente.

—¿Sí? —dije cuando llegué a su lado.

—¿Tú sabes de qué va eso? —me preguntó, señalando a Danny y a Jillian con el mentón. La mujer hablaba y el chico asentía con entusiasmo a cada una de sus palabras.

—Todavía no estoy del todo segura —le expliqué—, pero la mujer se ha presentado como una cazatalentos de una compañía de teatro neoyorquina.

Katherine enarcó una ceja.

—Vaya —dijo con una sonrisa bailándole en la comisura de los labios—. Qué noticia tan interesante.

Yo notaba que estaba emocionada, pero se contenía por si las cosas no salían como todos esperábamos.

—¿He oído algo de una cazatalentos? —preguntó Cole, que apareció junto a su madre. Una vez terminada la obra, lo habían nombrado encargado de llevar a los niños al cuarto de baño. Zack, Benny y Parker se perseguían ahora por el vestíbulo del auditorio, corriendo en zigzag entre la multitud. Sin embargo, el trabajo de canguro había concluido para Cole por ese día.

—Parece ser que la mujer que está hablando con Danny lo es —le dijo Katherine.

—¿Qué mujer? —preguntó Cole.

Todos nos volvimos a mirar a Danny y a Jillian, pero ella ya se había marchado y él se abría paso por la sala hacia nosotros con una sonrisa en el rostro.

—¿Sabéis qué?

—¿Quiere convertirte en la nueva estrella de Hollywood y tú vas a ser tan rico y famoso que me comprarás una casa? —preguntó Cole. Todos lo miramos con expresiones aburridas, pero Danny estaba demasiado contento como para molestarse.

—Me ha ofrecido una plaza en los cursos de pretemporada de su compañía, durante el verano. Cuando termine el programa, si todo va bien, ¡podría participar en una producción teatral de Nueva York el próximo otoño!

—Oh, cielo —exclamó Katherine, rodeando a su hijo con los brazos—. Estoy muy orgullosa de ti.

—Felicidades, Danny —le dije mientras esperaba mi turno para abrazarlo—. ¡Es muy emocionante!

—Gracias, Jackie. Te debo una —me respondió cuando se separó de su madre para volverse hacia mí—. Si no hubieras pasado tanto tiempo repasando conmigo el guion, no sé si habría conseguido el papel.

—Eso no es verdad —repliqué—. Pero acepto tu agradecimiento de todas formas.

—¿Y cuándo empieza el programa? —preguntó Katherine.

Danny vaciló.

—Ese es el problema. Tengo que marcharme a Nueva York en cuanto me den las vacaciones. —Al ver el ceño en el rostro de su madre, añadió—: Al fin y al cabo ya soy adulto y la compañía me proporcionará alojamiento hasta que encuentre un sitio donde vivir.

—Vale, cariño —dijo Katherine—. ¿Por qué no lo hablamos más tarde?

—De acuerdo —accedió Danny. No era la respuesta que quería oír, pero su cara no perdió la sonrisa inmensa y emocionada.

—¡Mamá! ¡Mamá! —gritaron Zack y Benny a la vez que se estampaban contra las piernas de su madre—. Tenemos hambre.

—Venga, tribu Walter —anunció ella alzando la voz para que todos la oyéramos—. A los coches. Tenemos una cena de celebración que preparar.

Diecisiete

Pasé la última semana de clase encerrada en mi habitación para concentrarme en los exámenes. Cuando por fin llegó el momento, estos transcurrieron volando entre formularios ópticos, preguntas de verdadero o falso y redacciones. Una vez terminados, los Walter dedicaron el primer fin de semana de nuestra reciente libertad a holgazanear, sin acordarse del instituto para nada, pero yo solo podía pensar en las notas. Sabía que mis calificaciones serían excelentes en todas las asignaturas, porque todos y cada uno de los finales me habían ido de maravilla, pero necesitaba la confirmación por escrito para poder relajarme.

—Eh, chicos, venid aquí —dijo Nathan.

Eché un vistazo a mi cuaderno de Anatomía. Llevaba una hora tirada en la cama de Alex, comprobando los apuntes para asegurarme de que había respondido bien todas las preguntas del examen. Alex se encontraba enzarzado en una misión de RdD mientras Nathan se aprendía una canción nueva, pero ahora la guitarra había desaparecido y estaba encorvado sobre el portátil.

—¿Qué pasa? —gritó Alex, casi sin apartar la vista de su pantalla.

—Han colgado las notas —respondió Nathan.

—¡Ah! —Me levanté de la cama deprisa y corriendo para acercarme al escritorio. Nathan deslizó el portátil hacia mí y yo me apresuré a cargar mi expediente—. Venga —murmuré mientras esperaba. Por fin se desplegó la nueva pantalla.

—A, A, A, A, A, A —recitó él, leyendo mis calificaciones.

—Vaya sorpresa —comentó Alex.

—Nunca se sabe —le dije yo—. En primero saqué una A menos en Historia porque al profe le pareció que el examen era demasiado largo. Fue horrible.

Alex puso los ojos en blanco.

—Dios nos libre —respondió, pero no me sentí molesta.

Por fin había llegado el verano. Eso significaba que podía holgazanear y quizá hacer un viajecito a Nueva York. La tensión que me anudaba el cuello y la espalda cedió solo de pensarlo. Pero antes de volver a casa, quedaba la boda de Will y Haley y esa noche era la víspera del gran día.

Katherine pasó toda la mañana preparando magdalenas decoradas, una petición especial de Haley en lugar de la tradicional tarta de bodas. Los cerca de doscientos pastelillos de chocolate personales e intransferibles se enfriaban en la mesa del comedor y teníamos estrictamente prohibida la entrada a esa habitación para evitar que los chicos se los comieran. El resto del día lo dedicamos a limpiar a fondo la cocina. Mientras tanto, Katherine no perdía de vista la entrada del comedor con el fin de asegurarse de que nadie se colara a hurtadillas.

En cierto momento, la oí gritarles a Jack y a Jordan. Dos segundos más tarde llegaron a nuestros oídos las señales de la retirada: fuertes pisotones contra las escaleras. Una vez la cocina estuvo resplandeciente y el banquete preparado, el piso de abajo al completo se convirtió en zona prohibida. La cena de ensayo se celebraría por la noche en un restaurante italiano muy elegante que había en el pueblo.

—¿Quieres mirar tus notas? —le pregunté a Alex al tiempo que me apartaba del ordenador para cederle el sitio.

Hizo una mueca y negó con la cabeza.

—No quiero que me estropeen el fin de semana. Ya las miraré el lunes.

—Niños —oí gritar a George desde el pie de las escaleras—. Tenéis que prepararos. Nos marchamos en una hora.

Yo no sabía qué era más preocupante: que Parker estuviera sentada en mi cama con un saco de dormir a los pies o que tuviera un ramo de flores en las manos. Después de la interminable cena de ensayo, durante la cual Zack había pinchado a Benny con un tenedor y Jack y Jordan habían estado a punto de incendiar el mantel, nos encaminamos al hogar de los Walter para disfrutar de una buena noche de sueño.

—Eh…, hola —le dije, extrañada de verla en mi habitación.

—Tenías esto esperando —respondió y me lanzó las flores. Me pilló desprevenida, pero me las arreglé para cerrar las manos y cazar el ramo al vuelo. La expresión de Parker se mustió, casi como si hubiera esperado atizarme con ellas.

—¿De quién son? —pregunté a la vez que enterraba la cara en las rosas. Eran preciosas, con enormes pétalos rojo oscuro.

—¿Y yo cómo quieres que lo sepa? —me espetó Parker mientras se acomodaba en mi cama—. Pero es un gilipollas, sea quien sea. ¿Rosas? Por favor.

Seguro que me las había dejado Alex. Era un cielo.

—Pues a mí me parecen preciosas —respondí, y alargué los brazos para poder admirarlas. Una nota cayó revoloteando al suelo. Me incliné para atraparla antes de que Parker leyera lo que decía. Esperaba que Alex no hubiera escrito nada demasiado cursi o subido de tono.

«Jackie —leí—, siento mucho fastidiar siempre las cosas y cometer tantos errores. La vida no trae manual de instrucciones». No había firma. Se me secó la boca y me apresuré a dejar las rosas sobre la cómoda.

—¿Qué dice la nota? —quiso saber Parker. Mi repentino cambio de actitud había despertado su curiosidad.

Arrugué el papel y lo tiré a la papelera.

—Nada —respondí—. Bueno, ¿qué haces en mi habitación?

Parker abrió la boca para responder, pero en ese momento la puerta se abrió de golpe.

—Jackie, esperaba encontrarte aquí —dijo Katherine. Entró de espaldas, arrastrando los pies y sujetando el extremo de una cama auxiliar. Isaac apareció al otro lado, murmurando algo de los trabajos forzados. Tan pronto como depositaron el catre en el escaso espacio libre, se largó a toda prisa.

—Isaac —le gritó Katherine—. No te olvides de traer las mantas y las almohadas.

—Cómo no, Su Majestad —vociferó él desde el pasillo. Katherine frunció los labios, pero no dijo nada más al respecto.

—¿Qué pasa aquí? —pregunté.

—Parker tiene que dormir contigo un par de noches —me explicó Katherine—. La abuelita Green viene de Nueva York y dormirá en su habitación.

En la cena de ensayo había conocido a algunos de los parientes de los Walter y la madre de Katherine era uno de ellos. Como Parker y yo éramos las únicas chicas, tenía lógica que compartiéramos dormitorio para hacerle sitio a una invitada que había venido de fuera. Solo que no tenía claro si mi nueva compañera de cuarto venía en plan amistoso u hostil.

—Vale —dije, evitando la mirada de Parker. Notaba que me estaba observando y no quería aparentar nerviosismo—. ¿Qué plan tenemos para mañana?

—Os quiero a todos de pie a las siete en punto para que tengamos tiempo de arreglarnos con calma. Conociéndome, seguro que habrá alguna tarea de última hora, algún detalle que he pasado por alto. Quería preguntarte si te importaría arreglarle el pelo a Parker mañana. Teniendo once chicos, la peluquería nunca ha sido lo mío.

—¡No, mamá! —protestó Parker, poniéndose de pie de un salto—. No quiero que me arreglen el pelo. ¿Por qué no puedo llevarlo como siempre?

Katherine regañó a Parker con la mirada. El peinado habitual de su hija no incluía el uso de un cepillo.

—Porque mañana todos tenemos que arreglarnos. Especialmente tú, que tienes un papel en la boda. —Mientras hablaba, un montón de ropa de cama entró volando por la puerta abierta y aterrizó pesadamente en el suelo. Katherine se masajeó las sienes—. Gracias, Isaac —dijo, y puso los ojos en blanco—. Sobre todo, no te vayas a herniar.

—De nada, tía Katherine —gritó, ya desde mitad del pasillo.

Katherine se volvió hacia nosotras cuando oyó cerrarse la puerta de Isaac y Parker empezó a hacer pucheros de inmediato.

—Yo ni siquiera quería encargarme de lanzar los pétalos —gruñó, y pateó una de las almohadas que Isaac acababa de tirar al suelo—. Es una tontería.

—Acuérdate de que lo haces para darle un gusto a tu hermano —le recordó Katherine.

El comentario cortó la discusión en seco, pero Parker seguía refunfuñando. Se desplomó en su cama y saltaba a la vista que estaba disgustada.

—Bien —concluyó su madre con un brusco asentimiento—. Deberíais acostaros ya, las dos. Es tarde y mañana será un día muy largo.

—Buenas noches, Katherine —le dije cuando ella se encaminó a la puerta. La cena de ensayo me había dejado agotada y no me importaba lo más mínimo apagar las luces temprano.

—Felices sueños —nos deseó Katherine a las dos. Como Parker no respondió, la fulminó con la mirada.

—Buenas noches —musitó Parker.

Cuando Katherine se marchó, me volví hacia la niña para prometerle que no le haría un peinado de princesita, pero el ceño de su cara me hizo callar. Recogí el neceser y el pijama y bajé al baño para darle tiempo a calmarse. Cuando volví, Parker ya había apagado la luz y estaba acurrucada en la cama.

Me quedé despierta mucho rato, incapaz de conciliar el sueño. Notaba que Parker estaba desvelada también, aunque no se movía ni un milímetro. La tensión que se respiraba en la habitación solo podía estar provocada por otra persona insomne.

Finalmente lanzó un suspiro.

—No quiero llevar vestido mañana —dijo desde la oscuridad.

Quería decirle que sería divertido, que cualquier chica se puede sentir especial con el vestido adecuado, pero era la primera vez que Parker se abría conmigo y no quería estropearlo.

—¿Y eso?

—Son de chica.

—Pero tú eres una chica —dije, escogiendo mis palabras con cuidado.

—Soy una Walter —respondió, como si implicara algo distinto.

—¿Y eso qué significa? —le pregunté—. ¿Crees que por vivir con un montón de chicos tienes que comportarte como si fueras uno?

Lo meditó un ratito y atisbé su contorno en la oscuridad, retorciendo la manta entre las manos mientras lo pensaba.

—Sí, más o menos. Ser uno de los chicos me hace sentir especial. En el cole todo el mundo sabe quién soy: Parker Walter, la chica dura que tiene once hermanos, juega al fútbol americano y sabe eructar más fuerte que ninguno de los niños de mi clase.

Me reí.

—¿Y qué pasa en casa?

—¿Qué quieres decir?

—Bueno, si solo eres un chico más, ¿en qué te diferencias de tus hermanos?

—No lo sé.

—Sinceramente, Parker, tienes lo mejor de los dos mundos —le dije, y me senté en la cama—. Te puedes divertir viendo partidos en la tele y con los videojuegos, y no te van a criticar por eso. También te puedes poner un vestido sin que nadie te mire mal. Pero ¿qué pasaría si uno de tus hermanos quisiera llevar vestido? ¿Crees que la gente sería tan comprensiva con él como lo es contigo?

Se quedó callada un buen rato.

—Nunca lo había pensado así.

—Ser una chica no te hace débil, Parker. Te hace especial.

—Supongo que me puedo poner vestido, pero solo por esta vez —decidió—. Y me tienes que prometer que no me rizarás el pelo.

—Vale —asentí—. Trato hecho.

La mañana del sábado no discurrió como la seda, que digamos. Como la vida en casa de los Walter era siempre impredecible, puse el despertador una hora antes de lo que tenía previsto. Casi esperaba que sucediera algún tipo de desastre. Como cabía esperar, una hora más no fue en absoluto suficiente cuando el desastre acaeció. Estaba delante de la tostadora, esperando que saliera mi muffin, cuando oí un grito.

—¿Katherine? —pregunté mientras corría al comedor—. ¿Qué pasa?

—Los pastelillos —dijo, llevándose una mano a la boca con expresión horrorizada. Estaba plantada delante de la cabecera de la mesa y por un momento temí que hubieran desaparecido («¿cómo se habrán comido los chicos doscientas cupcakes?»), pero entonces se apartó y comprobé que los dulces seguían ahí—. Se me ha olvidado glasearlos.

—Vale —le dije en tono tranquilo—. Yo tengo tiempo. ¿Dónde está el glaseado?

Desapareció en la cocina y oí abrirse la puerta de la nevera.

—… sabía que pasaría algo así, es que lo sabía. Incluso le comenté a George que algo iba mal antes de que nos fuéramos a dormir, pero ¿acaso me escuchó? —Apareció al cabo de un momento cargada de provisiones—. El glaseado ya está mezclado —me explicó Katherine—. Solo tienes que vigilar que la mitad de los cupcakes sean de color turquesa y la otra mitad amarillos. Tengo unas cuantas mangas pasteleras con distintas boquillas que puedes usar. Una vez que los tengas glaseados, puedes espolvorear la decoración por encima.

Y así, sin más, tenía un proyecto enorme entre manos. Pensaba que sería fácil, pero jamás en mi vida había glaseado doscientos cupcakes. Tardé mucho más de lo que esperaba. Solo iba por la mitad cuando eché un vistazo al reloj y entré en pánico. Todavía tenía que ducharme, arreglarme y peinar a Parker.

—¡Mierda, mierda, mierda! —exclamé cuando el glaseado de la manga que estaba usando se agotó. Rellenarlas era lo más engorroso y frustrante de la tarea.

—Jackie, ¿va todo bien? —me preguntó alguien.

Cuando levanté la vista, vi a Cole delante de mí. Tenía el pelo húmedo de la ducha y ya iba vestido de traje. Se recostó contra la mesa y caí en la cuenta de que se estaba comiendo un cupcake.

—¿Podrías no hacer eso, por favor? —le solté.

—¿Hacer qué? —me preguntó con la boca llena.

—¡Comértelos! Son para la boda —grité.

—Perdón —dijo Cole después de tragar. Apartó la vista y a mí me inundó el sentimiento de culpa. No debería haberme desahogado con él. Nada de esto era culpa suya.

—Mira, Cole, no quería hablarte mal —me disculpé—. Pero todavía tengo que arreglarme y ayudar a Parker, y no voy a acabar nunca.

—¿Necesitas ayuda? —se ofreció pasado un segundo. Me pilló totalmente desprevenida.

—Gracias, Cole, pero tú ya estás vestido para la boda. Me sabría fatal que te ensuciaras el traje.

—Eso se puede arreglar. —Empezó a despojarse de la chaqueta. Cuando terminó, procedió a desabrocharse los botones de la camisa, y yo no pude hacer nada más que mirarlo fijamente. Al cabo de nada solo llevaba encima los pantalones del traje y la camiseta interior—. Vale, jefa —dijo al tiempo que dejaba las prendas a un lado para que no se ensuciaran—. ¿Qué necesitas que haga?

Tardé un minuto entero en recuperar la compostura, pero luego solté un suspiro de alivio.

—Mira —empecé, tendiéndole la manga pastelera vacía—. Si pudieras rellenar esto con glaseado amarillo y empezar con esa fila de ahí, sería alucinante.

—Claro —asintió, y aceptó la manga que le ofrecía—. Y, por cierto, tienes glaseado en la nariz.

—¿Ya está? —le pregunté después de frotármela con el dorso de la mano.

—Espera —dijo Cole a la vez que avanzaba un paso. Me acercó el dedo a un lado de la nariz y me retiró la crema. Luego se metió el dedo en la boca para chuparla—. Ahora sí.

Me ruboricé y me volví hacia la mesa para que no me viera sofocada.

—Gracias —respondí a la vez que cogía un frasco de dulces decorativos—. Será mejor que nos pongamos a trabajar.

—Claro.

Me arriesgué a lanzarle una mirada rápida a Cole. Él ya estaba introduciendo grandes cucharadas de glaseado amarillo en la manga pastelera, con rapidez, pero a sus labios asomaba la típica sonrisilla engreída de Cole. Los dos sabíamos que el gesto que había tenido conmigo me había llegado al alma.

———

—¿Va en serio? —me quejé a Nathan cuando llegamos a la mesa que nos habían asignado. Mi tarjeta estaba entre dos chicos: Cole y Alex, para ser exactos.

Will y Haley ya se habían dado el sí durante la ceremonia en el jardín en flor de Katherine y el aperitivo acababa de terminar. Para cenar habían instalado dos enormes carpas en el patio trasero con sitio suficiente para acomodar a todos los invitados a la ceremonia.

—Va a ser una noche divertida —dijo Isaac. Poniendo los ojos en blanco, retiró su silla.

Yo le lancé una mirada asesina y me volví hacia Danny.

—¿Te importaría cambiarle el sitio a Cole? —le pregunté.

Danny se sentó a toda prisa.

—Lo siento, Jackie —me dijo con aire compungido—. No puedo.

—¿Por qué no? —le pregunté, todavía remoloneando delante de mi sitio. ¿Tanto le costaba desplazarse un sitio?

—Bueno, verás…

Dejó la frase en suspenso, casi como si le incomodara terminarla. Luego Danny cogió el vaso de agua que había junto a su plato y bebió un largo trago para no tener que contestarme.

—No quiere perder la apuesta —se chivó Isaac con una sonrisa al mismo tiempo que desplegaba su servilleta y la extendía sobre su regazo.

—¿Habéis hecho una apuesta? —pregunté, girando la cara a toda prisa para lanzarle a Danny una mirada asesina. Isaac era adicto a las apuestas, pero normalmente los chicos no se dejaban enredar. Era tan impropio de Danny que me puse furiosa.

—Ya sé que está mal —dijo Danny agachando la cabeza—. Pero voy a necesitar algo de pasta si me tengo que mudar a Nueva York.

Suspirando, retiré mi silla y ocupé mi lugar.

—¿Por qué no me has dicho nada? —le reproché—. Ya sabes que te ayudaré encantada.

Se encogió de hombros.

—No quiero deberte nada.

—Por lo visto, prefiere debérmelo a mí —intervino Isaac—. Voy a ganar cien pavos con esto.

—¿Cien pavos? —repetí pasmada—. ¿Y de qué va esta estúpida apuesta, si se puede saber?

—Pensamos que Cole y Alex no llegarán al final de la cena sin pelearse por ti —explicó Isaac.

—¿Y? —pregunté, aunque no sabía si quería saber más.

—Yo he dicho que no aguantarán ni cinco minutos —respondió Danny en voz baja.

—Maravilloso. —Me desplomé en el asiento—. Sencillamente maravilloso.

—Al menos los dos estarán contentos —dijo Nathan, buscándole el lado positivo a la situación—. Bueno, durante un rato.

Tenía razón. Cole y Alex estarían encantados de descubrir que los habían colocado a mi lado. Sin embargo, no tardarían nada en liarla. Lo peor sería que yo estaría atrapada en medio.

—Bueno, ¿y qué pasa conmigo? —gemí. ¿Acaso yo no merecía estar contenta?

—¿Qué pasa contigo? —preguntó Alex cuando llegó por detrás. Se inclinó para plantarme un besito en la mejilla.

—Nada —gruñí mientras me volvía a besar.

—Uf, puaj. En la mesa no, por favor —dijo Cole, que acababa de aparecer al lado de Alex. Se sentó y soltó un eructo inmenso—. Tío, tengo hambre.

—Qué educado —valoré al tiempo que negaba con la cabeza.

—Ay, perdón. No sabía que hubiera damas presentes —replicó Cole.

—¡Eh! —exclamó Alex—. No te metas con mi chica.

—Tranqui, era broma. ¿Y tienes que repetir eso constantemente o es que te da miedo que se le olvide?

—Venga, chicos —intervine para que reinara la paz. Pero daba igual; todo el mundo sabía lo que iba a pasar. Ya veía la expresión expectante en la cara de Isaac, y Danny tenía los ojos pegados a su reloj.

—¿Qué carajo se supone que significa eso? —lo increpó Alex, que se había puesto colorado.

—Nada —contestó Cole con retintín—. Solo te recuerdo que Jackie es una persona, no una cosa.

—¡Chicos! —exclamé a la vez que pasaba la vista de uno a otro.

Cole parecía tranquilo y dueño de sí, pero yo sabía que se subía por las paredes debajo de esa fachada indiferente. Alex, en cambio, recordaba a un volcán a punto de entrar en erupción. Sin darse cuenta rodeaba con fuerza el tenedor que sostenía en el regazo y, mientras lo estrujaba, el color desapareció de sus nudillos. Yo no perdía de vista el cubierto en su mano, asustada de lo que pudiera pasar si estallaba.

—Cállate la boca, Cole —susurró Alex con rabia.

—¿Que me calle la boca? —Cole soltó una risita burlona—. Esa sí que es buena. Me la apuntaré. Apuesto a que tu novia está deseando que te líes a puñetazos para defenderla.

—Chicos, por favor, vale ya —les supliqué.

Me arriesgué a lanzar una mirada rápida a la mesa principal. El señor Walter se puso de pie con una copa de champán en la mano. Estaba a punto de brindar por los novios, y todas las horribles posibilidades de lo que podía pasar si Cole y Alex no se tranquilizaban desfilaban por mi mente a toda velocidad. El peor de los casos: los chicos se liaban a puñetazos en mitad del discurso de su padre y arruinaban la boda de Will y Haley.

—Yo al menos tengo novia —replicó Alex con petulancia.

Cole miró a su hermano con los ojos entornados y yo me rendí. Estaba claro que Alex se había pasado de la raya y ya no habría forma de pararles los pies.

—¿Me estás desafiando? —gruñó Cole.

—¡Toma ya! —le susurró Danny a su primo con una sonrisa en la cara—. Han sido exactamente tres minutos. Quiero la pasta en metálico.

—Mierda —dijo Isaac. Negando con la cabeza, sacó su cartera—. Últimamente no estoy en racha.

Alex no contestó a Cole salvo para hacerle una peineta.

—Muy bien —aceptó Cole con una sonrisa maléfica—. Pero no me vengas llorando cuando tu chica esté entre mis brazos.

—¡Cole! —grité enfadada antes de propinarle un puntapié en la espinilla, pero él no dio señales de haber notado mi intento de magullarlo. En vez de eso, continuó la competición de miradas con su hermano.

—Bueno —dijo Nathan volviéndose a mirar a Danny—. Es una manera bastante divertida de empezar un banquete.

—Sí —intervino Isaac con una sonrisa—. Y ni siquiera nos han servido las ensaladas todavía.

Según avanzaba la cena, Alex y Cole estaban cada vez más pesados.

—Jackie, ¿quieres que te traiga algo de la barra? —preguntó Cole, volviéndose a mirarme.

—¿Qué intentas hacer? ¿Emborracharla? —le soltó Alex. Desde su discusión con Cole el ceño no se le había borrado de la frente.

—No, solo pretendía ser amable —replicó Cole, que levantó las manos en ademán de rendición.

—¿Eso pretendías la última vez que la invitaste a un cubata? —preguntó, refiriéndose al día que Cole y yo habíamos hecho pellas.

—Chicos, parad ya —dije por millonésima vez. Posé la mano en la pierna de Alex para tranquilizarlo—. Una copa de vino tinto sería genial, gracias —le dije a Cole. Si el resto de la noche iba a ser así, necesitaba algo que me tranquilizara a mí.

—Una chica con estilo —dijo Isaac, que se levantó para acompañar a Cole—. Me gusta.

—¿Tú quieres algo? —le preguntó Cole a Danny.

—Una birra, gracias.

Alex gruñó algo para sí cuando su hermano y su primo se alejaron, pero a mí ya me daba igual. Por más que estuviera en contra de beber tras mi última experiencia, necesitaba algo con urgencia que me aliviara el dolor de cabeza. Cuando era niña mi madre siempre me dejaba probar su vino en la cena y, por raro que parezca, descubrí que me gustaba ese saborcillo amargo.

Todo el mundo esperó a que Cole e Isaac volvieran con las bebidas y comimos el postre en silencio. Los cupcakes de boda quedaron preciosos gracias a la ayuda de Cole y a Haley le encantaron.

—Aquí tiene, mi preciosa dama —dijo Cole a la vez que me depositaba la bebida delante. Alex lo fulminó con la mirada pero, antes de que pudiera decir nada, Isaac dejó una bebida ante él.

—¿Para mí? —preguntó Alex sorprendido. Su primo asintió—. Gracias, tío. ¿Qué es?

—Té frío con un chorrito de algo —aclaró Isaac—. Pero ten cuidado. Eso sube sin que te des ni cuenta.

Miré a Alex cuando se llevó la bebida a los labios y tomó un sorbo.

—Qué guay —exclamó, incorporándose en el asiento—. ¡Ni siquiera se nota el alcohol!

El alcohol limó las hostilidades de Alex hacia Cole, así que Isaac le fue trayendo más vasos. Pero Alex no hizo caso de la advertencia de su primo y, dos horas más tarde, estaba en el baño vomitando hasta la primera papilla. Después de traerle otro vaso de agua, me desplomé en una silla de la cocina a esperar que acabara. Cuando tuviera el estómago vacío, lo acompañaría a la cama para que descansara un poco.

Una vez sentada caí en la cuenta de lo agotada que estaba y de lo horrible que había sido aquel día. Llevaba mucho tiempo esperando la boda con ilusión y, aunque Will y Haley estaban encantados, yo no me había divertido nada. Entre la crisis de los cupcakes por la mañana, las discusiones de los chicos durante la cena y la vomitera de Alex, el día se había ido a la porra.

—Y esta será la última canción de la noche —oí anunciar al cantante del grupo.

—Mierda —dije, pensando que estaba sola—. No he podido bailar ni una canción.

—Eso se puede arreglar. —Cole empujó la mosquitera y entró—. Jackie, baila conmigo —me propuso a la vez que me tendía la mano.

Lo miré con renuencia. Bailar con él seguramente provocaría más escenas. Por otro lado, llevaba mucho tiempo esperando esta fiesta.

—Necesitas distraerte —añadió.

—No sé —le dije al tiempo que me retorcía las manos—. Tengo que cuidarlo —expliqué, señalando en dirección a Alex con un gesto de la cabeza.

—Ya es mayorcito y tú no eres su madre —respondió Cole, que tiró de mí para que me pusiera de pie—. Solo será un baile. Ni siquiera notará que te has marchado.

—No... —empecé a decir, pero Cole ya me arrastraba hacia la puerta trasera y yo se lo permití.

Me llevó a la pista de baile, donde empezaba a sonar una canción lenta. Estábamos rodeados de parejas que se mecían con la música. Yo no sabía si sería una buena idea bailar un lento con él, pero Cole tomó la decisión por mí rodeándome la cintura con los brazos.

—Tienes que apoyar los brazos en mis hombros, ¿sabes? —me sugirió Cole—. Si no lo haces, la situación se va a poner incómoda dentro de nada.

—No debería hacer esto —musité, pero le eché los brazos al cuello de todos modos.

—Quizá no —me susurró—. Pero quieres hacerlo.

—Cole, no empecemos otra vez —le supliqué. Los mechones de su flequillo, casi blancos, eran más largos que cuando nos conocimos; le llegaban a los ojos y sus labios estaban entreabiertos, como suplicando que los besasen. Era la belleza personificada y tuve que desviar la mirada. Notaba la sangre corriendo a toda velocidad por mis venas.

—¿Por qué no, Jackie? ¿Acaso es mentira?

—Por favor —respondí, evitando la pregunta—. Solo quiero bailar tranquila.

—Y yo solo quiero una respuesta.

—¿A ti qué más te da, Cole? —le pregunté, clavándole los ojos.

Él cerró los suyos un momento para concentrarse.

—Me importa —empezó antes de volver a abrirlos. Eran de un azul deslumbrante—. Me importa porque me fui enamorando poco a poco y, antes de que me diera cuenta, estaba loco por ti.

Dejamos de bailar.

—¿Enamorando? —repetí, estupefacta.

—Dime que sientes lo mismo o que sientes algo. —La voz se le rompió en ese momento, pero siguió hablando—. Yo solo… necesito saber que no soy el único.

—Madre mía, Cole, no me pongas en esta situación. ¡No puedo!

—¡Y un cuerno, no puedes! —exclamó, apartando los brazos—. He visto cómo me miras cuando crees que no me doy cuenta. Pero esa es la cuestión, Jackie. Yo siempre estoy pendiente de ti. Es como… si tú fueras la gravedad y yo una pequeña señal en tu radar.

—¿Una señal en mi radar? —pregunté. La idea era absurda—. Cole, tú nunca pasas desapercibido.

—Eso significa que…

—No —repliqué, y me dispuse a dar media vuelta—. Yo no he dicho eso. No quiero saber nada más de esto. De lo nuestro.

—Cada vez que intento aclarar las cosas entre nosotros sales huyendo —dijo Cole, que me aferró la muñeca y me obligó a mirarlo—. ¿Por qué me evitas?

—¡Porque sí! —grité finalmente—. Me gustas, pero no entiendo por qué y odio no ser capaz de controlar mis sentimientos.

Yo no podía querer a Cole como él decía quererme. Si lo hiciera, el sentimiento de culpa que sentía por lo que le había pasado a mi familia estropearía nuestro amor.

Cole me soltó la muñeca, estupefacto, pero yo ya estaba dando media vuelta. Tenía que alejarme antes de que se recuperase de mi confesión. En ese momento mis ojos se posaron en el porche trasero y comprendí que alguien nos estaba mirando. Alex estaba de pie en los peldaños con una expresión indescifrable en el rostro.

—¿Ya estás contento? —le pregunté a Cole, y le lancé una última mirada furibunda antes de abrirme paso entre los invitados.

—Jackie, ¿qué haces aquí arriba?

Despacio, despegué la cabeza de las rodillas y me enjugué una lágrima. Danny asomó la cabeza por la trampilla de la cabaña del árbol.

—Esconderme del mundo—gruñí. Danny esbozó una sombra de sonrisa y terminó de subir a mi escondrijo—. ¿Cómo me has encontrado?

—No te ofendas, Jackie, pero no te has escondido muy bien. Se te oye llorar a un kilómetro a la redonda.

Después de mi conversación con Cole, en la que le había confesado lo que sentía por él y que Alex había oído, necesitaba alejarme de todos. Quería refugiarme en alguna parte donde nadie pudiera encontrarme y Alex era el único que usaba ya la casa del árbol. Era la última persona que vendría a buscarme.

—Oye, mi hermano te está buscando —me dijo Danny a la vez que se sentaba a mi lado.

—No quiero hablar con Cole —le dije sumida en la melancolía.

Danny se quedó callado un momento antes de rodearme los hombros con el brazo.

—Jackie —me susurró—, no deberías sentirte mal.

—Pues claro que sí —le dije, y me sequé los mocos que me colgaban de la nariz—. No debería haber bailado con Cole.

—No puedes controlar lo que sientes por él —afirmó, como si no fuera un secreto para nadie que me gustaba su hermano.

Me quedé callada un buen rato mientras pensaba la respuesta.

—Pero ¿en qué clase de persona me convierte eso? Toda mi familia acaba de morir y yo no hago otra cosa que pensar en él.

Reconocer la verdad en voz alta delante de Danny hizo que me sintiera fatal otra vez y empecé a sollozar de nuevo.

—Jackie —me dijo Danny como si hablara con un niño, a la vez que me envolvía en un abrazo—. No pasa nada. No llores.

—Sí que pasa —berreé. Las lágrimas manaban a chorros de mis ojos—. Soy una persona horrible. Mi madre… nunca se va a sentir orgullosa de mí.

—No tengo claro qué relación tiene tu madre con esto —respondió Danny—, pero ¿cómo se te ocurre pensar que no se alegraría por ti? En Cole has encontrado a una persona que te ha ayudado a sobrellevar el dolor de perderla.

No sabía qué responderle a Danny, así que le puse otra excusa.

—¿Tú crees? ¿Después de todo lo que me ha hecho?

—Ya sé que no lo parece, pero mi hermano es una buena persona. Aunque no nos parezcamos en nada, somos mellizos y Cole me lo cuenta todo. Estaba hecho polvo cuando Alex dejó de hablarle por lo que había pasado con Mary. Y decía la verdad; Cole no tenía ni idea de que Mary había dejado a Alex por él.

—Danny, ¿por qué me estás contando esto?

No tenía nada que ver con el lío mental en el que yo estaba inmersa.

—No lo sé. Solo intento que entiendas mejor su manera de pensar —dijo—. Claro que Cole es un ligón, pero no es malo. Cuando tú llegaste, las diferencias que tenía con Alex se hicieron inmensas y Cole se puso en plan agresivo.

—Al ver mi expresión horrorizada, añadió a toda prisa—: Tú no podías hacer nada, Jackie. No fue culpa tuya.

—¿Me estás dando una especie de charla motivacional? Porque no está funcionando.

—Lo único que digo es que Cole te ha lastimado, ya lo sé, pero no creo que lo hiciera adrede.

—¿Va en serio? ¿Y qué me dices de la noche del papel higiénico? ¿O aquella vez que me arrastró a la fiesta de Mary?

—Su rabia siempre iba dirigida a Alex, no a ti.

—Pues no lo parecía.

—Mira, Jackie, puede que lo demuestre de la peor manera posible, pero le importas mucho. Nunca he visto a Cole luchar por nada con tanto ahínco. Ni siquiera por la beca de fútbol americano.

Pasé un buen rato sin decir nada.

—Me estás poniendo las cosas aún más difíciles, ¿sabes? —le dije.

—Tienes que hablar con él.

—Es verdad que Cole me gusta, pero eso da igual. Todavía estoy enfadada y no creo que tenga fuerzas para hablar con él ahora mismo.

—No digo con Cole. Con Alex.

—Ya, claro. No querrá hablar conmigo.

—Es él quien te está buscando —me aclaró Danny—. No Cole.

—¿Y por qué quiere Alex hablar conmigo?

—No es tan melón como parece.

Guardé silencio un minuto mientras asimilaba sus palabras. ¿Significaba eso que Alex supo todo el tiempo que yo sentía algo por Cole? ¿Lo sabía yo?

—Oye, Danny —le dije por fin.

—¿Qué?

—Me voy a asegurar de que puedas participar en los cursos de pretemporada en Nueva York, tanto si quieres mi ayuda como si no.

—Acerca de eso… —empezó Danny, rascándose la parte trasera de la cabeza—. Ya sé que no es el momento ideal, pero esta noche he hablado con mi madre. No tenía pensado decírtelo así, precisamente… En fin, ha dicho que puedes venirte conmigo si quieres.

—¿Qué? —le pregunté. Me había quedado de piedra—. ¿Katherine ha dicho que puedo volver a vivir en Nueva York?

—Pues sí. Yo ya tengo dieciocho años y sabe lo mucho que añoras tu hogar. Solo sería durante el verano, hasta que empiecen las clases, pero tu tío Richard ha dado permiso para que vivamos juntos en el apartamento. Si a ti te parece bien, claro.

Estaba tan emocionada que, durante un momento, me zambullí de lleno en la idea. Podría ir a casa y, por si fuera poco, viviría con uno de los mejores amigos que había hecho en Colorado. Pero luego pensé en las otras personas alucinantes que había conocido en esos meses. ¿Cómo me sentiría si no entrenaba con Nathan cada día o si perdía de vista las efervescentes personalidades de Riley y Heather? ¿Cómo me sentiría sin Alex y Cole?

—Danny, me encantaría ir a Nueva York y vivir contigo. Es lo que más deseo del mundo, ya lo sabes. Pero tengo que pensar si es lo mejor para mí en este momento.

—Lo entiendo perfectamente, Jackie. Tómate el tiempo que necesites para pensarlo. No quiero que más adelante tengas la sensación de que tomaste la decisión equivocada.

Dieciocho

Al día siguiente reinaba el silencio en la vivienda, pues todo el mundo se estaba recuperando de la fiesta del día anterior. Yo me enclaustré en mi habitación, tratando de decidir qué hacer. Me sentía dividida con relación a la propuesta de Danny. Deseaba volver a mi hogar con toda mi alma, pero ¿qué pasaba con las personas a las que tanto cariño había cogido en Colorado?

Unos golpecitos en la puerta me arrancaron de mis pensamientos.

—Adelante —grité. Alex abrió la puerta y noté, en su manera de entornar los ojos cuando la luz radiante de mi habitación lo deslumbró, que todavía tenía resaca.

—Hola —me dijo con voz tomada—. ¿Podemos hablar?

—Hum, sí. Siéntate.

El asunto no tenía buena pinta, pero me desplacé en la cama para dejarle sitio.

Asintiendo, Alex arrastró los pies hacia mí. Cuando se sentó, los muelles del colchón chirriaron y el silencio de la habitación se hizo todavía más evidente si cabe.

—Bueno —empecé, al ver que Alex no decía nada—. Sobre lo que pasó anoche...

—Jackie, lo siento muchísimo.

—Yo no quería que oyeras eso, pero... Espera, ¿qué has dicho?

—No me he portado nada bien contigo. —Yo no entendía lo que intentaba decirme, pero le dejé continuar—. Después de todo el asunto de Mary y Cole, me sentía increíblemente dolido. Me parece que, en el fondo de mi corazón, ya sabía que Cole no tenía ni idea de que fue Mary la que me dejó, pero me sentaba bien tener una excusa para estar enfadado con él.

—¿Por qué ibas a querer enfadarte con tu hermano?

—Por celos. La gente siempre nos compara y él es muchísimo mejor que yo en todo.

—Eso no es verdad, Alex. Eres un crac de los videojuegos y el béisbol se te da de miedo. Eso por no mencionar que eres muchísimo mejor amigo que él.

—Ya, pero todo eso no tenía ninguna importancia entonces.

—¿Entonces? ¿Cuándo?

—Cuando tú llegaste.

—¿Qué quieres decir?

—Venga, Jackie —me dijo Alex como si me estuviera haciendo la tonta—. Eres guapísima. Todos los chicos se fijan en ti. Estando Cole por medio, yo no tenía la más mínima posibilidad. —Me miró—. Pero íbamos juntos a clase de Anatomía, así que ya teníamos algo en común y temas de los que podíamos hablar. Todo eso me daba una excusa para pasar rato contigo y empecé a pensar que quizá tuviera alguna oportunidad. Lo que más me alucinó fue que pasaste de él como si nada. Eso me ayudó a sentirme mejor y a olvidar.

—¿Olvidar? —le pregunté, aunque sabía perfectamente a qué se refería.

—A olvidarme de Mary —aclaró. Guardó silencio un momento y cerró los ojos. Saltaba a la vista que se sentía fatal confesando todo eso—. Y entonces toda la familia se marchó de acampada —dijo, prosiguiendo la historia—. ¿Te acuerdas? Aquella vez que Cole, tú y yo dormimos en el salón. Ese día decidí que lucharía por ti. Quería ganar a Cole, conseguir algo que él no había conseguido. Y quería demostrarle a Mary que ya no sentía nada por ella.

Los dos guardamos silencio mientras las palabras de Alex flotaban en el silencio. Yo no sabía cómo reaccionar a esa confesión, pero entonces me di cuenta de que sus palabras deberían haberme dolido. Y no me dolían. Solamente sentía… alivio. Estar con Alex me había facilitado inmensamente la vida con los Walter. Él había sido mi ancla mientras me adaptaba a la tormenta. Fue mi consuelo, mi primer beso real. Pero, por encima de todo, era mi amigo.

Tardé un momento en ordenar mis pensamientos y, en ese rato, Alex entró en pánico.

—Bueno, ¿qué estás sintiendo? ¿Un odio indescriptible?

—Alex, yo no podría odiarte.

—Entonces ¿qué?

Vacilé y me concedí un momento para mirarlo a los ojos. Supe, por el brillo alarmado de los suyos, que ya había adivinado lo que estaba a punto de decirle.

—No la has olvidado, ¿verdad?

—Jackie, por favor, no me obligues a contestar a esa pregunta. Tú me importas muchísimo. Ya sé que dejé que mis problemas con Cole se interpusieran entre nosotros, pero...

—Alex, espera un momento —lo interrumpí—. Yo también tengo que confesarte una cosa. —No era solamente algo que necesitaba decirle, sino también una verdad que debía reconocer ante mí misma—. Ya sé que anoche oíste mi conversación con Cole, pero hay algo más. Cuando llegué, estaba empeñada en demostrar que, aunque mi familia había fallecido, yo estaba perfectamente bien. Albergaba la idea equivocada de que tenía que ser perfecta, para que mi madre estuviera orgullosa de mí. Entonces conocí a Cole y supe que era un chico problemático e impredecible. Él podía estropear todo eso que yo me esforzaba tanto en lograr. Tú, en cambio, me ofrecías seguridad. Empecé a salir contigo para no tener enfrentarme a lo que sentía por él. No lo sé, todavía me preocupa decepcionar a mi madre, pero tengo muy claro que lo que te hice estuvo mal.

Alex aspiró una rápida bocanada de aire.

—¿Es tu manera de decir que quieres romper conmigo?

—Creo... Creo que sí.

Guardamos silencio un buen rato.

Alex habló por fin. No fue una protesta ni un reproche, solamente una afirmación.

—Jack y Jordan oyeron a Danny y a mi madre hablar ayer por la noche. Dijeron que te marchas la semana que viene.

En ese momento comprendí lo que me estaba preguntando. Quería saber si estaba huyendo de él.

—Todavía no lo he decidido, pero en ningún momento me he planteado marcharme por lo que ha pasado entre nosotros. Por mucho que añore mi casa, no me apetece separarme de vosotros.

—¿Me prometes que no tiene nada que ver conmigo? —quiso saber. Me acercó el dedo meñique para que le cruzara el mío.

—Te lo prometo.

Asintió como si todo estuviera claro.

—Bueno, pues pienso que deberías marcharte.

—¿Qué?

Al principio pensé que lo decía por despecho, pero Alex me tomó la mano y me miró a los ojos.

—Lo necesitas, Jackie —dijo. Su rostro exhibía una expresión tierna y urgente según trataba de convencerme—. Vuelve a casa. Aclárate las ideas. Y luego, cuando estés mejor, vuelve con nosotros.

Alex no podía tener más razón. Había llegado el momento de abandonar Colorado y afrontar mi pasado.

En teoría celebrábamos la fiesta de graduación de Cole y Danny, pero Cole había desaparecido. George asaba hamburguesas y perritos calientes en la barbacoa. Katherine había preparado tres cuencos inmensos de ensalada de patata y Nathan había cortado fruta fresca para dar y tomar. Había un montón de chicos del colegio pasando el rato junto a la piscina, casi todos amigos de Cole, aunque unos cuantos miembros del club de teatro se dejaron caer también para felicitar a Danny.

—¿Jackie? —me llamó Nathan—. ¿Sabes dónde está Cole? Aquí tiene otro cheque.

—Llevo un rato sin verlo —le dije a la vez que cogía el sobre. Katherine me había nombrado encargada de los regalos porque no quería que desapareciera el dinero—. Puedo ir a buscarlo si quieres.

—Pues sí, dile que se está perdiendo la diversión.

Entré en casa y dejé la tarjeta encima de la nevera, donde los pequeños no pudieran alcanzarla, antes de ir en busca de Cole. No tardé nada en encontrarlo, porque estaba en el primer sitio en el que miré: el garaje.

Normalmente cerraba las puertas a cal y canto, aunque estuviera trabajando. Ese día, en cambio, las había dejado abiertas de par en par y la luz dorada de la tarde bañaba el pequeño recinto.

—¿Sabes qué? —le dije mientras me acercaba al coche—. Hay una fiesta ahí detrás. Ha venido un montón de gente a verte.

Cole levantó la vista con expresión de sorpresa, como si no se esperara que fuera nadie a buscarlo.

—Ah —dijo cuando me vio—. Hola, Jackie.

—¿Has perdido la noción del tiempo? —le pregunté. Eché un vistazo por ahí y me fijé en que el banco de trabajo estaba más ordenado de lo normal. Casi todas las herramientas y las piezas sueltas habían regresado a la estantería.

—No —dijo Cole a la vez que cerraba el capó—. Es que quería terminar de instalar esto.

—Entonces ¿ya está listo para circular?

—Sí, supongo que sí. —Lo dijo con cierta tristeza, como si no quisiera que el coche volviera a funcionar. Con un suspiro, se arrancó el trapo del bolsillo y se limpió las manos.

—Eh —le dije, acercándome—. ¿Te pasa algo?

—No, nada.

—Pues no lo parece.

Mirando el coche, Cole suspiró con sentimiento.

—No sé qué voy a hacer ahora que el coche está terminado. Llevo trabajando en él mucho tiempo.

En el instante de silencio que cayó entre los dos, oí risas procedentes de la fiesta.

—Quieres decir… ¿desde que te rompiste la pierna en el partido del año pasado? —le pregunté.

Cole levantó la cabeza de golpe.

—¿Cómo lo…?

—Nathan me lo contó.

Se quedó callado.

—¿Te contó algo más?

—Solo dijo que habías cambiado desde entonces.

Esta vez guardó silencio mucho más rato, como si necesitara reunir todas las energías de las que disponía.

—Este año, al ver que no me apuntaba al equipo —empezó a explicar—, la mayor parte de la gente pensó que ya no me interesaba porque había perdido la beca. Supongo que empecé a comportarme como si fuera así; saltándome las clases, saliendo de fiesta, ligando.

—¿Y en realidad?

—Si te digo la verdad, me aterrorizaba no volver a ser el mismo. Me sentía… No sé. Acabado, supongo.

—¿Y esto reemplazó el fútbol? —pregunté, señalando el coche.

Cole asintió.

—No me puedo reparar a mí mismo, pero puedo arreglar esto.

Asentí despacio. No estaba de acuerdo con Cole, porque no creía que estuviera acabado, pero entendía cómo se sentía.

—¿Sabes qué, Cole? Tengo el presentimiento de que todo te va a salir bien.

—Me voy a mudar al apartamento de Will. Ahora vive con Haley.

—¿Y eso?

—Así estaré más cerca del trabajo. Este verano voy a tener que ahorrar para poder pagar la universidad.

Puede que Cole hubiera perdido la beca, pero pensaba matricularse en el mismo centro: la Universidad de Colorado, en Boulder.

—Vale, pues cuando estés instalado, me podrías enseñar la zona —le propuse con una sonrisa.

—Si quieres…

—¡Claro que sí! Y ahora, ¿qué te parece si nos dejamos de caras largas y te vienes a la fiesta? Quiero comerme una hamburguesa antes de que se acaben.

—Ve tú —me dijo. Me miraba con una expresión indescifrable—. Yo iré enseguida. Tengo que hacer una última cosa.

Los días siguientes pasaron a toda velocidad. Esa tarde Danny y yo poníamos rumbo al aeropuerto y pasé casi toda la mañana comprobando que no me dejara nada. Al mirar mi habitación por última vez, vi los vaqueros viejos de Katherine que Cole me había dado colgados en el respaldo de mi silla. No estaban en la lista de cosas que tenía que guardar en la maleta, pero los doblé y los metí de todos modos. Quería llevarme algo de Colorado a Nueva York.

Katherine tenía los ojos llorosos cuando bajé las maletas y supe que estaba sufriendo mientras veía a Danny y a George cargar la caja de la camioneta. Iba a perder a dos de sus hijos y a mí en el transcurso de una semana. Durante la fiesta de graduación, Cole había guardado sus cosas en el coche y se había marchado dejando únicamente una nota en la encimera de la cocina para explicar dónde estaba. Cuando supe que se había ido, tuve la sensación de que yo tenía la culpa. Me había comentado sus intenciones en el garaje y yo debería haber adivinado que se estaba despidiendo, pero no me imaginé que fuera algo tan inminente. Lo llamé dos veces y en ambas ocasiones saltó el contestador.

—Antes de que te marches, quiero enseñarte una cosa —me dijo Katherine. Llevaba un par de días comportándose en plan misterioso.

—Has terminado el mur… —empezó a decir Isaac.

—¡No lo estropees! —saltó Nathan antes de que Isaac pudiera arruinar la sorpresa.

—Ven por aquí, Jackie. Tienes que verlo.

Katherine me guio alrededor de la casa hacia el granero y todos los demás nos siguieron.

—Cierra los ojos —me pidió, y me tapó la cara con las manos.

—Vale —dije con una risita. No entendía a qué venía todo eso. Alguien abrió la chirriante puerta del granero y me acompañó dentro.

Parker contuvo una exclamación y alguien empezó a aplaudir mientras Jack y Jordan discutían cuál de los dos había quedado mejor. Yo me moría por ver eso que los emocionaba tanto a todos.

—Vale —dijo Katherine a la vez que apartaba las manos—. Abre los ojos.

Obedecí y pestañeé unas cuantas veces para saber si lo que estaba viendo era real.

—¡Oh, Dios mío, Katherine! —exclamé con entusiasmo. Avancé unos cuantos pasos sin dar crédito a lo que veía—. Esto es… Ni siquiera encuentro palabras para describirlo.

—No lo toquéis —les advirtió a Zack y a Benny—. Todavía está húmedo, y gracias, Jackie. He trabajado sin parar desde que decidiste marcharte con Danny.

Un mural espectacular decoraba una pared entera del granero. En el centro estaban Katherine y George, rodeados de sus hijos. Los gemelos más jóvenes luchaban en el suelo, Nathan tenía su guitarra en la mano y Lee aparecía con el monopatín. Y entonces me fijé en la chica a la que dos chicos rodeaban con el brazo. Era yo, y Cole y Alex sonreían junto a mí, uno a cada lado. En lo alto del mural, con la letra inclinada de Katherine, se leían las palabras: «Mi familia».

Fue el sentido implícito lo que me llegó al alma.

—Katherine, es…, es la mejor sorpresa que me han dado en toda mi vida —le dije, aunque me costaba articular las palabras. Me temblaban las manos cuando la abracé. En realidad no podía decirle nada que expresase lo que esa imagen, volver a tener una familia, significaba para mí.

—Me alegro de que te guste, cielo —susurró. Fue casi como si entendiera lo que yo tenía en la cabeza.

—Tenemos que marcharnos —anunció Danny, echando un vistazo a su reloj. Se había pasado toda la mañana de los nervios y yo sabía que tenía miedo de perder el vuelo.

Todos desfilamos al acceso de los coches para despedirnos.

—Voy a echar de menos a mi compi de entrenamiento —me dijo Nathan cuando me envolvió en un abrazo.

—No tanto como yo te echaré de menos a ti —respondí, y enterré la cara en su hombro—. Pero volveré en septiembre. Ni de coña me separaría de ti para siempre. —Me aparté un poco para contemplarlo. Tuve que mirar hacia arriba. Nathan había crecido tanto que habría podido usar mi coronilla para apoyar los brazos. Unos centímetros más y alcanzaría a Danny.

—Muy bien, pareja —dijo George, abriendo la portezuela de la camioneta—. Deberíamos salir ya.

Tras recibir abrazos de todos, incluido otro de Katherine, Danny y yo subimos al coche.

—Estaré de vuelta para la cena —gritó George.

Me abroché el cinturón y me quedé observando a todas esas personas maravillosas que tenía delante mientras el vehículo arrancaba. Todos y cada uno habían tenido un papel importante en ayudarme a superar una época difícil de mi vida y no quería olvidarlos nunca. Mirando más allá de esos rostros tristes y sonrientes, avisté la ventana de mi dormitorio a un lado de la casa de los Walter. Si forzaba la vista, podía ver los alegres colores de las paredes.

Como si la naturaleza hubiera notado que estábamos de bajón, el cielo se había cubierto de nubes. Danny y yo nos despedimos con gestos de adiós desde la ventanilla y yo noté la humedad de una lluvia inminente contra la piel. Para cuando llegamos al final de la avenida de entrada, estaba lloviendo.

Danny alargó el brazo hacia atrás, me tomó la mano y me la acarició con suavidad para consolarme. Yo apoyé la cabeza contra el cristal de la ventanilla y me quedé mirando ese tiempo plomizo. Dejar atrás Colorado no solo era duro para mí; sabía que Danny también estaba triste. Aunque le emocionaba pensar en todas las oportunidades que le ofrecerían los cursos de pretemporada, le costaba separarse de su familia.

—¿Qué narices? —exclamó George desde el asiento delantero. Abrí los ojos de golpe. Alargando el cuello para mirar por la ventanilla, vi un coche que se apresuraba hacia nosotros a una velocidad peligrosa. Sonó un claxon cuando el vehículo llegó a nuestra altura. Era un Buick Grand National recién restaurado.

—¡Es Cole! —dijo Danny, enarcando las cejas por la sorpresa.

—Tienes razón —asintió George en tono desconcertado—. ¿Qué hace?

Sonó mi teléfono y tuve que despegar los ojos de la carretera para buscarlo en el bolso.

—¿Hola? —respondí con voz temblorosa.

—Jackie, soy yo. Por favor, dile a mi padre que pare.

—¿Señor Walter? —dije, alejado el teléfono de mis labios—. ¿Puede parar un momento? Le prometo que solo será un segundo.

—Muy bien —accedió—. Pero tendrás que darte prisa. Katherine me matará si perdéis el avión.

—Ya lo sé. Muchas gracias —le dije mientras él reducía la marcha y aparcaba en la gravilla del arcén.

Cole se detuvo detrás. Abrí la puerta y salí a la lluvia.

—Pensaba que no te ibas a despedir —le dije a la vez que me abalanzaba a sus brazos.

—Ya lo sé. Perdona —respondió estrechándome con fuerza—. Tenía miedo. No quiero despedirme de ti.

—No es para siempre.

—Yo tengo la sensación de que sí —dijo. Mordiéndome la lengua, intenté contener la avalancha de emociones que me embargaba—. Ojalá las cosas hubieran funcionado entre nosotros. —Hablaba con pesar—. Ha sido como si nunca encontráramos el momento perfecto.

—¿Quién sabe? —repliqué. Levanté las manos y le sostuve la cara entre mis dedos fríos—. Quizá lo encontremos.

Sí, me marchaba de Colorado. Pasar allí un tiempo me había ayudado a olvidar una parte del dolor de perder a mi familia, pero tenía que dejar de huir. Volver a Nueva York me permitiría iniciar al penoso proceso de volver a recomponerme, pero afrontarlo me ayudaría a convertirme en una persona más fuerte. Quizá entonces, cuando volviera, sería el momento perfecto.

Cole volvió la cabeza hacia la oscuridad del cielo y yo no supe si era una gota de lluvia o una lágrima lo que se deslizaba por su rostro.

—Vale.

Sonó el claxon de la camioneta. No teníamos más tiempo.

—Adiós, Cole —susurré, y enterré la cara entre su cuello y su hombro.

—¡Espera! —gritó cuando empecé a separarme—. Solo un beso, Jackie. Un beso de verdad, para que te acuerdes de mí cuando estés en casa.

Miré a Cole a los ojos antes de cerrar los míos con un pestañeo. Sus labios cálidos rozaron los míos mientras una lluvia fría, adormecedora, caía a mares sobre nosotros. Aferré sus hombros con ansia y él enredó los dedos en mi cabello empapado. La ropa, pesada y chorreante, se nos pegaba al cuerpo y tornaba el abrazo aún más ceñido.

Y no hubo nada más que un beso. Tuve la sensación de que sus labios se despegaban nada más tocar los míos, aunque el beso debió de durar cinco segundos largos.

—Gracias —me dijo Cole, con la frente contra la mía.

El corazón me suplicaba que buscara sus labios de nuevo y no los despegara nunca, pero el claxon volvió a sonar y mi cabeza me obligó a alejarme.

—Adiós, Jackie —gritó Cole mientras yo me encaminaba a la camioneta.

—Hasta dentro de tres meses —respondí yo, mirándolo por encima del hombro. No quería decirle adiós. No era una despedida. Él asintió y me dedicó una pequeña sonrisa.

Con eso, clavé los ojos en la camioneta y no miré atrás. Había llegado el momento de volver a casa.

¿TE HAS PREGUNTADO QUÉ
PENSARON LOS CHICOS WALTER
DE LA LLEGADA DE JACKIE?

PASA LA PÁGINA Y ENCONTRARÁS
MÁS CONTENIDO EXCLUSIVO DE

*Mi vida
con los
chicos Walter,*

¡INCLUIDO UN CAPÍTULO INÉDITO
DESDE LA PERSPECTIVA DE COLE!

—Papá, ¿cuándo vuelve mamá? —preguntó Jordan esperanzado al mismo tiempo que miraba con desconfianza el guiso que había en el centro de la mesa. Todos captamos a la perfección el hilo de sus pensamientos.

—Sería mejor preguntar: ¿qué narices es esa cosa? —dijo Isaac, señalando lo que supuestamente iba a ser nuestra cena.

Mi padre tuvo el valor de mostrarse ofendido.

—Es el pastel de atún de tu tía.

—Eso no es pastel de atún —observó Alex frunciendo el ceño.

—Todos sabemos que no soy tan hábil cocinando como vuestra madre —respondió él, colorado hasta las orejas.

Eso era el eufemismo del siglo. Llevábamos dos semanas padeciendo sus horribles platos mientras mi madre estaba fuera. En serio, era un milagro que ninguno se hubiera intoxicado o que el horno no hubiera explotado.

—Bueno —añadió, y carraspeó para aclararse la garganta—. Seguro que sabe mejor de lo que sugiere su aspecto.

Su respuesta no nos inspiró demasiada confianza y todo el mundo se volvió a mirar a Parker. Era la eliminadora de residuos oficial de la casa. Si ella no se podía tragar el mejunje de mi padre, ninguno se molestaría en intentarlo.

Parker sonrió.

—Dale.

Cogí el cucharón y lo hundí en la fuente. El gratinado estaba más duro que el cemento y la parte inferior era una plasta. Cuando le serví una pequeña porción a mi hermana, el plato se bamboleó y un estremecimiento colectivo recorrió la mesa. Isaac susurró algo al oído de Alex mientras Parker excavaba un trocito con el tenedor y se lo llevaba a la boca. Se estrecharon la mano por debajo de la mesa. Un momento más tarde, cuando Parker hizo una mueca de asco, Isaac sacó la cartera enfurruñado.

—Vale —dijo Danny, que arrastró la silla hacia atrás con un suspiro—. ¿Qué queréis? —Abrió el cajón de la propaganda, donde teníamos un montón de folletos de comida a domicilio—. ¿Pizza? ¿Indio? Dicen que ese tailandés nuevo es muy bueno.

Todos empezamos a hablar al mismo tiempo, pero mi padre golpeó la mesa con el puño para captar nuestra atención antes de que el barullo aumentase.

—A ver, todos. ¡Escuchadme un momento!

—Por favor, no nos obligues a comer eso, tío George —gimió Lee—. Seguro que has trabajado un montón para prepararlo, pero, no te ofendas, parece como si hubieras pasado por la batidora a un animal atropellado.

—Sí, y luego hubieras metido la pasta en el horno para requemarlo —añadió Alex.

Mi padre enarcó una ceja.

—¿Habéis terminado? —Cuando los dos asintieron, dijo—: Pues muy bien, porque no iba a decir eso. Podemos pedir comida a domicilio, pero primero tenemos que hablar. Hay una cosa muy importante que deberíamos comentar en familia.

Ese talante tan serio hizo que se me secara la boca. Desde que mi madre había recibido una llamada el mes anterior, el ambiente en la casa se había tornado raro y tenso. Primero, mi madre y mi padre empezaron a discutir en susurros, y Lee juró y perjuró que los había oído hablar de una mujer llamada Jackie. Poco después, mi madre hizo la maleta y se marchó a Nueva York. Aún más raro, el día anterior por la tarde mi padre me había pedido que instalara una cama auxiliar en el estudio de pintura de mi madre.

Aunque sabía que mis padres se querían, no podía evitar que mis pensamientos desembocaran siempre en la peor conclusión posible.

—¿Os vais a divorciar? —le solté a bocajarro. Danny contuvo un grito a mi lado.

—¿Qué? —exclamó mi padre, que se había vuelto a mirarme de golpe—. ¿A cuento de qué se te ha ocurrido eso?

Me encogí de hombros.

—Es que estáis surperraros últimamente y luego mamá se marcha sin dar explicaciones. ¿Qué quieres que pensemos?

—Hijos —dijo, mirándonos por turnos—. Vuestra madre y yo estamos muy enamorados. No nos vamos a divorciar.

—Y entonces ¿qué pasa? —preguntó Alex con el entrecejo fruncido. Saltaba a la vista, por las caras que ponían todos, que mi pregunta sobre el divorcio los había estresado.

—Es… complicado. ¿Alguien recuerda el funeral al que asistió vuestra madre hace poco?

¿Cómo olvidarlo? Una de sus amigas de infancia, Angeline Howard, murió en un accidente de coche en enero. El funeral se celebró en Nueva York, donde se crio mi madre, pero no había dinero para que asistiéramos todos, así que se marchó con Will, porque Angeline era su madrina. Habían pasado tres meses del accidente, pero yo tenía grabada en el cerebro la imagen de mi madre llorando y dejándose caer al suelo de rodillas cuando se enteró de la noticia. Solo de recordarlo me entraban escalofríos.

—¿El de la familia Howard? —preguntó Nathan en el tono quedo y desolado que todo el mundo empleaba cuando el tema salía a colación.

Hostia, claro; el marido de esa señora y una hija también habían perdido la vida en el accidente.

—Sí, ese. —Mi padre se frotó la cara—. Una de sus hijas no iba en el coche.

—Entonces ¿murió toda su familia? —Isaac sacudió la cabeza con los ojos como platos—. Vaya putada.

—Habla bien —le espetó mi padre en un tono más irritado del que solía usar para reprendernos. Dos segundos más tarde, añadió—: Perdona, Isaac. No quería gritarte. Toda esta situación ha sido muy estresante para tu tía y para mí.

Tras eso, todos guardamos silencio. A juzgar por las miradas titubeantes que nos lanzábamos unos a otros a través de la mesa, nadie tenía las pelotas de preguntar lo que todos estábamos pensando. Supuse que me tocaba a mí. Cómo no.

—No quiero parecer insensible ni nada, porque me sabe fatal por la chica, pero ¿qué tiene que ver exactamente con nosotros? —pregunté.

—Se llama Jackie. Ha vivido con su tío desde el accidente, pero la situación no es ideal, porque él viaja por trabajo con frecuencia.

Mi padre calló y se miró las manos. Empezó a jugar con la alianza, dándole vueltas en el dedo.

—¿Papá? —lo azuzó Jack.

Lanzó un suspiro. Por fin dijo:

—Como el tío de Jackie no le puede ofrecer un hogar estable, nos hemos ofrecido a acogerla. Vuestra madre está ahora mismo en Nueva York ayudándola a hacer el equipaje.

La mesa entera enmudeció. Nadie sabía qué decir. Todos mirábamos a los demás con los ojos muy abiertos y la mandíbula colgando para asegurarnos de que habíamos oído bien. ¿Mi madre iba a traer a una chica que no conocíamos de nada a vivir con nosotros?

Solté una risa nerviosa.

—Es broma, ¿verdad?

Mi padre torció el gesto.

—Nada de esta situación es una broma, Cole. —Me clavó una mirada gélida y la volvió hacia los demás—. Jackie y tu madre llegarán el sábado. Espero de todos vosotros una conducta impecable, ¿entendido?

Un coro de «Sí, señor» resonó en la cocina, pero yo estaba demasiado estupefacto para responder. Un millón de preguntas se mezclaban en mi mente, pero una destacaba por encima de todas las demás: ¿qué cojones?

Esa noche, más tarde, Danny, Isaac, Alex y yo nos reunimos en nuestro escondrijo del granero para hablar de la bomba nuclear que mi padre había lanzado sin que nadie la viera venir. Todavía estábamos asimilando la noticia y solo los suaves bufidos de los caballos rompían el silencio cuando trepamos por la escalera de mano. Yo me desplomé en uno de los machacados sofás con un suspiro, mientras que Danny y Alex se apropiaron del otro. Isaac se sentó en el borde del altillo. Introdujo las piernas a través de la barandilla para que colgaran por encima de la cornisa y sacó un paquete de cigarrillos.

Antes de que pudiera encender uno, lo fulminé con la mirada.

—Ni se te ocurra fumar aquí.

—Perdón. —Volvió a guardar los cigarrillos en el bolsillo y se pasó los dedos por el pelo oscuro—. Es que todavía estoy flipando. ¿En qué están pensando tus padres?

—Vete a saber —respondí, frotándome la frente. Vi de refilón que había una pelota de béisbol encajada debajo de la mesita baja. La cogí y, después de acomodarme otra vez contra los raídos almohadones del sofá, la lancé al aire.

—Lo último que necesitamos es que venga más gente a esta casa. Ya estamos bastante apretados.

—Podrías mostrar un poco de compasión, Cole —me dijo Danny en tono bajo—. La familia de esa chica acaba de morir.

—Ya, es supertrágico y tal, pero ¿en serio piensas que lo mejor para ella es venirse a vivir con nosotros? —le pregunté, sin dejar de lanzar la pelota al aire y volver a atraparla—. Mamá y papá apenas tienen tiempo para ocuparse de todos y ¿ahora tienen que cuidar también de una pava que seguramente está como una cabra? Esto es un rancho, no la consulta de un psiquiatra.

Danny no respondió, pero conocía a mi hermano mellizo lo bastante bien como para distinguir el tic de su mandíbula cuando estaba enfadado.

Alex se volvió a mirarme.

—¿Cómo crees que será?

Era la primera vez que me dirigía la palabra sin mostrar hostilidad desde que su novia, Mary, y él habían roto y pestañeé sorprendido.

—Guapa, espero —dijo Isaac con una sonrisa en la voz.

—Destrozada —respondí, recuperando la compostura. Tenía que reconocer que el hecho de saber hasta qué punto la vida podía ser una mierda ponía en perspectiva mis problemas con Alex y con el fútbol—. O sea, ¿os lo imagináis?

—Sí, seguramente tienes razón —dijo Alex asintiendo—. No concibo cómo debes de sentirte si pierdes a toda tu familia. Tiene que ser demoledor.

Isaac resopló.

—Alex, no creo que tú te tengas que preocupar por eso.

—Nunca se sabe. Dudo mucho que a esa tal Jackie se le pasara nunca por la cabeza que toda su familia iba a morir en un accidente de coche.

—Vale, pero nuestra familia ni siquiera cabe en un vehículo familiar —señaló Isaac—. Somos demasiados. Sin contar Acción de Gracias, ¿cuándo ha sido la última vez que hemos estado todos en la misma habitación durante más de una hora? Haría falta un apocalipsis para matarnos a todos.

—O un pavo envenenado —sugirió Danny con una sonrisa bailando en la comisura de los labios.

Mientras los tres seguían parloteando, yo me sumí en mis pensamientos. ¿Cómo sería tener a una chica en la casa que no era mi madre ni mi hermana? Mi padre ni siquiera nos había dicho cuántos años tenía Jackie. Cuanto más pensaba en ella, más me cabreaba. ¿Tendríamos que compartir el baño? Apenas teníamos tiempo ni agua caliente suficiente para ducharnos todos por la mañana, y las chicas se tiraban horas arreglándose, ¿no? Además, ¿y si nadie se llevaba bien con ella? Ya sabía que Jackie no tenía la culpa, pero ¿cómo era posible que mis padres nos hicieran eso?

Sin querer, tiré la pelota de béisbol con más fuerza de la necesaria. Golpeó una de las vigas más bajas del techo y cayó rebotando al suelo. Mis hermanos y mi primo me miraron.

Danny enarcó una ceja.

—¿Te pasa algo?

—No sé. —Me incorporé en el sofá y doblé los dedos—. ¿No os molesta que papá y mamá no nos hayan preguntado si nos parecía bien?

—Son padres —dijo Isaac, encogiendo un solo hombro—. No necesitan nuestro permiso.

—Ya, pero la decisión afecta a las vidas de todos.

—A la de Jackie también —señaló Alex, y Danny le dio la razón con un gesto de la cabeza—. Seguro que para ella no es fácil cruzar todo el país para vivir con un montón de desconocidos. Deberíamos hacer un esfuerzo por ser majos con ella.

—No la voy a tratar mal, pero que nadie espere que le prepare galletas o le organice un comité de bienvenida —dije en plan despectivo, y me llevé una sorpresa cuando todo el mundo asintió con la cabeza.

Ninguno sabíamos qué pensar de Jackie Howard. No podíamos hacer nada más que apechugar y aceptar la situación. Porque dentro de dos días se mudaría a Colorado para vivir con nosotros, nos gustase o no.

Agradecimientos

Muchas personas extraordinarias han contribuido a colocar este relato en las librerías. En primer lugar, me gustaría dar las gracias a la gente de Sourcebooks, en particular a mi editora, Aubrey Poole, que me ayudó a revisar el galimatías de una entusiasta adolescente de quince años, y a Dominique Raccah, que se atrevió con doce chicos brutos. En segundo lugar, quiero dar las gracias al maravilloso equipo de Wattpad. A Allen Lau por crear la página web que me permitió convertirme en la escritora que soy, y a Eva Lau, que hizo de Wattpad un segundo hogar. Su generosidad no tiene parangón. También a Seema Lakhani, que me guio por la campaña de financiación colectiva.

También quiero expresar mi agradecimiento a las personas que apoyaron esta historia cuando era un solo capítulo. Me animaron a añadir un segundo y un tercero, hasta que por fin tuve una novela entera entre las manos. A mis queridos fans de Wattpad por ayudarme a dar vida a este libro. Sin su apoyo, no habría llegado a ninguna parte.

Gracias a mi hermana pequeña, que fue la primera en escuchar el relato; a mi madre, por apoyar esta profesión tan poco convencional; a mi padre, cuyo recuerdo me dio las fuerzas para terminar incluso cuando no quería hacerlo; y, por fin, a mi mejor amigo y prometido, Jared, por quererme aunque esté un poco loca.

Un agradecimiento especial a...

Alexandra D. (Mimi)
Maja D Jørgensen
Bipasha Peridot
PeridotAngel
Chellsey Bland
Richard Wiltshire
Lauren Wholey
Fiona Hennah
Kelly Hepburn
Sarah Watson
Megan Toher
Sania Henry
Daniela Jáquez
Shez King
black_rose_love
Annette Kinch
Faux Punker

Natasha Preston
Katy Thrasher
Alexis Stambek
Samantha R. Weck
Isabel Jean Brice
Lovectic
Alexa Dougherty
Czarina Sophia
TheOddPersonOut
Lilian Carmine
Colleen H.
Courtney Baysa
Khadija Al Kiyumi
Colleen Bartsch
Alexandra Trakula
Mélina Vanasse
Alondra Cuahuizo

Golbou Makvandi
Megan Faber
Victoria Murphy
Kimberly Ann Berna
Heather Kelby
Rebecka Teves
Candice Faktor

Este libro se terminó de imprimir
en el mes de octubre de 2022.